Christina Beer
Für immer, Darling

AF178744

Das Buch

Deutschland in den Sechzigerjahren: Die jungen »Fräulein« vom Badesee erleben eine neue, aufregende Zeit und werden vom Schicksal hart geprüft.

Gerda versucht sich von der strengen Herrschaft ihres Vaters zu befreien und kämpft verzweifelt um ihren Platz im Leben. Jule sorgt sich um ihren schwer erkrankten Mann, kann aber durch ihren Erfolg als Autorin das Auskommen der Familie sichern. Ingrid gelingt der Durchbruch als internationaler Filmstar, doch sie muss erkennen, dass eine solche Karriere auch ihre Schattenseiten hat.

Mit neuem Mut gehen sie in ein neues Jahrzehnt, doch auch jetzt noch zieht es sie in das kleine bayerische Dorf und den Badesee, an dessen Ufer nach dem Krieg alles seinen Anfang nahm.

Die Autorin

Christina Beer wuchs in der Oberpfalz und in Frankfurt am Main auf und verbrachte einige Jahre in den USA. Unter Pseudonym hat sie zahlreiche Bestseller veröffentlicht, die in zwanzig Sprachen übersetzt wurden.

CHRISTINA BEER

Für immer, Darling

Die Frauen vom Badesee

ROMAN

TINTE & FEDER

Deutsche Erstveröffentlichung bei
Tinte & Feder, Amazon Media EU S.à r.l.
38, avenue John F. Kennedy, L-1855 Luxembourg
November 2024
Copyright © der deutschsprachigen Ausgabe 2024
By Christina Beer
All rights reserved.

Umschlaggestaltung: bürosüd⁰ München, www.buerosued.de
Umschlagmotiv: © Anton Vierietin © SoomO2020 © paelzerbu ©
Penpitcha Pensiri / Shutterstock; © Joanna Czogala / ArcAngel; © Marilar
Irastorza / Stocksy United
1. Lektorat: Ute Köhler
2. Lektorat: Cathérine Fischer
Korrektorat: Gisela Wunderskirchner / DRSVS

Gedruckt durch:
Amazon Distribution GmbH, Amazonstraße 1, 04347 Leipzig /
CPI Druckdienstleistungen GmbH, Ferdinand-Jühlke-Straße 7, 99095
Erfurt /
CPI books GmbH, Birkstraße 10, 25917 Leck /
Libri Plureos GmbH, Friedensallee 273, 22763 Hamburg

ISBN 978-2-49671-597-2
e-ISBN 978-2-49671-596-5

www.tinte-feder.de

1960
GERDA

1

Immer wenn Gerda glaubte, ihren Schmerz überwunden zu haben, sah sie Matthias in ihren Träumen wieder. Wie er sie anlächelte, etwas schüchtern nach ihren Oberarmen griff und sie sanft an sich zog. Sein Kuss rührte sie zu Tränen, so gefühlvoll zeigte er seine Liebe, und noch schöner war es, wenn sie im Gras lagen, umgeben von bunten Wildblumen, und in einem Rausch der Gefühle zueinanderfanden. »Matthias!«, flüsterte sie. »Ich liebe dich so sehr!«

Als sie aufwachte, blieb sie minutenlang auf dem Rücken liegen und starrte zur Decke, ein beängstigendes Gefühl, als würde ihr statt eines lauen Sommerwinds plötzlich eiskalter Schneeregen ins Gesicht wehen. Ihre große Liebe hatte nur wenige Wochen überdauert. Ihr Vater hatte Matthias vertrieben, weil er evangelisch und noch dazu geschieden war. Ein Lutherer, der das Sakrament der Ehe gebrochen hatte und nicht mehr kirchlich heiraten durfte – nicht auszudenken in einem Dorf wie Eschenbrunn. Eine Schande für die ganze Familie!

»Wo bleibst du denn?«, begrüßte sie der Vater, als sie zum Frühstück in die Küche kam. »Solltest du nicht die Schweine füttern und der Mutter beim Melken helfen? Seit du geschieden bist, Gerda, machst du uns nur noch Ärger!«

»Ich hab schlecht geträumt«, erwiderte sie missgelaunt. »Ich träume ständig schlecht, seitdem du mir den einzigen Mann genommen hast, den ich jemals lieben werde.« Sie setzte sich und schenkte sich Kaffee ein. »Hättest du den Matthias nicht vergrault und mir den Benziger Werner aufgezwungen, wäre ich nicht geschieden und du hättest deine Ruhe. Ich hab ihn nie geliebt, und er war doch nur auf dein Geld scharf. Matthias wäre der Richtige für mich gewesen.«

»Spricht man so mit seinem Vater?«, erwiderte er aufgebracht. »Soweit ich weiß, hast du dich dem Werner verweigert. Was glaubst du denn? Dass er zu Hause bleibt und wartet, bis du zur Vernunft kommst? So wie du dich benommen hast, kannst du ihm nicht verdenken, dass er sich eine andere gesucht hat.«

»Eine Praktikantin!«

»Und du?« Der Vater reagierte immer gereizt, wenn das Thema aufkam. »Bist dreiundzwanzig und läufst immer noch allein rum! Weißt du, was ich mir beim Stettner anhören muss? Ob sich meine Tochter für was Besseres hält, weil sie sich vom Benziger Werner getrennt hat. Ob sie glaubt, mit einem ungläubigen Lutherer wäre es besser gelaufen. Ob sie sich einen Neger angeln will.«

»Darauf würde ich gar nicht reagieren.«

»Aber ich!« Er geriet schon wieder in Rage und schlug mit der Faust auf den Tisch. »Ich muss mich deinetwegen zum Affen machen lassen. Such dir gefälligst einen anständigen Mann, bevor du als alte Jungfer endest und uns bis zu unserm Lebensende auf der Tasche liegst! Hast du mich verstanden, Gerda?«

»Wir werden sehen, Vater.«

»Gar nichts werden wir sehen!«, explodierte er. »Du suchst dir gefälligst einen Mann! Wenn du es nicht tust, besorgen wir das für dich. Ich hab jedenfalls keine Lust mehr, von meinen Stammtischbrüdern ausgelacht zu werden.«

»Schon gut, Vater.«

»Und jetzt räum den Tisch ab und geh endlich in den Stall!«

Gerda ließ sich schon lange nichts mehr von ihrem Vater gefallen. Die Zeiten, als sie aus lauter Angst vor seinen Ausbrüchen in Tränen ausgebrochen war, gehörten der Vergangenheit an. Bis zu ihrer Scheidung war sie eine gehorsame Tochter gewesen, hatte sie sein Verhalten damit entschuldigt, dass er erst spät aus der Gefangenschaft zurückgekehrt war und sich an die Veränderungen nach dem Krieg gewöhnen musste. Aber er war der Vergangenheit treu geblieben und hatte die Ideale der Nationalsozialisten verteidigt, obwohl sich Deutschland längst zu einer Demokratie gewandelt hatte und nur noch Unverbesserliche an gesteigertem Nationalstolz und vaterländischer Ehre festhielten.

Während sie die Teller wegräumte und in die Spüle stellte, beobachtete sie ihren Vater, der wie ein trotziger Junge am Tisch sitzen geblieben war und im »Neuen Tag« blätterte, der größten Tageszeitung der Oberpfalz.

»Amerikaner ein wichtiger Wirtschaftsfaktor in Grafenwöhr und Umgebung«, las er vor sich hin. »Diese elenden Verräter!«, schimpfte er wesentlich lauter. »Lassen sich von den Amis kaufen. Wenn mir das einer vor zwanzig Jahren gesagt hätte, wär ich ihm an den Kragen gegangen! Was ist nur aus unserem Deutschland geworden! Allerhöchste Zeit, dass jemand was gegen diese Feiglinge in der Regierung unternimmt!«

Gerda wusste, was er damit meinte. Es gingen Gerüchte um, es würde sich eine neue politische Partei bilden, die der Hitler-Partei in nichts nachstehen würde, und es sprach manches dafür, dass ihr Vater bereits Kontakte zu den Verantwortlichen geknüpft hatte. Zusammen mit Erich Stettner, dem Metzger und Wirt des einzigen Gasthofs in Eschenbrunn, wollte er wohl einen wichtigen Posten bei der neuen Partei ergattern. Davon hatte auch ihre Mutter gehört und versuchte immer wieder, ihn davon abzubringen, hatte aber keinen Erfolg mit ihren Bemühungen. Der Stettner war ein sturer Oberpfälzer.

Der Kirchgang wurde wie jeden Sonntag seit ihrer Scheidung zu einem Spießrutenlauf für Gerda. Obwohl sie unschuldig geschieden worden war, bedachten sie die Leute noch immer mit geringschätzigen Blicken, und der Pfarrer verweigerte ihr den Handschlag, als sie die Kirche verließ. Vielleicht lag es daran, dass sie selbst während der Beichte wenig Einsicht gezeigt und sich gegen den Vorwurf erwehrt hatte, einem evangelischen Christen sollte es, auch wenn er geschieden war, verwehrt bleiben, eine Katholische zu heiraten. Für so eine kühne Behauptung seien nicht einmal zehn Vaterunser genug gewesen.

Nach der Kirche ging der Vater zum Frühschoppen, und Gerda und ihre Mutter bereiteten das Mittagessen vor. Schweinerts mit Spotzn, so wurden Knödel in der Oberpfalz genannt, wie fast jeden Sonntag. Die Mutter, die sich nur selten einmischte, wenn Gerda mit ihrem Vater stritt, wirkte nachdenklich.

»So wie heute Morgen solltest du nicht mit deinem Vater sprechen«, sagte sie, »das hat er nicht verdient. Ich hab's auch nicht gern, wenn er über die Ideale des Führers spricht oder von dieser neuen Partei schwärmt, aber wir müssen auch Verständnis für ihn haben. Er hat den Krieg an vorderster Front mitgemacht und war jahrelang in russischer Gefangenschaft, bevor der Adenauer ihn und die anderen Männer nach Hause geholt hat. Das steckt man nicht so einfach weg. Er muss sich erst daran gewöhnen, dass wir keinen Führer mehr haben.«

»Das versucht er schon seit Jahren«, erwiderte Gerda, »wie lange willst du denn noch warten? Bis es ihm so geht wie dem Stettner?« Der Wirt hatte wegen eines Kriegsverbrechens ein Jahr im Gefängnis gesessen.

»Außerdem hat dein Vater nicht ganz unrecht. Mit deiner Scheidung hast du große Schande über unsere Familie gebracht.

Such dir so schnell wie möglich einen Mann, bevor der Vater es tut, damit endlich dieses Gerede aufhört. Selbst der Pfarrer schüttelt dir nicht mehr die Hand. Weißt du, was das bedeutet?«

»Dass er keine Ahnung hat!« Gerda hielt sich nicht länger zurück. »Warum will die Kirche nicht, dass ich einen Andersgläubigen heirate? Ist es vielleicht christlich, einem Mann wie ihm die Tür zu verschließen? Mit Matthias wäre ich glücklich geworden. Wenn einer gesündigt hat, dann nur der Benziger Werner. Du siehst doch, was er getan hat. Er lässt sich mit einer jungen Praktikantin ein … wahrscheinlich ist sie nicht mal volljährig. Wie tief kann man sinken!«

Die Mutter blickte sie strafend an. »Was fällt dir ein, so über unseren Pfarrer und die Kirche zu reden! Hast du denn keinen Anstand mehr?« Ihre Mutter sah die Kirche als Zufluchtsort und betete dort fast täglich, vor allem, wenn Vater mal wieder einen seiner Wutausbrüche bekommen hatte. Bisher hatte sie noch keine Antwort auf ihre Gebete erhalten, aber es gab keinen anderen Weg für sie. Nur ihr Glaube half ihr, ihren fanatischen Mann zu ertragen. Um ihn zu verlassen und irgendwo allein neu anzufangen, war sie nicht mutig genug. Es fehlte ihr an Geld, und sie hätte eine solche Flucht als Sünde angesehen. Wie fast alle Frauen war sie von ihrem Mann abhängig, nicht nur finanziell.

Gerda wollte keinen Streit. »Tut mir leid, Mutter. Aber ich kann's nun mal nicht leiden, wenn der Vater so ungerecht ist. Warum schimpft er dauernd auf die Amerikaner? Sieht er denn nicht, dass sie uns inzwischen wie Freunde behandeln? Warum hat er sich mit dem Stettner verbündet und erzählt jedem, dass es uns unter dem Führer besser ging? Jeder weiß doch inzwischen, dass er diesen schrecklichen Krieg vom Zaun gebrochen hat. Und warum beschimpft er mich, obwohl ich nicht mal schuld an der Scheidung bin?« Sie stellte das Wasser für die Knödel auf. »Warum ist der Vater manchmal so ungerecht?«

Beim Mittagessen hielt sich der Vater zurück, und Gerda achtete darauf, ihn nicht durch eine unbedachte Bemerkung zu reizen. Zum Glück war er mit seinen Gedanken ganz woanders, wahrscheinlich beim Stettner und der neuen Partei, bei der sie mitmachen wollten. Was eine solche Partei bringen sollte, wusste sie nicht. Sie glaubten doch nicht im Ernst, sie könnten die Zeit zurückdrehen und der restlichen Welt den Krieg erklären? Schon schlimm genug, wenn sie die Zeit des Nationalsozialismus wiederbeleben wollten. Als ob irgendjemand in Deutschland einen neuen Führer sehen wollte. Eine solche Partei würde niemals an die Macht kommen, dazu war die Erinnerung an den grausamen Krieg und die vielen Toten noch zu lebendig. Oder gab es außer dem Stettner und ihrem Vater noch andere Verrückte, die ihre SS-Uniformen aus dem Weltkrieg in einer Kiste auf dem Speicher aufbewahrten?

Gerda hatte die Uniform ihres Vaters durch Zufall entdeckt. Die Totenkopf-Abzeichen an der Uniformjacke und ein Zeitungsausschnitt bewiesen, dass er zur Eliteeinheit der SS gehört hatte und an einem Massaker im Osten beteiligt gewesen war. Nicht mal im Zorn hatte sie ihren Vater mit seiner Vergangenheit konfrontiert.

Nach dem Abwasch ging sie zum Badesee. Schon früher hatte sie sich dort mit Jule und Ingrid getroffen. Inzwischen waren ihre besten Freundinnen weggezogen, und sie verbrachte die Nachmittage am Badesee allein, in Erinnerung an die wunderbaren Stunden, die sie dort mit ihnen erlebt hatte. Für Jule und sie war es eine Möglichkeit gewesen, ihren streitlustigen Eltern zumindest für einige Stunden zu entkommen, und die hübsche Ingrid hatte sich dort von jungen und auch älteren Männern bewundern lassen. Der Badesee lag nur zwei Kilometer außerhalb von Eschenbrunn auf einer Lichtung und war der bevorzugte Treffpunkt der Dorfjugend, war aber auch bei Älteren beliebt.

Gerda breitete ihre Wolldecke auf ihrem Lieblingsplatz nahe den Bäumen aus und befreite sich von ihrem Kleid und den Socken und Schuhen. Ihren Badeanzug hatte sie schon im Haus angezogen. Obwohl sich die Blätter der Laubbäume bereits verfärbten und den nahen Herbst ankündigten, schien die Sonne von einem beinahe wolkenlosen Himmel und brachte das erstaunlich saubere Wasser zum Glitzern. Zwei Jungen waren mit einem Gummiboot unterwegs, einige Mädchen alberten mit halbwüchsigen Kerlen herum, und ein Liebespaar stand eng umschlungen im knietiefen Wasser und ließ sich durch nichts stören.

Wie oft hatten sie am Ufer dieses Sees gesessen und ihren Spaß gehabt. Dass sie grundverschieden waren und jede etwas anderes vom Leben erwartete, hatte ihrer Freundschaft keinen Abbruch getan. Gerda musste lächeln, als sie daran dachte, wie Jule ihnen von dem Amerikaner erzählt hatte, mit dem sie schon einige Male ausgegangen war. Später hatte sie John geheiratet und war mit ihm nach Texas gezogen. John war ein waschechter Cowboy, so was gab es tatsächlich, träumte aber von einer eigenen Werkstatt. Bei der Armee hatte er Jeeps und andere Fahrzeuge gewartet und repariert. Jule schrieb öfter und schickte auch Fotos mit. Eines zeigte sie im Sattel, mit Cowboyhut und allem Drum und Dran, auf einem anderen standen John und sie vor ihrem Trailer. Sie lebten in einem Wohnwagen in einem Trailer Park und sparten auf ein richtiges Haus.

»Hey, Gerda! Träumst du wieder?«

Gerda blickte auf und erkannte Monika, eine junge Frau, die sie in der Micky Bar im nahen Grafenwöhr kennengelernt hatte. Sie war mit einem Amerikaner befreundet und klagte über ähnliche Probleme wie Jule, als sie ihren Eltern von John erzählt hatte. Man war immer noch als »Ami-Liebchen« gebrandmarkt, wenn man mit einem Amerikaner ging. »Die meisten Amis haben doch Frau und Kind zu Hause, hängen dir vielleicht ein

Kind an und verschwinden heimlich, still und leise, bevor es geboren wird!« Wie oft hatte sie diesen Satz schon gehört, und tatsächlich gab es solche Fälle, nur John und auch der Freund von Monika gehörten nicht dazu. Monika und Jeremy würden bald heiraten.

»Moni! Setz dich! Ich hab gerade an Jule gedacht. Vor einer Woche ist wieder ein Brief von ihr gekommen. Sie kann schon beinahe so gut wie ein Cowgirl reiten und durfte sogar beim Zusammentrieb der Rinder helfen. Keine Ahnung, woher sie die Zeit und die Kraft zum Geschichtenschreiben nimmt.«

Moni setzte sich neben Gerda und zündete sich eine Zigarette an. Sie war drei Jahre jünger als Gerda, trug einen Bikini, der etwas knapp geraten war und einige Männer dazu brachte, sie anzustarren, und war schlank wie ein Fotomodell. Ihre kurzen Haare, die eher zu einem Mann gepasst hätten, fielen aus dem Rahmen, doch Jeremy mochte sie so und nicht anders. »Ihre letzte Story hab ich gelesen. ›Cowboys küssen besser‹ oder so ähnlich. In der ›Revue‹.«

»Sie verdient gutes Geld damit«, erwiderte Gerda. »Sonst wären sie wohl nicht über die Runden gekommen, als John krank war. Seitdem er von seinem Pferd abgeworfen wurde, war ihm öfter schwindlig. Wenn alles klappt, darf sie den nächsten Fortsetzungsroman für die ›Quick‹ schreiben, das wäre was!«

Monika paffte einige Züge. Sie rauchte nicht richtig, tat wahrscheinlich nur so, um erwachsener zu wirken. »Du hast berühmte Freundinnen. Ich kenne Ingrid nur vom Sehen, hab aber genug Bilder von ihr zu Gesicht bekommen, um sie sofort zu erkennen, wenn sie mir auf der Straße begegnen würde. Sie sieht fast so gut wie Marilyn Monroe aus, und wenn sie's richtig anstellt, ist sie auch bald so bekannt. Ich hab gelesen, sie würde bald in ihrem ersten Film mitspielen.«

»Wenn alles klappt, mit Horst Buchholz«, erwiderte Gerda.

»Alle Achtung! Und du bleibst brav zu Hause?«

»Ich hänge an der Oberpfalz«, antwortete Gerda, »keine Ahnung, warum. Anderswo ist es bestimmt schöner, aber hier ist meine Heimat. Außerdem kann ich meine Eltern nicht allein lassen. Sie brauchen mich auf dem Bauernhof.«

Monika blies Rauch in den Wind. »Ich gehe mit Jeremy nach Amerika. Er kommt aus Charlotte, das liegt in North Carolina an der Ostküste. Seine Eltern haben einen Drugstore, den wird er wohl mal übernehmen. Ich kann dort auch mit anpacken. Nur an meinem Südstaaten-Englisch muss ich noch arbeiten. An den seltsamen Dialekt muss ich mich allerdings erst gewöhnen. Zum Glück kommt mein Chef auch aus den Südstaaten. In ein paar Monaten spreche ich's perfekt.«

»Du arbeitest im Lager?«

»Seit zwei Monaten«, antwortete Monika, »ich will möglichst viel Geld gespart haben, wenn wir nach Amerika gehen. Meine Eltern können sich keine Aussteuer leisten, dazu wirft die Arbeit meines Vaters zu wenig ab, und Jeremys Eltern haben auch nicht viel. Wir müssen selbst sehen, wo wir bleiben.«

»Die Amerikaner zahlen gut?«

»Besser als die meisten Firmen in Weiden. Außerdem hab ich nicht weit, nach Grafenwöhr kann ich mit meinem Motorroller fahren, den hab ich mir zusammengespart. Ich kann Jeremy sogar während der Mittagspause besuchen. Er arbeitet als Adjutant im Nachbargebäude.«

»Wann ist denn seine Tour zu Ende?«

»Im Frühjahr.«

»Und er will nicht verlängern?«

»Er ist nur zur Armee gegangen, weil er sich das College sonst niemals leisten könnte. Mit dem Geld von der Armee schaffen wir es. Ich werde irgendeinen Job annehmen, solange er studiert. Wahrscheinlich werden wir wie Jule und John in einem Trailer wohnen. Mir macht das nichts aus. Solange Jeremy und ich zusammen sein können, ist alles gut.« Sie drückte ihre

Zigarette im Gras aus. »Du solltest dir auch eine Arbeit suchen. Geh ins Lager, da verdienst du gutes Geld und triffst interessante Leute.«

»Männer, meinst du«, sagte Gerda.

»Die auch«, erwiderte Monika grinsend. »Und du kommst mal raus und hängst nicht den ganzen Tag im Kuhstall und bei den Schweinen rum. Ich hab nichts gegen Landwirtschaft, aber auf Dauer will ich nichts mehr damit zu tun haben. Du wohnst doch auch bei deinen Eltern. Willst du ewig dort bleiben?«

»Ich kann sie nicht allein lassen mit der ganzen Arbeit.«

»Sie werden sich daran gewöhnen. Bei mir war's genauso. Inzwischen sind sie froh, dass ich ihnen jeden Monat was von meinem Lohn abgebe. Deine Eltern werden genauso reagieren. Wenn du abends von der Arbeit kommst, kannst du ihnen immer noch beim Füttern oder beim Mistschaufeln helfen.«

»Und bei der Kartoffelernte?«

»Nimmst du Urlaub und hilfst ihnen. Ist doch ein faires Angebot.«

»So weit hab ich noch nie gedacht.«

Monika zeigte sich gleichgültig. »Ich will dir nicht reinreden, Gerda. Ich sag dir nur, was ich an deiner Stelle machen würde. Im Lager hörst du von dem Zoff zwischen deinen Eltern nichts und verdienst dein eigenes Geld.«

»Eigentlich hast du recht.«

»Klar hab ich recht. Du sprichst einigermaßen Englisch, du kannst Schreibmaschine schreiben und du siehst so aus, wie sich die Amerikaner eine brave deutsche Frau vorstellen. Du kommst bestimmt gut mit ihnen aus. Schreib eine Bewerbung, möglichst schnell. Ich bin sicher, sie nehmen dich mit Kusshand.«

»Mein Vater mag keine Amerikaner.«

»Er bekommt sie doch gar nicht zu sehen«, sagte Monika, »und wenn du was von deinem Lohn abgibst, hat er auch nichts dagegen, dass du bei ihnen arbeitest. Alles hängt davon ab, wie du ihm deine Zukunftspläne verkaufst.«

Gerda musste ebenfalls grinsen. »Du bist ganz schön gerissen, Moni.«

»Den Spruch kenne ich.« Monika stand auf und zog Gerda von der Decke hoch. »Und jetzt komm! Wer zuerst im Wasser ist! Auf die Plätze, fertig, los!«

2

Gegen Abend kehrte Gerda nach Hause zurück, gerade noch rechtzeitig, um ihrer Mutter beim Füttern der Kühe und Schweine zu helfen. Ihr Vater erschien erst zum Abendessen, leicht angetrunken und in einer gefährlichen Stimmung. Ein Funke genügte, um ihn in Rage zu bringen, wusste Gerda aus Erfahrung und benahm sich so unauffällig wie möglich. Es gab Leberkäs und Brot, und obwohl der Vater fast den ganzen Tag beim Stettner im Wirtshaus verbracht hatte, trank er ein Bier dazu. Gerda und ihre Mutter begnügten sich mit Tee.

Wider Erwarten grinste der Vater nach einigen Bissen. »Jetzt zeigen wir's diesen Feiglingen«, sagte er kauend, »der Adenauer und diese Nichtskönner in Bonn werden schon sehen, wie weit sie kommen, wenn wir erst gewählt sind.«

Es hätte wohl nicht viel gefehlt, und die Mutter hätte aufgestöhnt. Sie war sein Gerede von der neuen Partei schon lange leid. »Mit eurer neuen Partei? Ich denke, die gibt's noch gar nicht. Und mit der DRP werdet ihr nicht weit kommen.«

»Was weißt du denn schon von Politik?«, lästerte er. »Heute Mittag haben wir gehört, dass es nicht mehr lange dauern kann, bis wir die neue Partei gründen können. Zum Stettner kam einer von der DRP, von seinen Leuten machen die meisten mit. Auch von anderen Parteien sind etliche dabei. Es gibt nur noch ein paar organisatorische Sachen zu erledigen, dann kann es losgehen. Wir haben schon einen Namen. NPD … Nationaldemokratische Partei Deutschlands. Weil wir demokratisch sind und darauf Wert legen, dass nur gute Deutsche zu uns gehören. Wir wollen, dass wieder Disziplin und Ordnung in unserem Land herrschen. Und wir wollen das Deutsche Reich wieder in den alten Grenzen. Deutschland muss wieder den Deutschen gehören! Wir brauchen weder Amerikaner, Franzosen, Engländer noch den Iwan in unserem Land.«

Gerda hatte von der Deutschen Reichspartei gehört. Die DRP wollte so ziemlich dasselbe. Die NPD würde aber auch aus Leuten bestehen, die sich nach dem Dritten Reich zurücksehnten und einen neuen Hitler wollten. Gerda hatte genug von Armut und Angst und war erleichtert, dass endlich Frieden herrschte, und wollte nicht unter einem neuen Führer leben, auch wenn sie die Kriegsjahre nur als Kind erlebt hatte und wenig Ahnung von Politik hatte.

Ihrer Mutter ging es wohl genauso, nur hatte sie bestimmt keine Lust, einen erneuten Streit mit dem Vater vom Zaun zu brechen. »Wird dir das denn nicht zu viel?«, sorgte sie sich. Als Politiker hast du doch sicher eine Menge zu tun. Was wird dann aus unserer Landwirtschaft? Ich kann doch nicht alles allein machen.«

»Du und die Gerda, ihr schafft das schon. Und ich bin ja auch nicht den ganzen Tag für die Partei unterwegs. Da bleibt noch genug Zeit für die Arbeit auf dem Acker. Außerdem verdiene ich als Politiker auch eine Menge Geld.«

»Aber nur, wenn du gewählt wirst. Willst du denn gewählt werden?«

»Als Abgeordneter würde ich gut verdienen.«

»Glaubst du denn, dass jemand die neue Partei wählt?«

Mit dieser Frage war Mutter schon beinahe zu weit gegangen. Der Vater lief schon wieder rot an.

»Du wirst dich wundern! Das Deutschland, wie es einmal war, wünschen sich mehr Menschen zurück, als du denkst. Schau dir doch die Nichtskönner an, die gerade an der Macht sind. Die sind kurz davor, halb Deutschland dem Iwan zu schenken. Das dürfen wir auf keinen Fall zulassen! Und was ist mit den Heimatvertriebenen? Die sollen gefälligst dahin zurückgehen, wo sie hergekommen sind. Wir brauchen keine Flüchtlinge bei uns. Warum sagen wir den Tschechen und Polen nicht, dass sie unsere Leute in Ruhe lassen sollen? Am liebsten würde ich noch mal bei denen einmarschieren.«

Gerda befürchtete, dass ihr Vater sich wieder in Rage reden würde, und war froh, als sie endlich in ihr Zimmer verschwinden konnte. In ihrem Bett starrte sie auf den hellen Fleck, den die Laterne vor ihrem Haus auf die Decke zauberte, und dachte über das nach, was Monika ihr gesagt hatte. Ihre neue Freundin hatte recht. Es würde ihr nur gelingen, ein eigenständiges Leben zu führen, wenn sie eine Arbeit annahm. Aber wie sollte sie das ihren Eltern beibringen?

Sie würde bis nach der Kartoffelernte warten, entschied sie, die zwei, drei Wochen hielt sie auch noch durch. Vielleicht war ihr Vater dann ruhiger. Wenn sie ihm jetzt sagte, dass sie eine Arbeit annehmen wollte, würde er die Nerven verlieren und seiner Wut freien Lauf lassen. Was sie nicht daran hinderte, schon jetzt über ihr Bewerbungsschreiben nachzudenken. Sie hatte einen Schreibmaschinenkurs bestanden. Ihre Englischkenntnisse waren einigermaßen gut, auch weil sie sich ein Lehrbuch besorgt und viel mit Amerikanern gesprochen hatte. Was ihr fehlte, war lediglich Berufserfahrung, sie hatte zeit ihres Lebens auf einem Bauernhof und im Haushalt gearbeitet. Kein Hinderungsgrund, hoffte sie. Die einzige Gefahr war ihr Vater, der immer seinen Willen haben wollte.

Sie drehte sich auf die Seite und schloss die Augen, aber an Schlaf war nicht zu denken. Ihre Eltern stritten so laut, dass es bis in ihr Zimmer zu hören war. Auch ihre sonst eher stille Mutter konnte sich nicht zurückhalten, wenn der Vater sie provozierte und sie ein dummes Weib nannte, das von nichts eine Ahnung hatte, schon gar nicht von Politik. Sie nannte ihn einen unbelehrbaren Flegel, der nicht erkannte, dass längst eine neue Zeit begonnen hatte. »Was hast du gegen den Adenauer?«, fragte sie. »Ohne ihn wärst du immer noch in Russland. An deiner Stelle wäre ich dankbar. Wir brauchen keinen neuen Führer!«

»Adenauer!«, erwiderte er abfällig. »Was willst du denn mit dem?«

Gegen Mitternacht wurde Gerda durch ein Geräusch geweckt. Die Treppe knarrte. Ihre Mutter oder ihr Vater, die nach ihr sehen wollten? Deren Schlafzimmer lag im Erdgeschoss, und einen anderen Grund gab es für sie nicht, mitten in der Nacht in den ersten Stock zu kommen. Gerda wartete darauf, dass jemand die Tür öffnete. War es ihre Mutter, die sich überzeugen wollte, dass sie fest und sicher schlief, wie sie es früher gern getan hatte? Weil sie sich nach den wenigen Jahren zurücksehnte, als die Welt noch in Ordnung gewesen war. Aber die Tür blieb verschlossen, und wer immer in den ersten Stock gekommen war, stieg jetzt die Treppe zum Speicher hinauf.

Gerda war sofort hellwach. Sie setzte sich auf und lauschte eine Weile, hörte deutlich, wie die Tür zum Speicher geöffnet wurde, und kletterte aus dem Bett. In Nachthemd und Hausschuhen schlich sie dem Vater nach. Sie war beinahe sicher, dass ihr Vater zum Speicher hinaufgestiegen war. Sie ging so leise wie möglich und hielt jedes Mal inne, wenn eine Stufe knarrte, hatte aber Glück und wurde nicht entdeckt. Vor der halb geöffneten Tür blieb sie stehen und spähte vorsichtig in den Raum hinein. Was sie sah, erschreckte sie zutiefst.

Im blassen Licht des Mondes, der durch das schmutzige Dachfenster in den Speicher schien, stand ihr Vater. Er hatte seine Uniformjacke aus dem Krieg angezogen und war dabei, sie vor der Brust zuzuknöpfen. Das Mondlicht verlieh seiner Gestalt ein beinahe gespenstisches Aussehen, ließ ihn wie einen Geist aus einer längst vergangenen Zeit erscheinen. Die Uniformjacke mit den Totenkopf-Abzeichen passte ihm immer noch. Er richtete sich gerade auf und reckte den Arm zum Hitlergruß. Mit leiser, aber sehr fester und entschlossener Stimme sagte er: »Wir holen uns unser Deutschland zurück. Ein Deutschland, in dem unsere traditionellen Werte noch Bedeutung haben. Disziplin, Ehrlichkeit, Ordnungssinn, Fleiß ... zurück zu unseren Tugenden!«

Gerda wusste nicht, ob sie lachen oder weinen sollte. Ihr Vater bot ein jämmerliches Bild, und dass er immer noch dem Führer und seiner Politik glaubte, verstörte sie. Sie mochte die neue Zeit und die lockere Art, die man besonders bei den Amerikanern beobachten konnte, und wollte in keiner anderen Zeit mehr leben. Im Gegenteil, sie fand vieles in der Gegenwart noch zu muffig und lehnte sich immer stärker gegen die Traditionen auf, die besonders in bayerischen Dörfern noch lebendig waren. Vielleicht hatten Jule und Ingrid doch recht gehabt, und man musste Eschenbrunn verlassen, um anderswo das Leben zu finden, das man sich so lange erhofft hatte. Kein Vater mehr, der auf die Amerikaner schimpfte und sie ein Ami-Liebchen nannte, wenn sie zum Tanzen in die Micky Bar ging, kein Streit zwischen ihren Eltern, keine verzweifelte Mutter, die jeden Tag in die Kirche lief, um ihr Heil im Gebet zu suchen.

Höchstens noch drei Wochen, dann würde sie ihre Bewerbung schreiben und im Lager arbeiten, wenn alles nach Plan verlief. Ihr Vater würde toben, und ihre Mutter weinen und vielleicht einen Herzanfall vortäuschen, um sie daran zu hindern, aber mit der Zeit würden sie sich beruhigen und sich so wie die meisten anderen Eltern verhalten, deren Töchter im Lager arbeiteten. Sie würde in der Heimat bleiben, aber genug Zeit bei der Arbeit verbringen, um wenigstens einen Hauch von Freiheit zu verspüren. Ihr Vater würde sich wohl nie ändern, und ihre Mutter war viel zu schwach, um den Ärger, den sie mit ihm hatte, allein durchzustehen. Sie durfte die Mutter nicht im Stich lassen.

Während der Kartoffelernte blieb keine Zeit für andere Gedanken und erst recht nicht für Streit. Dazu war die Arbeit viel zu anstrengend. Alle waren auf den Feldern, der Vater, die Mutter und sie, ihr Schwager und einige Jugendliche, die sich ein paar Mark verdienen wollten. Ihre Schwester Agnes kümmerte sich um ihre zweijährige Tochter, half aber im Haushalt und kochte für ihre Verwandten. Ihre Tochter war ein ruhiges Kind und spielte in ihrem Laufstall.

Ein wenig neidisch war Gerda schon auf ihre Schwester. Sie hatte es immer verstanden, gut mit dem jähzornigen Vater auszukommen. Wenn es Streit zwischen Gerda und ihm gegeben hatte, war sie es gewesen, die den Vater beruhigt und abgelenkt hatte, allein ihre sanfte Stimme hatte manchmal genügt, ihn auf andere Gedanken zu bringen. Dass sie mit Joseph einen Bauernsohn aus Eschenbrunn geheiratet und ihm schon zehn Monate nach der Hochzeit eine Enkeltochter geschenkt hatte, waren die besten Nachrichten, die ihre Eltern während der letzten paar Jahre bekommen hatten. Sie wohnten in einem Anbau auf dem Hof von Josephs Eltern, nur ein paar Hundert Meter entfernt im Osten des Dorfes.

Die Kartoffelernte fiel besser aus, als sie befürchtet hatten, und sie machten einen ordentlichen Gewinn. Während der gesamten Ernte fiel kein Regen, die Voraussetzung für eine erfolgreiche Ernte. Erst zwei Tage nach der Ernte sammelten sich Regenwolken am Himmel, und hässlicher Dauerregen prasselte auf die Häuser und Äcker und Wiesen herab. So sehr die Bauern sich Regen erhofften, so lästig war er zur Erntezeit, wenn man im Schlamm herumkriechen musste, um die Kartoffeln zu retten. »Einen guten Bauern erkennt man daran, dass er das Wetter voraussagen kann« stand auf ihrem Wandkalender in der Küche. Ein Bauer wie ihr Vater brauchte sich nur den Himmel anzusehen, um zu erkennen, ob es regnen würde. Auf den Wetterbericht war weniger Verlass.

Wie jedes Jahr nach der Kartoffelernte kochte die Mutter für alle, die bei der Ernte geholfen hatten, und der Vater zahlte die freiwilligen Helfer aus. Den ganzen nächsten Tag war er mit dem Stettner unterwegs. Nachdem sie ihrer Mutter im Stall geholfen hatte, verkroch Gerda sich in ihrem Zimmer und verfasste ihr Bewerbungsschreiben, eine Arbeit, die sie sich wesentlich leichter vorgestellt hatte. Sie hatte sich einen Umschlag und einen Briefbogen besorgt, schrieb aber mehrere Versionen in eines ihrer alten Schulhefte, bevor sie mit ihrem Text zufrieden war und ihn in Schönschrift auf den Briefbogen schrieb.

Sie faltete den Briefbogen, schob ihn vorsichtig in den Umschlag, adressierte ihn an das Personalbüro für Zivilisten, die auf dem Stützpunkt arbeiten wollten, und brachte ihn zur Poststelle. Sie frankierte ihn, steckte ihn aber selbst in den Kasten, damit die Frau hinter dem Schalter gar nicht erst auf die Idee kam, ihren Eltern etwas zu verraten. Die Postfrau war als unverbesserliche »Ratschkattel« bekannt und hätte das Geheimnis bestimmt nicht für sich behalten.

Die Antwort kam einige Tage später telefonisch. In ihrem Brief hatte Gerda geschrieben, am besten am frühen Nachmittag erreichbar zu sein, dann war ihr Vater entweder auf dem Acker oder beim Stettner und ihre Mutter hielt ihren Mittagsschlaf. Sie wollte auf keinen Fall, dass ihre Eltern ans Telefon gingen. Sie würden noch früh genug erfahren, was sie vorhatte. Wenn sie es jetzt erfuhren, war die Gefahr zu groß, dass der Vater sie zwang, den Amerikanern abzusagen. Mit einem unterschriebenen Vertrag war sie auf der sicheren Seite.

Am Telefon meldete sich ein gewisser Albert Denz, der Personalchef für deutsche Zivilisten, und bat sie zu einem Vorstellungsgespräch am nächsten Morgen. Gerda sagte erfreut zu und fieberte dem Termin wie einem ersten Date entgegen, so nannten die Amerikaner ein Rendezvous, hatte sie schon vor einiger Zeit erfahren. In der Nacht vor dem Treffen schlief sie nur sehr wenig.

Nach dem Frühstück stahl sie sich unter dem Vorwand davon, sie müsse eine kranke Freundin in Grafenwöhr besuchen. Ihre Eltern schöpften keinen Verdacht, auch dann nicht, als sie in ihrem Sonntagskleid das Haus verließ. Ihren Ausweis und ihr letztes Schulzeugnis hatte sie in ihrer Umhängetasche verstaut. Mit dem Fahrrad fuhr sie nach Grafenwöhr und parkte es vor dem Tor zum Hauptquartier. Ein Wachsoldat prüfte ihren Ausweis und zeigte ihr den Weg zum Personalbüro. Sie bewarb sich zum ersten Mal für eine Arbeitsstelle und war aufgeregt, als sie das Personalbüro betrat. »Gerda Wittmann«, stellte sie sich vor. Sie hatte ihren Mädchennamen wieder angenommen. »Ich hatte mich um eine Stelle im Lager beworben.«

Der Personalchef lächelte. »Wir sagen Training Center, nicht Lager.«

»Tut mir leid, das wusste ich nicht.«

»Seventh Army Training Center«, ergänzte der Captain.

Der Personalchef war um die vierzig, trug Anzug und Krawatte und saß hinter einem aufgeräumten Schreibtisch. Neben ihm stand Captain William J. Barkley, wie sie an seinem Namensschild erkannte, ein schlanker Mann in Uniform mit kurz geschorenen Haaren.

Gerda begrüßte beide und setzte sich dem Personalchef gegenüber.

Der Captain zog sich ebenfalls einen Stuhl heran.

»Eine gute Note im Schreibmaschineschreiben«, sagte der Personalchef, nachdem sie einige Routinefragen beantwortet und ihren Ausweis und ihr Zeugnis vorgelegt hatte, »das gefällt mir. Wie sieht es mit Steno aus?«

Sie sagte ihm, das sei ein Fach an ihrer Schule gewesen.

»Sie würden als Assistentin in unserer Transportabteilung arbeiten und hauptsächlich mit Bestellungen der Werkstatt zu tun haben. Die Werkstatt liegt unter dem Büro im Erdgeschoss.«

»*Do you speak English?*«, fragte der Captain unvermittelt.

»*Yes, I do*«, antwortete sie in bestem Schulenglisch.

»*Where are you from?*«

»Eschenbrunn«, antwortete sie, »*a village not far from here.*«

»*Sounds good. Why don't you show us your typing skills?*« Er führte sie ins Vorzimmer und bat die Sekretärin, sie für ein paar Minuten allein zu lassen. Er griff nach einem Buch über Deutschland, das neben einigen Fachbüchern im Regal stand, und schlug eine beliebige Seite auf. »*How about this page here?*«

Gerda setzte sich an die Maschine, spannte ein Blatt Papier ein und massierte ihre Finger, bevor sie loslegte. Trotz ihrer Aufregung ging ihr der Text flott von der Hand. Ein Bericht über eine Fahrt auf dem Rhein auf Englisch.

»Stop!«, sagte der Captain, als eine Minute um war. Er zog das Blatt aus der Maschine und zählte die Wörter. »*Sixty words per minute, that's pretty good.*«

Sie kehrten ins Büro zurück.

»Sehr schön«, sagte der Personalchef. »Wann können Sie anfangen?«

»Kommenden Montag?«

»Dann unterschreiben Sie am besten gleich den Vertrag.«

Zu verhandeln gab es nichts. Bei der US-Armee gab es einen festen Lohn und feste Arbeitsbedingungen, an denen nicht gerüttelt werden durfte. Gerda war sehr zufrieden mit dem Angebot. Selbst wenn sie ihren Eltern die Hälfte abgab, blieb genug für ihr Sparschwein. Sie unterschrieb den Vertrag und sagte: »Ich freue mich sehr auf die Arbeit, Herr Denz.« Zum Captain sagte sie: »*I'm looking forward to working here.*«

»Bis nächsten Montag um halb acht«, verabschiedete sie der Personalchef. »Melden Sie sich im Transportation Building, gleich links neben dem Haupteingang. Ihr Chef ist Volker Blohm. Vergessen Sie nicht Ihren Personalausweis. Ihren Mitarbeiterpass bekommen Sie im Passamt neben dem Transportation Building.«

Gerda verabschiedete sich und fuhr mit gemischten Gefühlen nach Hause zurück. Beschwingt, weil ihre Bewerbung erfolgreich gewesen war und sie endlich auf eigenen Beinen stand, nervös wegen der bevorstehenden Auseinandersetzung mit ihren Eltern. Sie würde versuchen, sie mit dem Extra-Geld zu versöhnen, war jedoch ziemlich sicher, einen Wutanfall ihres Vaters durchstehen zu müssen, bevor sie sich durchsetzte. »Du schaffst es!«, machte sie sich Mut. »Wenn nicht jetzt, wann dann?« Sie war nicht mehr die gehorsame Tochter, die zu allem Ja und Amen sagte, die war sie seit ihrer Scheidung nicht mehr. Sie hatte von Jule und Ingrid gelernt, auch an sich zu denken. Ihr Entschluss, in der Heimat zu bleiben und später die Eltern zu pflegen, war ungebrochen, aber sie musste auch an ihre eigene Zukunft denken.

Als sie nach Hause kam, war ihr Vater unterwegs, und ihre Mutter stand im Hof und verbrannte irgendetwas. Gerda beobachtete eine Weile, wie sie ein Kleidungsstück mit der Grillzange in eine Wanne mit dem Feuer hielt und nicht einmal aufblickte, als sie kam. Im Schein der Flammen leuchtete ihr Gesicht.

Gerda stellte ihr Rad ab und ging auf sie zu. Sie brauchte nicht einmal das Totenkopf-Abzeichen in der Asche zu sehen, um zu erkennen, dass es sich um die Uniform des Vaters handelte. »Mutter!«, sagte sie leise. »Du wusstest es?«

»Schon lange«, erwiderte die Mutter.

»Und du hast nie etwas gesagt?«

»Ich hab gedacht, er verbrennt sie selbst, wenn genug Zeit vergangen ist. Aber anstatt besser wird es immer schlimmer mit ihm. Ich möchte nicht, dass er zu den Versammlungen dieser neuen Partei geht. Ich hab genug vom Krieg, einen wie den Hitler will ich nicht mehr erleben.« Sie ließ die Jacke brennen und wischte sich die rußigen Hände an der Schürze ab. »Wo warst du, Gerda?«

»In Grafenwöhr. Ich hab eine Stelle im Lager angenommen.«

3

Gerda beobachtete durchs Fenster, wie ihr Vater vom Acker heimkehrte und vom Traktor stieg. Er rümpfte verwundert die Nase, schaute sich suchend um, kam in die Küche, wo sie und ihre Mutter den Tisch fürs Abendessen deckten, und sagte: »Da draußen riecht's verbrannt. Habt ihr ein Feuer angezündet?«

»Ich hab eine alte Jacke verbrannt«, erwiderte die Mutter.

»Seit wann verbrennen wir Jacken? Haben wir's so dicke?«

»Die Jacke musste dringend weg«, sagte die Mutter. »In den Müll werfen oder der Caritas spenden konnte ich sie nicht, das hätte böses Blut gegeben.«

»Wegen einer Jacke?«

»Deswegen«, sagte die Mutter und legte das angesengte Totenkopf-Abzeichen vor ihn auf den Tisch. »Warum hast du mir nie davon erzählt, Hermann?«

»Du hast meine Uniformjacke verbrannt?«, explodierte er.

»Um dich zu schützen«, sagte sie. »Im Radio kam neulich, dass sie einige SS-Offiziere anklagen und vor Gericht bringen wollen. Vor allem Männer der Totenkopf-Einheiten, die in Auschwitz stationiert waren und jüdische Familien in der Tschechei erschossen haben. Wenn sie dich erwischen und festnehmen, sperren sie dich ein.« Sie nahm ihm das Abzeichen wieder ab und warf es in den Ofen. »Den Zeitungsausschnitt hab ich auch verbrannt, ist besser so.«

»Ich hab nur meine Pflicht getan.«

»Manche Leute sehen das anders.«

»Und du? Hältst du mich auch für einen Mörder?«

Er klang lange nicht mehr so selbstsicher wie früher.

»Ich habe damals nur Befehle ausgeführt und meine Pflicht getan. Für Deutschland, für unsere Heimat. Ich war ein guter Soldat.«

»Das weiß ich doch, Hermann, aber du solltest dein Glück nicht herausfordern. Du weißt, wie schnell der Stettner damals im Gefängnis gelandet ist. Wie ich unsere Polizei kenne, sieht sie auch bei eurer neuen Partei genau hin.«

»Da passiert nichts«, erwiderte er, »wir haben einen Polizisten in unseren Reihen, der sagt uns sofort Bescheid, wenn jemand auf dumme Gedanken kommt. Aber wenn wir nichts unternehmen, geht es mit Deutschland bergab. Solange die Besatzungsmächte hier sind, graben sie uns doch das Wasser ab.«

»So schlimm wird es schon nicht werden.«

»Hast du eine Ahnung.«

Er schien in Gedanken zu fluchen.

»Gibt's bald Essen? Ich hab den ganzen Morgen unseren Acker umgegraben. Ich hab Hunger. Oder hast du noch mehr auf Lager? Als hätten wir nicht genug Sorgen.«

Beim Essen sagte kaum jemand etwas. Es gab wieder mal Leberkäs und Brot, Bier für die Eltern und Wasser für Gerda. Sie mochte kein Bier, konnte überhaupt nichts mit Alkohol anfangen und bestellte sogar in der Micky Bar nur Cola oder Limo. Sie besaß nicht den Nerv, ihrem Vater während des Essens zu erzählen, dass sie für die Amerikaner arbeiten würde. Die Vorhaltungen der Mutter machten ihm schon genug zu schaffen. Er wirkte wie ein Halbstarker, den man bei einer

Heimlichtuerei erwischt hatte. Er zeigte keine Reue, schien eher verärgert darüber zu sein, dass die Mutter seine Uniformjacke gefunden hatte und seinem Geheimnis auf die Spur gekommen war. Beide reagierten vollkommen untypisch. Der Vater war in der Defensive, fühlte sich wohl in die Enge getrieben, und die Mutter zeigte mehr Mut und Entschlossenheit als sonst.

Gerda war heilfroh, als sie aufstehen und die Schweine füttern konnte. Die Tiere machten sich über die mit Milch angereicherte Weizenkleie her und schmatzten zufrieden. Sie sah ihnen gern beim Fressen zu. Schweine waren intelligente Tiere, wesentlich schlauer als Rinder, und schienen ständig leicht zu grinsen. Das bildete sie sich jedenfalls ein. Als würden sie das Leben nicht so ernst nehmen wie die Menschen. Kein Wunder, sie hatten ja auch keine Ahnung, dass ihr Leben im Schlachthof enden würde.

»Ich weiß nicht, was schlimmer ist«, sagte sie zu einem der Schweine, »ein frühzeitiger Tod im Schlachthof oder ein hitziger Streit mit meinem Vater.«

Lange aufschieben ließ sich die Auseinandersetzung jedoch nicht. Sie wartete bis zum nächsten Abend, bis sich ihr Vater vor das Radio gesetzt hatte, und sagte: »Ich muss dir was sagen, Vater.«

»Ich hab jetzt keine Zeit«, erwiderte er barsch.

»Es dauert nicht lange.« Sie setzte sich neben ihn auf die Couch und schlug in Gedanken ein Kreuz. »Am Montag fange ich im Lager an. Ich hab Arbeit im Büro bekommen. Ich muss telefonieren und mit der Schreibmaschine schreiben. ›Transportation‹ heißt die Abteilung. Wir arbeiten für die Werkstatt.«

»Du willst für die Amis arbeiten?«

»Viele Eschenbrunner arbeiten inzwischen im Lager«, fuhr sie fort. »Die Amerikaner zahlen am besten.« Sie verriet ihm, wie viel Lohn sie bekam. »Ich gebe euch die Hälfte ab, das ist doch gerecht, oder? Ich war gestern im Lager und hab den Vertrag unterschrieben.« Sie zögerte nur kurz, als sie sah, wie sich seine Stirn in Falten legte. »Das heißt natürlich nicht, dass ich euch nicht mehr auf dem Bauernhof helfe. Ich füttere weiterhin die Schweine, helfe beim Melken und beim Ausmisten. Eine bessere Arbeit hätte ich nicht finden können.«

»Du willst bei den Amis arbeiten? Kommt überhaupt nicht infrage.«

Gerda hatte mit einer solchen Antwort gerechnet. »In meinem Büro arbeiten nur Deutsche, Vater, und der Chef ist auch ein Deutscher. Der Captain sitzt im Hauptquartier und lässt sich nur selten blicken.« Sie hatte keine Ahnung, ob sie damit richtiglag. »Zur Kartoffelernte bekomme ich Urlaub, also keine Angst.«

Er wurde unsicher. »Das kommt alles ein bisschen plötzlich.«

»Ich bin dreiundzwanzig, Vater. Ich muss langsam auf eigenen Beinen stehen. Und falls ich tatsächlich wieder heirate, verdiene ich mir auf diese Weise meine Aussteuer. Ich hab mir alles gut überlegt. Wir haben alle was davon.«

Ihre Mutter kam herein. Sie hatte Brennholz geholt, verstaute es in einer Schublade des Ofens und blickte Gerda und ihren Vater erstaunt an. Ihre Augen verengten sich. Sie ahnte wohl, dass sie keine gute Nachricht bereithielten.

»Die Gerda will im Lager arbeiten«, sagte ihr Vater.

»Im Lager? Bei den Amerikanern? Gefällt es dir nicht mehr bei uns?«

Natürlich tat ihre Mutter so, als wüsste sie davon nichts. Gerda spielte mit.

»Darum geht's doch nicht, Mutter. Ich möchte selbst Geld verdienen und mich auch an den Kosten beteiligen. Ich weiß doch, wie teuer alles geworden ist. Ich hab dem Vater schon gesagt, dass ich mich nicht vor der Arbeit im Stall drücken will. Ich lasse euch nicht im Stich, ich bleibe bei euch wohnen.«

»Wenn du meinst«, sagte sie.

»Aber komm mir nicht mit einem Ami nach Hause«, warnte er, »und schon gar nicht mit einem Schwarzen! Wenn du wirklich mal heiraten solltest, dann einen anständigen Deutschen, ein anderer hat in unserer Familie keinen Platz.«

Gerda antwortete nicht. Sie war froh, dass ihr Vater zurzeit andere Sorgen hatte und keine Lust empfand, sich mit ihr zu streiten. Auch an diesem Abend ergriff er wieder die Flucht, um mit seinen Freunden beim Stettner zusammenzusitzen, und würde wohl erst spätabends nach Hause kommen. Ihre Mutter beschwerte sich schon lange nicht mehr, war anscheinend froh, dass sie einige Zeit allein verbringen konnte und sich nicht mit ihm zu streiten brauchte. Wenn Gerda sich an ihre wenigen gemeinsamen Abende mit dem Benziger Werner erinnerte, konnte sie ihr Verhalten gut verstehen. Was blieb ihr in ihrer Lage auch anderes übrig? Scheiden lassen konnte sie sich nicht. Sie war immer Hausfrau gewesen und hatte nie einen Beruf ausgeübt, in dem man Geld verdiente. Von was sollte sie leben? Das Haus und die Landwirtschaft gehörten dem Vater.

Gerda hatte gerade noch rechtzeitig die Notbremse gezogen. Andere Frauen wären selbst dann bei ihrem Mann geblieben, wenn sie ihn mit einer anderen Frau im Bett erwischt hätten. Sie war jung genug, um noch einmal von vorn zu beginnen, und nahm das Risiko in Kauf, überhaupt nie einen Mann zu finden, den sie wirklich liebte. Eine Haltung, die sie auch ihren Freundinnen zu verdanken hatte. Wenn man in der Heimat blieb, hieß das noch lange nicht, dass man alles für richtig hielt, was jahrhundertealte Traditionen von einem verlangten. Die Welt veränderte sich, auch in Eschenbrunn in der Oberpfalz.

Am Sonntagmittag traf sie Monika am Badesee und berichtete ihr von ihrer erfolgreichen Bewerbung. »Morgen geht's los, im Transportation Office.«

»Transportation? Dann sind wir praktisch Nachbarn. Ich arbeite im Housing Office. Wir organisieren Wohnungen für die Soldaten und ihre Familien. On-post und off-post, im und außerhalb des Lagers. Ein abwechslungsreicher Job.«

»Und du hast es nie bereut, für die US-Armee zu arbeiten?«

»Bis jetzt noch nicht. Die Arbeit gefällt mir, die Bezahlung ist besser als in den meisten deutschen Firmen, ich hab einen netten Chef und nette Kolleginnen. Und die Amis sind fairer, als die meisten denken. Was willst du mehr?«

»Meinem Vater ist es gar nicht recht.«

»Sag ihm, er braucht sich keine Sorgen zu machen. Wenn einer sich danebenbenehmen würde, wäre sofort die MP zur Stelle, und er bekäme Ärger.«

»Was sagen denn deine Eltern?«

»Die freuen sich über das zusätzliche Geld, das reinkommt. Ihre Äcker und Tiere haben sie an den Brunner verkauft. Mein Vater arbeitet jetzt beim Straßenbau, das bringt mehr. Sogar im Winter haben die genug zu tun.«

»Aber du wohnst noch zu Hause?«

»Bis Jeremy und ich im Frühjahr nach Amerika fliegen, auf jeden Fall. Ich hab's nicht übers Herz gebracht, sie allein zu lassen. Mein Vater hat immer noch Albträume, obwohl er schon seit über zehn Jahren aus der Gefangenschaft zurück ist, und meine Mutter hat große Angst, dass er irgendwann die Nerven verliert und sich was antut. Er muss schlimme Dinge im Krieg gesehen haben.«

»Mein Vater kommt auch nicht zurecht«, erwiderte Gerda. »Er will nicht wahrhaben, dass sich die Welt verändert hat, und trauert den alten Zeiten nach.«

Monika grinste schwach. »Im Krieg hatten die Frauen alles im Griff. Meine Oma sagt, ohne die Männer ginge es der Welt besser. Sie war schon im Ersten Weltkrieg auf sich allein gestellt. Bis jetzt hätte noch kein Krieg was gebracht.«

»Da ist sicher was Wahres dran.«

»Fahren wir morgen zusammen auf meinem Motorroller?«, fragte Monika. »Ich kann dich mitnehmen. Besser, als den Bus zu nehmen oder zehn Kilometer mit dem Fahrrad zu fahren. Wenn du willst, können wir jeden Tag zusammen fahren. Es sei denn, es regnet in Strömen oder es schneit, dann wird's mit dem Motorroller ungemütlich. Einverstanden?«

»Klingt gut … und ich beteilige mich an den Benzinkosten.«

Pünktlich um sieben wartete Monika mit ihrem Roller vor dem Haus. Gerda schnappte sich ihre Umhängetasche, winkte ihren Eltern zu und schwang sich auf den Beifahrersitz. Sie war Monika sehr dankbar. Ohne ihre neue Freundin hätte sie schon um halb sieben aufbrechen müssen, um einigermaßen pünktlich zu kommen, und sie hätte kaum Zeit zum Frühstücken gehabt. »Und trödelt heute Abend nicht rum«, rief ihr der Vater nach, »wir haben Arbeit im Stall.«

Nachdem sie ihren Lagerausweis geholt hatte, meldete sie sich bei Volker Blohm im Transportation Building. Ihr neuer Chef tat geschäftig. »Guten Morgen, Fräulein Wittmann. Kommen Sie, ich zeige Ihnen Ihren Arbeitsplatz.«

Volker Blohm war schlank, beinahe zu schlank, wie sie feststellte, und trug einen Anzug, der ihm bestimmt eine Nummer zu groß war. Über seinen Wangenknochen spannte sich blasse Haut. Wie sie später erfuhr, war er dem Kriegsdienst wegen einer Lungenentzündung entgangen. Er war kein Nazi gewesen und hatte während seiner Krankheit so gut Englisch gelernt, dass ihn die Amerikaner ohne Bedenken eingestellt hatten.

»Gerda, nicht wahr?«, begrüßte er sie. »Wir nennen uns hier alle mit dem Vornamen, so machen es auch die Amerikaner. Den Captain sprechen Sie bitte ausschließlich mit seinem Rang an.« Er führte sie zu ihrem Arbeitsplatz, in einem Zimmer mit ihm und zwei weiteren Frauen, mit denen sie sich die Arbeit teilen würde. Captain Barkley besaß ein eigenes Büro, dahinter lagen die Lagerräume mit den Ersatzteilen für die Werkstatt im Erdgeschoss. Ihre Kolleginnen kamen beide aus Pressath und waren ungefähr in ihrem Alter.

Für die Arbeit brauchte man keine besonderen Kenntnisse. Ihre Aufgabe war es, die Bestände im Ersatzteillager zu überwachen und die Bestellungen der Werkstatt auf Karteikarten zu erfassen und ins Hauptquartier nach Kaiserslautern zu schicken. Jede Schraube und jeder Bolzen musste einzeln aufgeführt werden. Wenn die Trucks aus dem Hauptquartier in Grafenwöhr ankamen, galt es, die Lieferscheine zu überprüfen und abzulegen. Gelegentlich diktierte ihr der Captain einen Brief nach K-Town, wie er Kaiserslautern nannte, und formulierte irgendeine Anweisung, die sie nur teilweise verstand. Überhaupt gab es einiges beim Militär, das ihr sonderbar vorkam. Die seltsamen Abkürzungen und Bezeichnungen für die Uhrzeit zum Beispiel. Normalerweise sagten die Amerikaner 4 PM für vier Uhr nachmittags, beim Militär hieß es aber 1600.

Ihr Chef war langweilig, aber okay, und ihre Kolleginnen seit vielen Jahren befreundet und beide frisch verliebt. Sie sprachen die meiste Zeit über ihre Liebsten. Wenn sie zu viel kicherten, blickte Blohm sie streng an, und sie hielten für einige Zeit den Mund. Aber dann ging es wieder von vorn los. Obwohl beide schon beinahe volljährig waren, kamen sie Gerda wie Backfische vor.

Gerda konzentrierte sich ganz auf ihre Arbeit und war schon bald die bevorzugte Ansprechpartnerin für Captain Barkley. Sie arbeitete effektiver als ihre Kolleginnen, die sie wahrscheinlich für eine Streberin hielten, und sprach besser Englisch. Ihre Sprachkenntnisse versagten erst, als sie Monikas Freund Jeremy während einer Mittagspause traf. Sein Südstaaten-Slang war auch dann kaum zu verstehen, als er sich bemühte, akzentfreies Englisch zu sprechen.

»Nach ein paar Wochen sprichst du selber so«, sagte Monika.

Unter den Mechanikern, die nach jeder Lieferung zu ihnen ins Büro kamen, war auch ein Schwarzer. Er hieß Ben und hatte ständig ein Lächeln im Gesicht. Sie hätte niemals daran gedacht, sich einen Schwarzen als Freund zu suchen, schon aus Angst vor ihrem Vater nicht, doch sie empfand seine freundliche Art und seine witzigen Bemerkungen als durchaus angenehm und hielt nicht den Abstand wie ihre Kolleginnen. Insgeheim stellte sie sich vor, wie ihr Vater reagiert hätte, wenn ihm zu Ohren gekommen wäre, wie sie sich gegenüber einem schwarzen Soldaten verhalten hatte. Schon ihr gemeinsames Lachen hätte ihn zur Weißglut getrieben. Er verabscheute alles, was ihm fremd vorkam.

Er wäre erst recht aus der Haut gefahren, als Gerda einen Monat, nachdem sie im Lager angefangen hatte, mit dem Bus zur Micky Bar zum Tanzen fuhr und dort Ben begegnete. Er war mit einigen schwarzen Freunden dort, wurde aber erst auf sie aufmerksam, als sie ihm zuwinkte. Er erhob sich zögernd.

»Hi«, begrüßte er sie.

»HI«, erwiderte Gerda.

Do you wanna dance?«

Sie ließ sich von ihm auf die Tanzfläche führen. »Ich dachte schon, du wolltest mir aus dem Weg gehen«, sagte sie. »Oder kannst du nicht tanzen?«

»Die Leute sehen es nicht so gern, wenn ein Schwarzer mit einer weißen Frau tanzt«, sagte er. »Wir bekommen oft Ärger mit den weißen Jungs, wenn wir es doch tun. Obwohl wir hier in der Micky Bar auf neutralem Boden sind.«

Auch diesmal mussten sie einige böse oder neugierige Blicke ertragen, die Gerda mit einem Lächeln konterte. Sie hatte lange genug mit Schwarzen zu tun gehabt, um vor ihnen keine Angst zu haben. Sie hatten einen anderen Humor und sprachen mit einem Slang, den man genauso schwer wie das Südstaaten-Englisch von Jeremy verstand, gaben sich aber meist lockerer als die Weißen. Außerdem konnten sie besser tanzen. Gerda hatte sich lang gesträubt, in die Micky Bar zu gehen, aus Angst vor ihren Eltern natürlich, war dann den Überredungskünsten von Jule und Ingrid erlegen und inzwischen ebenfalls eine ausgezeichnete Tänzerin. Der Rock 'n' Roll hatte ihr geholfen, sich von der Angst vor ihrem Vater zu befreien und selbstständiger zu werden. Ihre Schüchternheit war längst passé.

Die Band spielte amerikanische Hits wie »Red River Rock« und sogar das deutsche »Sugar Baby« von Peter Kraus, alles schnelle Nummern, aber als sie die Schnulze »Put Your Hands On My Shoulder« von Paul Anka anstimmten und sie spürte, wie Ben sie an sich zog, gab sie auf und sagte: »Lass uns für ein paar Minuten nach draußen gehen. Die langsamen Songs liegen mir nicht so.«

Sie gingen vor die Tür und blieben unter den nahen Bäumen stehen. Nicht weit von ihnen knutschten einige Liebespärchen. Gerda hatte ein schlechtes Gewissen, weil sie Ben ermuntert hatte, und entschuldigte sich. »Sorry, Ben.«

»Ist es … weil ich schwarz bin?«

»Unsinn!«, erwiderte sie energisch. »Mir ist es vollkommen egal, ob jemand schwarz oder weiß, amerikanisch oder deutsch ist. Und ich finde dich sehr nett. Es ist nur …« Sie zögerte. »Es ist nur … ich liebe immer noch den Mann, den ich nicht heiraten durfte.« Sie erzählte ihm in wenigen Worten, warum ihr ihre Eltern die Heirat mit Matthias verboten hatten. »Ich musste einen anderen heiraten und dachte, ich hätte meine Enttäuschung überwunden, aber die Ehe ging gründlich schief. Ich bin geschieden und hoffe immer noch, dass Matthias zurückkehrt, obwohl er wahrscheinlich längst mit einer anderen verheiratet ist.«

Ben schien sie zu verstehen. »In Amerika dürften wir auch nicht zusammen sein. Wir Schwarzen sind Menschen zweiter Klasse. Martin Luther King, ein bekannter Pastor, hat viel erreicht, und es gibt sogar ein neues Gesetz, das die Gleichstellung von Schwarzen und Weißen vorschreibt, aber schwarze Schüler müssen immer noch von der Nationalgarde beschützt werden, wenn sie zusammen mit weißen Kindern in eine Schule gehen wollen. Das ist unfair.«

Gerda erinnerte sich daran, wie sehr die Juden während des Krieges beschimpft worden waren. »Für mich wirst du immer erste Klasse bleiben, Ben. Aber solange ich noch an Matthias denke, kann ich mich auf keinen anderen Mann einlassen, egal, ob er schwarz oder weiß ist. Du bist mir doch nicht böse?«

»Nein, Gerda. Ich hoffe, du triffst diesen Matthias mal wieder.«

»Das glaube ich kaum«, erwiderte sie traurig.

Sie fuhr mit dem Bus nach Eschenbrunn zurück und sah schon von Weitem den Streifenwagen vor ihrem Haus stehen. Das Blaulicht rotierte und warf unheimliche Schatten auf die Häuserwände. Gerda stieg aus dem Bus und beobachtete entsetzt, wie ihr Vater von zwei Polizisten zum Streifenwagen geführt wurde.

In der offenen Haustür stand ihre Mutter und schluchzte laut.

»Vater!«, rief Gerda. »Vater! Was ist denn passiert?«

1960
JULE

4

»Du bist in letzter Zeit so traurig«, sagte John, als sie wie jeden Morgen gemeinsam zur Hammond Ranch fuhren. »Habe ich was falsch gemacht?«

»Natürlich nicht«, beruhigte sie ihn.

Er arbeitete auf der Ranch seiner Freunde als Cowboy, sie als Haushaltshilfe, war aber inzwischen eine so gute Reiterin, dass sie gelegentlich auch als Cowgirl aushelfen durfte. In Eschenbrunn hatte sie es nur auf einen lahmen Ackergaul geschafft. Quarter Horses wie in Texas gab es dort gar nicht.

Er verstand sie falsch. »Tut mir leid, Jule, dass es noch nicht für die Anzahlung zu unserem Haus reicht, aber ich war drei lange Monate außer Gefecht und habe zwei Monate keinen Lohn bekommen. Tut mir wirklich leid.«

»Wir schaffen das schon noch«, erwiderte Jule. Nur sie wusste, dass ihre Stimmungsschwankungen einen ganz anderen Grund hatten. Vor einem knappen Jahr war ihre Regel ausgeblieben, und sie hatte bereits mit einer Schwangerschaft gerechnet, bis ihr der Arzt gesagt hatte, dass es leider nicht so war. Aber das hatte sie weder John noch ihrer Schwiegermutter gesagt. John hatte schon genug gelitten. Als er aus unerfindlichen Gründen vom Pferd gefallen war, hatte er sich schwer verletzt und lange im Krankenhaus gelegen. Er freute sich und war dankbar, nach der langen Genesungszeit wieder reiten und arbeiten zu können. »Wenn ich fleißig Kurzgeschichten schreibe, geht es vielleicht schneller. Und wenn ich den Roman schreiben darf, gibt es noch mehr Geld.«

Jule hatte schon als kleines Mädchen gern Geschichten geschrieben. Über Fräulein Agathe, die spöttische Ziege, den arroganten Professor Friedrich und Karl, den schlauen Bären. Auf ihrem Nachttisch stand der Plüschbär, den Gerda und Ingrid ihr damals zum Geburtstag geschenkt hatten. Er trug seinen Namen auf einem kleinen Amulett an seiner Halskette. Natürlich hieß auch er Karl. Er war ihr Maskottchen und drückte ihr die Daumen für ihren Erfolg als Autorin.

»Ein Mann muss seine Frau allein ernähren können.«

»Nicht wenn er krank ist«, sagte sie. »Und erst recht nicht, wenn die Frau einen Beruf hat, der ihr wirklich Spaß macht. Ich schreibe gern, John. Und genauso gern arbeite ich auf der Ranch. Reiten ist fast so schön wie Schreiben.«

»Bleibt da noch Zeit für Kinder?«

Sie schaffte ein versöhnliches Lächeln. »Aber sicher. Ein Kind wäre am allerschönsten. Aber das ist ja das Gute an meinem neuen Beruf. Man kann zu Hause arbeiten und hat sein Kind immer in der Nähe. Mit dem Reiten würde ich natürlich eine Weile aussetzen. Wie ich dich kenne, würde unser Kind eher reiten als laufen können. So wie alle guten Cowgirls und Cowboys, stimmt's?«

»Ich hoffe, es klappt bald. Wir versuchen es schon so lange.«

»Spätestens nächstes Jahr … ganz bestimmt.«

Jule lächelte ihren Mann an. Aus der Ferne wirkte er wie jeder andere Cowboy, schlank, sportlich und mit angeblich krummen Beinen, dem Markenzeichen aller Cowboys, wenn man ihren Scherzen glauben wollte. Die krummen Beine kämen vom Reiten, behaupteten sie. In John verliebt hatte sie sich erst, als sie in seine dunklen Augen geschaut hatte. Sein Blick war voller Zuneigung gewesen, und als sie sich zum ersten Mal umarmt und geküsst hatten, war ihr sofort klar gewesen, dass sie den Mann fürs Leben gefunden hatte. Nur widerwillig und zögernd hatten sich ihre Eltern damit abgefunden, dass sie einen Amerikaner geheiratet hatte und mit ihm ins ferne Texas ausgewandert war.

Auch sie hatte Bedenken und ein wenig Angst vor dem Unbekannten gehabt, aber schon bald festgestellt, dass man sich auch in Texas wohlfühlen konnte. Mit John wäre sie wahrscheinlich überall zufrieden gewesen. Die Texaner hatten recht, ihr Land war etwas ganz Besonderes, vor allem am frühen Morgen wie jetzt, wenn die Sonne am Horizont emporkletterte und ihr orangefarbenes Licht über das scheinbar endlose Grasland warf. West Texas war für seine weiten Ebenen bekannt. Der Blick ging so weit, dass man die Erdkrümmung erahnen konnte, ein Phänomen wie sonst nur auf dem Ozean.

Bis zur Hammond Ranch waren es nur wenige Meilen. Über eine Schotterstraße ging es weitere zwei Meilen zu dem lang gestreckten Ranchhaus mit rotem Giebeldach, wo sie vom Hofhund mit lautem Gebell begrüßt wurden. Einige Hühner stoben erschrocken zur Seite und flohen hinter einen Schuppen.

Jule fühlte sich auf der Ranch inzwischen wie zu Hause. Die Ställe, die Koppel mit den Pferden, die Schuppen und das Bunkhouse, in dem die Cowboys schliefen, waren zu einer vertrauten Umgebung für sie geworden. Die Hammonds besaßen keine große Ranch, jedenfalls nach texanischen Maßstäben, hatten einen Teil ihres Landes aber an einen Ölkonzern verkauft und sich mit dem Verdienst vor dem drohenden Bankrott gerettet. Nach einer jahrelangen Trockenheit hatten viele Rancher im westlichen Texas aufgeben müssen.

Buck Hammond, ein sehniger Mann in Jeans, kariertem Hemd und Cowboystiefeln, und seine Frau Mary-Beth, ebenfalls eine echte Texanerin, waren gerade aufgestanden.

»Howdy«, begrüßte sie der Rancher auf Western-Art, »verspricht ein heißer Tag zu werden. Wird Zeit, dass es mal wieder regnet.«

»Pünktlich zum Roundup wahrscheinlich«, befürchtete John.

»Hank will nächste Woche damit anfangen, das Vieh zusammenzutreiben. Einige der Rinder haben ordentlich Fett angesetzt und sind langsam reif für die Schlachthöfe.«

Ein Satz, der viele Tierfreunde erschreckt hätte, doch Jule war auf einem Bauernhof aufgewachsen und daran gewöhnt, dass die Tiere vor allem wegen ihres Fleisches gezüchtet wurden. Auch ihre Schweine wurden gemästet und landeten früher oder später beim Metzger.

»Aber jetzt wollen wir erst mal frühstücken. Cactus und unsere Cowboys müssten gleich hier sein.«

Um kurz vor sieben kam Cactus vom Bunkhouse herüber und brachte einen Korb mit frischen Eiern. Seinen Namen trug der Cowboykoch, weil er sehr grimmig reagieren konnte, wenn jemand seine Gerichte kritisierte. »Howdy allerseits«, grüßte er. »Ist Omelett okay? Die Hühner waren heute Nacht besonders fleißig. Sieht so aus, als wollten sie sich beim neuen Hahn beliebt machen.«

Zusammen mit Jule verarbeitete er mehrere Eier zu einem schmackhaften Omelett mit Hackfleisch und Pilzen, einem herzhaften Frühstück, das mittags kaum Platz für ein Sandwich ließ. Den Kaffee hatte bereits Mary-Beth aufgesetzt. Die Rancherin litt unter chronischen Rückenschmerzen und traute sich nur leichte Tätigkeiten zu. Vor einer Operation drückte sie sich. Das Risiko, ihre Wirbelsäule zu verletzen und sie an den Rollstuhl zu fesseln, war groß.

Pünktlich um sieben erschienen auch die Cowboys zum Frühstück. Hank, der erfahrene Vormann der Ranch, Blue und Rusty aus dem Norden und ein junger Mann, den alle nur Junior nannten.

»Ich war heute Morgen schon mal draußen auf der Weide«, sagte Hank nach den ersten Bissen. »Sieht so aus, als müssten wir schon mit dem Roundup anfangen. Die Rinder sind in alle Winde zerstreut. Es wird eine Weile dauern, bis wir sie zusammengetrieben haben.«

»Dann fahr ich mit dem Chuckwagon auf die Winterweide«, sagte Cactus. Der Chuckwagon war ein Küchenwagen, eine »rollende Einbauküche«, die für die Rindertrecks im 19. Jahrhundert entwickelt worden war. Damals trieben Cowboys riesige Rinderherden über einen tausend Meilen langen Trail zur Eisenbahn, die damals noch nicht nach Texas führte. Bei den Viehzusammentrieben im Frühjahr und Herbst blieben die Cowboys mehrere Tage und Nächte auf der Weide, um die gemästeten Rinder und Kälber auszusondern, Kälber zu branden und die versprengten Rinder zu zählen und auf Krankheiten zu untersuchen. Die Arbeit hatte sich in mehr als hundert Jahren kaum verändert.

Auch John war bei den Cowboys, die nach dem Frühstück zur Winterweide ritten. Jule verabschiedete sich mit einem Kuss von ihm und versprach, am frühen Nachmittag ebenfalls hinauszureiten, dem Koch bei der Arbeit zu helfen und zu versuchen, einige versprengte Rinder zu finden und zum Lagerfeuer zu treiben. Sie war während der letzten Monate zu einer guten Reiterin geworden und hatte sogar mit dem Lasso geübt. Leider warf sie meist daneben. Um ein Cowgirl zu werden, musste man wohl auf einer Ranch aufgewachsen sein. Die meisten Cowgirls und Cowboys hatten reiten gelernt, bevor sie ihre ersten Schritte getan hatten. Das erzählten die Cowboys jedenfalls am Lagerfeuer.

Aber zuerst wartete die Arbeit im Haus auf sie. Sie spülte das Geschirr, machte die Betten, putzte das Bad und brachte den Abfall zum Container hinter dem Haus. Anschließend kümmerte sie sich um die Pferde auf der Koppel, brachte ihnen Heuballen und Getreide. Pferde waren hungriger als die Kühe und Schweine, die sie auf dem heimatlichen Bauernhof gefüttert hatte. Noch herzlicher als alle anderen Pferde begrüßte sie Lightning, die Fuchsstute, die Buck Hammond ihr geschenkt hatte. Sie berührte die Stirn des unruhigen Tieres und sagte: »Hab etwas Geduld, Lightning. Sobald ich mit der Arbeit fertig bin, reiten wir zu den Cowboys auf die Winterweide und sehen mal nach dem Rechten.« Sie gab der Stute einen Apfelschnitz und erkannte den Hengst bei einem der Heuballen. »Nimm dich vor dem Schwerenöter in Acht, hörst du?«

Nachdem sie den Hofhund und die Hühner gefüttert hatte, kehrte sie ins Haus zurück und setzte sich auf einen Kaffee zu Mary-Beth an den Küchentisch. »Ziemlich ruhig da draußen«, sagte sie, »selbst Rusty gibt heute Ruhe.«

»Der ist immer still, wenn niemand zum Ärgern auf dem Hof ist.«

»Ich werde heute Mittag auch mal zu den Männern rausreiten«, sagte sie. »Mal sehen, ob ich schon zum Cowgirl tauge. Du hast doch nichts dagegen?«

Mary-Beth lächelte verständnisvoll. »Kein Problem. Du weißt doch, dass du keine Rücksicht auf mich zu nehmen brauchst. Ich habe Buck auch schon gesagt, dass er den ganzen Tag bei den Männern bleiben kann. Ich habe Rückenschmerzen, weiter nichts. Die bekommt jedes Cowgirl nach einigen Jahren.«

Jule wusste, dass es keine bloßen Rückenschmerzen waren. Wenn die Beschwerden zu groß wurden, würde sie wohl um eine Operation nicht herumkommen. Die Rancherin war genauso stur wie eine Bäuerin in der Oberpfalz und würde erst kapitulieren, wenn es schon fast zu spät war. »Aber zuerst mache ich uns zwei Tuna Salad Sandwiches, die wirken besser als jede Tablette.«

Noch wusste Mary-Beth nicht, dass Jule in ihrer nächsten Kolumne für das »Livestock Journal« über sie schreiben würde. Jule hatte großen Erfolg mit ihren Berichten und war inzwischen bei den meisten Rancherfamilien in West Texas ein Begriff. Die Rancherin hätte sich wahrscheinlich mit Haut und Haaren dagegen gewehrt, in einer Kolumne erwähnt zu werden, war aber ein typisches Beispiel für eine Texanerin, die sich inmitten einer unbarmherzigen Natur und einer Männerwelt behaupten musste. »Mary-Beth Hammond steht für die vielen Frauen, die ihren Männern geholfen haben, in einem Land zu bestehen, das von langen Trockenheiten im Sommer und mörderischen Blizzards im Winter heimgesucht wurde«, schrieb Jule, »und die selbst in den Sattel stiegen, störrische Rinder trieben und sich mit dem Gewehr gegen Viehdiebe und Comanchen verteidigten. Tapfere Frauen, die auch heute noch ihren Mann stehen, nicht selten ums Überleben kämpfen und ihre Heimat lieben und sie niemals eintauschen würden, schon gar nicht gegen eine Stadtwohnung in Dallas oder Houston. Sie brauchen echte Männer um sich, und Pferde, Rinder und den heißen Wind, der während der Sommermonate über die Weiden in Texas weht.«

»Was ich dich noch fragen wollte«, sagte Mary-Beth, als Jule ihr Kaffee nachschenkte. Sie zögerte ein wenig, überlegte wohl, ob sie die Frage wirklich stellen sollte. »Ist John okay? Er wirkt in letzter Zeit so ... so nachdenklich.«

»Es geht ihm gut«, erwiderte Jule. »Es macht ihm nur zu schaffen, dass er so lange im Krankenhaus bleiben musste und kein Geld nach Hause bringen konnte. Dabei verdiene ich einiges mit meinen Kurzgeschichten für Zeitschriften dazu. Für meine Kolumne im ›Livestock Journal‹ gibt es auch Geld.«

»Und gesundheitlich?«

Es war der Rancherin sichtlich unangenehm, darüber zu sprechen.

»Ich will dir keine Angst machen, aber bevor ein erfahrener Cowboy wie er vom Pferd fällt, muss einiges passieren. War ihm nicht schwindlig?«

»Erst danach ... wegen der Gehirnerschütterung.«

»Mir kommt es so vor, als wäre ihm öfter schwindlig. Das kann auch Einbildung sein, aber mit Kopfverletzungen soll man nicht spaßen. Sag ihm, er soll sich lieber noch mal untersuchen lassen. Ich weiß, ich habe mit meinen Rückenschmerzen genug zu tun, aber eine Kopfverletzung ist ganz was anderes.«

»Ich werde es ihm sagen. Danke, dass du dir Sorgen um ihn machst.«

»Er ist ein guter Junge. Sonst hättest du ihn wohl nicht geheiratet, oder?«

»Er ist der Beste.«

Nachdem sie ihre Tuna Salad Sandwiches gegessen hatten, brach Jule auf. Sie freute sich, endlich wieder im Sattel zu sitzen und Lightning über das offene Weideland zu lenken. Sie ritt in dem leichten Galopp, den viele Cowboys bevorzugten. Sie hatte mehrere Ausritte mit John gebraucht, um das Pferd dazu zu bringen, sie als Reiterin zu akzeptieren. Das Gras hatte sich bereits braun verfärbt, und die Birken am Flussufer leuchteten in intensiven Farben. In wenigen Tagen würden sie verdorren und zu Boden fallen. In der Luft hing der Duft von Greasewood und Salbei. Die Sonne war sehr viel blasser geworden.

Jule staunte über sich selbst. In ihren kühnsten Träumen hatte sie nicht geglaubt, sich so schnell in ihrer neuen Heimat zurechtzufinden. Schon innerhalb Deutschlands wäre es nicht leicht für sie gewesen, Eschenbrunn zu verlassen und irgendwo anders zu leben. Mit ihrem Mann nach Texas zu ziehen und in diesem riesigen Land einen Neuanfang zu wagen, war eine Aufgabe, an der viele Frauen gescheitert wären. Nachdem sie ihre anfängliche Skepsis überwunden hatte, genoss sie jede Minute und überlegte bereits, ob es für John und sie nicht besser wäre, ebenfalls eine kleine Ranch zu gründen. Dafür brauchten sie sicher mehr Geld als für ein Haus in einem Dorf oder einer kleinen Stadt, und die Arbeit war sicher aufregender als in einer Werkstatt. Sie würde irgendwann mit John darüber reden, nahm sie sich vor. Er sollte selbst entscheiden.

Aus den Augenwinkeln nahm sie eine Bewegung wahr. Sie zügelte ihre Fuchsstute und blickte zu den bewaldeten Hügeln hinüber, die sich westlich des Weidelands erhoben. Streunende Rinder? Die Schatten zwischen den Bäumen ließen darauf schließen. Sie zog ihr Fernglas aus der Satteltasche und richtete es auf den Waldrand. Drei junge Rinder, die zwischen den Bäumen verschwanden. So weit von der Weide entfernt vermutete sie sicher niemand.

»Was meinst du, Lightning? Wollen wir die Rinder zurücktreiben?«

Die Fuchsstute setzte sich schnaubend in Bewegung. Ein leichter Schenkeldruck genügte, um die Richtung zu ändern und sie zum Waldrand zu lenken. Sie ließ Lightning in einen flotten Galopp fallen und kam schnell voran. Gegen die Sonne zog sie ihren breitkrempigen Hut weit in die Stirn. Schmunzelnd stellte sie sich vor, wie ihre Eltern und ihre Freundinnen wohl reagieren würden, wenn sie sehen könnten, welches abenteuerliche Bild sie als Cowgirl bot.

Wo sie die Schatten gesehen hatte, führte ein schmaler Pfad in den Wald hinein. Sie war ihm ungefähr eine Viertelmeile gefolgt, als sie drei Rinder ausmachte. Zwei junge Männer trieben sie über eine Lichtung. Zwei Cowboys, dachte sie auf den ersten Blick, doch als sie etwas Boden gutmachte und genauer hinsah, erkannte sie zwei junge Burschen, höchstens sechzehn, die sich erschrocken umdrehten, als sie Jule kommen hörten. Sie sah ihnen das schlechte Gewissen selbst aus der Entfernung an, und genauso deutlich erkannte sie das Brandzeichen der Hammond Ranch auf dem Hinterteil der Rinder, ein H und ein R, die sich einen Längsbalken teilten. Junge Viehdiebe bei der Arbeit.

Jule kam sich vor wie in einem Westernfilm, als sie die beiden Burschen einholte und sagte: »Darf ich fragen, wohin ihr mit unseren Rindern wollt?«

»Die haben wir gekauft«, sagte der größere der beiden. Er trug eine Baseballkappe mit dem Logo der Dallas Cowboys und hatte die bronzefarbene Haut eines Indianers. »Sie denken doch nicht, dass wir die Rinder gestohlen haben.«

»Dann habt ihr doch sicher eine Quittung.«

»Die wollten sie uns schicken.«

Jule musste grinsen. »Ihr glaubt doch nicht ernsthaft, dass ich auf eure kleine Lügengeschichte hereinfalle. Ihr habt die Rinder gestohlen, hab ich recht?«

Sie wandte sich an den jüngeren Burschen, ebenfalls ein Indianer. »Oder seid ihr auf einem Raubzug? Die Zeiten, als sich Weiße und Indianer bestahlen und gegenseitig umbrachten, sollten doch langsam vorbei sein.« Sie beugte sich leicht nach vorn. Es war leicht möglich, dass die beiden Viehdiebe bewaffnet waren und plötzlich die Nerven verloren, aber sie zeigte keine Angst. »Also, warum habt ihr die Rinder gestohlen? Weil ihr Hunger habt? Weil ihr den Weißen eins auswischen wolltet? Ihr wisst doch sicher, dass Viehdiebstahl ein Verbrechen ist. Im Wilden Westen wurden Viehdiebe gehängt, hab ich mir sagen lassen.«

Der Jüngere wurde zuerst schwach. Er weinte fast, als er mit der Wahrheit herausrückte. »Es war eine Mutprobe. Wir gehen nicht mehr auf den Kriegspfad wie unsere Vorfahren vor hundertfünfzig Jahren. Sobald Vollmond war, ritten sie los. Wir wollten den weißen Typen der Highschool lediglich zeigen, dass wir nicht so feige sind, wie sie immer behaupten. Wir sind Comanchen ... nun ja ... halbe Comanchen.«

»Soweit ich sehe, steht nur die Sonne am Himmel. Und soweit ich mich erinnern kann, war der Mond gestern Nacht erst halb voll. Macht euch fort!«

Der Ältere trieb sein Pferd an und ritt davon. Der Jüngere wartete noch einen Moment, sagte »Tut mir leid, Ma'am!« und folgte seinem Freund in den Wald.

5

Jule hatte es vor allem ihrer Fuchsstute zu verdanken, dass sie es schaffte, die Rinder aus dem Wald zu treiben. Lightning war ein Quarter Horse, ein Cowboypferd, das besonders intelligent und auf Rinder trainiert war und auf die kleinste Bewegung eines Rindes sofort reagierte. Auch ohne Schenkeldruck war es immer den Bruchteil einer Sekunde schneller als ein Rind und verstellte ihm den Weg, falls es ausbrechen wollte. Schließlich gaben die Rinder auf und liefen auf die offene Weide, wo Jule sehr viel besser mit ihnen zurechtkam.

Mit dem Lasso in einer Hand trieb sie die Rinder an. Auch wenn es nur drei Tiere waren, hatte sie alle Hände voll zu tun. »Vorwärts! Nun macht schon!«, rief sie. »Bisschen schneller, wenn's geht!« Sie hoffte, dass die Rinder auch ihr Bayerisch verstanden, feuerte sie sicherheitshalber auch auf Englisch an, wie sie es bei den Cowboys gelernt hatte: »*Giddy up! Keep movin', keep movin'!*«

Nach einer Weile beruhigten sich die Rinder und behielten ihre Richtung bei. Jule entspannte sich. Ein erleichtertes Lächeln zog über ihr Gesicht, als sie daran dachte, wie problemlos sie die beiden Jungen verjagt hatte. Wären sie gewalttätig gewesen, hätte die Begegnung sehr viel schlimmer ausgehen können. Comanchen, dachte sie. Verrückt! Einige Jungen in ihrer Klasse hatten Karl May gelesen und öfter von Apachen und Comanchen gesprochen. Die Comanchen waren immer die Bösen gewesen, die Apachen unter ihrem Häuptling Winnetou die Guten. Sie lachte. In der Wirklichkeit sah manches anders aus. Die beiden Stämme zogen schon lange nicht mehr in den Krieg, was nicht hieß, dass es keine Rinderdiebe mehr gab. In Texas, hatte sie den Eindruck, war der Wilde Westen immer noch lebendig. Nicht nur bei den Comanchen.

Sie überlegte, über den Vorfall in ihrer Kolumne für das »Livestock Journal« zu schreiben, und entschied sich dagegen. Es gab immer noch böses Blut zwischen Weißen und Indianern, und sie wollte die gegenseitige Abneigung nicht unnötig durch einen Artikel anfeuern. Nur ungern erinnerte sie sich daran, wie feindselig manche heimgekehrte Soldaten über schwarze Amerikaner gesprochen hatten. Ihr Vater zum Beispiel und auch Gerdas Vater und der Stettner.

In dem Roman, den sie der »Quick« vorgeschlagen hatte, ging es ausschließlich um zwischenmenschliche Probleme. Sie hatte der Redaktion ein siebenseitiges Exposé geschickt, in dem sie die Handlung skizziert hatte. Ihr Roman spielte Anfang und Mitte der Fünfzigerjahre. Hedwig Wallner, eine junge Bäuerin, glaubt immer noch an die Rückkehr ihres Mannes. Karl ist in Russland verschollen, und einige seiner Kameraden, die sie ausfindig macht, wollen gesehen haben, wie er erschossen wurde. Doch Karl lebt, glaubt Hedwig zu wissen und wehrt sich heftig gegen jede neue Beziehung. Auch gegen das Werben des sympathischen Jochen, der wegen einer Lungenentzündung vom Kriegsdienst verschont blieb und deswegen unter Gewissensbissen leidet. Begleitet wird das Geschehen vom Verhalten der anderen Dorfbewohner. Etwa von Stettner, Gerdas Eltern und einigen anderen Eschenbrunnern, die sie natürlich unter anderen Namen auftreten lassen würde. Schließlich akzeptiert Hedwig ihre neue Liebe, lässt Karl für tot erklären, heiratet Jochen und erwartet ein Kind von ihm. Dann gelingt es Adenauer, die letzten Kriegsgefangenen aus Russland zurückzuholen, und Hedwig geht sicherheitshalber zum Bahnhof. Dort trifft sie Karl wieder, der nach der langen Leidenszeit völlig ausgehungert und kaum zu erkennen ist. Als er hört, dass Hedwig glücklich verheiratet und sogar schwanger ist, gibt er vor, ein anderer zu sein, um ihrem Glück nicht im Weg zu stehen.

Plötzlicher Hufschlag störte sie in ihren Gedanken. Ein Cowboy kam ihr entgegen. »John!«, rief sie erleichtert, als sie ihn erkannte. Sie ritt auf ihn zu und umarmte ihn aus dem Sattel. »John! Du glaubst nicht, was mir passiert ist.«

Er lachte. »Du bist unter die Kuhtreiber gegangen.«

»Und das ist nicht alles!« Sie berichtete ihm von ihrer Begegnung mit den jungen Viehdieben. »Sie wären Comanchen, haben sie gesagt, und hätten die Rinder nicht behalten wollen. Der Diebstahl wäre eine Mutprobe gewesen. Sie hätten ihren weißen Mitschülern beweisen wollen, zu was Comanchen-Krieger immer noch fähig sind. Harmlose Jungen, John, ich hab sie laufen lassen.«

John wirkte besorgt. »Das war sehr leichtsinnig. Es hätten auch gefährliche und bewaffnete Diebe sein können, dann wäre es vielleicht nicht so glimpflich ausgegangen. Man weiß nie, mit wem man es in dieser Gegend zu tun hat.«

»Ich wusste irgendwie, dass die beiden nicht gefährlich waren. So leichtsinnig wie die beiden hätten sich wirkliche Diebe niemals verhalten. Die sind nicht mal in Deckung gegangen, als ich kam. Sie haben sich auch nicht gewehrt.«

»Trotzdem … komm nächstes Mal lieber zu mir.«

»Aye, aye, Sir!«, reagierte sie spöttisch.

»Aber eins muss man dir lassen«, räumte er ein, »du hast bewiesen, dass du was vom Rindertreiben verstehst. Nicht schlecht für eine Farmertochter aus dem alten Germany.« Er lachte. »Du lernst schneller als die meisten anderen Cowboys, mit denen ich bisher zu tun hatte. Wenn Buck davon erfährt, stellt er dich als Vollzeit-Cowgirl ein. Dann ist Schluss mit Putzen und Abspülen.«

Sie ritten langsam weiter. Die Rinder gehorchten ihnen, versuchten nicht mal, zur Seite auszubrechen und davonzulaufen. Anscheinend hatten sie sich damit abgefunden, wieder zur Herde zurückgetrieben zu werden. John überließ ihr die Anfeuerung, hatte wohl seinen Spaß daran, ihr beim Treiben zuzusehen.

Beinahe zu spät bemerkte Jule, dass er im Sattel zu wanken begann. Wie ein Betrunkener fiel er nach rechts, dann nach links und hielt sich mühsam am Sattelhorn fest. »John! Was ist mit dir, John? Wird dir wieder schwindlig?«

Sie wartete seine Antwort nicht ab, galoppierte zu ihm und hielt ihn am linken Oberarm fest. Sie war ängstlich, beinahe panisch. »Um Himmels willen, John! Das ist doch nicht normal. Komm, wir legen eine kurze Pause ein!«

Sie griff nach den Zügeln seines Pferdes und führte ihn zu einigen Felsen, die sie gegen den heftiger aufkommenden Wind schützten. Ohne ihn aus den Augen zu lassen, stieg sie ab und half ihm aus dem Sattel. Im Schatten eines der Felsen ließ sie ihn so langsam wie möglich in verdorrtes Gras sinken.

»John! Ich mach mir Sorgen! Was hast du bloß?«

Er hielt sich den Kopf und stöhnte angestrengt. »Keine Ahnung ... muss am Wetter liegen. Mir ist schwindlig, und ich hab Kopfweh ... starkes Kopfweh.«

Jule holte ihre Wasserflasche aus einer der Satteltaschen und gab ihm zu trinken. Er trank ein wenig und sank mit dem Rücken gegen die Felswand.

»Aspirin! Ich hab Aspirin dabei!« Sie zog die kleine Blechdose mit den Schmerztabletten aus ihrer Jackentasche und gab ihm zwei. »Die müssten reichen, davon gehen die Kopfschmerzen bestimmt weg. Aber ich glaube, es wäre besser, wenn ich dich ins Krankenhaus fahre. Mit Schwindel ist nicht zu spaßen. Lass dich gründlich untersuchen, dann weißt du wenigstens Bescheid.«

»Nicht nötig, Jule. Das liegt am Wetter oder wer weiß … vielleicht geht wieder ein Virus um. Könnte auch an dem gebrochenen Bein liegen. Der Arzt hat gesagt, ich müsste noch ein paar Wochen mit leichten Beschwerden rechnen.«

»Aber du weißt es nicht genau«, sagte Jule. »Nach dem Roundup bring ich dich in die Klinik, okay? Länger als eine Nacht musst du sicher nicht bleiben.«

»Aber es ist nichts. Es geht schon wieder vorbei.«

»Keine Widerrede!«, entschied sie.

Nach ungefähr einer halben Stunde ging es John tatsächlich besser. Er hatte keine Schwierigkeit, in den Sattel zu kommen und schien vollkommen beschwerdefrei zu sein. »Einen Texaner wirft so ein bisschen Kopfweh und Schwindel nicht um«, tönte er, als er die Rinder zusammentrieb und sie ihren Weg fortsetzten. Jule fühlte sich lange nicht so unbeschwert wie er, wollte ihn aber nicht beunruhigen und verhielt sich, als wäre nichts geschehen. Wirklich zufrieden wäre sie aber erst, wenn ein Arzt keine Krankheit bei ihm feststellte.

Im Lager beim Chuckwagon hatte man sie bereits vermisst und war froh, sie beide gesund und munter wiederzusehen. Als John den anderen Cowboys berichtete, was sie erlebt hatte, klatschten sie begeistert und ließen sie hochleben. »Du bist ein Glückspilz!«, rief Hank, »so eine Frau findest du nicht alle Tage!«

Er grinste. »Ich weiß, deshalb habe ich sie mir auch geschnappt.«

»Sie bleiben doch hoffentlich noch zum Abendessen, Ma'am«, sagte Blue. »Man isst schließlich nicht jeden Tag mit einer tapferen Frau wie Ihnen. So gut wie Sie kamen im Wilden

Westen nicht mal die Texas Rangers mit Viehdieben zurecht, und die gingen mit schweren Kanonen auf ihre Feinde los. Sie haben es mit Worten geschafft!«

Jule lachte. »Keine Bange, ich bleibe zum Essen. Mehr noch, ich helfe Cactus sogar, das Chili con Carne zu kochen. Natürlich nur, wenn er mich lässt.«

»Du willst mir wohl den Job wegnehmen«, erwiderte Cactus lachend.

Jule trug wesentlich dazu bei, dass sich die Cowboys jeden Abend auf das Essen freuten, und auch sonst war das Roundup ein voller Erfolg. Bei gutem Wetter trieben die Cowboys die Rinder zusammen und sortierten Mastrinder und Kälber aus, einige Cowboys von benachbarten Ranches halfen ihnen und fanden etliche ihrer Rinder, die sich auf die Weiden der Hammond Ranch verirrt hatten. Um die weit versprengten Tiere aufzuspüren, mussten die Cowboys oft mehrere Stunden reiten und lange in abgelegenen Tälern suchen. Wie jeden Herbst mussten nur wenige Kälber gebrandet werden. Sie zählten die Rinder, ließen sie von einem Tierarzt impfen und trennten kranke Tiere von der Herde.

Jule ritt jeden Nachmittag zu den Cowboys hinaus und schlief die letzten beiden Nächte sogar bei ihnen. In der Nähe des Lagerfeuers kroch sie neben John in den Schlafsack, den Mary-Beth ihr geliehen hatte. »Nicht dass ihr mich noch als Weichei beschimpft, weil ich jeden Abend nach Hause fahre und dort in mein warmes Bett krieche«, sagte sie, als sich einige Cowboys darüber wunderten, dass sie im Freien schlafen wollte. »Ich wollte schon immer mal wissen, wie es sich anfühlt, wie ein Cowgirl zu leben. Ihr habt doch nichts dagegen?«

Jule machte sich viele Freunde an diesem Abend und beschloss sogar, eine Kolumne über ihre Zeit beim Roundup zu schreiben. In dem Artikel verschwieg sie nur, wie sie vor dem Schlafengehen mit John zum Mond und den Sternen emporblickte und leise zu ihm sagte: »Ich liebe dich, John. Und ich danke dem Herrgott dafür, dass er mich mit dir nach Texas geschickt hat. Wo könnte ich sonst einen solchen Himmel erleben? So viele Sterne habe ich in Eschenbrunn nie gesehen. Als wäre man dem Paradies ein gutes Stück näher.«

John küsste sie sanft auf die Stirn. »Das kommt daher, dass Gott ein Texaner ist. Unser Land hat er geschaffen, um einen Stützpunkt zu haben, falls es ihm im Himmel nicht mehr gefällt. Hier würde er sich fast wie zu Hause fühlen.«

»Und ich hab gehört, dass Texaner immer maßlos übertreiben.«

Jule war froh, dass die Cowboys das Feuer auch nachts in Gang hielten und alle paar Stunden frisches Holz nachlegten. Auch im Spätsommer wurde es nachts schon erstaunlich kühl, und es war kein reines Vergnügen, im Freien zu schlafen. Bei dem Gedanken, dass die Cowboys vor hundert Jahren oftmals drei Monate lang auf dem Trail waren und Rinder nach Norden trieben, wurde ihr gleich noch kälter. Doch am nächsten Morgen ließ sie sich nichts anmerken und half Cactus dabei, das Rührei zu schlagen und die Biskuits zu backen.

Wie jedes Jahr im Herbst folgte dem Roundup auch in diesem Jahr wieder das traditionelle Hammond Ranch Barbecue, zu dem auch Nachbarn, Freunde und Bekannte eingeladen waren. Auf einer Wiese beim Ranchhaus servierten die Hammonds saftige Burger aus Büffelfleisch, das sie von der Bisonranch ihrer Freunde bezogen, dazu Pommes frites aus Süßkartoffeln und jede Menge Extras. Die Frauen brachten Kuchen und Pies mit, und nicht nur für die Kinder gab es Eiscreme mit bunten Streuseln. Zum Schutz gegen Sonne und Wind waren Zelte aufgestellt worden. Die Gäste saßen an langen Tischen oder vergnügten sich auf der Tanzfläche. Auf der Bühne spielte eine Country Band aus San Angelo. Für die Kinder war ein Clown unterwegs und bastelte Tierfiguren aus Luftballons, es gab ein

Hufeisenwerfen und andere Spiele, und in einem der Zelte konnten sich die Kinder selbst als Clowns schminken lassen.

»Wie auf einem Jahrmarkt«, staunte Jule. Sie selbst trug ihre Cowgirlkleidung und sogar ihren breitkrempigen Hut, so wie eine Bäuerin in Eschenbrunn nicht ohne ihr Kopftuch aus dem Haus ging. »Erinnerst du dich an die Kirchweih bei uns zu Hause? Die war ähnlich, nur gab es Bratwürste und Leberkäs statt Buffalo Burger. Meinst du, so was würde den Leuten hier schmecken?«

»Bratwurst? Ich liebe Bratwurst!«

»Vielleicht können wir welche für nächstes Jahr bestellen?«

»Wäre eine schöne Überraschung!«

Buck Hammond hatte bereits seine Rede gehalten und auch einen Vertreter der Viehzüchtervereinigung zu Wort kommen lassen, als er bei der nächsten Pause der Band erneut ans Mikrofon trat und Elmer Pratt auf die Bühne rief.

»Ladies and Gentlemen«, rief er, »Elmer Pratt, der Herausgeber des ›Livestock Journal‹! Ich glaube, er möchte euch etwas ganz Besonderes mitteilen.«

Jule beobachtete, wie Elmer Pratt auf Krücken die Bühne betrat. Er hatte als junger Mann selbst als Cowboy gearbeitet, dann aber einen schweren Reitunfall gehabt und ging seitdem auf Krücken.

»Ladies and Gentlemen«, begann auch er, »ich möchte heute eine junge Lady mit dem ›Livestock Journal‹-Award auszeichnen, die etwas ganz Erstaunliches geschafft hat.«

Jule bemerkte, dass John grinste und wohl wusste, was gleich kommen würde.

»Sie kommt aus dem fernen Deutschland«, fuhr der Herausgeber fort, »hat unseren John Campbell geheiratet, der nahe ihres Heimatdorfes seinen Militärdienst abgeleistet hat, und ist mit ihm zusammen nach Texas gekommen. Aus Deutschland nach West Texas zu kommen und sich so schnell zurechtzufinden, das muss ihr erst mal jemand nachmachen. Und noch erstaunlicher: Ihr texanischer Akzent ist inzwischen schon stärker als ihr deutscher.« Er winkte eine Kollegin mit einem goldenen Pokal auf die Bühne. »Wie die meisten von euch wissen, berichtet sie seit mehreren Monaten in ihrer Kolumne ›A Fräulein's View‹ über ihre Erlebnisse und Erfahrungen in West Texas. Ihre Artikel sind so gut und beliebt, dass ich sie heute mit dem diesjährigen ›Livestock Journal‹-Award auszeichnen möchte. Jule …«

John gab ihr einen leichten Klaps auf den Rücken, und sie stieg die Treppen zur Bühne hoch. Mit einer solchen Auszeichnung hatte sie nicht gerechnet. Sie nahm den Pokal entgegen und bedankte sich bei Elmer Pratt. Immer noch staunend und mit einem dankbaren Lächeln trat sie ans Mikrofon. »Das ist eine echte Überraschung«, sagte sie, »vielen, vielen Dank! Wie einige von euch wissen, schreibe ich Kurzromane für deutsche Zeitschriften, aber die Kolumnen für das ›Livestock Journal‹ machen mir am meisten Spaß. Ich fühle mich hier in Texas sehr wohl und liebe nicht nur meinen Mann … ich liebe euch alle! Danke noch mal an Elmer und seine Kollegen vom ›Livestock Journal‹ und danke euch für das große Interesse, das ihr meinen Kolumnen entgegenbringt.«

Unter dem Applaus der Gäste verließ sie die Bühne und trug ihren Pokal zu John. »Und du hast es die ganze Zeit gewusst, gib's zu!«, sagte sie lächelnd.

»Es sollte eine Überraschung sein.«

»Und die ist euch perfekt gelungen.«

Aber ihr Pokal war nicht die einzige Auszeichnung, die an diesem Nachmittag vergeben wurde. Die Frau des Bürgermeisters von San Angelo überreichte den Preis für den besten Pie des Barbecues, den Pecan Pie von Mary-Beth Hammond, und die vierzehnjährige Enkelin des Gouverneurs zeichnete die »Miss Hammond Barbecue« aus, die gleichaltrige

Tochter eines Ranchers. Auch der zwölfjährige Gewinner des Hufeisenwerfens durfte einen Preis mit nach Hause nehmen, und alle Kinder, die daran teilgenommen hatten, bekamen Urkunden.

Als es dunkel wurde, flammten die Lampen vor den Zelten auf, und zwei Cowboys zündeten die Kerzen in den bunten Lampions rings um die Tanzfläche an. In ihrem flackernden Licht tanzten Jule und John den Two-Step, einen Westerntanz, den sie nur wenige Tage nach ihrer Ankunft in Texas gelernt hatte.

Jule fühlte sich prächtig. »Weißt du was?«, fragte sie, während sie sich im Rhythmus eines Country-Hits über die Tanzfläche bewegten, »wir sollten auf eine Ranch sparen. Sie muss ja nicht so groß wie diese hier sein. Eine kleine Ranch mit ein paar Rindern. Du könntest Pferde züchten, und ich würde Geld mit meinen Geschichten verdienen. Das würde mir großen Spaß machen.«

»Eine Ranch? Daran habe ich auch schon mal gedacht, aber ...«

»Ich weiß, dass wir ein paar Jahre sparen müssten«, widersprach Jule, bevor er weitersprechen konnte, »aber das würde mir nichts ausmachen. In unserem Trailer kann man es doch aushalten, der ist groß genug für zwei ... und wenn wir ein Kind bekommen, haben wir auch genug Platz. Was meinst du, John?«

»Eine Ranch ... davon habe ich manchmal geträumt.«

»Und zusammen lassen wir den Traum wahr werden, John. Ich hab lange genug auf einem Bauernhof gearbeitet, um mit Tieren zurechtzukommen, auch wenn es nur gewöhnliche Milchkühe und Schweine waren. Zusammen schaffen wir das.«

John blieb stehen und griff sich an den Kopf. Nur mühsam unterdrückte er einen Schrei. Er sackte zu Boden, bevor Jule ihn stützen konnte, und blieb benommen liegen. Er hatte

Tränen in den Augen. Seine Kopfschmerzen mussten höllisch sein. »Halte durch, John!«, rief Jule. Sie blickte sich suchend um. »Jemand soll einen Krankenwagen rufen! Im Haus … das Telefon … schnell!«

Buck Hammond reagierte sofort. »Blue!«, rief er dem Cowboy zu. »Hol ein paar Wolldecken! Sorg dafür, dass er genug Luft bekommt! Ich rufe inzwischen den Krankenwagen.« Er lief ins Haus und kam wenige Minuten später zurück. »Sie schicken ihre Cessna. Die Ärzte stehen im Krankenhaus bereit!«

Jule kniete neben ihrem halb bewusstlosen Mann und spürte die Hand des Ranchers auf ihrem Rücken.

»Keine Angst!«, hörte sie ihn sagen. »John wird wieder gesund. Er hat die letzten Tage hart gearbeitet, ist wahrscheinlich nur der Kreislauf.«

Sie wussten beide, dass es ernster war, sagten aber nichts. Jule zitterte vor Aufregung, als sich unendlich lange Minuten später die Maschine näherte und auf der Schotterstraße hinter der Bühne landete. Zwei Sanitäter kamen herbeigerannt und kümmerten sich um John.

»Ich bin seine Frau. Ich komme mit!«, sagte sie.

6

Jule saß im Warteraum der Notaufnahme und starrte auf die Doppeltür, die zu den Behandlungsräumen führte. Rose, ihre Schwiegermutter, war vor wenigen Minuten gekommen und saß neben ihr. Über eine Stunde war vergangen, seitdem sie ihn eingeliefert hatten, und sie wussten noch immer nicht, wie es um ihn stand. »Der Arzt meldet sich bei Ihnen, sobald er Näheres sagen kann«, hatte ihnen eine Schwester mitgeteilt. »Wir tun alles, was wir können, Ma'am.«

Die Stimmung im Warteraum war gedämpft. Außer ihnen waren noch eine Frau mit ihrem kleinen Sohn und ein älteres Ehepaar in dem Raum. Der Junge hatte sich den Fuß verstaucht und kam bald dran, der ältere Mann und seine Frau litten beide unter Kreislaufproblemen und mussten sich noch etwas gedulden. Als sie aufgerufen wurden, waren Jule und Rose allein. Hinter dem Anmeldeschalter war eine Schwester zu sehen, die Patientenakten sortierte.

Nach zwei Stunden erschien endlich der diensthabende Arzt, ein ernster Mann mit grauen Schläfen, und bat sie in einen der Behandlungsräume. »Ich bin Doktor Walker«, stellte er sich vor. »Mutter und Ehefrau, nehme ich an.«

»Rose und Jule Campbell«, bestätigte Jule. »Wie geht es John?«

»Ich habe ihm ein Schmerzmittel und etwas zur Beruhigung gegeben«, erwiderte der Arzt, »er wird wohl bis morgen früh durchschlafen. Leider steht es nicht besonders gut um ihn.«

Jule spürte, wie ihr Herz aussetzte. Ihr wurde so übel, dass sie sich am Schreibtisch abstützte und langsam auf einen Stuhl sank. Sie ahnte, was kommen würde, und wappnete sich mit allen Kräften gegen die drohende Nachricht, die sie bereits jetzt schon in den Augen des Arztes zu erkennen glaubte.

»Ich würde Ihnen gern etwas anderes sagen, aber wir haben ihn gründlich untersucht und eine Angiografie veranlasst«, fuhr der Arzt fort. Er sah ihren fragenden Blick und erklärte: »Dabei wird ein Kontrastmittel in die Arterien gespritzt, damit wir die Blutgefäße im Gehirn auf einem Röntgenbild sehen können. Deshalb hat es auch so lange gedauert. Ich wollte ganz sicher sein, bevor ich mit Ihnen spreche.« Er schien zu warten, bis sie die Nachricht verarbeitet hatten, und schien Jules Gedanken lesen zu können: »Wir haben leider einen Gehirntumor bei John festgestellt. Es steht Ihnen frei, ich würde Ihnen sogar empfehlen, eine zweite Meinung einzuholen, aber es gibt keinen Zweifel: Es ist ein Tumor.«

Sie reagierten unterschiedlich. Rose, die selbst als Krankenschwester in einem Veterans Hospital arbeitete, schimpfte unter Tränen: »Warum habe ich das nicht gemerkt, verdammt? Ich bin Krankenschwester! Ich hätte doch sehen müssen, dass das keine gewöhnliche Migräne ist. Was ist nur mit mir los?«

»Er hatte das schon öfter?«, hakte der Arzt nach.

»Nicht so schlimm wie heute Abend. Ich dachte, es wäre Migräne, und es ging ja auch schnell wieder vorbei. Auf die Idee, dass es sich um einen Hirntumor handeln könnte …« Sie senkte den Kopf und starrte betreten zu Boden.

Jule war eine Weile wie erstarrt, war selbst zum Weinen zu entsetzt. Bewegungslos starrte sie ins Leere, bis der Arzt eine Hand auf ihre Schulter legte und fragte: »Alles okay, Mrs Campbell? Soll ich Ihnen ein Beruhigungsmittel geben?« Und als sie heftig den Kopf schüttelte: »Auch wenn eine Operation in diesem Stadium nicht mehr helfen kann, gibt es doch Methoden, das Leben eines Menschen mit einem Hirntumor um einige Zeit zu verlängern. Mit einer Bestrahlung haben wir gute Erfahrungen gemacht. Wir werden in den nächsten Tagen und nach weiteren Untersuchungen entscheiden, wie seine Behandlung aussehen soll. Geben Sie nicht auf! John braucht jetzt Ihre Unterstützung!«

»Sie können ihn nicht operieren?«, fragte Jule. Ihre Stimme schien nicht mehr ihr zu gehören, klang dumpf und schwer. »Ist es wirklich so schlimm?«

»Tut mir leid, Ma'am, aber wenn es nur die geringste Chance gäbe, sein Leben durch eine Operation zu retten, würden wir es versuchen. Röntgenbilder lügen nicht. Aber wir werden alles tun, ihm die Schmerzen zu nehmen und ihm so lange wie möglich ein würdevolles Leben zu ermöglichen.«

»Es gibt wirklich keine Rettung?«

»Ich will Sie nicht belügen, Ma'am. Er hat einen besonders bösartigen und aggressiven Tumor, den man im besten Fall für einige Monate aufhalten, aber nicht mal durch eine riskante OP entfernen kann. Aber wenn unsere Therapie bei ihm anschlägt und Sie ihm zur Seite stehen, werden Sie sicher noch wundervolle Monate mit ihm verbringen. Die Bestrahlung hat für einen Großteil der Patienten unangenehme Nebenwirkungen, es kann zu Übelkeit und Hautreizungen kommen, aber es gibt wirksame Medikamente, die auch diese Beschwerden eindämmen können.«

»Wie lange muss er bleiben?«

»Ein paar Tage, Ma'am. Wir werden noch eine Biopsie und Untersuchungen vornehmen, um eine auf ihn zugeschnittene Behandlung erarbeiten zu können, dann können wir ihn entlassen. Die Aussichten sind nicht ganz so dunkel, wie Sie vielleicht annehmen, Ma'am, er wird nicht bettlägerig sein und sich frei bewegen können, die Bestrahlungen und die meisten künftigen Untersuchungen finden ambulant statt, und gegen die Schmerzen helfen Medikamente.«

Die Stimme des Arztes schien aus weiter Ferne zu kommen. Was er sagte, klang alles so logisch und nüchtern, als würde er die Krankheit einem Studenten erklären. Für sie war jedes Wort ein schmerzhafter Hieb. Ein Urteil, das sie mitten in die Seele traf, schlimmer als eine Gewehrkugel und so qualvoll, als würde ein Raubvogel an ihrer Seele zerren. Eine Nachricht, die von einer Sekunde auf die andere ihr Leben veränderte und ihre Zukunft zerstörte.

Sie weinte stumm und brauchte lange, bis sie wieder einen klaren Gedanken fassen konnte. Noch lebte John, noch lebte er, und es gab Wunder, die so manchen Gläubigen gerettet hatten. Und wenn nicht, würde sie versuchen, sich nichts anmerken zu lassen und ihm die letzten Monate so angenehm wie möglich zu gestalten. Sie würde nur für ihn da sein, ihr Schmerz konnte warten.

»Wird er reiten können?«, fragte sie hoffnungsvoll.

»Ich würde ihm nicht empfehlen, den ganzen Tag im Sattel zu verbringen, aber gegen einen Ausritt ist nichts einzuwenden. Das wird einem Cowboy wie ihm sicher nicht gefallen, das ist mir klar, aber solange Sie in seiner Nähe bleiben, wird er die Einschränkung verschmerzen können. Genaueres werde ich Ihnen nach den weiteren Untersuchungen sagen können, Ma'am.«

Sie schluckte. »Wann können wir ihn sehen, Doc?«

»Übermorgen früh«, antwortete er. »Dann haben wir zwar noch nicht alle Ergebnisse, aber ich werde Ihnen schon sehr viel genauer erklären können, wie ich mir seine weitere Behandlung vorstelle. Es gibt keine Wunder in der Medizin, aber es besteht die Hoffnung, das Ende um eine lohnenswerte Zeit hinauszuschieben, und das ist mehr, als manche Menschen sagen können.« Er gab ihnen die Hand. »Wir sehen uns übermorgen, meine Damen. Falls es eine unerwartete Entwicklung gibt, melde ich mich telefonisch bei Ihnen, okay?«

Jule und Rose verabschiedeten sich von ihm und gingen durch den Warteraum zum Parkplatz. Sie mussten sich aneinander festhalten, um nicht zu stolpern und das Gleichgewicht zu verlieren. Jule stützte sich auf ihren Wagen und schloss die Augen. Die Worte des Arztes hallten noch immer in ihrem Kopf nach: »Wir haben leider einen Gehirntumor bei John festgestellt.« Sie hatten so unpersönlich wie das Todesurteil eines Richters geklungen. Jule hätte schreien können vor Schmerz und Wut, doch aus ihrem Mund kam nur ein erschöpftes Stöhnen. Sie richtete sich auf und sah Rose vor ihrem Wagen stehen, ebenfalls unfähig, ihren Schmerz in die richtigen Bahnen zu lenken. Es war schwer, eine so furchtbare Nachricht zu akzeptieren und in den Alltag zurückzufinden.

»Kannst du fahren?«, fragte Jule.

»Bis zum Trailer Park schaffe ich's schon«, antwortete Rose.

Sie fuhren so langsam und unsicher, dass einige Leute hinter ihnen hupten und verärgert zu ihnen herüberblickten, als sie an ihnen vorbeifuhren. Woher sollten sie auch wissen, dass sie gerade ein Todesurteil vernommen hatten und vergeblich gegen den Schmerz ankämpften, der sich in ihnen breitmachte?

Zu Hause lud Jule ihre Schwiegermutter auf einen Kaffee in ihren Wohnwagen ein, auch um nicht allein mit ihren quälenden Gedanken zu sein. Sie legte eine Hand auf ihren Unterarm und reichte ihr ein Kleenex, als sie erkannte, dass Rose immer noch weinte und ihr Make-up verschmiert war.

»Wir müssen jetzt stark sein«, sagte Jule heiser.

»Ich weiß«, erwiderte Rose.

»John darf auf keinen Fall merken, dass wir uns um ihn sorgen. Er muss das Gefühl haben, ein einigermaßen normales Leben mit uns führen zu können.«

»Ich weiß, Jule.«

»Wir dürfen nicht durchdrehen.« Sie trank einen Schluck und bemerkte erstaunt, wie die Tasse in ihrer Hand zitterte. »Und wir müssen darauf achten, dass er die Anweisungen des Arztes genau einhält. Wir müssen ihm helfen.«

Ihre Gedanken klangen alle so vernünftig, aber sie wusste auch, wie schwer es sein würde, ihre Verzweiflung und Angst vor ihm zu verbergen. Einem Todkranken in die Augen zu blicken und ihn zu trösten, wenn es doch kaum Hoffnung gab ... wie sollten sie das schaffen? War ihre Liebe stark genug dafür?

»Vielleicht ... vielleicht gibt's ja doch noch Hoffnung«, sagte Rose.

»So wie der Doc klang, bestimmt nicht.« Sie sprach so leise, als hätte sie Angst, die Wahrheit auszusprechen. »Aber wir müssen dafür sorgen, dass er so denkt. Er darf auf keinen Fall seinen Lebensmut verlieren.« Sie kramte ein Taschentuch hervor und wischte sich die Tränen vom Gesicht. »Das wird nicht einfach. Ich fange bestimmt zu weinen an, wenn wir ihn abholen. Und du ...«

»Ich ... ich erst recht.« Sie schniefte.

Sie tranken beide einen Schluck.

»Verdammt!« Rose stellte den Becher so fest auf den Tisch, dass Kaffee herausschwappte. In ihre Wut mischten sich Tränen, die dunkle Spuren auf ihrem Gesicht hinterließen. »Warum erwischt es ausgerechnet John? Er war immer so ein fröhlicher Junge und hatte sich so auf die gemeinsame Zukunft mit dir gefreut. Womit hat er das verdient? Warum sterben immer die Guten? Nicht mal der Pfarrer wird mir erklären können, warum das so ist. ›Es ist Gottes Wille‹, wird er sagen und ›Die Wege des Herrn sind unergründlich‹ oder solche Floskeln.«

»Wir schaffen das, Rose!«, behauptete Jule. Ihr Trotz schlug sich in ihrer Stimme nieder. »Ich werde alles tun, um John wenigstens für seine letzten Monate das zu bieten, was er verdient hat. Ich werde ihn pflegen und genug Geld mit meinen Geschichten verdienen, von dem wir beide leben können. Und ich werde niemals klagen und ihm bis zum letzten Augenblick zur Seite stehen.«

»Amen«, fügte Rose hinzu.

Am nächsten Morgen berichtete Jule den Hammonds, was geschehen war. Ihr Schmerz war über Nacht nicht abgeklungen, hatte sich tief in ihre Seele gefressen und machte ihr das Sprechen schwer. Sie sprach leise und abgehackt, stand immer noch unter Schock, schaffte es kaum, sich verständlich zu machen. »Es fällt mir schwer, darüber zu reden«, sagte sie heiser, »es ist so furchtbar.«

Sie waren genauso schockiert wie sie und wussten im ersten Moment nicht, was sie sagen sollten. Doch der Rancher war Leid gewöhnt. Sein Vater war von durchgehenden Rindern überrannt und schwer verletzt worden, und er hatte der Mutter bei der Pflege geholfen, bis der Vater vom Tod erlöst worden war.

»Wir lassen ihn nicht im Stich«, versprach der Rancher. »Auch wenn ihm das Reiten schwerfällt, kann er weiter für uns arbeiten. Auf unserer Ranch gibt es genug Arbeit. Und dir geben wir etwas mehr Lohn, du hast es verdient.«

»Das ist sehr großzügig von dir.«

»Keine große Sache«, sagte Hammond.

Beim Frühstück klärte er seine Cowboys auf und mahnte: »Gebt ihm auch weiterhin das Gefühl, einer von uns zu sein.

Auch wenn es ihm mal schlechter geht und er vielleicht nicht mehr reiten kann. Wir lassen keinen hängen, Ehrensache. Das sind wir John schuldig.«

Jule gab sich alle Mühe, der Großzügigkeit des Ranchers gerecht zu werden. Während der nächsten beiden Tage strengte sie sich doppelt an, versuchte, auch als Cowgirl ihren Beitrag zu leisten. Die Arbeit lenkte sie ab und ließ sie den Schmerz leichter ertragen. Von den Männern erhielt sie regen Zuspruch. Sie waren eine große Familie, auf der Hammond Ranch keine bloße Floskel, sondern selbstverständlich.

Zwei Tage später holte sie John vom Krankenhaus ab. Die Untersuchungen hatten Doktor Walker in seiner Annahme bestätigt, dass eine Operation nicht mehr helfen würde. Stattdessen würde man mit einer Strahlentherapie versuchen, das Wachsen des bösartigen Tumors zu verlangsamen und sein Leben zu verlängern. Kein unbeschwertes Leben mehr, aber wenigstens ein Leben.

Bei seinem Anblick drohte ihr das Herz zu versagen. John trug noch das Pflaster auf dem teilweise rasierten Kopf, das ihm der Arzt nach der Biopsie auf die Einstichwunde geklebt hatte, und wirkte so verzweifelt, dass es ihr schwerfiel, die Fassung zu bewahren. In ihrem Schmerz umarmte sie ihn fest. Am liebsten hätte sie ihn nicht mehr losgelassen. Wie konnte ein so kräftiger Mann wie er an Krebs erkranken? Wie konnte Gott so etwas zulassen?

Er kannte die Wahrheit über seine schwere Krankheit. Doktor Walker gehörte nicht zu den Ärzten, die einem Patienten aus falsch verstandener Rücksicht die Wahrheit verschwiegen. Wenn er geweint hatte, sah man es ihm nicht an, aber die Verzweiflung stand in seinen Augen, nachdem er sie umarmt und fest an sich gedrückt hatte.

»Ich liebe dich, Jule! Ich liebe dich so sehr!«, sagte er.

Sie küsste ihn lange und sehr sanft. »Ich liebe dich auch, John. Wir werden sehr glücklich miteinander sein und niemals daran denken, wie viel Zeit uns noch bleibt.« Ihre Stimme klang brüchig, schien nicht mehr ihr zu gehören. »Das Leben ist begrenzt, das ist es bei jedem, und wir werden das, was es uns noch bietet, bis zur Neige auskosten.« Sie musste weinen. »Klingt das kitschig?«

»Sehr«, erwiderte er. Er lächelte schwach. »Aber ich weiß, was du meinst.«

Ähnlich bewegend war das Wiedersehen mit seiner Mutter. Rose hatte sich weniger im Griff als sie und weinte so herzzerreißend, als sie ihn in den Armen hielt, dass er sie trösten musste.

»So schnell verlasse ich euch nicht«, sagte er, »der Sensenmann wird schon noch merken, aus welchem Holz wir Cowboys in West Texas geschnitzt sind, und sich die Zähne an mir ausbeißen.« Er löste sich von ihr. »Wie wär's, wenn ich uns ein paar saftige Cheeseburger besorge?«

Am nächsten Morgen bestand John darauf, mit Jule zur Hammond Ranch zu fahren, um auszuprobieren, ob er sich noch im Sattel halten konnte. Sein Pferd hatte keine Einwände, und die Hammonds, die Cowboys und Jule wagten nicht, ihm zu widersprechen, als er seinen Braunen sattelte und aufstieg. »Geht doch«, rief er stolz und ritt in dem rhythmischen Trott, den die meisten Cowboys bevorzugten, in Richtung Weide davon.

Nicht nur Jule erkannte, dass er nicht so sicher wie sonst im Sattel saß und leicht schwankte.

»Lasst mich das machen«, sagte sie und sattelte Lightning. »Ich weiß inzwischen, wie weit ich bei ihm gehen darf ... nun ja, so ungefähr jedenfalls.«

Sie trieb Lightning mit einem Zungenschnalzen an und folgte John nach Süden. Es gab keinen Trail, eher einen breiten Trampelpfad, den die Cowboys mit ihren Pferden ins Gras getreten hatten. Die Sonne war gerade erst aufgegangen und ihr Licht vermischte sich mit dem Nebel über der Weide. Frischer Wind kündigte die kalte Jahreszeit an. Über den weiten Ebenen in West Texas blies er besonders stark. Bald würde er Schnee aus den Bergen mitbringen.

Hinter einem Hügelkamm, der sich wie die erstarrte Welle eines Ozeans über die Ebene zog, sah sie John nach Süden reiten, wahrscheinlich ohne Ziel und ohne zu wissen, was seine Flucht bewirken würde. Nur von dem Trotz beseelt, jedem zu zeigen, dass er kein nutzloser Krüppel war. Jule konnte sich vorstellen, von welch widersprüchlichen Gefühlen er geplagt wurde. Das Wissen um seine tödliche Krankheit schien ihn mehr zu quälen, als sie insgeheim gehofft hatte. Und sein Stolz ließ es anscheinend nicht zu, dass er vor ihr kapitulierte und so tat, als wäre er immer noch im Vollbesitz seiner Kräfte. »Es dauert eine Weile, bis ein Mann wie er seine Krankheit akzeptiert«, hatte der Arzt gesagt. »Sie werden viel Geduld und Verständnis für ihn aufbringen müssen.«

»John! Warte auf mich!«, rief sie ihm zu.

Er drehte sich um und griff sich im selben Moment an den Kopf. Sein verzweifeltes Stöhnen und seine plötzlich unkontrollierten Bewegungen alarmierten seinen Braunen, der in einen wilden Galopp fiel und vor einer unsichtbaren Gefahr davonsprengte. John hielt sich mit beiden Händen am Sattelhorn fest.

»John! Halt an, John!«, rief sie.

John schien sie nicht zu hören, hing wie eine leblose Puppe im Sattel und konnte von Glück sagen, dass ihn sein Pferd noch nicht abgeworfen hatte. Anscheinend waren seine Schmerzen so groß, dass er außerstande war, seinen Braunen zu zügeln. Wie ein Betrunkener galoppierte er über das Weideland.

Jule zögerte nicht lange, ließ Lightning ebenfalls in einen Galopp fallen und ritt in die Senke hinab. Mit lauten Anfeuerungsrufen trieb sie ihr Pferd an, alles aus sich herauszuholen und den vorpreschenden Braunen einzuholen. Johns Pferd war schnell, schneller als die meisten anderen Pferde auf der Ranch, und sie kam ihm nur langsam näher. Weit über den Hals des Pferdes gebeugt, galoppierte sie über das verdorrte Grasland, ohne Rücksicht darauf, dass sie bisher nur selten so schnell geritten war. Eine falsche Bewegung ihres Pferdes, und sie würde in hohem Bogen aus dem Sattel stürzen und sich den Hals brechen. »Los, Lightning!«, feuerte sie die Stute dennoch an. »Vorwärts! Gleich haben wir ihn!«

Im gestreckten Galopp erreichten sie John. Jule beugte sich aus dem Sattel und griff nach den Zügeln des Braunen, verlangsamte das Tempo und brachte beide Pferde zum Stehen. Sie stieg ab und kam gerade rechtzeitig, um John daran zu hindern, aus dem Sattel zu rutschen und zu Boden zu fallen. Sie half ihm herunter, sank mit ihm ins Gras und umarmte ihn liebevoll. »John!«, flüsterte sie. »Verdammt, John, das hätte in die Hose gehen können, weißt du das?«

»Ich kann auf mich selber aufpassen«, erwiderte er in einem vorwurfsvollen Ton, den sie nicht von ihm gewöhnt war. Er löste sich von ihr und blickte sie grimmig an. »Mein Pferd hat gescheut, das ist alles. Es geht mir gut. Ihr macht euch unnötig Sorgen um mich. Das bisschen Kopfweh halte ich locker aus.«

Sie dachte daran, was der Arzt gesagt hatte. Dass sich mit dem Wachsen des Tumors auch eine psychische Veränderung des Patienten einstellen könnte. »Machen Sie sich nichts draus, wenn er schlechte Laune hat und Ihnen wegen irgendwas Vorwürfe macht. Das ist ganz normal bei einem solchen Tumor.«

»Du wärst beinahe gestürzt«, sagte sie ohne einen Vorwurf in ihrer Stimme. »Ich wollte dir nur helfen, John. Ich hatte Angst um dich. Ich weiß, was für ein toller Reiter du bist, aber das sah zu gefährlich aus. Dein Brauner hatte Angst.«

»Unsinn! Ich hatte alles im Griff.«

Es fiel ihr schwer, die Ruhe zu bewahren. »Ich kann mir vorstellen, was du gerade durchmachst, John. Glaub mir, ich hätte auch Verständnis für dich, wenn du alle Menschen um dich herum verfluchen würdest. Es ist sicher nicht leicht, sich einzugestehen, dass man vieles von dem, was einem früher leichtfiel, nicht mehr tun kann. Niemand will dir das Reiten verbieten, nicht mal der Arzt. Aber du sollst alles etwas lockerer als früher angehen lassen. Was hast du davon, wenn du irgendeinen Unsinn machst und dabei auf die Nase fällst?«

»Willst du mich bemuttern?« Er klang nicht mehr ganz so grimmig.

»Wenn's sein muss?« Sie grinste schwach. »Vor allem aber will ich das Leben, das uns noch bleibt, mit dir genießen. Wir lassen uns nicht unterkriegen, John! Wir stehen das gemeinsam durch! Ich liebe dich, John! Vergiss das nicht! Und ich werde selbst dann zu dir halten, wenn du so grimmig bist wie eben.«

Seine Miene verwandelte sich, und er war wieder der alte John. »Tut mir leid, Jule! Ich wollte dich nicht anfauchen. Es ist nur … es tut mir leid.«

»Alles gut«, erwiderte Jule.

1961
INGRID

7

Ingrid war am Ziel ihrer Träume angelangt. Schon als Mädchen hatte sie davon geträumt, Eschenbrunn zu verlassen, einen wohlhabenden Traummann zu heiraten und sich in der High Society einer Großstadt zu vergnügen, und alle ihre Wünsche waren in Erfüllung gegangen. Als Fotomodell für den Katalog eines Versandhauses in der Oberpfalz hatte es begonnen, schon wenige Monate später hatte sie für Illustrierte wie die »Quick« und die »Revue« posiert und war damit dem erfolgreichen Investor und Kaufhausbesitzer Alex Haffner aufgefallen, der sie nach Frankfurt geholt und ihr eine Karriere als Filmstar in Aussicht gestellt hatte. In ihrem ersten Film würde sie an der Seite von Horst Buchholz spielen, hatte man ihr angedeutet, einem der bekanntesten deutschen Stars.

Alex war nicht nur ein einflussreicher und wohlhabender Investor, sondern auch ein attraktiver Mann, mehr als zehn Jahre älter als sie, aber genau ihr Typ, ihr Traummann, wie sie öfter betonte. »Ihn hätte ich auch geheiratet, wenn er arm wie eine Kirchenmaus gewesen wäre«, hatte sie gesagt und es tatsächlich ehrlich gemeint. Nach den amerikanischen Soldaten, mit denen sie in Eschenbrunn ausgegangen war, kam ihr der ältere Alex wie ein ganzer Mann vor, zu dem man aufschauen konnte, ohne dass sie dadurch ihre Eigenständigkeit verlor. Schon in jungen Jahren hatte sie ihre Unabhängigkeit über alles geschätzt.

Bei der Hochzeit im Römer, dem legendären Rathaus von Frankfurt, und der anschließenden kirchlichen Trauung im Kaiserdom hatte sie sich wie eine Prinzessin gefühlt. Sie war sich beinahe wie die Sissi in den berühmten Filmen vorgekommen. Ihr Brautkleid hatte ein französischer Designer für sie entworfen, ein mit kostbaren Perlen besticktes Seidenkleid mit einem langen Schleier, der von zwei Kindern getragen wurde. Ihre blonden Locken, von einem Coiffeur frisiert, hatten im Glanz einer mit Diamanten besetzten Haarspange geleuchtet. Romantischer konnte eine Hochzeit auch im Märchen nicht sein.

In einer Kutsche war sie mit ihrem Ehemann zum Mainufer gefahren, so beschwingt wie noch nie zuvor in ihrem Leben, und sie hatten dort mit ihren Gästen angestoßen, natürlich mit erlesenem Champagner. Anschließend waren sie mit einem gemieteten Dampfer auf eine mehrstündige Fahrt gegangen. Wenn sie die Augen schloss, sah sie sich noch immer auf dem Aussichtsdeck stehen und zusammen mit ihrem Bräutigam die Torte anschneiden, umgeben von Blumen und Girlanden, während die Altstadt von Frankfurt an ihnen vorbeizog.

Alex und sie hatten den Eröffnungswalzer getanzt. »An der schönen blauen Donau«, wie es sich für eine so feierliche Hochzeit gehörte, und sie war in ihrem weißen Brautkleid über die Tanzfläche geschwebt wie in ihren Träumen und hatte sich in Alex' Armen so wohl wie noch nie zuvor in ihrem Leben gefühlt. Sie hatten beide gestrahlt, und als die anderen Paare auf die Tanzfläche kamen und die Band zu modernen Rhythmen überging, hatten sie sich lange umarmt und ihre gemeinsame Freude genossen. Sie hatten bis weit nach Mitternacht getanzt.

Ihre Mutter war aus Eschenbrunn gekommen, hatte sich in Frankfurt und unter den teilweise prominenten Hochzeitsgästen nicht wohlgefühlt. Obwohl ihr Alex eine Stelle in seiner Firma angeboten hatte, war sie wieder in ihre Oberpfälzer Heimat zurückgekehrt. Ihre Freundin Gerda war erst gar nicht erschienen. Sie war nur einmal in Versuchung gekommen, Eschenbrunn zu verlassen, und war schon nach wenigen Kilometern wieder umgekehrt. Die Erkältung, die sie als Entschuldigung angeführt hatte, war nur ein Vorwand gewesen, nahm Ingrid an, zu groß war die Angst ihrer Freundin vor der Großstadt und ihren Verlockungen. Nürnberg und Regensburg, weiter wagte sie sich nicht heraus, da hätte schon ihr evangelischer und geschiedener Ex-Freund wieder auftauchen müssen, um sie umzustimmen.

Das gesellschaftliche Leben in der Frankfurter High Society nahm Ingrid voll in Besitz. Auf Bällen und Empfängen war sie in ihren modischen Abendroben und mit ihrem auserlesenen Schmuck der strahlende Mittelpunkt, und ihr Gesicht zierte nicht nur einmal die Titelseiten der Magazine. Sie genoss die Aufmerksamkeit, die man ihr entgegenbrachte, und freute sich, dass sie damit auch ihrem Mann nützte. Als Investor war er auf die Unterstützung durch die Politik und die oberen Zehntausend angewiesen, um sein Imperium weiter auszubauen. Sie lernte den Oberbürgermeister von Frankfurt kennen, kam mit Ministern und Wirtschaftsbossen zusammen und verstand es, für eine positive Stimmung zu sorgen, die ihrem Mann bei seinen Verhandlungen zugute kam.

Wenige Wochen nach ihrer Hochzeit waren Ingrid und ihr Mann zu einer Spendengala des Frankfurter Zoos eingeladen. Sie entschied sich für ein bodenlanges Abendkleid aus Musselin und Spitze und den Schmuck, den Alex ihr zur Hochzeit geschenkt hatte, und lächelte stolz, als sie in ihren hochhackigen Pumps aus dem Mercedes stieg und an den wartenden Reportern vorbeiging. Sie hatte für jeden ein Lächeln übrig, selbst für die Garderobiere, und fühlte sich wie der internationale Star, der sie noch werden wollte. Ihre blonde Lockenpracht leuchtete im Licht der prächtigen Kristallleuchter.

»Du siehst wundervoll aus, mein Schatz«, sagte Alex, als sie sich an einen der runden Tische setzten.

Bevor das Essen serviert wurde, hielt Bernhard Grzimek eine Rede und rief auf charmante Weise zu Spenden für seinen Zoologischen Garten auf, der im Krieg fast vollständig zerstört worden war und immer noch auf Unterstützung angewiesen war. Wie in einer seiner Fernsehsendungen hatte der Zoodirektor einen jungen Schimpansen dabei, der ihm in die spärlichen Haare griff und das Publikum wohl zu großzügigen Spenden verführen sollte. »Haben Sie ein Herz für meinen Freund und alle anderen Tiere«, forderte Grzimek seine Gäste auf.

Nach dem Essen spielte die Musik zum Tanz auf, und Ingrid und Alex gehörten zu den ersten Paaren auf der Tanzfläche. Was für ein Unterschied zu den Rock-'n'-Roll-Nächten in der Micky Bar! Sie genoss die festliche Atmosphäre und erfreute sich an den bewundernden Blicken von Männern, die dabei sogar ihre Partnerinnen zu vergessen schienen. Ingrid hatte schon in Eschenbrunn gemerkt, dass ihr Anblick erotische Fantasien in der Vorstellung nicht nur junger Männer auslöste und ihr eine Macht über sie gab, die es ihr leicht machte, sie für sich einzunehmen oder sogar zu verführen. Wie konnten sie auch wissen, dass sie Alex nicht nur wegen seiner gesellschaftlichen Stellung und seines Reichtums geheiratet hatte. Sie liebte ihn tatsächlich, spürte noch immer, wie ihr Herz schneller schlug, wenn er sie berührte und so liebevoll in den Armen hielt wie auf der Tanzfläche im Zoogesellschaftshaus. Was wie ein geschickter Schachzug begonnen hatte, war zu wahrer Liebe geworden.

Nach einigen Tänzen entschuldigte sich Ingrid und ging zur Toilette. Die Kabine betrat sie nur, um mit ihren Gedanken für einige Zeit allein zu sein. Die Unterhaltungen der Frauen, die sich die Hände wuschen oder ihr Make-up auffrischten, drangen durch die Toilettentür zu ihr. Sie erkannte die markante Stimme einer der Frauen, einer Elisabeth Kramer, der Gattin eines Kommunalpolitikers. Ihre Gesprächspartnerin, eine Edith, schien eine Freundin zu sein.

Als zwei andere Frauen den Raum verließen, glaubten sie wohl, allein zu sein, denn Elisabeth Kramer sagte: »Hast du schon gehört? Dem Haffner soll es schlechter gehen, als die meisten denken. Man sagt, sein Kaufhaus mache so viele Miese, dass man ihm keinen Kredit mehr geben will. Und die französische Edelmarke, die er an Land gezogen hat, wäre auch nicht der Renner.«

»Wundert dich das?«, erwiderte Edith. »Ich war erst vor ein paar Tagen in seinem Kaufhaus, aus reiner Neugier natürlich. Und was ich da gesehen habe, ist weder Fisch noch Fleisch. Das bisschen Luxus, das Haffner noch führt, wird von billigem Ramsch erdrückt, den du in jedem Woolworth bekommst.«

Elisabeth lachte kurz. »Nun ja, ein paar Mark wird er schon in der Hinterhand haben, aber lange wird das nicht mehr gut gehen. Ich glaube ja, er lässt sich von seiner hübschen Braut ablenken. Sogar mein Mann hat sich nach ihr den Hals verdreht. Ich nehm es ihm nicht übel, sie sieht tatsächlich umwerfend aus und versteht es, sich zu kleiden. Und mit einem Dickerchen wie meinem Mann würde sie sich sowieso nicht abgeben.« Wieder dieses kurze Lachen, das nicht ganz echt wirkte. »Aber für Haffner kann sie auch ein Fluch sein. Weißt du, wo sie herkommt? Aus einem Dorf in der Oberpfalz, wo immer die liegt. Aus einer Bauernfamilie kommt sie. Der muss das Leben in unseren Kreisen doch wie das Schlaraffenland vorkommen. Die will tanzen und feiern und sonst nichts.«

»Meinst du wirklich? Ich halte sie eher für raffiniert. Immerhin hat sie sich einen Mann aus besseren Kreisen geangelt, der bisher als unverbesserlicher Casanova bekannt war.

Das schafft auch nicht jede. Die hat nicht mal ein Vierteljahr gebraucht, um ihn vor den Altar zu schleppen. Nicht mal einen Ehevertrag hat er sie unterschreiben lassen. Du und ich, wir beide haben auch keinen, ich weiß, aber wir haben auch ein beträchtliches Vermögen in die Ehe eingebracht.«

»Du meinst, sie hat es auf sein Geld abgesehen?«

»Jetzt vielleicht noch nicht«, antwortete Edith, »aber er soll deutlich älter sein als sie. Was ist, wenn sie mal genug von ihm hat und sich einen Jüngeren sucht? Bei einer Scheidung nimmt sie ihm die letzte Mark ab. So sind sie alle, diese jungen Dinger, die einen Mann aus besseren Kreisen verführen. Na, mir soll's egal sein. Ich habe nicht vor, mich scheiden zu lassen, und meine Familie hat mehr Geld, als mein Mann jemals auf seinem Konto haben wird.« Sie kicherte. »Aber jetzt muss ich zu meinem Göttergatten zurück, sonst glaubt er noch, ich wäre mit einem dieser jungen Schönlinge durchgebrannt.«

Ingrid schaffte es nicht, der Versuchung zu widerstehen. Sie zog an der Spülung und öffnete die Tür ihrer Kabine. Die beiden Frauen sahen sie im Spiegel und zuckten merklich zusammen. Mit einem spöttischen Lächeln stellte sie ihre Handtasche auf die Ablage, wusch sich die Hände und zog ihren Lippenstift hervor. »Was meinen Sie, meine Damen?«, fragte sie, als sie ihre Lippen nachgebessert hatte. »Ob ich mich so bei den Herrschaften sehen lassen kann?«

Die beiden Damen schwiegen betreten. Ingrid sah ihnen an, wie peinlich berührt sie waren.

»So war das alles nicht gemeint«, versuchte Elisabeth Kramer, die Situation einigermaßen zu retten. »Wir haben nur ein wenig geplaudert.«

»Sie sollten lieber auf Ihre Männer aufpassen«, konterte Ingrid. »Haben Sie denn nicht gesehen, wie sie mich auf der Tanzfläche angesehen haben? Als ob sie mich in Gedanken ausziehen wollten. Dabei sind sie doch mindestens … nun ja, zumindest wesentlich älter als mein Mann. Sechzig, würde ich sagen.«

»Entschuldigen Sie uns«, sagte Elisabeth Kramer und verließ hastig die Toilette, dicht gefolgt von ihrer Freundin, die vor Scham rot angelaufen war.

Ingrid blieb einige Minuten vor dem Spiegel stehen, dann kehrte sie zu Alex zurück. »Ich wurde von zwei Damen aufgehalten«, entschuldigte sie sich. Sie setzte sich und trank einen Schluck von ihrem Champagner. »Elisabeth Kramer, die Frau des hessischen Verkehrsministers, und eine gewisse Edith ...«

»Edith Lorenz, die Millionärstochter aus Wiesbaden. Ihr Vater war nach dem Krieg mit einigen Immobilienprojekten erfolgreich. Was ist mit ihnen?«

»Ich hab sie belauscht. Unfreiwillig, als ich auf der Toilette war.«

»Deshalb warst du so lange weg.«

Ingrid blieb ernst. »Sie haben über dich gelästert, Alex. Dein Kaufhaus würde immer noch Minus machen, und du würdest nirgendwo mehr Kredit bekommen. Wenn es nach den beiden ginge, wärst du schon so gut wie pleite.«

»Die reden viel, wenn der Tag lang ist.«

»Dann haben sie unrecht?«

Sie sprachen beide so leise, dass sie kein anderer verstehen konnte. Ihre Tischnachbarn vermuteten wahrscheinlich, sie würden turteln. Immerhin hatten sie erst vor ein paar Wochen geheiratet, und ihre Liebe war noch taufrisch.

»Nicht ganz«, räumte er ein, »das Kaufhaus läuft tatsächlich nicht so, wie ich mir das vorstelle, aber keine Angst, ich bin weit von einer Insolvenz entfernt. Nur das Kaufhaus werde ich wohl verkaufen müssen. Deine Idee, auch preiswerte Waren aufzunehmen, war großartig und brachte einen Aufschwung, aber leider nicht so, dass wir damit schwarze Zahlen schreiben würden.« Er küsste sie auf die Wange. »Aber keine Angst, ich besitze genügend andere Objekte, um auch weiterhin Umsatz machen zu können. Ich habe Grzimek gerade einen Scheck über tausend Mark überreicht, das ist doch der beste Beweis.«

»Ausgerechnet das Kaufhaus«, sagte sie. Sie interessierte sich eigentlich nicht besonders für die Projekte ihres Mannes, seine Immobiliengeschäfte kamen ihr so unpersönlich wie Aktiengeschäfte vor, aber an dem Kaufhaus hing sie. Immerhin hatte sie auf zahlreichen Plakaten und in Werbefilmen dafür geworben. »Es würde mir in der Seele wehtun, wenn du es wirklich verkaufen müsstest.«

»Ohne weitere Investitionen sieht es leider nicht gut aus.«

»Dann haben meine Werbefilme für das Kaufhaus nichts genützt?«

»Für das Kaufhaus vielleicht nicht, aber sie haben den Namen meiner Firma und dein Gesicht noch bekannter gemacht. Das wird dich auch beim Film weiterbringen. Wenn dein erster Film erscheint, kennt bereits jeder dein Gesicht.«

»Dein Kaufhaus ist mindestens genauso wichtig und trägt deinen Namen.« Für ihre eigene Karriere hatte sie ihren Mädchennamen behalten. »Es ist sozusagen dein Baby. Es wäre jammerschade, wenn wir es verlieren würden.«

»Ohne Kredite kann ich nicht viel machen.«

»Du findest schon einen Weg«, munterte sie ihn auf.

»Ich tue, was ich kann. Komm. Lass uns tanzen!«

Sie tanzten zu einem flotten Foxtrott, gar nicht so einfach in ihrem langen Kleid und nicht gerade ihr Lieblingstanz. Ingrid hatte nie eine Tanzschule besucht und in der Micky Bar nie etwas anderes als Rock 'n' Roll und langsamen Stehblues getanzt. Walzer und Foxtrott hatte sie sich von einer Kollegin in ihrer ehemaligen Firma beibringen lassen. Bei Alex brauchte sie nicht nachzudenken, er war ein vortrefflicher Tänzer und verstand es, eine Frau zu führen.

Doch diesmal fehlte die Harmonie zwischen ihnen. Sein unwiderstehliches Lächeln, mit dem er sie auch während eines Tanzes belohnte, war wie weggewischt, und sie war so in Gedanken, dass sie beinahe stolperte. Die Probleme, über die sie gesprochen hatten, beschäftigten sie stärker, als sie je zugeben würde. Die Art, wie er sie in den Armen hielt, und seine verkrampften Bewegungen zeigten ihr, dass er sich ernsthaft sorgte, und ihr hatten die Beschimpfungen der beiden Frauen in der Toilette mehr ausgemacht, als sie sich eingestehen wollte. Sie kannte diesen besorgten Gesichtsausdruck. Er zeigte ihn jedes Mal, wenn er eine Investition getätigt hatte und den Wirtschaftsteil der Zeitung mit den Aktienkursen las. Auch mit reichlich Geld war man nicht sorgenfrei.

Sie verließen die Spendengala früher als beabsichtigt und fuhren nach Hause. Sie wohnten in Königstein, einer angesehenen Gemeinde im Taunus, die zahlreiche Millionäre beheimatete. Ihr Haus, ein flacher Bungalow mit einem Pool im neuen Anbau und einem großen Garten, lag am Stadtrand an einem Wiesenhang. Durch die großen Fenster hatte man einen Ausblick auf die Burgruine.

Im Haus schüttelte Ingrid ihre Pumps von den Füßen und nickte dankbar, als Alex ihr ein Glas Rotwein reichte. »Tut mir leid, was du dir von den beiden Klatschbasen anhören musstest«, sagte er. Seine Laune hatte sich etwas gebessert. »In meinem Beruf hat man viele Feinde, von denen man nichts weiß, und sie und ihre Männer gehören dazu. Waldemar Kramer habe ich verärgert, weil ich ihm eine Parteispende verweigert habe, und bei Erich Lorenz und seiner Frau bin ich unten durch, weil ich mich an einem Bauprojekt beteiligt habe, das ihm nicht in den Kram passte. Es verschandele ihm die Aussicht, hieß es.«

»Würdest du denn einen Käufer für das Kaufhaus finden?«

»An der Zeil? Einer der bekanntesten Einkaufsstraßen der Republik? Da hätte ich keine Angst. Vor allem, wenn ich im Preis runtergehen müsste. Aber noch ist es nicht so weit. Ein Ausweg könnte sein, das Kaufhaus zu schließen und etwas anderes darin unterzubringen. Büros oder einen anderen Betrieb.«

Ingrid erschrak. »Das würdest du fertigbringen? Weißt du, wie viele Angestellte dann auf der Straße säßen? Das darfst du nicht tun. Es muss eine andere Möglichkeit geben. Das Kaufhaus ist mir irgendwie ans Herz gewachsen.«

»Mach dir keine Sorgen«, sagte Alex. »Ich war schon öfter in schwierigem Fahrwasser und habe immer einen Weg ans Ufer gefunden. Unsere Wirtschaft boomt beinahe so stark wie während des Wirtschaftswunders. Für uns geht es auf jeden Fall aufwärts, mein Schatz. Ich habe bereits einige vielversprechende Projekte im Auge.« Er lächelte seine Besorgnis weg. »Du solltest nur an deine Karriere denken, die ist am wichtigsten.«

In dieser Nacht brachte Ingrid kein Auge zu. Alex schlief so unruhig wie selten, schien von einem Albtraum in den nächsten zu fallen und wälzte sich unruhig hin und her. Einmal setzte er sich abrupt auf und sank stöhnend wieder zurück.

Als er sah, dass sie ihn beobachtet hatte, sagte er: »Nur ein Albtraum. Ich habe wohl zu viel von der seltsamen Bowle auf der Spendengala erwischt. Erdbeerbowle ... ich glaube, da war vor allem Wodka drin.«

Ingrid ahnte, dass er nicht die Wahrheit sagte, und rückte näher an ihn heran. In ihren Armen wuchs sein Verlangen, und auch sie spürte, wie ihre Sehnsucht nach ihm immer größer wurde. Sie küssten sich leidenschaftlich, und als er zu ihr kam, schien sich eine ungestillte Wut zu entladen und ihn dazu zu bringen, so heftig in sie zu dringen, als wäre es das letzte Mal. Danach sank er seufzend zurück und lächelte zufrieden. Zum ersten Mal hatte er nur an sein eigenes Wohl gedacht und keinerlei Rücksicht auf ihre Gefühle genommen. Als wäre er gezwungen gewesen, seine ganzen Probleme bei ihr abzuladen.

»Tut mir leid«, entschuldigte er sich, als er wieder bei Atem war, »ich habe dich wie ein wilder Tiger überfallen. Es hatte sich wohl einiges bei mir angestaut. Tut mir leid, das nächste Mal bin ich nur für dich da. Du bist mir doch nicht böse?«

»Nein … ich liebe dich, mein Schatz.«

»Ich habe dir nicht wehgetan?«

»Du warst nur ein wenig stürmisch.« Sie lächelte zaghaft. »Vielleicht versuchen wir es morgen früh noch mal, das zweite Mal soll immer schöner sein.«

»Oder jetzt gleich?«

»Du willst mir doch nicht weismachen, dass du schon wieder …«

»Gib mir zwei Minuten … oder drei.«

Aber drei Minuten später schlief er fest, und sie war auch müde geworden. Nein, sie war ihm nicht böse. Es hatte ihm sicher gutgetan, sich bei ihr zu verausgaben und neue Energie für die Bewältigung der vor ihm liegenden Probleme zu geben. Und gegen einen wilden Tiger hatte sie nichts einzuwenden.

Doch am nächsten Morgen erwachten sie viel zu spät und fanden kaum Zeit zum Frühstücken. »Bei mir geht's heute rund«, sagte er. »Um elf muss ich zu einer Besprechung in die Commerzbank, und heute Nachmittag treffe ich mich mit einigen Unternehmern, die sich für das Kaufhaus interessieren. Wenn sie anbeißen würden, hätte ich genug Geld für eine Investition, die uns Millionen bringen würde.« Er wischte sich den Mund ab. »Und was hast du vor?«

»Ich werde gleich mal bei Petra Schirner anrufen und mich zum Lunch mit ihr verabreden.« Seit ihrer Zeit in der Micky Bar verwendete sie amerikanische Wörter, die allmählich auch in die deutsche Sprache einzugehen schienen. Zumindest in den Großstädten. In der heimatlichen Oberpfalz blieb man bei dem sehr speziellen Dialekt, den nicht einmal alle Bayern verstanden. »Sie hat mir neulich gesagt, es würde sich langsam etwas tun. Wird auch Zeit.«

»Dann sehen wir uns heute Abend? Zum Essen in der Stadt?«

»Ich rufe dich an, okay?«

»Ich freu mich drauf.« Er küsste sie liebevoll, griff nach seinem Aktenkoffer und ging in die Garage zu seinem Wagen. Sekunden später brauste er davon.

8

Petra Schirner hatte ihr Büro jenseits des Mains, in einem mehrstöckigen Altbau am Schweizer Platz in Sachsenhausen. An den Wänden ihres Büros und im langen Flur hingen Fotos bekannter Filmstars, die anscheinend alle bei ihr unter Vertrag standen. Sie residierte in einem großen Büro, von dem aus man auf die Marktstände auf der anderen Seite des Schweizer Platzes sehen konnte, und erhob sich aus ihrem schwarzen Chefsessel, als Ingrid den Raum betrat.

»Ingrid! Schön, dass Sie vorbeikommen!« Ihre großen Ohrringe blitzten bei jeder Bewegung. »Wollen wir gleich gehen? Im Café gegenüber ist es gemütlicher als hier. Außerdem gibt es dort die besten Königinpasteten der Welt.«

»Gern«, erwiderte Ingrid.

Das Café war modern eingerichtet und für seine köstlichen Kuchen und kleinen Mittagsgerichte bekannt. Die Agentin hatte ihren Lieblingstisch am Fenster reservieren lassen und bestellte für Ingrid mit. »Sie mögen doch Pastetchen?«

Ingrid hatte in Düsseldorf zum ersten Mal Königinpasteten gegessen, in einem Café an der Königsallee, und war begeistert von dem außergewöhnlichen Geschmack. Ein solches Gericht gab es in der ganzen Oberpfalz nicht, außer vielleicht in

Regensburg. Dazu tranken sie einen leichten Riesling. Was hätte sie doch alles versäumt, wenn sie im ländlichen Eschenbrunn geblieben wäre.

Schon während des Essens kam Petra zum Geschäftlichen. »Die schlechten Nachrichten zuerst«, sagte sie. »Horst Buchholz musste die Teilnahme an unserem Film leider absagen. Er hätte die Rolle gern gespielt, aber bevor er unterschreiben konnte, kam ein weiteres Angebot aus Hollywood, und das konnte er natürlich nicht ablehnen. Sein Auftritt in ›Die glorreichen Sieben‹ hat ihn zu einem internationalen Star gemacht. Im kommenden Sommer dreht er eine Komödie mit Billy Wilder, einem der besten Regisseure in Hollywood. Für eine Rolle in unserem Film wäre die Zeit dann zu knapp, obwohl die Dreharbeiten zu ›Eins, zwei, drei‹, so heißt sein neuer Film, in Deutschland stattfinden.«

Ingrid brauchte einen großen Schluck von ihrem Wein, um die Nachricht zu verdauen. Sie rang einen Moment nach Worten. »Horst Buchholz hat abgesagt? Aber an seiner Mitwirkung hing doch das ganze Projekt. Wir brauchen doch einen großen Namen, wenn wir Erfolg haben wollen. Das haben Sie gesagt.«

»Ich weiß, und ich bin noch immer dieser Meinung«, erwiderte Petra, »und damit komme ich zu den guten Nachrichten.« Ein Lächeln erschien auf ihrem Gesicht. »Ich habe nämlich einen mehr als adäquaten Ersatz gefunden. Einen bekannten Star, dessen Name sich auf dem Plakat noch besser machen wird.«

»Nun sagen Sie schon!«, drängte Ingrid.

»Eric LaForge!«

»Eric LaForge? Der Hollywood-Star, mit dem ich die Werbefotos für seine Modekollektion gemacht habe? Das ist … das ist fantastisch! Mit ihm haben wir bestimmt Erfolg, und dass wir uns schon kennen, hilft uns sicher bei den Dreharbeiten.

Wie haben Sie das bloß hinbekommen? Es ist doch sicher nicht einfach, einen amerikanischen Star für einen deutschen Film zu verpflichten.«

Die Agentin trank einen Schluck von dem Riesling und erfreute sich wohl an ihrem eigenen Geschäftssinn. »Nein … vor allem, weil die Verträge in den USA viel umfangreicher und komplizierter sind. Aber ich hatte natürlich ein gutes Argument. Mit dem Film kann er auch in Deutschland berühmt werden und zusätzlich seine Modekollektion promoten.« Sie lächelte stolz. »Ich habe Ihnen ganz bewusst nichts von dem Deal gesagt, weil ich ganz sicher sein wollte. Gestern kam der unterschriebene Vertrag zurück. Die Produzenten sind sehr angetan.«

»Was Besseres konnte uns gar nicht passieren.«

»Küss mich ein letztes Mal«, so der Arbeitstitel ihres Films, erzählte von einer jungen Deutschen, gespielt von Ingrid, die sich nach dem Krieg in einen amerikanischen Soldaten verliebt und erst spät herausbekommt, dass er zu Hause in Amerika eine Frau und zwei Kinder hat. Aber der Soldat, jetzt gespielt von Eric LaForge, ist auch in Erika ernsthaft verliebt und gerät in einen Gewissenskonflikt. Nach etlichen Turbulenzen verzichtet Erika freiwillig auf ihn.

Petra erhob ihr Glas. »Auf Ihren ersten Film, Ingrid!«

»Auf einen tollen Erfolg!«

Ingrid freute sich auf die Zusammenarbeit mit Eric LaForge. Bei ihren gemeinsamen Werbeaufnahmen waren sie gut miteinander ausgekommen, vielleicht ein bisschen zu gut, wenn sie daran dachte, wie er sie angesehen hatte und wie viel Kraft es sie gekostet hatte, ihn nicht in ihr Hotelzimmer einzuladen. Aber jetzt war sie verheiratet, und sie durfte sich keine Schwäche leisten.

Sorgen machten ihr nur die Liebesszenen. Es würde ihr nicht schwerfallen, ihm vor der Kamera schöne Augen zu machen, aber die gemeinsame Bettszene war etwas anderes, auch wenn dabei viel getrickst wurde, sie dabei ihre Unterwäsche trugen und ein ganzes Filmteam um sie herumstand. Wer hielt Eric vor einem Zungenkuss zurück, und wie würde sie in der Szene reagieren?

Sie waren schon beim Kaffee angelangt, als eine junge Frau das Café betrat. Sie musste Anfang zwanzig sein, war etwas bieder gekleidet und trug nur wenig Make-up, hatte aber ein hübsches Gesicht und dunkle, bis auf ihre Schultern fallende Haare. Ihre Augen waren groß und braun und hatten diesen unschuldigen Ausdruck, der auf die meisten Männer besonders anziehend wirkte.

Sie blickte sich suchend um und kam zu ihrem Tisch. »Frau Schirner?«, sprach sie die Agentin an. Ihre Stimme klang leise und ein wenig unterwürfig. Sie drehte sich zu Ingrid. »Ingrid Beck, nicht wahr? Ich habe Ihre Fotos in der ›Quick‹ gesehen. Darf ich mich zu Ihnen setzen, Frau Schirner? Frau Beck?«

»Bitte sehr.« Petra deutete auf einen freien Stuhl. »Was führt Sie zu mir?«

»Ich bin Elke Schubert«, sagte sie, »ich komme aus Ost-Berlin.«

»Aus der Zone?«

»Aus der DDR. Sie sind die berühmte Agentin?«

Petra musste grinsen. »Ob ich berühmt bin, weiß ich nicht, aber ich bin Agentin. Keine Geheimagentin … ich vertrete Schauspielerinnen und Schauspieler im deutschsprachigen Raum und kümmere mich um ihre Karrieren.«

»Ich bin Schauspielerin am Deutschen Theater in Ost-Berlin«, sagte Elke, »seit einem halben Jahr. Ein erstklassiges Ensemble, und ich sollte mich eigentlich glücklich schätzen, dort auftreten zu können. »Aber …« Sie sah sich ängstlich um, als rechnete sie damit, beobachtet oder verfolgt zu werden. »Ich weiß nicht, ob mich das Theater in der DDR wirklich weiterbringen kann.« Den letzten Satz hatte sie beinahe geflüstert.

»Was wäre …« Wieder dieser ängstliche Blick in die Runde. »Was wäre denn, wenn ich in die BRD übersiedeln und mir hier ein Engagement oder eine Beschäftigung beim Film suchen würde?«

»Sie sind geflohen?«, erschrak Petra.

»Ich bin mit einem Chor in Frankfurt«, erwiderte sie, »ich bin im Reisekader.« Und als sie Petras fragende Miene sah: »So nennen wir Künstler, Sportler und andere Personen, die ins westliche Ausland reisen dürfen. Wir treten morgen Abend im Volksbildungsheim auf. Uns ist es verboten, Kontakt mit Westdeutschen aufzunehmen, aber ich hatte über Sie gelesen und habe Ihre Adresse im Telefonbuch nachgeschlagen. Würden Sie mich vertreten, falls ich … Sie wissen schon. Ich habe keine Ahnung, an wen ich mich sonst wenden könnte.«

»Dann wollen Sie sich absetzen?«

»Jetzt noch nicht. Wenn ich mich von der Gruppe absetzen würde, bekäme meine Mutter große Schwierigkeiten. Ich muss erst mit ihr reden. Mein Vater ist im Krieg gefallen, und ich habe außer meiner Mutter niemanden.« Sie lächelte etwas gezwungen. »Ich bin eine gute Schauspielerin, Frau Schirner.«

»Petra … sagen Sie Petra zu mir.«

»Ich bin Elke.«

»Warum melden Sie sich nicht bei mir, wenn Sie wieder hier sind? Dann sehen wir weiter. Grundsätzlich bin ich nicht abgeneigt, auch wenn es Schauspieler im Osten manchmal schwer haben, sich an die Gegebenheiten bei uns im Westen zu gewöhnen. Rufen Sie mich an!« Sie reichte ihr eine Visitenkarte.

Sie hatte die Visitenkarte gerade in ihrer Jackentasche verstaut, als ein unscheinbarer Mann um die vierzig das Café betrat. In seiner einfachen Kleidung und mit seiner biederen Nickelbrille wirkte er eher wie die Karikatur eines Beamten. Er kam an ihren Tisch und legte beide Hände auf Elkes Schultern. »Da sind Sie ja, Elke! Ich habe Sie schon überall gesucht. Sie

95

werden in der Probe erwartet, haben Sie das vergessen? Kommen Sie, wir haben es eilig!«

»Tut mir leid«, sagte Elke zu Petra und Ingrid. »Ich muss leider gehen.«

Spürbar gegen ihren Willen ließ sie sich von dem Fremden nach draußen geleiten. Sie wagte nicht, sich zu wehren. Durch das Fenster beobachteten Ingrid und Petra, wie sie mit dem Mann in einen Wagen stieg und davonfuhr.

»Stasi«, sagte Petra.

»Du meinst …«

»Ministerium für Staatssicherheit«, erklärte Petra. »Die ekligen Typen, die ihre Bürger im Osten an der Republikflucht hindern sollen. Bei den Auslandsreisen der Privilegierten sollen die immer hautnah dabei sein und aufpassen.«

»Dann darf sie bestimmt nicht mehr ausreisen.«

»Sie könnte fliehen … mit der S-Bahn von Ost- nach West-Berlin. Ich habe gelesen, das geht relativ einfach, wenn man sich bei der Kontrolle nicht erwischen lässt und kein großes Gepäck dabei hat, das den Kontrolleuren verdächtig vorkommt. Ich habe eine Schauspielerin, die ist so zu uns gekommen.«

»Und wenn Elke rüberkommt? Meinen Sie, sie würde es schaffen?«

»Als Schauspielerin? Die Schauspieler im Osten haben meist eine sehr gute Ausbildung, vor allem die an den Theatern. Das Deutsche Theater gehört zu den besten. Aber es wird sicher schwierig für sie, das Land zu verlassen.«

»Wegen ihrer Mutter? Weil die Ärger bekommen würde?«

»Wenn sie Pech hat, sperrt man sie als Mitwisserin ein, da kennt die Stasi kein Pardon. Vor allem behält man sie jetzt aber genau im Auge. Die Spitzel haben doch längst herausgefunden, wer ich bin, und können eins und eins zusammenzählen. Sie werden einen Agenten auf sie ansetzen und sie beim geringsten Verdacht festnehmen. Dann ist es vorbei mit der großen Karriere.«

»Wie kann man nur so unmenschlich sein?«

»Sie haben Angst, dass ihnen die Leute weglaufen. Wer einigermaßen was kann, setzt sich doch in den Westen ab, vielleicht sogar nach Amerika. Da hat man mehr Freiheiten, und es gibt mehr zu verdienen. Was meinen Sie, wie viele Wissenschaftler und Intellektuelle schon geflohen sind? Sie haben Angst, dass ihr Land ausblutet. So wie vor dem Krieg, als sich viele Juden nach Amerika abgesetzt haben. Bekannte Regisseure wie Billy Wilder und Fred Zinnemann zum Beispiel. Mit Billy Wilder dreht Horst Buchholz seinen neuen Film.« Petra blickte auf ihre Armbanduhr. »So, jetzt muss ich aber gehen, sonst denkt meine Sekretärin noch, ich wäre verschollen. Kommen Sie mit, dann gebe ich Ihnen das überarbeitete Drehbuch und die Termine für unseren Film.«

»Haben Sie viel am Drehbuch geändert?«

»Ohne Änderungen geht es nie bei einer Produktion«, sagte Petra, während sie das Café verließen. »Daran müssen Sie sich gewöhnen. Ein Regisseur wie Billy Wilder lässt seine Schauspieler sogar improvisieren, damit die Dialoge noch natürlicher und selbstverständlicher klingen. Sind Sie nervös?«

»Ein bisschen schon«, gab sie zu.

Petra wusste anscheinend, was in ihr vorging. »Das ist ganz normal, Ingrid. Aber das legt sich, sobald die Kamera läuft, dann formulieren Sie Ihre Sätze, als wären es Ihre eigenen Worte. Sie sind Profi. Sie schaffen das!«

Im Büro ließ sich die Agentin das überarbeitete Drehbuch und eine Liste von ihrer Sekretärin bringen. »Die Dreharbeiten beginnen im März«, las sie von der Liste ab, »an mehreren Locations in Berlin und in den CCC-Studios in Berlin-Spandau.« Sie blätterte weiter. »Und am kommenden Dienstag werden Sie Eric LaForge, den Regisseur und den Produzenten in Berlin treffen und sich miteinander vertraut machen. Ihren Flug nach Berlin und Ihre Zimmer im Hotel Kempinski am Kurfürstendamm hat meine Sekretärin bereits gebucht. Eric wird zwei Tage in Berlin bleiben, dann fliegt er nach München, zu einem Meeting mit den Leuten seiner Modekollektion. Am Freitag früh fliegt er nach Los Angeles zurück.« Sie sah von den Papieren auf. »So weit alles klar?«

»Ich denke schon«, sagte Ingrid.

»In Berlin holt Sie ein Mitarbeiter der Produktion am Flughafen ab. Vergessen Sie nicht Ihren Ausweis, sonst kommen Sie nicht nach Berlin rein.«

»Ich weiß … dann wird es jetzt langsam ernst, was?«

Petra reichte ihr das Drehbuch und die Liste. »Wurde auch Zeit. Und Sie werden diese Aufgabe mit Bravour meistern und der neue Stern am deutschen Filmhimmel werden. Alex ist doch einverstanden mit Ihren Plänen, oder?«

»Sicher, er steht voll hinter mir. Keine Angst, er jammert nicht, wenn ich mal für einige Tage unterwegs bin. Wir sind kein normales Ehepaar, und weder Alex noch ich haben damit gerechnet, dass ich den ganzen Tag am Herd stehe.«

»Natürlich … ich kenne Alex gut genug, um das zu wissen.«

Ingrid verabschiedete sich von ihrer Agentin und fuhr nach Königstein zurück. Es war erstaunlich warm für Ende Januar. Die Sonne leuchtete am blauen Himmel und spiegelte sich in den Fenstern der Häuser. Der Schnee, der vor einigen Tagen gefallen war und nur noch abseits der Straßen lag, taute schnell. Erst für die kommende Woche war wieder Schnee vorhergesagt, wenn auch nicht für Berlin, wo sie um diese Zeit sein würde. Allein den Regisseur und den Produzenten wiederzutreffen, war schon aufregend genug, aber dass ausgerechnet Eric LaForge ihr Partner sein würde, war natürlich eine Überraschung, mit der sie niemals gerechnet hätte. Sie hatte beinahe ein bisschen Angst, ihn wiederzusehen, einem Mann wie ihm zu widerstehen, fiel auch ihr nicht leicht. Er war nicht nur ein Charmeur, der mit Frauen umzugehen verstand und schon mit einigen Hollywood-Damen seine Erfahrungen gemacht hatte, es waren auch seine Aura, sein Humor und seine Schlagfertigkeit, die sie beeindruckten.

Zu Hause braute sie sich einen Kaffee und rief Alex im Büro an. Er war noch unterwegs und würde sich melden, sobald er zurück sei, sagte die Sekretärin.

Eine Stunde später klingelte das Telefon. »Tut mir leid«, sagte Alex, »das Treffen hat länger gedauert, als ich dachte. Ehrlich gesagt, habe ich auch keine große Lust, essen zu gehen. Warum machst du uns nicht ein paar Brote?«

»Es lief wohl nicht besonders«, erwiderte sie.

»Nein, aber das erzähl ich dir alles heute Abend. Und bei dir?«

»Alles gut ... erzähle ich dir auch nachher.«

»Ich freue mich auf dich, mein Schatz.«

Ingrid legte auf und setzte sich mit ihrem Kaffee auf die Couch. Sie hatte das Radio eingeschaltet, um das Gefühl zu haben, nicht allein zu sein, und blickte gedankenverloren ins Leere. Alex bereitete ihr Sorgen. Wenn er so niedergeschlagen war und sich zu jedem freundlichen Satz zu zwingen schien, war die Lage sicher noch schlimmer, als er vorgab. Hatte er sich verkalkuliert? War ihm das Geld ausgegangen? Sie hatte schon von mehreren einst sehr reichen Investoren gehört, die sich verkalkuliert oder eine Gelegenheit falsch eingeschätzt hatten und mit immensen Schulden aus ihrem Traum erwacht waren.

Im Radio liefen Nachrichten, als sie in die Küche ging, um einige Schnittchen für den Abend vorzubereiten. Sie hatte noch Käse und etwas Schinken im Kühlschrank, kein Festessen, aber einigermaßen ansehnlich, als sie die geviertelten Brotscheiben mit Tomatenscheiben und Gewürzgurken dekorierte. Der Nachrichtensprecher zitierte einen Politiker aus dem Osten, der das von sich gab, was Petra Schirner ihr schon beim Lunch berichtet hatte, nur dass er die Nachricht in andere Worte kleidete. Dass der Kommunismus die einzige akzeptable Lebensform sei und man hoffe, dass besonders junge Menschen an der glorreichen Zukunft der DDR mitarbeiteten. Was nur bedeuten konnte, dass sich die Führung sorgte, es könnten zu viele Jugendliche das Land verlassen.

Sie war gerade mit den Schnittchen fertig geworden, als sie Alex zur Tür hereinkommen hörte. Sie empfing ihn im Flur, nahm ihm den Mantel ab und führte ihn ins Wohnzimmer. Er öffnete eine Flasche Rotwein und schenkte ein, während sie das Radio abstellte und die Schnittchen auf den Tisch stellte.

»Was ist schiefgelaufen?«, fragte sie ihn nach einer Weile.

»Die Commerzbank weigert sich, mir einen großen Kredit zu geben«, sagte er. »Ich würde bei meinen Investitionen zu viel riskieren, und die Sicherheit, die ich mit der Immobilie an der Zeil hätte, wäre schon zu stark belastet. Immerhin konnte ich heute Nachmittag einige Aktien gewinnbringend verkaufen.«

»Und die Unternehmer, die das Kaufhaus kaufen wollten?«

»Die wollten die Immobilie für einen Apfel und ein Ei haben«, sagte Alex. »Ich habe ihnen geantwortet, dass sie sich einen anderen Dummen suchen sollen. Davon abgesehen, will ich das Kaufhaus gar nicht mehr verkaufen. Ich muss noch ein paar Tage darüber nachdenken und ein wenig mit Zahlen jonglieren, aber wenn alles so aufgeht, wie ich mir das vorstelle, haben wir vielleicht ein heißes Eisen im Feuer. Genaues sage ich dir, wenn ich so weit bin.«

»Wolltest du nicht in einige Wohnungen im Nordend investieren?«

»Das habe ich heute auch getan«, erwiderte er, »mit dem Geld aus dem Aktienverkauf. Kein großes Ding, wie ich gehofft hatte, dazu hätte ich das Geld von der Commerzbank gebraucht, aber immerhin etwas. Noch sind wir nicht ganz aus dem Schneider, Ingrid, aber es gibt wieder Hoffnung.« Er aß ein Schnittchen und sah nicht mehr ganz so besorgt aus. »Und wie lief es bei dir?«

Ingrid erzählte es ihm.

»Toll!«, freute er sich. »Ich bin mit einem Filmstar verheiratet.«

»Die Chancen stehen nicht schlecht«, war auch sie zuversichtlich.

9

Ingrid war guter Dinge, als sie in Berlin aus dem Flugzeug stieg. Nicht einmal das nasskalte Wetter, das sie am Flughafen Tempelhof empfing, konnte ihr die Laune verderben. Ein Chauffeur der CCC-Studios wartete in der Empfangshalle auf sie und trug ihr Gepäck zu einem Mercedes auf dem Parkplatz. »Willkommen in Berlin!«, begrüßte er sie. »Hatten Sie einen angenehmen Flug?«

»Danke, nur ein wenig stürmisch«, antwortete sie.

Sie war zum ersten Mal in Berlin und die Größe der Stadt und der rege Verkehr beeindruckten sie. In der einstigen Hauptstadt ging es noch geschäftiger als in Frankfurt zu. Seit dem Kriegsende war Berlin eine geteilte Stadt, auf der Westseite der amerikanische, französische und britische, auf der Ostseite der von der Sowjetunion kontrollierte sowjetische Sektor. Umgeben war die Stadt von der Deutschen Demokratischen Republik, wie sich die Ostzone selbst nannte, und man kam nur mit dem Interzonenzug oder dem Flugzeug von der Bundesrepublik nach Berlin. Im Krieg hatten Alliierte und Russen gemeinsam gegen Hitler gekämpft, inzwischen standen sie sich feindlich gegenüber. Es war ein seltsames Gefühl, in eine eingeschlossene Stadt zu reisen.

Das Hotel Kempinski lag am Kurfürstendamm im Zentrum von West-Berlin, nur wenige Schritte von der Ruine der Kaiser-Wilhelm-Gedächtniskirche entfernt. Die Kirche kannte sie von zahlreichen Bildern in der Zeitung. Das Hotel war ein wenig anziehender Bau, der in der Eingangshalle aber mit zeitloser Eleganz aufwartete und das Ambiente eines bekannten Luxushotels bot.

Die Dame an der Rezeption überreichte ihr den Zimmerschlüssel und eine Nachricht von Eric: »Ich warte in der Bar auf dich. Wir haben den ganzen Nachmittag für uns. Eric.« Fast zu persönlich für Ingrid, denn sie hatte sich fest vorgenommen, nichts zu tun, das für einen Skandal sorgen und die Dreharbeiten gefährden könnte. Ein Hoteldiener brachte ihr Gepäck in die Suite, in der frische Blumen und ein Obstkorb auf sie warteten. Auf dem Bett lag eine handschriftliche Einladung. »Willkommen in Berlin! Erwarten Sie um 17 Uhr zum gemeinsamen Abendessen mit Regisseur Horst Behrend im Hotelrestaurant. Dieter Schuster (Produzent).«

Ingrid biss in einen Apfel aus dem Obstkorb und blickte auf die Straße hinab. Der Kurfürstendamm galt als eine der geschäftigsten Straßen in Berlin. Besonders fasziniert war sie von den doppelstöckigen Bussen, die keine Schwierigkeiten zu haben schienen, sich durch den dichten Verkehr zu mogeln. Schon seltsam, dass Berlin nicht mehr die Hauptstadt war, wunderte sie sich, nur weil der Bundeskanzler aus dem Rheinland stammte, war Bonn »vorläufiger Regierungssitz« geworden, obwohl sich auch Frankfurt beworben hatte.

Nachdem sie ihr Make-up aufgefrischt hatte, fuhr sie ins Parterre hinab und ging in die Bar. Eric LaForge saß an einem der Tische, stand auf, als er sie kommen sah, und empfing sie mit einer Umarmung und einem Kuss auf die Wange. »Ingrid!«, begrüßte er sie. »Wer hätte gedacht, dass wir uns schon so bald wiedersehen. Als das Angebot kam und ich sah, dass du in dem Film mitspielst, habe ich natürlich sofort zugesagt.«

»Ich freue mich auch«, erwiderte sie. Sie setzte sich zu ihm und bestellte Kaffee. Auch er hatte eine Tasse Kaffee vor sich stehen. »Wie geht es dir?«

»Alles bestens«, antwortete er. »Und dir? Du siehst blendend aus!«

»Vielen Dank. Was macht Hollywood?«

»Ist aktiv wie immer. Ich habe in einem Western mitgespielt. Keine große Rolle. Ich war einer von vier Bankräubern, die durch die Wüste gejagt wurden. Ich musste durch einen Apachenpfeil sterben. Mein Agent in Los Angeles verhandelt gerade über eine ständige Rolle in einer Westernserie im Fernsehen. ›Bonanza‹ oder etwas Ähnliches. Western sind zurzeit groß in Mode bei uns.«

»Dann bist du gut im Geschäft.«

»Es läuft gut bei mir«, sagte er. »Bei dir aber doch auch. Gleich deine erste Rolle in einem Film ist eine Hauptrolle, das kommt nicht oft vor. Du musst sehr gut sein, sonst würde dir der Produzent nicht das Vertrauen schenken.«

»Ich hab viel an mir gearbeitet.«

»Und hattest noch Zeit, dich zu verheiraten.« Er griff lächelnd nach ihrer rechten Hand und betrachtete den goldenen Ring. »Alex Haffner … ich habe von ihm gehört. Ein erfolgreicher Geschäftsmann. Er muss sehr glücklich sein.«

»Wir sind beide sehr glücklich«, erwiderte sie.

Eric nippte an seinem Kaffee. Sein Lächeln wirkte etwas gequält. »Ich beneide Alex sehr. Du bist eine der begehrenswertesten Frauen, die ich kenne. Mit dir können nicht mal die Monroe oder Liz Taylor mithalten. Vielleicht hätte ich früher nach Deutschland kommen und mich um dich bemühen sollen.« Er blickte ihr in die Augen. »Meinst du, ich hätte eine Chance gehabt?«

»Nicht, seitdem ich Alex kenne.« Sie fühlte sich unwohl, ließ sich aber nichts anmerken. »Aber soweit ich weiß, kannst du dich nicht beklagen. Wenn das, was in den Klatschblättern steht, alles stimmt, wirst du doch von der Hälfte aller Ladys in Hollywood umschwärmt.«

»Die Monroe ist nicht darunter.«

»Man kann nicht alles haben.« Sie war erleichtert, nicht mehr über sich sprechen zu müssen. »Aber mal ehrlich: Hast du nie daran gedacht zu heiraten? Unter den Ladys wird doch eine sein, die zu dir passt. Bist du zu wählerisch?«

Er grinste. »Das auch. Und was würden die Ladys sagen, denen ich einen Korb geben müsste? Eine Heirat würde meinem Image schaden, sagt mein Agent. Um erfolgreich zu sein, muss ich der Frauenheld bleiben. Obwohl alles viel heißer gekocht als gegessen wird. Ich mache mich doch nicht an jede Frau ran.«

»Bist du sicher?« Sie lachte. »Hast du's bei der Monroe versucht?«

»Die ist bei einem anderen Studio unter Vertrag«, sagte er. »Das eine Mal, das sie mir über den Weg gelaufen ist, ich glaube, es war im Brown Derby, wurde sie von einem halben Dutzend Bodyguards bewacht, die hätten mir wahrscheinlich den Hals umgedreht, wenn ich ihr zu nahe gekommen wäre.«

Sie hob ihre Kaffeetasse. »Auf Marilyn Monroe!«

»Auf Marilyn Monroe!«, echote er.

Stolz auf sich, die Annäherungsversuche ihres Filmpartners bereits im Vorfeld erfolgreich abgewehrt zu haben, kehrte Ingrid in ihr Zimmer zurück. Sie badete ausgiebig und verwendete große Sorgfalt auf ihre Garderobe und ihr Make-up, als sie sich für das Abendessen mit dem Produzenten und dem Regisseur zurechtmachte. Dieter Schuster und Horst Behrend gaben bei ihrem Film die Richtung an, der eine gab das Geld, der andere gestaltete den Film mit seiner Regie. Beide waren anerkannte Fachleute und hatten etliche Erfolge aufzuweisen.

Ein Hauch des neuen Parfüms, das Alex ihr geschenkt hatte, umgab sie auf der Fahrt ins Parterre. In ihrem geblümten Kleid, nicht zu sexy und nicht zu bieder, brachte sie den Frühling nach Berlin zurück. Ihr ausgewogenes Make-up mit den strahlend roten Lippen passte zu ihrem hellblonden Engelshaar.

Die Herren warteten bereits vor dem Eingang zum Hotelrestaurant. Dieter Schuster war ein korpulenter Mann, der trotz seiner Erscheinung eine gewisse Autorität ausstrahlte und die Angewohnheit hatte, ständig den Sitz seiner Fliege zu korrigieren. Horst Behrend war schlank, trug eine Baumwollhose und einen gemusterten Pullover und überraschte sie mit einer erstaunlich wohlklingenden Stimme. Wie sie später erfuhr, war er auch als Synchronsprecher tätig.

»Ingrid Beck, der zukünftige Superstar!«, stellte Eric sie vor.

Beide Herren waren anscheinend erfreut, sie zu sehen. Obwohl sie den Anblick schöner Frauen gewohnt sein mussten, war ihnen ihre Bewunderung ins Gesicht geschrieben. Ingrid belohnte sie mit ihrem strahlenden Lächeln und sagte ihnen, wie sehr sie sich freute, es mit absoluten Koryphäen zu tun zu haben.

Am Tisch bestellte Schuster eine Flasche Champagner und frische Austern. Ingrid hatte Austern schon gegessen, mochte sie aber nicht besonders. Was sie nicht daran hinderte zu sagen: »Die Austern schmecken ganz ausgezeichnet.«

Während sie mit Champagner anstießen, sagte Schuster: »Auf den großen Erfolg unseres Films. Ich freue mich, einen bekannten Hollywoodstar und einen aufstrebenden Star im deutschen Filmgeschäft für unser Projekt gewonnen zu haben. Eine bessere Wahl hätte ich nicht treffen können. Auf den Erfolg!«

»Auf den Erfolg!«, erwiderten die anderen.

Das Essen hatte der Produzent bereits für alle bestellt. Es gab Champignoncremesuppe, als Vorspeise Wildpastete mit Cumberland-Sauce und Waldorfsalat, als Hauptgang Kalbsrückensteaks und Schlosskartoffeln und zum Nachtisch Birne Helene, dazu einen Weißwein aus dem Badischen. Ingrid achtete auf ihre Figur, konnte aber bei diesen Köstlichkeiten nicht widerstehen und ließ nichts übrig. Sogar der Salat, der zum Steak gereicht wurde, schmeckte außergewöhnlich gut, was wohl an dem hausgemachten Dressing mit Honig und Senf lag.

»Wie schon gesagt, wir fangen Anfang März mit den Dreharbeiten an und hoffen, zügig damit voranzukommen«, sagte Schuster. »Wir drehen vor dem Gebäude der Berlin Brigade, die uns glücklicherweise die Erlaubnis dafür gegeben haben, unter dem Funkturm, im Café Kranzler am Kurfürstendamm und in Vororten von Berlin. Eine der Szenen soll vor einem der Grenzübergänge in den sowjetischen Sektor spielen, obwohl wir die Ost-West-Problematik größtenteils außen vor lassen wollen. Unser Film handelt von den Problemen einer Liebe zwischen einem deutschen Fräulein und einem amerikanischen Offizier, das Ost-West-Thema ist viel zu negativ besetzt.«

»Ganz meine Meinung«, sagte Behrend, »die Politik darf nur eine untergeordnete Rolle spielen. Im Kino wollen sich die Leute unterhalten und nicht über die Machenschaften der Russen und ihrer ostdeutschen Marionetten nachdenken müssen. Lassen Sie uns das Zwischenmenschliche in den Vordergrund stellen, den Konflikt des Offiziers, der sich zwischen einem deutschen Fräulein und seiner Familie in Amerika entscheiden muss. Das ist Zündstoff genug.«

»Waren Sie bei der Armee, Eric?«, fragte der Produzent.

»Nein«, antwortete Eric, »im Zweiten Weltkrieg war ich zu jung, und aus Korea wurde glücklicherweise auch nichts. Das Studio wollte nicht, dass ich mich freiwillig melde. Wenn ich mich widersetzt hätte, wäre meine Karriere gefährdet gewesen. Aber ich habe viel über die Nachkriegszeit in Deutschland gelesen und kann mich gut in die Rolle des Offiziers hineinversetzen. Über die Gepflogenheiten bei der Armee kann ich viel von meinem Vater lernen, der war bei der Invasion am Omaha Beach dabei und kennt sich bestens aus.« Er lächelte schwach. »Obwohl er niemals ein Fräulein hatte ... soweit ich weiß.«

»Ich hab entsprechende Erfahrungen«, gab Ingrid zu. »Ich bin nicht besonders stolz darauf, aber ich war eines dieser Fräulein, und mir ging es genauso wie der jungen Frau im Drehbuch. Ich komme aus Eschenbrunn, einem winzigen Dorf in der Nähe von Grafenwöhr, dem Stützpunkt der 7. US-Armee mit dem größten Truppenübungsplatz in Deutschland oder sogar Europa. Wir hatten gleich nach dem Krieg mit den Amerikanern zu tun und kamen gut mit ihnen aus. Wir Kinder bekamen Kaugummi und Süßigkeiten von ihnen, und einige von uns durften sogar in einem Jeep mitfahren. In den Fünfzigern gingen wir in die Micky Bar, da wurde die beste Musik gespielt, vor allem Rock 'n' Roll. Das war ganz was anderes als die langweilige Schlagermusik, die wir von den deutschen Tanzlokalen kannten. Ich war Stammgast in der Micky Bar.«

»Dann sind Sie für die Rolle der Erika geradezu prädestiniert«, freute sich Schuster. »Es ist doch aus dieser Zeit nichts Dauerhaftes zurückgeblieben?«

Sie wusste, was er meinte. »Nein, dazu waren wir zu clever. Wir wollten unseren Spaß haben, weiter nichts, und die Amerikaner haben uns gut gefallen. Ich habe mich in Frank verliebt, einen Lieutenant. Er las mir jeden Wunsch von den Augen ab und verwöhnte mich nach Strich und Faden. Irgendwie war mir klar, dass zu Hause in Amerika eine Frau und Kinder auf ihn warteten, aber ich wagte nicht, ihn danach zu fragen, und er rückte auch nicht mit der Wahrheit heraus. Sie können sich sicher vorstellen, wie mir zumute war, als ich erfuhr, dass seine Frau und seine beiden Kinder nach Deutschland kamen und er leider mit mir Schluss machen müsse. Aber was blieb ihm anderes übrig? Er liebte seine Frau und seine Kinder und wollte sie nicht verlieren. So erging es vielen.«

»Der Erika in unserem Film ergeht es ähnlich«, erwiderte der Produzent, »wir wollen das Ende nur noch etwas dramatischer gestalten. Ich denke, Sie werden keine Schwierigkeiten mit dem Drehbuch haben.« Er trank einen Schluck Kaffee und wirkte sehr zufrieden. »Verzeihen Sie meine Neugier«, sagte er dann. »Hatten Sie denn später noch Kontakt mit Ihrem Lieutenant?«

»Nein, aber mit seiner Frau«, überraschte sie ihn. »Kurz nachdem sie mit den Kindern nach Grafenwöhr gezogen war, klingelte sie bei meiner Mutter und mir. Sie können sich sicher vorstellen, wie verdutzt ich war, als sie sich vorstellte. Ich dachte, sie würde mir ordentlich die Leviten lesen, aber sie benahm sich sehr zivilisiert und ging sogar mit mir spazieren. Ihr Mann hatte ihr alles gebeichtet, und irgendwie hatte sie sogar Verständnis für ihn. Aber nur ein bisschen. Er durfte sich wohl nichts mehr erlauben … und ich auch nicht.«

»Eine spannende Geschichte«, sagte Schuster.

»Es waren besondere Zeiten damals«, erklärte Ingrid. »Die Soldaten hatten den Krieg hinter sich und wollten den Frieden genießen, und uns Frauen erging es ähnlich. Die Amerikaner waren unkompliziert, wollten eine Party feiern, sobald sie aus der Kaserne draußen waren. Inzwischen ist es dort ruhiger.«

»Arbeiten deutsche Frauen nicht auch für die US-Armee?«

»Das stimmt, sogar Gerda, eine meiner besten Freundinnen, die vorher nie viel mit Amerikanern im Sinn gehabt hatte. Einen amerikanischen Freund hat sie trotzdem nicht. Auch deutsche Männer arbeiten für die Amerikaner, die inzwischen nicht mehr so locker wie damals sind. Diese Rock-'n'-Roll-Zeiten waren etwas ganz Besonderes. Sogar Elvis Presley war mal in der Micky Bar.«

»Elvis? Der King?«

»Höchstpersönlich«, antwortete Ingrid. »Er ist sogar in der Micky Bar aufgetreten, allerdings nur für das Personal. Sein Management hatte ihm verboten, in Deutschland aufzutreten. Ich durfte dabei sein. Einer der Angestellten schwärmte für mich und ließ mich rein. Ein tolles Erlebnis! Ich bin heute noch Fan. Schade, dass er in unserem Film nicht mitspielen kann, das wäre doch was.«

»Leider unbezahlbar«, erwiderte der Produzent.

Bevor sie das Restaurant verließen, informierte Schuster sie über die geplante Pressekonferenz am nächsten Morgen. Sie sollte mediengerecht vor einem Jeep mit einem Checkpoint im Hintergrund stattfinden. »Ich werde in wenigen Worten über den Film informieren, Sie den Medienvertretern vorstellen. Anschließend dürfen Fragen gestellt und Fotos geschossen werden.«

»In den Kostümen, die wir im Film tragen werden?«

Schuster nickte. »Die habe ich bereits auf Ihre Zimmer bringen lassen. Ich habe auch eine Maskenbildnerin bestellt, die sich vor der Pressekonferenz mit Ihnen beschäftigen wird. Wir treffen sie um acht Uhr in den CCC-Studios, bevor wir weiter zum vereinbarten Treffpunkt fahren. Ich lasse Sie um sieben Uhr abholen.«

Auch an diesem Abend ließ sich Ingrid auf einen Drink mit Eric ein, aber sie blieb nicht lange und ging schon gegen halb neun auf ihr Zimmer. Kaum hatte sie ihre Pumps abgestreift und sich gesetzt, klingelte das Telefon. Sie befürchtete schon, Eric könnte sein Versprechen vergessen haben und erneut versuchen, ihr näherzukommen, doch am Apparat war Alex. »Ingrid, da bist du ja!«, sagte er. »Ich versuche schon den ganzen Abend, dich zu erreichen.«

»Alex«, erwiderte sie auf seltsame Weise erleichtert, »ich hätte dich auch gleich angerufen.« Tatsächlich hatte sie vorgehabt, sich hinzulegen und an nichts zu denken. »Tut mir leid, aber wir waren mit dem Produzenten und dem Regisseur beim Essen. So was dauert immer. Sie haben beim Film das Sagen.«

»Und? Ist was dabei herausgekommen?«

»Dass es ein großartiger Film wird«, antwortete sie. »Wir drehen an Originalschauplätzen in ganz Berlin, unter dem Funkturm und auf dem Kurfürstendamm und in den CCC-Studios in Spandau, das sind die bekanntesten Studios in Deutschland. Schuster, so heißt der Produzent, er setzt auf den Film, und mit Horst Behrend haben wir einen der besten Regisseure.«

»Und Eric LaForge … schon wieder.«

»Stell dir vor, er hat letztes Jahr in einem Western mitgespielt.«

»Du spielst mit einem Cowboy zusammen?«

»Eifersüchtig?«

»Habe ich denn einen Grund?«

»Natürlich nicht, und Eric ist auch kein Cowboy, sondern ein Schauspieler, der vor allem durch seine Actionfilme bekannt wurde. In unserem Film spielt er einen amerikanischen Offizier, der sich in ein deutsches Fräulein verliebt, aber Frau und Kinder zu Hause hat. Bevor er mit ihr Schluss machen kann, zieht sich Erika zurück und bleibt allein. Ein trauriges Ende, nicht wahr?«

»Nicht für die Frau und die Kinder. Du heißt Erika in dem Film?«

»Erika, das klingt so schön deutsch. Er heißt John … wie sonst?«

»Und Eric? Hat der auch eine Frau und zwei Kinder?«

»Nein, der ist ledig und gilt in Hollywood als Schwerenöter.«

»Ich glaube, ich bin tatsächlich eifersüchtig«, sagte Alex.

»Brauchst du nicht zu sein. Ich liebe nur dich, das weißt du doch. Morgen haben wir eine Pressekonferenz, mag sein, dass dann wieder einige Gerüchte durch die Presse geistern. ›Sind die beiden auch im wirklichen Leben ein Paar?‹ und so was, das gehört anscheinend dazu. Alles nur Show. Ich habe nichts mit ihm im Sinn, also glaub nicht jeden Unsinn, der in der Zeitung steht.«

»Ich bin trotzdem froh, wenn du wieder hier bist.«

»Übermorgen Nachmittag, das weißt du doch. Und wie geht's dir? Noch Sorgen?«

»Nun ja … es gibt gute und schlechte Nachrichten«, sagte er.

»Die schlechten zuerst.«

»Ich bekomme noch immer keinen Kredit, zumindest nicht in der Größenordnung, die für den Kauf einer Wohnsiedlung nötig gewesen wäre. Und den Verkauf vom Kaufhaus kann ich mir tatsächlich abschminken. Viel zu teuer, sagen die meisten, dabei gibt es kaum eine bessere Lage in Deutschland.«

»Und die guten?«

»Ich konnte einige Doppelhäuser in der neuen Wohnsiedlung in Heddernheim erwerben und werde sie wahrscheinlich mit einem guten Gewinn weiterverkaufen können. Und ich habe eine Idee, wie wir mit dem Kaufhaus doch noch auf einen grünen Zweig kommen können. Ist nur eine Idee bisher, aber wenn mein Plan so aufgeht, wie ich mir das vorstelle, sind wir gemachte Leute.«

»Und was ist das für ein Plan?«

»Sage ich dir, wenn wir zu Hause sind.«

Ingrid verabschiedete sich mit einem fernmündlichen Kuss von Alex und legte auf. So eifersüchtig hatte sie ihn noch nie erlebt. Der beste Beweis dafür, dass er sie tatsächlich liebte, sagte sie sich. Obwohl er sich keine Sorgen zu machen brauchte. Auch sie liebte ihn und hielt selbst aufdringliche Männer auf Abstand. Noch vor wenigen Jahren hätte sie bei einem attraktiven und reichen Mann wie Eric nicht Nein gesagt, aber auch Alex war attraktiv und zumindest wohlhabend, und sie harmonierten als Paar besser, als manche gedacht hatten.

Sie lag längst im Bett und hatte die Augen geschlossen, als es an ihrer Tür klopfte und sie Gläser klirren hörte. Eric, der mit einer Flasche Champagner und zwei Gläsern vor der Tür stand und darauf hoffte, eingelassen zu werden?

Sie drehte sich lächelnd um und schlief weiter.

1961
GERDA

10

Seitdem die Polizei ihren Vater in Untersuchungshaft genommen und tagelang verhört hatte, ging Gerda ihm möglichst aus dem Weg. Er war noch launischer geworden, schimpfte auf die Regierung und die Polizei und klagte sie an, mit dem Feind zu kooperieren und die deutsche Heimat an das Ausland zu verkaufen. Nach dem Krieg sei alles komplett falsch gelaufen in der Heimat, man sei vor allem vor den Amerikanern in die Knie gegangen und habe sämtliche Ostgebiete den Russen und ihren Verbundeten überlassen, und Deutschland gehe vor die Hunde, wenn nicht bald jemand die Notbremse ziehe.

»Wisst ihr, was sie mir vorgeworfen haben?«, erzählte er auch denjenigen, die es nicht hören wollten. »Straftaten sollen wir vorbereitet, einen Aufstand sollen wir geplant haben, und das alles nur, weil wir im Wald mit unseren Gewehren und Pistolen rumgeballert haben. Aber sie konnten uns nichts beweisen, absolut nichts haben sie gefunden, das uns belastet hätte. Wir besitzen alle Waffenscheine und hatten die Lichtung, auf der wir geschossen haben, abgesichert. Wir hätten auf einen Schießstand gehen sollen, mag sein. Für die Ordnungswidrigkeit, wie sie es genannt haben, mussten wir ein paar Mark bezahlen, und schon waren wir wieder frei. Nichts haben sie gegen uns in der Hand.«

»Warum müsst ihr denn unbedingt schießen?«, fragte Gerdas Mutter besorgt. »Habt ihr im Krieg denn nicht genug geschossen? Machen die Amerikaner auf dem Truppenübungsplatz denn nicht genug Krach? Das bringt doch nichts. Am Schluss passiert noch was, und ihr landet wirklich im Gefängnis.«

»Wir sind vorsichtig geworden, Ilse«, erwiderte er. »So was wie mir letztes Jahr passiert uns nicht mehr. Bis zur Gründung unserer neuen Partei kann es nicht mehr lange dauern, und dann werden wir bei den Wahlen beweisen, dass die überwältigende Mehrheit so denkt wie wir. Als Deutsche Reichspartei sind wir zu schwach. Es gibt zu viele kleine Parteien mit Gleichgesinnten, die mit solchen Splitterparteien wenig Einfluss haben. Aber sobald es uns gelingt, alle diese Menschen unter einem Dach zu vereinen, kann uns nichts mehr aufhalten. Dann beginnen endlich bessere Zeiten für Deutschland. Noch ein, zwei Jahre wird es dauern, daran ist die Bürokratie schuld, aber dann starten wir durch!«

»Willst du wirklich, dass es wieder wie unter Hitler wird?«, fragte Gerda. »Die Deutschen wollen keinen Krieg mehr. Wir haben 1961, der Krieg ist seit über fünfzehn Jahren vorbei, und es geht endlich aufwärts. Meinst du denn, einer sehnt sich nach den alten Zeiten zurück? Das glaube ich nicht!«

Noch vor wenigen Jahren hätte Gerda nicht gewagt, sich gegen ihren Vater aufzulehnen. Inzwischen war sie mutiger und selbstbewusster geworden und widersprach ihm auch mal, selbst wenn sie damit eine Ohrfeige provozierte. Sie hatte ihren Vater nur als Tyrannen kennengelernt. Als man ihn zu den Waffen gerufen hatte, war sie noch zu jung gewesen, und als er vor mehr als zehn Jahren mit den letzten Kriegsgefangenen aus Russland zurückgekehrt war, hatte ihn selbst ihre Mutter kaum wiedererkannt, so sehr hatte er sich verändert. Für Gerda war er ein Fremder, der sich in ihre Familie gedrängt und so getan hatte, als wäre er nie weg gewesen. Ein Rückkehrer, der die Veränderungen, die es inzwischen gegeben hatte, nicht akzeptierte und den alten Zeiten nachtrauerte.

Er konnte von Glück sagen, dass die Mutter seine Uniformjacke verbrannt hatte. In Ludwigsburg war eine Landeszentrale zur Bekämpfung von sogenannten NS-Verbrechen gegründet worden, und die Wahrscheinlichkeit, dass man ihren Vater für die Teilnahme an einem Erschießungskommando zur Rechenschaft ziehen würde, war extrem gestiegen. Mit der Uniformjacke auf seinem Speicher wäre sie noch höher gewesen, obwohl es sicher auch schriftliche Aufzeichnungen über Massenerschießungen gab. Als ein Zeitungsartikel im »Neuen Tag« über mehrere bevorstehende Prozesse erschien, wurde der Vater erheblich ruhiger und hielt sich sogar zu Hause mit Beschimpfungen zurück.

Als sie an einem der folgenden Abende von der Arbeit zurückkehrte, war ein Brief von Jule gekommen. Sie zog sich zum Lesen in ihr Zimmer zurück und bekam schon nach wenigen Zeilen feuchte Augen. »John geht es leider nicht besonders«, schrieb ihre Freundin, »Die Bestrahlungen machen ihm mehr zu schaffen, als er zugeben will. Er isst weniger und hat Albträume, die ihn oft stundenlang nicht schlafen lassen. Manchmal verliert er die Nerven und ist ungerecht gegenüber seiner Mutter und mir, und es fällt uns schwer, die Ruhe zu bewahren. Nicht weil wir auf ihn böse wären, sondern weil er es nicht verdient hat, solche Schmerzen zu erleiden. Er versucht, immer so zu tun, als würden sie ihm nur wenig ausmachen, aber ich weiß es besser. Ist das nicht furchtbar?«

Gerda sah von dem Brief auf und wischte sich einige Tränen aus den Augen. John würde nicht mehr lange durchhalten, hieß das wohl alles. Und sie regte sich über die Ungerechtigkeit und die Beschimpfungen ihres Vaters auf.

»Reiten kann er noch, leider nicht mehr wie früher«, las sie weiter. »Eigentlich müsste er schon längst mit der Arbeit aufhören, aber er kann ohne sie nicht leben und steigt selbst in den Sattel, wenn er vor Schmerzen kaum noch stehen kann. Die Hammonds und die Cowboys haben viel Verständnis für ihn, und ich bin ihnen sehr dankbar dafür. Ich versuche alles, um ihm die letzten Wochen oder Monate so angenehm wie möglich zu machen. Ich liebe ihn so sehr, Gerda, und mir zerreißt es jetzt schon das Herz, wenn ich daran denke, dass er bald nicht mehr unter uns sein wird. Es gibt kein Heilmittel gegen diesen verfluchten Krebs. Manchmal verfluche ich sogar Gott für diese Ungerechtigkeit. Wie kann er zulassen, dass mir das Liebste genommen wird?«

Gerda unterbrach ihre Lektüre erneut, blickte eine Weile in die untergehende Sonne vor dem Fenster und las weiter: »Und wie geht es dir, Gerda? Ich denke oft an dich und Ingrid und unsere gemeinsamen Nachmittage am Badesee. Was hatten wir doch damals für Flausen im Kopf. Nur bei Ingrid scheint die Rechnung aufzugehen. Ich hab einen Bericht über die Dreharbeiten zu ihrem Film gelesen. Erik LaForge spielt mit, ein bekannter Schauspieler aus Kalifornien, deshalb konnte man auch hier darüber lesen. Wenn der Film ein Erfolg wird, steht ihr die Welt offen. Ich möchte so ein Leben wie sie nicht führen, bei so viel Öffentlichkeit würde ich mich nicht wohl fühlen, aber ich freue mich für sie. Und du? Du hättest diesen Matthias heiraten sollen, Gerda, der war wie gemacht für dich, aber vielleicht hast du ja noch mal Glück und findest einen Mann, der genauso gut zu dir passt. Gehst du noch in die Micky Bar? Das waren wilde Zeiten damals, was? Elvis Presley gibt es immer noch, nur um den Rock 'n' Roll ist es etwas ruhiger geworden, hier ist jetzt andere Musik angesagt. In Texas hören alle Country & Western Music. Mir gefällt sie auch. Es gibt sogar einen speziellen Tanz, den Two-Step. Aber zurzeit ist uns nicht gerade zum Tanzen zumute. Hoffen wir, dass bessere Zeiten kommen. Lass mal von dir hören, Gerda. Liebe Grüße, auch im Namen von John, Deine Jule.«

An diesem Abend verzichtete Gerda auf ihr Abendessen. Sie war viel zu aufgewühlt nach der Lektüre des Briefes und hatte keine Lust, die Fragen ihrer Eltern zu beantworten. Auch die Stallarbeit vernachlässigte sie. Erst am nächsten Morgen, bevor Monika sie abholte, fütterte sie die Schweine und half der Mutter beim Melken. Ihre Mutter war in Gedanken, hatte in der vergangenen Nacht mit dem Vater gestritten und war immer noch dabei, seine beleidigenden Worte zu verdauen. Manchmal fragte sich Gerda, wie die Mutter das alles ertrug. Wie alle Oberpfälzerinnen war sie leidensfähig und auch ein wenig stur, vielleicht lag es daran. Insgeheim wünschte sie sich sicher ein besseres Leben.

Gerda ertrug den Ärger zu Hause nur, weil sie jeden Morgen zur Arbeit gehen konnte und dort andere Leute traf. Die Arbeit im Lager war nicht besonders spannend, manchmal sogar langweilig, aber sie lenkte von ihren Sorgen und Problemen ab und zeigte ihr, dass es noch etwas anderes im Leben als den Alltag auf einem Bauernhof gab. Nicht einmal die Sonntage brachten die erhoffte Abwechslung. Nach der Kirche ging der Vater zum Frühschoppen beim Stettner, sie half der Mutter beim Kochen, und zum Kaffee erschienen meist Agnes und Joseph mit ihren Kindern. Eine willkommene Abwechslung für Gerdas Mutter, die ihre Enkel, ein Mädchen und einen Jungen, abgöttisch liebte, und ein Ärgernis für den Vater, den das Geschrei der Kinder störte.

Mit Monika fuhr Gerda immer noch jeden Morgen nach Grafenwöhr zur Arbeit. Für den Führerschein und einen eigenen Motorroller hatte sie noch nicht genug gespart. Sie verstand sich prächtig mit ihrer neuen Freundin, war mit ihr aber lange nicht so vertraut, wie sie es mit Jule und Ingrid gewesen war. Sie vermisste die beiden sehr. Sie waren Seelenverwandte, hatten ihre gesamte Jugend miteinander verbracht und verstanden sich, obwohl grundverschieden, beinahe blind. Selbst jetzt noch sprach sie in ihren Briefen an die beiden über Probleme, die sie niemals mit ihren Eltern und auch nicht mit Monika besprochen hätte. Dennoch war Monika zu einem wichtigen Teil ihres Lebens geworden.

»Alles okay bei dir?«, fragte Monika unterwegs.

»Alles gut«, antwortete Gerda.

»Was machen die Männer?«

Gerda lachte. »Warum wollen mich eigentlich alle verheiraten? Ich bin anspruchsvoll und warte lieber ein paar Jahre. Noch mal heirate ich nicht den Falschen. Aber wenn ein edler Prinz auf seinem weißen Pferd kommt, bin ich zur Stelle. Und wenn er nicht kommt, bleibe ich allein. Auch kein Beinbruch.«

»Das sagst du jetzt, aber was machst du, wenn du älter bist? Älterwerden ist schon schlimm genug, das weiß ich von meiner Mutter, aber wenn du in ihrem Alter bist, tust du dich schwer. Meine Großmutter hat im Krieg ihren Mann verloren, gleich im ersten Jahr, und leidet bis heute darunter. So viel können wir uns gar nicht um sie kümmern, dass sie glücklich wäre. Ist ganz schlimm, sag ich dir. Ich bin jedenfalls froh, dass ich Jeremy gefunden habe.«

»Wann soll's denn losgehen?«

»Anfang April. Ich bin schon sehr gespannt auf Amerika.«

»Und du meinst, du findest dich da zurecht?«

»Mit Jeremy finde ich mich überall zurecht«, sagte Monika, »und mit der Arbeit im Drugstore auch, der ist wie bei uns eine Drogerie sortiert. Und in Charlotte hab ich mich jetzt schon verliebt, in die Stadt, meine ich. Ich hab schon einige Bilder gesehen. Du glaubst nicht, wie viele Blumen es dort gibt.«

»Für mich wär das nichts. Auch mit vielen Blumen nicht.«

»Warte ab, bis du den Richtigen triffst, dann redest du anders.«

Im Lager war zurzeit einiges los, und sie hatte viel zu tun. Wegen der Spannungen, die es neuerdings zwischen der Sowjetunion und den USA gab, ließ die US Army alle Fahrzeuge inspizieren und notfalls reparieren, um jederzeit für den Ernstfall gewappnet zu sein. Keiner glaubte wirklich, dass es zu einem Krieg zwischen den beiden Großmächten kommen würde, nicht einmal Captain Barkley, aber bei der Armee musste man jederzeit auf alles gefasst sein.

Es ging vor allem um Berlin, hörte man auch im deutschen Radio. Die Anzahl der Menschen, die jeden Tag vom Westteil in den Ostteil flohen, um sich dort eine neue Existenz aufzubauen, wuchs rapide, und es war weder den Russen noch den Ostdeutschen bisher gelungen, diese Entwicklung aufzuhalten. Obwohl man einige Grenzübertritte geschlossen hatte, war es relativ einfach, in der Hauptstadt zu fliehen. Man brauchte nur in die S-Bahn zu steigen, sich bei einer Kontrolle nicht erwischen zu lassen und an einer Station im Westen auszusteigen. In einem Auffanglager bekam man Hilfe und die ersten Ratschläge für den Neuanfang im demokratischen Westen. Dass man im Osten zurückgebliebene Verwandte dafür in Sippenhaft nahm, wussten viele nicht.

Ein Lichtblick war immer noch Ben, der »fröhliche Schwarze mit dem goldenen Herzen«, wie sie ihn heimlich nannte, weil er niemals schlechte Laune zu haben schien und so viel Verständnis gezeigt hatte, dass sie Matthias nachtrauerte und nicht bereit für eine neue Liebesbeziehung war. Er kam jeden Tag mehrere Male aus der Werkstatt nach oben, brachte neue Aufträge und hatte immer einen kleinen Scherz auf den Lippen. Sein Lachen begeisterte die ganze Abteilung und sogar den Captain, der ihn als fleißigen Arbeiter schätzte. Gerda bekam mit, dass sich Ben besser als jeder andere mit Jeeps auskannte.

Als der Frühling zurückkehrte und die Bauern mit dem Aussäen begannen, verbrachte Gerda ihre Sonntagnachmittage wieder öfter am Badesee. Statt mit Jule und Ingrid traf sie sich jetzt mit Monika, wenn Jeremy keinen Ausgang hatte. Monika war voller Vorfreude und Energie, je näher ihr Abreisetermin nach Amerika kam, und strahlte mit der Sonne um die Wette. Sie hatte bereits ihre Koffer gepackt und wartete nur noch darauf, dass ihr Abenteuer begann.

Bis zu jenem letzten Sonntag im März, als sie niedergeschlagen und mit verweinten Augen am Badesee erschien und sich wortlos neben Gerda auf deren Wolldecke fallen ließ. Zahlreiche andere Badegäste nutzten die Sonne für einen Nachmittag am Badesee aus, schenkten ihnen aber kaum Beachtung.

»Moni!«, erschrak Gerda. »Was ist denn mit dir los? Hast du Kummer?«

»Jeremy!«, brachte sie mühsam hervor. Ihre Stimme war heiser, anscheinend vom vielen Weinen. »Die Army hat seine Tour verlängert … seine Dienstzeit. So was geht in Krisenzeiten.« Sie schniefte. »Anscheinend ist die Lage in Berlin kritischer, als wir alle denken. Er muss bleiben, mindestens noch ein Jahr. Und ich hatte mich schon so auf den Flug nach Amerika gefreut.«

Gerda legte ihr einen Arm um die Schultern. »Ein Jahr ist doch nicht so schlimm. Das steckst du locker weg. Zu einem Krieg kommt es bestimmt nicht mehr. Jedes Land weiß, dass kaum jemand überleben würde, wenn es zum Abwurf einer Atombombe käme. Du hast doch die Fotos von Hiroshima und Nagasaki gesehen, so was will keiner. Die Verlängerung ist nur eine Vorsichtsmaßnahme, damit die Russen merken, wie entschlossen die Amerikaner sind. Jeremy wird weiter seinen Dienst tun, und in einem Jahr fliegst du mit ihm nach Amerika und siehst und hörst nichts mehr von der US-Armee.«

»Meinst du wirklich?«

»Sicher«, munterte Gerda sie auf, »du kennst doch die Spielchen der Armee. Der geht es vor allem darum, Eindruck beim Gegner zu schinden. Was denkst du, warum die gerade alle ihre Fahrzeuge inspizieren? Damit die Russen merken, die wären bereit, falls es zu einer Auseinandersetzung käme. Da versuchen wir lieber nichts. Und die Russen machen das Gleiche. Deshalb nennen sie es ja einen Kalten Krieg. Weil nicht geschossen wird. Ist mir auch lieber.«

»Du meinst, er bleibt in Grafenwöhr? Er muss nicht nach Berlin?«

»In Berlin sind andere Einheiten stationiert. Die Siebte Armee bleibt hier, hat mir Ben erzählt. Außerdem sollen neue Einheiten aus Amerika kommen.«

»Und trotzdem muss Jeremy bleiben?«

»Er ist lange genug hier und kennt sich aus«, sagte Gerda, »seine Erfahrung ist unbezahlbar. Wenn Jules Mann noch hier wäre, müsste er auch bleiben.«

»Scheiß-Armee.«

»Aber ohne sie wären wir schlecht dran.«

»Stimmt auch.« Monika löste sich von ihr und zündete sich eine Zigarette an. So trotzig war sie selten. »Ich bin eine richtige Heulsuse, was?«

»So sind alle Armeebräute«, sagte Gerda, »die Army ist ihre einzige Konkurrenz. Und wenn es hart auf hart geht, gewinnt die Army leider immer.«

11

Die Micky Bar war längst zu einer Institution in Grafenwöhr geworden, und kaum noch einer regte sich darüber auf. Nicht einmal Gerdas strenger Vater. Er hatte inzwischen ganz andere Probleme. Bei jungen Leuten war das Tanzlokal vor allem wegen seiner guten Musik beliebt und bei den weiblichen Besuchern auch wegen der Amerikaner, die lockerer waren und sich besser benahmen als Männer in deutschen Tanzlokalen. Dafür sorgte schon die Militärpolizei, die ein waches Auge auf die Besucher hatte und angewiesen war, bei Vergehen hart durchzugreifen. Das Ansehen der US Army stand auf dem Spiel.

Seit einigen Wochen fuhr ein Bus von Eschenbrunn nach Grafenwöhr, und man brauchte nicht mehr in Weiden umzusteigen oder das Fahrrad zu nehmen, um ohne eigenes Auto oder Motorroller zur Micky Bar zu kommen. Gerda fuhr öfter mit Monika, am zweiten Samstag im August aber mit dem Bus. Monika war mit ihrem Freund unterwegs, war in letzter Zeit häufiger mit ihm allein unterwegs.

Gerda gehörte mit ihren vierundzwanzig Jahren bereits zu den älteren Besucherinnen, scherte sich aber wenig um die geringschätzigen Blicke mancher junger Gänse, die glaubten, die Jugend gepachtet zu haben. Sie ging nicht in die Micky Bar, um sich einen Mann zu angeln, dafür spukte Matthias noch viel zu sehr in ihrem Kopf herum. Sie wollte ihren Spaß haben und sich den Frust von der Seele tanzen, auch wenn die Musik nach dem Rock 'n' Roll wieder seichter geworden war, selbst bei Elvis, der jetzt schnulzige Balladen sang.

Mit den Männern aus der Werkstatt, die es alle schon bei ihr versucht hatten, aber ihre Zurückhaltung respektierten, nachdem sie gehört hatten, wie ihr Vater ihren Freund verjagt hatte, verband sie eine kollegiale Freundschaft. Vor allem mit Ben, der es am besten verstand, sie aufzuheitern. »*Cheer up, Baby!*«, hatte er zu ihr gesagt. »Auch für dich kommen wieder bessere Zeiten. Deinen Vater wirst du nicht mehr ändern, da kenne ich mich aus. Solche Väter gibt es nicht nur in Eschenbrunn. In den Südstaaten gibt es Väter, die ziehen sich eine weiße Kapuze über den Kopf und prügeln auf den Freund ihrer Tochter ein, wenn er ihnen nicht passt.« Er sprach vom Ku-Klux-Klan, der sich gegen alles wandte, was nicht in seine seltsame Vorstellung von einer weißen Gesellschaft passte. Ähnlich wie die Nazis, die Juden und alle anderen verachtet hatten, die angeblich Menschen zweiter Klasse waren. Sogar in der Schule sprachen sie darüber.

»Hat Ben was ausgefressen?«, fragte Gerda, als sie sich zu ihren Freunden setzte. Sie hatte sich eine Sinalco bestellt, ihre Lieblingslimo, und trank einen Schluck. »Gestern hat er gesagt, er würde kommen. Muss er Wache schieben?«

»Ben? Nein, den habe ich vorhin noch gesehen«, sagte einer.

»Der hat sich bestimmt ein hübsches Fräulein geangelt«, erwiderte ein anderer. »Die deutschen Fräulein stehen auf Schwarze, hab ich mir sagen lassen.«

»Schwarz, weiß, rot … mir ist die Hautfarbe egal.«

»Und deinen Eltern?«

»Denen weniger«, räumte sie ein.

An diesem Abend ging Gerda etwas früher. Die Musik der holländischen Band gefiel ihr nicht besonders, zu viele Schnulzen und Country & Western Songs, und ihre Freunde aus der Werkstatt hatten sich ein paar junge Fräulein angelacht und sie kam sich wie das fünfte Rad am Wagen vor. Ihre eigene Schuld, musste sie zugeben. Fast jeder der jungen Männer hätte gern etwas mit ihr angefangen und wandte sich eben einer anderen zu, wenn sie nicht wollte.

Draußen war es noch so warm, wie es sich für einen Abend im August gehörte. Sie hatte noch etwas Zeit bis zur Abfahrt des Busses und ging unter den Bäumen in der Nähe spazieren, dachte wehmütig an ihre Zeit mit Matthias zurück. Sie würde ihrem Vater nie verzeihen, dass er ihn vertrieben hatte. Was hatte er denn davon gehabt, dass sie ihm gehorcht und den Benziger Werner geheiratet hatte? Der katholische Glaube ihres Mannes war bloße Fassade gewesen. Er hatte sie mit einer Praktikantin vom »Neuen Tag« betrogen und war anscheinend nur daran interessiert gewesen, vom Geld ihres Vaters zu profitieren. Dennoch war ihr Vater gegen eine Scheidung gewesen, es würde ihrem Ruf schaden, aber sie hatte nicht auf ihn gehört und fühlte sich seitdem besser. Lieber ging sie ohne Mann als mit dem Benziger Werner durchs Leben.

Laute Stimmen vom Straßenrand und die hellen Scheinwerfer eines Jeeps der Military Police rissen sie aus ihren Gedanken. Eine düstere Vorahnung beschlich sie. Sie ging durch das lichte Wäldchen zur Straße und sah eine Gestalt am Boden liegen. Zwei Sanitäter kümmerten sich darum. Die beiden Polizisten aus dem Jeep standen dabei und drängten die wenigen Schaulustigen zurück.

Gerda kam nahe genug heran, um den Verletzten im Scheinwerferlicht zu erkennen. Sein Gesicht war blutüberströmt, und er stöhnte laut. »Nicht so schlimm«, hörte sie einen der deutschen Sanitäter sagen. Ihr Krankenwagen war zufällig in der Nähe gewesen, und sie hatten Erste Hilfe geleistet. »Es ist nichts gebrochen. Nur zwei Platzwunden an der Stirn und an der Wange.« Als sie die verständnislosen Blicke der MP bemerkten, wiederholten sie ihre Meldung in einem passablen Englisch mit starkem Akzent. »Wir verbinden die Wunde in unserem Wagen, kein Grund, ihn ins Hospital zu bringen, okay?«

»Ben!«, rief Gerda. »Ben! Ich bin's, Gerda!«

Sie rannte zu ihm und wurde von der MP zurückgehalten. »Sie kennen den Verletzten, Ma'am?«, fragte einer der Polizisten, ein stämmiger Sergeant.

»Ben Ward«, antwortete sie, »wir sind Kollegen. Wir arbeiten beide im Transportation Building, er in der Werkstatt und ich im Büro. Was ist mit ihm, Officer? Ist er schwer verletzt? Hatte er einen Unfall? Keine Schlägerei, oder? Ben ist ein ruhiger Typ, der würde sich bestimmt nicht prügeln, schon gar nicht hier, wo die MP immer in der Nähe ist und ihn sofort festnehmen würde.«

»Wie ist Ihr Name, Ma'am?«

»Gerda Wittmann. Ich wohne in Eschenbrunn und bin öfter in der Micky Bar. Was ist passiert?«

Der Polizist wechselte einen raschen Blick mit seinem Kollegen. »Ben Ward wurde überfallen und zusammengeschlagen. Es gibt Zeugen. Sie haben gesehen, wie sich drei weiße Jugendliche auf ihn gestürzt haben. Sie haben Deutsch gesprochen. Ward hatte keine Chance. Sie haben mit Knüppeln auf ihn eingeschlagen und sind erst verschwunden, als die Zeugen zu schreien begannen.«

»Mit Knüppeln? Das ist ja furchtbar!«

»Haben Sie eine Ahnung, wer die drei gewesen sein könnten, Ma'am?«

»Nein«, sagte sie, »Hat Ben sie nicht erkannt?«

»Weder er noch die Zeugen. Es ging alles sehr schnell, und im Halbdunkel der Bäume waren sie anscheinend nur schwer zu erkennen. Außerdem trugen sie Anoraks mit Kapuzen. Nach dem Überfall sind sie zu Fuß verschwunden.«

»Ich kann Ihnen leider nicht helfen, Officer.«

»Melden Sie sich bei uns, falls Ihnen noch etwas einfällt, Ma'am.«

»Darf ich mit ihm reden?«

»Wenn die Medics es erlauben? Aber nur kurz!«

»Danke, Officer.«

Sie ging zum Krankenwagen und beugte sich über den Verletzten. Er wirkte benommen, erkannte sie aber und versuchte ein Lächeln, was ihm gehörig misslang.

»Gerda!«, sagte er. Er war schwer zu verstehen.

»Ist nicht schlimm. »Es ist nichts gebrochen. Das wird bald wieder.«

Er griff nach ihrer Hand und lächelte dankbar. Sie spürte, dass er noch etwas sagen wollte, aber nicht die Kraft dazu fand. Er schloss langsam die Augen.

»Lassen Sie ihn«, sagte einer der Sanitäter. »Wir haben ihm ein ziemlich starkes Schmerzmittel gegeben. Es dauert eine Weile, bis er wieder zu sich kommt. Wir fahren ihn zum Arzt ins Lager und lassen ihn dort untersuchen.«

»Vielen Dank«, sagte sie und stieg aus dem Krankenwagen.

Ihr Bus war schon weitergefahren, aber der Zwischenfall hatte sich herumgesprochen, und einige ihrer amerikanischen Freunde kamen ihr entgegen. »Ben«, erklärte sie. »Drei weiße Jugendliche haben ihn zusammengeschlagen. Deutsche, sagen die Zeugen. Sie sind weggerannt. Zwei deutsche Sanitäter waren zufällig in der Nähe und haben ihn verarztet. Sie bringen ihn zu eurem Arzt im Lager. Zwei Platzwunden, hab ich gehört, aber es ist nichts gebrochen.«

»*Holy Shit!*«, fluchte einer. »Das waren bestimmt diese Nazis!«

»Welche Nazis?«

»Noch nicht gehört? Es soll ein paar Irre geben, die angeblich eine neue Partei gründen wollen. So was wie die Nazi-Partei von Hitler. Viel Erfolg werden sie damit nicht haben, das lassen die Deutschen nicht mehr zu, aber ich habe gehört, dass einige von ihnen Krawall machen und auf Schwarze losgehen.«

»Junge Spinner?«

»Die gibt's überall, sogar bei uns in der Armee. Aber wir sind es gewohnt, mit Schwarzen, Latinos und wem auch immer zusammenzuarbeiten und würden uns gegenseitig nicht an die Kehle gehen. Im Krieg gibt es Hunderte Situationen, in denen einer vom anderen abhängig ist. Nein, Ben ist einer von uns.«

»Die Polizei sucht nach den Typen. Die deutsche und die MP.«

»Gut so. Du hast den Bus verpasst?«

»Sieht ganz so aus«, sagte Gerda.

»Dann fahr ich dich nach Hause. Du hast doch nichts dagegen?«

»Dazu kenne ich euch gut genug.«

Erst zu Hause in ihrem Bett wurde Gerda bewusst, was die Worte des Soldaten bedeuteten. Wenn der Überfall auf Ben tatsächlich auf das Konto gewalttätiger Jugendlicher ging, die zu der geplanten Nazi-Partei gehörten, müsste auch ihr Vater davon wissen. Ihre einzige Hoffnung war, dass die Angreifer aus eigenem Antrieb gehandelt hatten und die Partei nichts damit zu tun hatte.

Der Gedanke ließ sie kaum ein Auge zutun. Die Vorstellung, ihr Vater könnte etwas mit dem Anschlag auf Ben zu tun haben, war beinahe unerträglich für sie. War er auch nach über fünfzehn Jahren so von den Worten des Führers geblendet, dass er eine Jagd auf unschuldige Schwarze befürwortete? So wie der Ku-Klux-Klan in Amerika, fanatische Männer und sogar Frauen in weißen Kapuzenroben, die für dieselben Ideale wie einst Hitler eintraten und Amerika für die weiße Herrenrasse zurückerobern wollten, wie sie es nannten? So verblendet konnte ihr Vater doch nicht sein. Oder hatte er den Verstand verloren? Wenn sie daran dachte, wie er auf dem Dachboden die Hand zum Hitlergruß erhoben hatte, war sie nicht mehr sicher. Wie albern hatte er dabei ausgesehen!

Am Sonntagmorgen fühlte sich Gerda wie gerädert. Sie wusch sich mit eiskaltem Wasser, um einigermaßen wieder munter zu werden, ging auf unsicheren Beinen in den Stall und fütterte die Schweine. Nach dem Melken half sie ihrer Mutter, die schwere Kanne mit der Milch vor das Hoftor zu schaffen, wo sie der Fahrer der Molkerei auf seinen Lastwagen laden würde. Mit den frischen Eiern der Hühner gingen sie ins Haus und bereiteten das Frühstück zu.

Ihr Vater hatte bereits den Anhänger an den Traktor gekoppelt, als er zum Frühstück erschien. Er schien mit seinen Gedanken beim Grasschneiden zu sein und brummte lediglich, als sie ihn begrüßte. Wie fast jeden Morgen meckerte er über den schlechten Kaffee, obwohl Gerda ihn diesmal besonders stark gebraut hatte. Seit sie den leidigen Muckefuck los waren und sich echten Kaffee leisten konnten, reichte schon eine Tasse, um in Form zu kommen.

»Habt ihr von dem Überfall gehört?«, fragte Gerda. Sie wusste, welches Risiko sie mit dieser Frage bei ihrem jähzornigen Vater einging, war aber viel zu aufgeladen, um sich zurückzuhalten. »Bei der Micky Bar in Grafenwöhr?«

»Du warst bei einem Überfall dabei?«, erschrak ihre Mutter.

»Nein«, sagte sie, »aber ich hab den Schwarzen am Straßenrand liegen sehen. Zeugen haben erkannt, wie ihn drei junge Männer zusammengeschlagen haben.« Die Erinnerung schmerzte immer noch und ließ sie kurz innehalten. »Er sah furchtbar aus, sein ganzes Gesicht war blutig. Zum Glück war nichts gebrochen. Die Polizei und die MP waren da … mich haben sie auch verhört.«

»Dich?«, fragte die Mutter. »Aber wieso denn? Sie denken doch nicht ...«

Gerda schnitt ihr das Wort ab. »Ich kenne den Schwarzen. Er heißt Ben und arbeitet im Lager. In der Werkstatt, für die wir die Waren bestellen. Ich verbringe manchmal die Mittagspause mit ihm. Ein netter Bursche. Er hat ständig gute Laune, auch wenn es viel Arbeit gibt, und immer einen Spaß auf Lager.«

Ihre Mutter schüttelte den Kopf. »Ich hab immer gesagt, die Micky Bar ist nicht gut für dich. Die Musik, die Soldaten ... da geht es doch viel zu freizügig zu. Wenn's nach mir ginge, hätte man die Bar schon lange geschlossen.«

»Das stimmt nicht«, widersprach Gerda, »die Micky Bar ist ein anständiges Lokal. Anständiger als die meisten bayerischen Wirtshäuser. Die Amis trinken und feiern gern und der Rock 'n' Roll ist wilder als ein Walzer oder Foxtrott, stimmt schon, aber Prügeleien und so was gibt es nicht. Die Militärpolizei parkt jeden Abend vor dem Haus und würde einen Störenfried sofort festnehmen.«

»Und warum haben sie den Neger zusammengeschlagen?«

»Das frage ich mich auch. Er hatte ihnen sicher nichts getan.«

»Ach was«, mischte sich der Vater ein, »umsonst sind sie bestimmt nicht auf ihn losgegangen. Ich bin sicher, er hatte eine Abreibung verdient. Diese Neger sind anders als wir. Sie passen weder nach Amerika und schon gar nicht zu uns in Deutschland. Man sollte sie nach Afrika zurückschicken, dann wäre Ruhe.«

»Schwarze sind Menschen wie wir«, sagte Gerda.

»Ich glaube, die sind den Affen näher als uns«, lästerte der Vater.

»Wie kannst du so was sagen!«, ereiferte sich Gerda. »Ben ist einer der anständigsten Männer, die ich kenne. Er hat sich nie etwas zuschulden kommen lassen und arbeitet mehr als die meisten anderen.« Sie konnte nicht mehr an sich halten. »Und wenn es stimmt, dass die Angreifer von deiner neuen Partei kommen, bist du genauso schuld wie sie. Zuerst waren es die Juden und die Zigeuner, und jetzt sind wohl die Schwarzen dran. Warum lässt du so was zu?«

Der Vater warf sein Messer auf den Tisch und hatte bereits den Teller in der Hand, hielt ihn aber fest. »Was fällt dir ein?«, rief er mit hochrotem Kopf. »Wie redest du mit deinem Vater? Treibt sich wie eine Schlampe mit einem Neger rum und will mir Vorschriften machen! Und damit du's weißt: Ich hab nichts gegen Neger, aber sie sollen gefälligst unter sich bleiben und dahin zurückgehen, wo sie hergekommen sind. Sonst gibt es bald keine Deutschen mehr.«

»Warum lässt du zu, dass unschuldige Menschen zu Schaden kommen?«, erwiderte Gerda in einer Mischung aus Verzweiflung und Mut. Sie hatte jahrelang den Mund gehalten und sich geduckt, sogar ein Kriegsverbrechen ihres Vaters gedeckt, und konnte nicht länger schweigen. »Haben wir denn im Krieg nicht genug Unheil angerichtet, Vater? Warum willst du keinen Frieden?«

»Jetzt reicht's mir aber!«, explodierte er.

Wenn Gerda näher gesessen hätte, wäre ihm sicher die Hand ausgerutscht.

»Wie kannst du es wagen, die mutigen Einsätze der Wehrmacht als Kriegsverbrechen zu beschimpfen? Mach, dass du mir aus den Augen kommst! Geh zu deinem Neger und halte Händchen mit ihm! Wirst ja sehen, was du davon hast! Die Amis sind schon schlimm genug, aber diese Schwarzen wollen wir in der Oberpfalz nicht haben. Geh und komm so schnell nicht wieder! Und tauch heute Morgen bloß nicht in der Kirche auf! Ist es nicht schon schlimm genug, dass du geschieden bist? Musst du jetzt auch noch mit einem Neger anbandeln? Ich dachte, du wärst eine anständige Frau.«

Gerda sprang wütend auf. »Jesus würde auch nicht zulassen, dass du zusiehst, wie deine jungen Freunde einen Schwarzen halbtot schlagen. Er würde euch aus dem Tempel jagen wie die Pharisäer und euch zum Teufel schicken!«

»Raus!«, schrie der Vater.

Die Mutter begann zu weinen. »Beruhigt euch bitte! Hermann, die Gerda hat es bestimmt nicht so gemeint. Sie steht noch unter Schock, weil sie den verletzten Neger gesehen hat. Du regst dich viel zu sehr auf. Niemand will dir was Böses, Hermann! Du bist der Vater, auf dich lassen wir nichts kommen.«

Aber Gerda war bereits aus der Küche gerannt. Sie stürmte in ihr Zimmer, zog ihre Jacke über und steckte ihr Erspartes in ihre Umhängetasche. Sie lief nicht zum ersten Mal vor ihren Eltern davon und war jedes Mal wieder zurückgekehrt, doch diesmal meinte sie es ernst. Wütend lief sie aus dem Haus und stieg auf ihr Fahrrad. An einigen verdutzten Kirchgängern vorbei fuhr sie in östlicher Richtung davon. Sie drehte sich nicht einmal um, auch nicht dann, als die Glocken zu läuten begannen und die Menschen zum Gottesdienst riefen.

12

Ihre Hoffnung war Matthias. Sie liebte ihn mit jeder Faser ihres Körpers und wollte nicht länger auf ihn verzichten. Nach dem Streit mit ihrem Vater hatte sie keine Kraft mehr, nachzudenken und sich über die Folgen klarzuwerden, sie ließ sich nur von Gefühlen leiten und zögerte während der langen Fahrt nicht einmal. Sie war vor Sehnsucht blind, glaubte in ihrer Panik daran, dass es nur diesen einen Fluchtweg für sie gab, und würde sich nicht mehr aufhalten lassen.

Sie wusste, wo Matthias gewohnt hatte. Vor einigen Monaten hatte sie nach einem Streit mit ihrem Vater bei ihm angerufen und einen jungen Mann erreicht, der die Wohnung von ihm übernommen hatte. »Matthias Böhme?«, hatte er gesagt. »Der ist weggezogen, vielleicht hat er geheiratet.« Oder so ähnlich.

Gerda wollte es genau wissen und fuhr zu Matthias' ehemaliger Wohnung. Ihr war natürlich bewusst, dass es sich nicht schickte, einen Fremden am Sonntagmorgen zu stören, hatte aber keine andere Wahl. Auf dem Klingelschild stand »Jens Lammer«. Sie klingelte zweimal und wartete ungeduldig, bis es summte und die Tür aufsprang. Die Wohnung lag im vierten Stock eines Mietshauses.

Der junge Mann, der ihr öffnete, trug einen Bademantel und musste um die zwanzig sein. Seine Haare waren strohblond. Aus dem Hintergrund hörte sie eine junge Frau rufen: »Jens! Wo bleibst du denn? Ich dachte, wir sind allein.«

»Tut mir leid«, entschuldigte sich Gerda, »ich wollte Sie nicht stören, Herr Lammer. Aber ich muss ganz dringend zu Matthias Böhme, das ist der junge Mann, der vor Ihnen hier gewohnt hat. Haben Sie zufällig seine neue Adresse?«

Lammer schien ihr die Verzweiflung anzusehen und reagierte milde, ungeachtet der drängenden Rufe seiner Freundin. »Haben Sie nicht schon mal bei mir angerufen?« Er schüttelte den Kopf. »Nein, ich hab leider keine Ahnung, wo er abgeblieben ist. Ich weiß nur noch, dass eine junge Frau bei ihm war. Irgendeine Verwandte, seine Schwester, glaube ich.« Er schien ihre Gedanken zu lesen. »Nein, sie war nicht seine Freundin, für so was hab ich einen Blick.«

»Ist er in Weiden geblieben? Oder ganz woandershin gezogen?«

»Ich habe nicht die geringste Ahnung.« Die Freundin rief wieder aus dem Hintergrund, und er wurde langsam nervös. »So, jetzt muss ich aber zurück.«

Gerda nickte nur und blieb vor der geschlossenen Tür stehen, bis sie die Antwort verdaut hatte. Als sie zum Treppenhaus ging, kam ihr eine ältere Dame im Sonntagsstaat entgegen. Offensichtlich kehrte sie vom Kirchbesuch zurück.

»Entschuldigen Sie bitte«, sprach Gerda sie an, als die ältere Dame vor der Wohnung gegenüber stehen blieb. »Ich suche nach dem jungen Mann, der in der Wohnung gegenüber gewohnt hat. Matthias Böhme. Dunkle Haare, dunkle Augen, attraktiv, sehr sportlich ... haben Sie eine Ahnung, wo er jetzt wohnt?«

Die ältere Dame überlegte eine Weile. »Ja, ich erinnere mich an ihn. Ich habe mich einige Male mit ihm unterhalten.

Ein netter junger Mann, das hat man selten, nicht wahr? Er ist für mich einkaufen gegangen, als ich krank war.«

»Wissen Sie, wo er hingezogen ist?«

»Nein, leider nicht. Das heißt …« Sie dachte angestrengt nach. »Er hat mal gesagt, dass er sich bei einer großen Firma in Regensburg beworben hat. Den Namen hab ich vergessen. Eine Maschinenfabrik, glaube ich … er hat mal was von irgendwelchen Maschinen gesagt. Aber mehr weiß ich leider auch nicht.«

»Vielen Dank«, sagte Gerda, »Sie haben mir sehr geholfen.«

Von ersten Zweifeln geplagt, stieg Gerda auf ihr Fahrrad. Tat sie das Richtige? War es klug, Matthias hinterherzulaufen und darauf zu vertrauen, dass er sie immer noch liebte? War sie wirklich bereit, ihre Eltern im Stich zu lassen und ihn ohne ihre Zustimmung zu heiraten? Sollte sie bei ihm einziehen und so tun, als hätte es nie Probleme gegeben? Ihre Eltern würden ihr niemals verzeihen. Sie würde nie mehr nach Eschenbrunn zurückkehren können. Und wer wusste schon, wie sie im Lager reagieren würden. Die Kunde von der aufsässigen Tochter, die ihre Eltern im Stich gelassen und heimlich geheiratet hatte, würde schnell die Runde machen und sie im schlechten Licht dastehen lassen.

Sie war so in Gedanken, dass sie gar nicht merkte, wie sie immer weiter in die Fahrbahnmitte driftete. Erst das energische Hupen eines Autofahrers, dem sie im Weg war, schreckte sie auf. Sie fuhr rasch an den rechten Fahrbahnrand zurück und blieb einen Augenblick stehen, bevor sie weiterfuhr. Selbst wenn sie das Zerwürfnis mit ihrer Familie und der Dorfgemeinschaft in Kauf nahm, war noch nicht sicher, ob wenigstens das Zusammentreffen mit Matthias den gewünschten Erfolg brachte. Vielleicht war er tatsächlich verheiratet. Oder er hatte sie bereits vergessen und wollte nichts mehr von ihr wissen. War seine Liebe nur ein Strohfeuer gewesen? Hatte sie ihn in ihrer

Erinnerung idealisiert und bildete sich etwas ein, das es gar nicht gab? Lebte sie im falschen Traum?

Es gab nur eine Möglichkeit, dies herauszufinden.

Vor einer Telefonzelle blieb sie stehen und lehnte ihr Fahrrad gegen einen Zaun. Aus ihrer Jackentasche kramte sie einige Markstücke. Ohne weiter nachzudenken, betrat sie die Telefonzelle und rief die Auskunft an. Sie bekam Matthias' Nummer, holte kurz Luft und wählte direkt. Seit Kurzem brauchte man kein Fernamt mehr für innerdeutsche Ferngespräche. Es klingelte mehrmals, und sie wollte schon auflegen, als sich eine Frauenstimme meldete.

»Böhme.«

»Frau Böhme? Die Ehefrau von Matthias Böhme?«

»Ja … mit wem spreche ich denn?«

»Entschuldigung«, sagte Gerda, »ich … falsch verbunden.«

Sie legte auf und rührte sich nicht vom Fleck, bis ein älterer Herr an die Tür klopfte und rief: »Wollen Sie telefonieren oder sich nur ein wenig ausruhen?«

Sie erschrak und schob die Tür nach außen. »Tut mir leid«, entschuldigte sie sich, »ich wollte Sie nicht warten lassen. Es ist nur … es war keine Absicht.«

»Hoffentlich keine schlechten Nachrichten«, sagte der ältere Herr.

Sie stieg auf ihr Fahrrad und fuhr langsam weiter. Die Stimme der Frau, die sich am Telefon gemeldet hatte, klang wie ein unheilvolles Echo in ihr nach. Eine sympathische Stimme, doch was sie gesagt hatte, war wie ein Schlag ins Gesicht für Gerda gewesen. »Böhme«, hatte sie sich gemeldet. Matthias hatte geheiratet, er hatte tatsächlich geheiratet. Nur wenige Monate, nachdem er kurz davor gewesen war, ihr einen Antrag zu machen. Hatte sie sich in ihm getäuscht? War ihre Liebe nur Einbildung gewesen, nur ein rosaroter Traum?

Ihre Augen waren voller Tränen, als sie auf die Straße nach Eschenbrunn radelte. Es gab nur noch den Weg zurück für sie. Zurück zu ihren Eltern, den Alltag im Lager und auf dem Bauernhof, das Leben mit den Menschen, die sie seit ihrer Geburt kannte. Kein schlechtes Leben, wenn es ihr gelang, sich mit ihrem Vater zu versöhnen und den Eschenbrunnern zu beweisen, dass sie weder ein Ami-Liebchen noch eine Sünderin war, die ihren Mann aus reiner Bosheit verlassen hatte. Sie würde Matthias vergessen, so wie er sie anscheinend vergessen hatte, und in eine neue Zukunft blicken. Ohne den märchenhaften Traum, ihren Prinzen auf einem weißen Pferd, den sie sich offenbar nur eingebildet hatte.

Der Fahrtwind trocknete ihre Tränen, doch es schien nichts zu geben, was den Druck von ihrer Seele nahm. Wie in Trance fuhr sie über die Landstraße, die ihr an einem Sonntagmorgen noch einsamer als sonst erschien. Obwohl die Straße meist eben war und sie nicht allzu schnell fuhr, spürte sie die Anstrengung und geriet ins Schwitzen. Oder war es die Angst, nach ihrem Ausbruch den Eltern gegenüberzutreten und sie um Verzeihung zu bitten? Sie war in einer Familie aufgewachsen, in der den Eltern der allergrößte Respekt entgegengebracht wurde, selbst wenn man sich ungerecht von ihnen behandelt fühlte.

Als sie den heimatlichen Bauernhof erreichte, war niemand zu Hause. Nur das aufgeregte Bellen des Hofhundes war zu hören, verstummte aber bald darauf wieder. Sie zog ihre Jacke aus und ging in die Küche. Es duftete noch nach dem Schweinebraten, den es anscheinend zum Mittagessen gegeben hatte. Die Mutter hatte abgespült und aufgeräumt. Auf dem Tisch lag die aktuelle Ausgabe des »Neuen Tag«. Ihr Vater war beim Stettner, nahm sie an, traf sich mit seinen Freunden und diskutierte wahrscheinlich über die geplante Partei.

Sie sah aus dem Fenster. Wo sich die Mutter aufhielt, war ebenfalls nicht schwer zu erraten. Sie war sicher in der Kirche und betete dafür, dass sich Gerda wieder mit ihrem Vater vertrug und sie endlich wieder eine richtige Familie wurden. Gerda glaubte nicht daran, dass es jemals wieder wie früher sein würde, dafür war der Vater viel zu halsstarrig und in seine seltsamen politischen Ansichten verrannt, um an etwas anderes zu denken. Die Zeit war auch während des Krieges weitergelaufen, und er hatte wie so viele Heimkehrer nicht Schritt gehalten. Im »Neuen Tag« hatte sie mehrere Artikel über ehemalige russische Kriegsgefangene gelesen, die mit den neuen Gegebenheiten nicht zurechtgekommen waren. Nur hatte keiner so extrem reagiert wie ihr Vater.

Sie trat vor die Tür und ging die wenigen Schritte zum Marktplatz. Er war erstaunlich leer, selbst für einen Sonntag, nicht einmal spielende Kinder waren zu sehen. Irgendetwas musste passiert sein. Sie bekam es plötzlich mit der Angst zu tun und ging auf die Kirche zu. Je näher sie kam, desto deutlicher waren die Orgel und der Gesang zu hören. Als hätte sich der Pfarrer mit dem Gottesdienst verspätet. »Großer Gott, wir loben dich«, schallte es mit solcher Inbrunst auf den Marktplatz, dass sich selbst der Teufel erschrocken hätte.

Zögernd betrat sie die Kirche. Kaum jemand drehte sich nach ihr um, als sie ein Kreuz schlug und zwischen den Bankreihen stehen blieb. »Meine lieben Brüder und Schwestern«, predigte der Pfarrer ernst, »wir sind noch einmal an diesem Morgen zusammengekommen, um unserer armen Landsleute zu gedenken, die an diesem schicksalhaften Tag aus ihren Träumen gerissen und sich in einem riesigen Gefängnis wiederfanden, aus dem es kein Entrinnen zu geben scheint. Als sie aufwachten und aus dem Fenster blickten, waren die Soldaten der Nationalen Volksarmee längst dabei, die Grenze zwischen West- und Ostberlin mit Stacheldraht zu sichern und eine unüberwindbare Betonmauer zu errichten. Ein Verbrechen gegen die Menschlichkeit, das ganze

Familien voneinander getrennt hat und die Teilung unseres Landes auf grausame Weise sichtbar macht. Wie wir aus den Frühnachrichten wissen, haben die Soldaten an der Grenze den Befehl, jeden Fluchtversuch mit der Waffe zu vereiteln, wohl der grausamste Befehl, den wir nach dem Ende des Krieges hören mussten. Niemand weiß, was dieser Mauerbau für Folgen haben wird, ob die Amerikaner eingreifen werden und es zum Krieg kommen wird, oder ob der Herr ein Einsehen hat und uns vor einem solchen Unglück bewahren wird. Lasset uns für die Menschen hinter der Mauer und dem Stacheldraht beten, dafür, dass ihnen weiteres Unglück erspart bleibt und ihnen Gott hilft, sich aus der grausamen Umklammerung ihrer verbrecherischen Machthaber zu befreien.«

Gerda realisierte die bestürzende Nachricht nur langsam. Erst als sie die Hände faltete und das Gebet mitsprach, wurde ihr bewusst, über welche ungeheure Nachricht der Pfarrer gesprochen hatte. Während sie nach Weiden gefahren war und bei Matthias angerufen hatte, war etwas Dramatisches passiert, ein Ereignis, das die Welt an den Rand des Untergangs bringen konnte. Im Lager hatte sie genug Unterhaltungen von Soldaten mitbekommen, in denen es um die Teilung von Deutschland, viel mehr noch aber um die Teilung von Berlin gegangen war. Wenn es nach dem Willen der Russen gegangen wäre, hätten sich die Amerikaner aus Berlin zurückziehen müssen und Berlin wäre zur Hauptstadt der DDR geworden. Sie hatten sich erfolgreich widersetzt. Berlin war eine geteilte Stadt, jetzt auch durch eine Mauer sichtbar, und nur Ostberlin wurde von dem deutschen Staat, der sich DDR nannte, als Hauptstadt geführt. »Wir hätten den Russen ordentlich den Arsch versohlen sollen«, hatte mal ein Kollege von Ben gesagt, »das wäre noch besser gewesen.

Dann wären wir die Commies ein- für allemal los.« Was würden die Amis wohl jetzt sagen?

Gerda blieb stehen, bis der Gottesdienst beendet war, und wartete vor der Kirche auf ihre Mutter. Sie zeigte keine Regung, als sie auf sie aufmerksam wurde, ging weiter, ohne sie anzusprechen oder ihr einen Blick zu gönnen. Gerda war gezwungen, ihr nachzulaufen, und stellte sich ihr in der Küche in den Weg. »Es tut mir leid, Mutter«, entschuldigte sie sich, »ich habe heute Morgen die Nerven verloren. Ich hätte den Vater nicht anschreien dürfen. Ich will euch nicht verlassen. Es gefällt mir bei euch und in Eschenbrunn. Ich bin nicht immer mit Vater einer Meinung, und ich finde, dass er mit seiner neuen Partei im Begriff ist, einen großen Fehler zu begehen, aber er ist mein Vater, und ich werde ihn immer respektieren, was auch geschehen mag. Verzeih mir, Mutter!«

Sie verschwieg ihr, dass sie nur mit der halben Wahrheit herausgerückt war und sich wahrscheinlich anders entschieden hätte, wenn Matthias nicht verheiratet gewesen wäre. Ihre Liebe zu ihm war größer als alles andere, beinahe wie eine Naturgewalt, der sie nichts entgegenzusetzen hatte. Um bei ihm sein zu können, hätte sie sogar riskiert, die Zuneigung ihrer Eltern zu verlieren. Es war anders gekommen, und ihr blieb nichts anderes übrig, als sich mit der neuen Lage abzufinden. Warum sollte sie ihre Eltern unnötig verärgern, indem sie ihnen gestand, wie sehr sie sich nach Matthias sehnte? Sie würde ihn niemals vergessen, aber vielleicht die Erinnerung an ihn verblassen lassen und ihr altgewohntes Leben akzeptieren. Sie würde auch ohne Mann leben können.

Die Miene ihrer Mutter entspannte sich ein wenig. »Denk immer daran, was dein Vater im Krieg durchmachen musste«, sagte sie. »Wenn ich mich mit ihm streite, bereue ich anschließend immer, dass ich ihn angeschrien habe. Wir dürfen unseren

Soldaten nicht nur Vorwürfe machen, weil sie im Krieg etwas Schlimmes getan haben. Wenn sie ein Kriegsverbrechen begangen haben, dann doch nur, weil es ihnen ein Offizier befohlen hat. Wenn sie nicht gehorcht hätten, wären sie selbst erschossen worden.«

Gerda hätte gern erwidert, dass ihm das noch lange nicht das Recht gab, sie wie ein Tyrann zu behandeln und sich den Führer zurückzuwünschen. Sie hatte inzwischen einiges über Hitler gelesen und von Amerikanern im Lager gehört. Hitler war ein rücksichtsloser Diktator gewesen, der vorgehabt hatte, in seinen Augen minderwertige Menschen auszurotten und die Weltherrschaft an sich zu reißen. Ein Verrückter, auch wenn sie in Eschenbrunn nur wenig davon bemerkt hatten. Sie hatten eine jüdische Familie verhaftet, das stimmte, angeblich, weil sie etwas Ungesetzliches getan hatten. Gerda war damals noch ein Kind gewesen und hatte wenig verstanden. Aber sie hatte von älteren Soldaten gehört, die bei der Befreiung eines Konzentrationslagers dabei gewesen waren, welche Gräuel während des Krieges passiert sein mussten. Ihr war richtiggehend übel geworden.

Doch die Tränen, die sie an diesem Morgen vergoss, galten allein ihrer zerstörten Liebe. Mit seiner Heirat hatte ihr Matthias die letzte Hoffnung genommen. Sie verurteilte ihn nicht deswegen. Er hatte keine Ahnung, dass sie zumindest zeitweise bereit gewesen war, sich über das Verbot ihrer Eltern hinwegzusetzen und ihn zu heiraten. Für ihn war das Ende ihrer Liebe schon gekommen, als der Vater ihn davongejagt hatte. Konnte sie ihm böse sein, dass er eine andere geheiratet hatte? War es nicht sein gutes Recht gewesen, sich neu zu verlieben?

Seltsamerweise beachtete sie ihr Vater kaum, als er vom Stettner zurückkam. Als hätte er vergessen, dass sie ihn beschimpft hatte und wütend aus dem Haus gerannt war.

Stattdessen schimpfte er auf die Russen, die einen Großteil der Deutschen mit dem Bau der Berliner Mauer in ein Gefängnis gesperrt hätten.

»Was anderes ist die Ostzone jetzt doch nicht mehr, ein riesiges Gefängnis für unsere Landsleute im Osten. Schlimm genug, dass sie die übrige Grenze mit Wachttürmen, Stacheldraht und einem Todesstreifen gesichert haben, aber die Mauer ist noch schlimmer. Wir hatten den ganzen Nachmittag den Fernseher beim Stettner laufen und haben gesehen, wie sich Menschen aus den oberen Stockwerken abgeseilt haben, weil die Mauer direkt an ihrem Haus vorbeiführt und sie unbedingt in den Westen wollten. Und was meint ihr, was erst passiert, wenn jemand zu fliehen versucht, wenn die Mauer steht? Die Soldaten haben Schießbefehl! Die würden auf ihre eigenen Landsleute schießen, nur weil die Russen ihnen im Nacken sitzen. Warum unternimmt niemand was dagegen?«

»Weil es sofort zum Krieg käme, wenn die Amerikaner auf die Grenzsoldaten schießen würden. Ich will keinen Krieg mehr, Hermann. Hast du denn nicht genug Leid gesehen? Vielleicht verhandeln die Amerikaner mit den Russen.«

»Verhandeln?« Er lachte trocken und ließ sich auf einen Küchenstuhl fallen. »Mit dem Iwan kannst du nicht verhandeln. Das konnte der Adenauer, als er die letzten Kriegsgefangenen aus Russland geholt hat, aber die Zeiten sind vorbei. Jetzt wollen die Russen wieder Weltmacht werden. Die Amis hätten vorher was tun sollen, bevor der Iwan auf die blödsinnige Idee mit der Mauer kam. Aber die Amis haben keinen Mumm. Auf Hiroshima konnten sie eine Atombombe werfen. Die Japaner waren am Ende und hatten keine Kraft mehr. Aber bei den Russen haben sie Schiss. Im Fernsehen hat man gesehen, wie sich ein russischer und ein amerikanischer Panzer an einem Grenzübergang gegenüberstanden. Warum hat der Ami nicht geschossen? Weil sich der verdammte Präsident vor Angst in die Hose gemacht hat und ihm die Zone sowieso egal war.«

Gerda war genauso entsetzt wie ihre Mutter. Vor der Gefahr eines drohenden Atomkriegs verblassten auch ihre eigenen Gefühle und Sorgen. Wenn jemals eine Bombe fiel, würde die ganze Welt untergehen. Sah der Vater das nicht? Glaubte er wirklich, man könnte die Russen mit einer Atombombe zwingen, die Mauer einzureißen? Sie wusste es besser. Im Lager waren die Russen ein heißes Thema, und es gab sogar Amerikaner, die ähnlich redeten wie ihr Vater, aber den Verantwortlichen war an einem dauerhaften Frieden gelegen.

Das erfuhr Gerda auch am nächsten Morgen, als sie an ihrem Arbeitsplatz im Lager erschien, und Captain Barkley alle deutschen Angestellten zusammenkommen ließ.

»Ladies and Gentlemen«, sagte er, »die US Army ist genauso entsetzt über die Entwicklung in Berlin wie Sie. Der Bau einer Mauer ist eine eklatante Verletzung der Menschenrechte. Die Aktion der Sowjets beweist uns, wie wichtig es war, die Truppen in Berlin aufzustocken, um auch weiterhin für die Sicherheit des freien Teils der Stadt zu sorgen. Die Situation ist sehr angespannt, das können Sie sich ja vorstellen. Aber seien Sie versichert, dass wir die Demokratie auch in Berlin mit allen Mitteln verteidigen werden. Auf einen militärischen Schlag haben wir jedoch bewusst verzichtet, er hätte nur zu einer lebensbedrohlichen Katastrophe geführt. Wir bitten auch Sie, Ruhe zu bewahren und Verständnis für strengere Kontrollen beim Betreten und innerhalb des Stützpunkts aufzubringen. Wir bauen auch weiterhin auf Ihre Unterstützung und ein friedliches Miteinander hier in Grafenwöhr. Das betrifft übrigens auch den privaten Umgang. Ob wir die Rabauken finden, die Ben niedergeschlagen haben, weiß ich nicht. Immerhin ist er wieder bei Kräften und kann seinem Dienst nachkommen. Wir müssen solche Auseinandersetzungen in Zukunft unbedingt vermeiden, das weiß auch die deutsche Polizei. Und jetzt … an die Arbeit!«

1961–1962
JULE

13

Seit der niederschmetternden Diagnose war über ein halbes Jahr vergangen, und John hielt sich tapfer. »Die Bestrahlungen haben einiges gebracht«, sagte Doktor Walker, als er nach einer weiteren Untersuchung mit Jule allein war. »Zu wenig, denken Sie wahrscheinlich, aber auch, wenn er nur ein paar Monate gewonnen hat, ist das mehr, als die meisten anderen Patienten mit einem so aggressiven Hirntumor von sich sagen können. Und das ist doch schon was.«

Jule erschrak immer noch, wenn der Arzt das nahe Ende ihres Mannes ankündigte. Der Kummer und die Sorgen wurden nicht leichter, nur weil seit der ersten Diagnose einige Zeit vergangen war. Ihr wurde jedes Mal übel, und der Schmerz übermannte sie so sehr, dass sie sich irgendwo festhalten oder setzen musste, um die Krämpfe zu ertragen, die ihr Inneres aufwühlten. Manchmal verengte sich ihre Kehle so stark, dass sie minutenlang keine Luft bekam.

»Wie lange habe ich noch?«, fragte John, als sie sich in einem Untersuchungsraum des Shannon Memorial Hospitals in San Angelo trafen. Er hatte seine Krankheit akzeptiert, schien sich mehr um Jule und seine Mutter als um sich selbst zu sorgen. Aber Jule ahnte, dass ihm die rasenden Schmerzen, die jetzt öfter auftraten, und die gelegentlichen Krämpfe mehr zu schaffen machten, als er zugeben wollte. Sie sah den Schmerz in seinen Augen, das verzweifelte Bemühen, sie und seine Mutter nicht zu ängstigen. Ein heldenhaftes Verhalten, das selbst für einen Cowboy, der mit der Gefahr und Schmerzen zu leben verstand, nicht selbstverständlich war. »Wie lange noch, Doktor?«

»Das kann man nicht genau sagen«, sagte der Arzt. »Sie könnten noch ein paar Monate haben, vielleicht aber auch nur ein paar Tage. Tut mir leid, aber ich müsste lügen, wenn ich etwas anderes sagen würde. Tut mir leid, John.«

John konnte sogar lächeln. »Sie reden wenigstens nicht um den heißen Brei herum. Nicht wie dieser Arzt in Dallas, bei dem ich eine zweite Meinung eingeholt habe. Wenn ich ihn nicht gedrängt hätte, würde ich heute noch bei ihm sitzen und auf eine Antwort warten.«

»Mit Lügen oder falschen Beschönigungen ist niemandem geholfen«, sagte Doktor Walker. »Ich weiß, wie schwer es manchen Patienten und ihren Angehörigen fällt, die Wahrheit zu akzeptieren, ziehe es aber dennoch vor, sie auszusprechen. Sie ist nur schwer zu ertragen, das weiß jeder Onkologe. Keiner hört die Wahrheit gern, aber Sie sind stark und haben eine starke Frau. Sie werden Ihr Schicksal meistern, da bin ich ganz sicher. Ich habe im Korea-Krieg als Arzt gedient und erlebt, wie schwer es die meisten sterbenden Soldaten hatten. Sie hatten keine Frau, die sie trösten konnte, außer vielleicht eine erschöpfte Krankenschwester.« Er blickte Jule an. »Ihre Frau ist bei Ihnen, das ist ein Trost, auf den nicht alle Patienten in dieser Abteilung bauen können.«

Jule griff nach der Hand ihres Mannes und drückte sie sanft. Sie würde an seiner Seite bleiben, wie sie es vor Gott geschworen hatte. In guten wie in schlechten Zeiten. Und wenn sie dafür alles aufgeben musste, wofür es sich sonst zu leben lohnte. Solange John noch bei ihr war, gab es nur ihn. Und auch nach seinem Tod würde sie nicht aufhören, ihn zu lieben. Sie waren füreinander bestimmt, und es gab nichts, was sie trennen konnte, nicht einmal der Tod.

Auch in diesem kritischen Stadium ließ es John sich nicht nehmen, seine Arbeit auf der Hammond Ranch weiter zu erledigen. Er konnte kaum noch reiten und musste immer damit rechnen, einen Anfall zu bekommen. Quälende Kopfschmerzen, die eine Migräne harmlos aussehen ließen, heftige Krämpfe und Zuckungen und Übelkeit und Erbrechen. Aber er arbeitete trotzdem, reparierte Zäune und Wagen, striegelte die Zugpferde und besserte Zaumzeug aus. Alles Arbeiten, vor denen er sich im Vollbesitz seiner Kräfte lieber gedrückt hätte. Sie gaben ihm das Gefühl, noch dazuzugehören, und die Hammonds, ihre Cowboys und nicht zuletzt Jule taten alles, um ihm dieses Gefühl zu erhalten.

»Das Herbst Roundup will ich auf jeden Fall noch erleben«, sagte er eines Abends, als sie in ihrem Trailer lagen und dem Zirpen der Grillen durch das abgekippte Fenster zuhörten. Er hatte sie fest in den Armen und strich ihr einige Haarsträhnen aus der Stirn. »Es gibt ein altes Cowboylied: ›When the Work's All Done this Fall‹. Über einen Cowboy, der seine Mutter besuchen will, sobald die Arbeit im Herbst erledigt ist. Das hat er ihr vor Jahren versprochen. Doch während eines Viehtriebs stürzt er aus dem Sattel und stirbt unter den Hufen der durchgehenden Rinder. Die Heimkehr zur geliebten Mutter bleibt ihm verwehrt.«

Er schaute sie an, und sie konnte an dem Ausdruck in seinen Augen nicht erkennen, ob er zufrieden oder traurig war. Auch sie hatte das Lied schon gehört. Ein Cowboy hatte es auf der Party nach dem letzten Roundup gesungen. Sie spürte Tränen in ihren Augen, wenn sie nur daran dachte. Cowboys waren noch sentimentaler als sie. Wie schafften sie es, den Tod bei jeder Gelegenheit auf die Schippe zu nehmen?

»Der Song passt zu mir, was? Obwohl ich es vorziehen würde, in einen letzten Sonnenuntergang zu reiten, wenn ich sterbe, wie die Cowboys in den Filmen.«

Sie küssten sich und hielten sich eng umschlungen. So bitter es auch klang, ihre Liebe war durch seine Krankheit noch wahrhaftiger und intensiver geworden. Sie wollten in der kurzen Zeit, die ihnen noch blieb, alles erleben, wofür sie sonst ein ganzes Leben gebraucht hätten. Jede Berührung, jeden Kuss und jedes zärtliche Wort waren wie ein Sonnenstrahl, der sich in ihre dunkle Welt stahl und dazu beitrug, den Schmerz und die Angst zu verdrängen, die sie beide erleiden mussten. Nur ihre Liebe schaffte es noch, sie zum Lächeln zu bringen.

Denn die dunklen Momente mehrten sich. Auf der morgendlichen Fahrt zur Ranch verlor John mehrmals die Kontrolle über seinen Wagen und landete einmal sogar im Straßengraben. Als sich Jule anbot, künftig selbst zu steuern, brauste er auf und schimpfte: »Warum passt du denn nicht auf? Du hättest doch sehen müssen, dass wir zu schnell in die Kurve gehen. Vielleicht sollte ich künftig besser allein fahren.« Keines seiner Worte war aus dem Herzen gekommen, wusste auch Jule. »Mit der Krankheit kann sich auch seine Psyche verändern«, hatte Doktor Walker angekündigt, »er wird Dinge sagen, die er nicht so meint, und sie mit Worten verletzen, die er sonst niemals sagen würde.« Und doch verletzten sie seine Beschimpfungen, und es kostete sie einige Kraft, nicht verletzt oder beleidigt zu reagieren. Er konnte nichts dafür, seine Krankheit war schuld. Es sollte Menschen geben, die nach einer Operation aus der Narkose erwachten und die Krankenschwester beschimpften, bis die Wirkung nachließ.

»Ich hasse diese Krankheit!«, sagte sie, als John an einem Samstagnachmittag schlief und sie mit seiner Mutter allein war.

»Warum er? Warum ausgerechnet er? Warum straft Gott ihn mit dieser Krankheit? John ist ein guter Mann! Er hat niemandem etwas zuleide getan. Warum er? Das ist ungerecht, Rose.«

»Ich weiß«, erwiderte Rose. Sie schien gealtert zu sein, seitdem sie von der Krankheit ihres Sohnes wusste. »Ich war in der Kirche. Ich habe gebetet und Gott das Gleiche gefragt. Er hat mir nicht geantwortet. Und der Pfarrer hatte nichts Besseres zu tun, als einen Satz aus der Bibel zu zitieren: Die Wege des Herrn sind unergründlich. Warum tut Gott so was? Warum nimmt er einen Mann zu sich, einen guten Sohn und treuen Ehemann? Warum nur, Jule?«

Jule wusste keine Antwort auf diese Frage. Vieles auf der Welt war ungerecht, die vielen Kriege, die Armut ganzer Völker, Naturkatastrophen und Grenzen, die sich mitten durch ein Land zogen. Warum machten manche Menschen einen Unterschied zwischen Schwarzen und Weißen? Warum hatte Hitler die Juden bekämpft? Warum gab es Sklaven? Warum schlugen manche Männer ihre Frauen? Warum quälten Eltern ihre Kinder? Man brauchte sich nur in der Nachbarschaft umhören oder Zeitung lesen, um auf solche Ungerechtigkeiten zu stoßen. Manchmal hatte sie den Eindruck, als hätte Gott gar nicht beabsichtigt, den Menschen ein friedliches Leben zu schenken. Als hätte er die Menschen in einer seltsamen Laune erschaffen und sich selbst überlassen.

Zum Schreiben kam Jule während dieser Zeit kaum noch. Eine Geschichte für die »Quick«, einen Kurzkrimi für die »Revue« und ihre Kolumnen für das »Livestock Journal«, mehr war nicht drin. Die »Quick« hatte ihren Vorschlag für einen Fortsetzungsroman für gut befunden und ihr einen Vertrag geschickt, aber sie hatte keine Zeile geschrieben. Es wurde höchste Zeit, dass sie zumindest die erste Folge ablieferte, wenn sie den Auftrag nicht verlieren wollte.

Nur gut, dass sie beide noch die Arbeit auf der Ranch hatten. Lange würde John nicht mehr durchhalten, befürchtete Jule. Vor allem seine Kopfschmerzen wurden immer schlimmer. Er wurde zunehmend schwächer und launischer, hatte sogar schon die Hammonds und einige Cowboys beleidigt. So sehr sie sich auch anstrengte, die Wogen nach solchen Ungerechtigkeiten zu glätten, es blieben immer Ärger und Verbitterung zurück, im besten Fall noch Mitleid. Lange würde er nicht mehr auf der Ranch bleiben können. Mit seinen Anfällen und Launen brachte er den Betrieb auf der Ranch in Gefahr.

Zu einer weiteren Untersuchung im Shannon Memorial Hospital brachte Jule ihn im Pick-up. Er hatte sich am frühen Morgen erbrochen und vergeblich gegen seine starken Kopfschmerzen angekämpft, seine Sehkraft hatte nachgelassen, und er saß stumm neben ihr, als sie auf den Parkplatz des Shannon Memorial fuhr. Wie einen Blinden führte sie den einst so starken und gesunden Mann zur Rezeption und in die Onkologie. Im Aufzug sah sie seine Tränen.

Doktor Walker wartete bereits auf ihn und untersuchte ihn noch mal gründlich. Jule hielt die Hand ihres Mannes, als der Arzt seine Diagnose erklärte. »Ich will Ihnen nichts vormachen«, begann er wie schon so oft. »Ihre Krankheit befindet sich im Endstadium. Soll heißen, wir können Sie nur noch palliativ behandeln, also dafür sorgen, dass Sie möglichst geringe Schmerzen haben.«

»Was können wir tun?«, fragte sie.

»Sie haben zwei Möglichkeiten«, antwortete Doktor Walker und wandte sich an John. »Sie können in unserer Palliativabteilung bleiben, in einer würdevollen Umgebung und mit einer Rund-um-die-Uhr-Betreuung durch Ärzte und Schwestern. Oder Sie gehen mit Ihrer Frau nach Hause, was den Vorteil hat, dass Sie Ihre Lieben in diesen schweren Stunden ständig in der Nähe haben.«

»Er bleibt bei mir«, sagte Jule, bevor John antworten konnte.
»Ich bleibe bei meiner Frau«, bestätigte er.

Doktor Walker verschrieb ihnen einige Schmerzmittel, fügte aber hinzu, dass es beinahe unmöglich sei, die Schmerzen bei einem Hirntumor im Endstadium wirkungsvoll zu bekämpfen. Sein Blick schien ihr zu sagen: Es wird nicht einfach, Ma'am. Seine letzten Stunden werden Ihnen alles abverlangen. Laut sagte er zu ihr: »Rufen Sie mich oder einen meiner Kollegen an, falls es ernsthafte Probleme gibt. Oder bringen Sie Ihren Mann direkt bei uns vorbei. Unsere Palliativ-Station steht Ihnen jederzeit offen.« Sein Lächeln kam ihr gezwungen vor. »Auf Wiedersehen. Ich wünsche Ihnen beiden viel Kraft.«

Jule war bereits aufgestanden und wollte dem Arzt gerade die Hand reichen, als sie eine starke Übelkeit verspürte. Sie kam so plötzlich, dass sie zu keiner Erklärung mehr fähig war. Mit einer Hand vor dem Mund lief sie in den Flur, fand die Toiletten und übergab sich in eine der Kloschüsseln. Nach einer kurzen Verschnaufpause richtete sie sich auf, ging zum Waschbecken und spülte sich den Mund. Ihr blasses Gesicht bespritzte sie mit kaltem Wasser. Nachdem sie sich etwas erholt hatte, kehrte sie zu Doktor Walker und John zurück.

»Jule! Was ist mit dir?«, rief John verstört.

»Sind Sie krank?«, fragte Doktor Walker.

Sie brachte ein Lächeln zustande. »Es geht mir schon wieder besser. Anscheinend habe ich etwas Falsches gegessen. Keine Angst, John. Ich bin okay.«

Der Arzt blickte sie prüfend an. »Hatten Sie das in letzter Zeit öfter?«

»Zwei-, dreimal … Sie glauben doch nicht …«

»Haben Sie Ihre letzte Regel gehabt?«

»Nein, aber ich dachte, daran wäre die Aufregung schuld.«

»Das haben wir gleich, Ma'am. Ich bitte Doktor Seale in der Gynäkologie, einen Schwangerschaftstest mit Ihnen durchzuführen. Es gibt da einige brandneue Methoden, die Ihnen nach wenigen Minuten das Ergebnis anzeigen. Okay?«

»Ich weiß«, erwiderte sie verwirrt. »Ja, doch … sicher.«

John schien seine Schmerzen vergessen zu haben und war sprachlos, als sie den Raum verließ. Sie fuhr zwei Stockwerke tiefer zur Gynäkologie und wurde von Doktor Seale empfangen, einem väterlichen Mann in den Sechzigern, der sie wie ein junges Mädchen behandelte. Er bat sie in den Untersuchungsraum.

»Dann wollen wir doch mal sehen«, begann er. »Ich weiß, Sie und Ihr Mann haben gerade eine schlechte Nachricht erhalten«, sagte er, nachdem er sie untersucht und sie einige Zeit gewartet hatte, »aber ich kann zumindest mit guten Nachrichten aufwarten. Sie sind schwanger. Ich hoffe, die Nachricht bringt wieder etwas Sonnenschein in Ihr Leben.«

Sie verabredeten einen weiteren Termin, und Jule stieg von der guten Nachricht wie benommen in den Aufzug. Sie würde ein Kind von John bekommen. Einer seiner Wünsche würde noch in Erfüllung gehen, und er würde in seinem Sohn oder seiner Tochter weiterleben. Andere Frauen in ihrer Lage wären vielleicht besorgt gewesen und hätten sich vor der mehrfachen Belastung in den ohnehin schon schweren Zeiten gefürchtet, doch Jule empfand anders. Sie war so überwältigt von ihrem Glück, dass sie noch im Aufzug zu weinen begann.

Als sie zu Doktor Walker und ihrem Mann in den Untersuchungsraum trat, strahlte sie nur noch und spürte ihre nun geröteten Wangen. »Sie hatten recht, Doktor«, sagte sie, »wir bekommen ein Kind.«

»Jule!« John stand auf und blieb schwankend stehen, stützte sich am Schreibtisch ab und nahm sie sanft in die Arme. »Was für ein Geschenk!«, sagte er mit Tränen in den Augen. »Gott hat uns doch nicht vergessen! Ein Kind! Wir bekommen ein Baby!« Er strahlte trotz seiner Tränen. »Ich liebe dich, Jule!«

»Ich liebe dich auch, John. Ich liebe dich so sehr!«

»Dass ich das noch erleben darf. Es ist eine Gnade, Jule.«

Sie erinnerten sich erst jetzt daran, dass sie nicht allein im Untersuchungsraum waren, und lösten sich voneinander.

»Tut mir leid, Doc«, sagte John verlegen, »das ist die beste Nachricht, die ich jemals bekommen habe.«

»Ich verstehe Sie, John. Alles Gute für Sie beide!«

Die Schwangerschaft holte John noch einmal ins Leben zurück. Obwohl er zu ahnen schien, dass er nicht mehr lange genug leben würde, um sein Kind zu sehen, wirkte er etwas gesünder und nicht mehr so verzweifelt wie vorher und konnte sogar lachen. Die Aussicht, in seinem Sohn oder seiner Tochter auf irgendeine Weise weiterzuleben und Jule zu helfen, über seinen Tod hinwegzukommen, schien sogar seine Kopfschmerzen zu vertreiben. Nach einigen Tagen kehrten sie und alle Beschwerden wieder zurück, doch sein Optimismus blieb und gab ihm neuen Mut und Kraft für seine verbleibende Lebenszeit.

Seine Mutter reagierte noch emotionaler als er, als sie an diesem Abend von der Arbeit zurückkehrte. Sie ließ sich auf die Bank in ihrem Trailer fallen, stützte den Kopf in die Hände und weinte minutenlang. Dann umarmte sie ihren Sohn und Jule und stammelte: »Ihr macht … ihr macht mich sehr glücklich!«

»Wenn es eine Tochter wird, werden wir sie Rose nennen«, sagte John.

Er und Jule hatten sich nicht abgesprochen, aber sie nickte heftig und stimmte ihm zu. »Rose ist ein schöner Name. Und wenn es ein Junge wird, soll er John heißen. John Campbell Junior.«

Diesmal war John überrascht, hatte aber nichts dagegen. Jule nahm an, dass er sich noch mehr darüber freute, als er zeigte.

Jule fand sich in einem Widerstreit der Gefühle wieder. In ihr kämpften die Freude über ihre Schwangerschaft und der Schmerz über die unheilbare Krankheit ihres Mannes, ein ungleicher Kampf, der aber auch mit der Hoffnung verbunden war, nach Johns Tod neue Hoffnung zu schöpfen und einen Anker für ihre Gefühle zu haben. Noch regte sich ihr Kind nicht, aber sie glaubte, es bereits zu spüren. In Gedanken sprach sie sogar mit ihm, erzählte ihm von ihrem tapferen Vater, der sich so sehr über sein Kommen freute, dass er darüber sogar seine furchtbaren Schmerzen zu vergessen schien. »Rose … John … hab keine Angst! Auch wenn dein Vater nicht mehr da sein wird, wenn du auf die Welt kommst, wirst du ihn doch spüren, so wie ich jetzt dich schon spüren kann.«

Nach ein paar Tagen fühlte sich John stark genug, um wieder seine leichten Arbeiten auf der Hammond Ranch verrichten zu können. Er stand auf, ließ sich in seinem angeborenen Stolz nicht beim Anziehen helfen, setzte sich aber freiwillig auf den Beifahrersitz. Rose hatte die Nachtschicht im Veterans Hospital und war noch nicht zu Hause. Jule klebte ihr eine Nachricht an die Tür und fuhr mit John auf die Straße zur Ranch. Er sorgte sich um sie, ermahnte sie, möglichst nicht zu reiten und sich nicht zu überanstrengen. Er legte eine Hand auf ihren Bauch. »Du musst jetzt immer für zwei denken, Jule. Sei vorsichtig!«

»Ich bin nicht krank«, beruhigte sie ihn. »Ich bin schwanger, und unserem Kind macht es nichts aus, wenn ich Auto fahre oder auf ein Pferd steige. Bis zum sechsten Monat dürfte ich sogar mit dem Flugzeug nach Europa fliegen.«

»Du willst nach Europa?«

»Natürlich nicht«, erwiderte sie, »ich bleibe hier und kümmere mich um mein Kind und meinen Mann. Hab keine Angst, John.« Sie lächelte milde. »Mein Arzt sagt, werdende Väter wären noch nervöser als werdende Mütter.«

John war an diesem Morgen in einer guten Phase und fühlte sich stark genug, den Zaun bei den Schuppen zu reparieren. Gleich nach dem Frühstück ging er nach draußen und machte sich an die Arbeit. Rusty begleitete ihn und kehrte an seinen Platz zurück, als er merkte, dass er nichts zu fressen bekam.

»Sieht so aus, als ging's ihm wieder besser«, sagte Hammond. Der Rancher beobachtete ihn durchs Fenster. »Vielleicht gibt's ja doch noch Hoffnung.«

»Leider nein«, erwiderte Jule. »Wir waren vor ein paar Tagen beim Arzt. Die Krankheit befindet sich im Endstadium. Es kann nicht mehr lange dauern.«

»Aber er wirkt so anders ... beinahe fröhlich.«

»Und das hat seinen Grund.« Sie strahlte. »Ich wollte es auch eigentlich erst später sagen, aber ich kann's nicht für mich behalten ... ich bin schwanger!«

»Ihr bekommt ein Baby?«, rief Mary-Beth erfreut.

»Ich bin im zweiten Monat.«

»Wie schön!«, sagte Mary-Beth. »Auch für John. Die Nachricht wird ihm helfen, die letzten schweren Monate zu überstehen. Ich wünsche ihm von Herzen, dass er noch am Leben ist, wenn sein Kind geboren wird.« Sie blickte ihren Mann an. »Ich kann mich noch an Bucks strahlende Augen erinnern, als unser Sohn und unsere Tochter geboren wurden. Hab ich dir von ihnen erzählt?«

Jule schaute auf das gerahmte Foto auf der Anrichte. »Du hast gesagt, du würdest sie gern öfter sehen, aber euer Sohn wäre Anwalt in Chicago, und eure Tochter würde Medizin in L. A. studieren und wollte Ärztin werden.«

»Viel zu weit, um alle paar Wochen nach Hause zu kommen, nicht wahr? Seltsam, heute wollen auch die Frauen in verantwortungsvollen Berufen arbeiten. Eine Ärztin hätte es zu meiner Zeit nicht gegeben.« Sie seufzte leise. »Nun ja, die Zeiten ändern sich. Vielleicht zum Besseren, wer weiß das schon?«

Buck Hammond hatte bereits nach seinem breitkrempigen Hut gegriffen. »Dann müssen wir uns wohl bald nach einer neuen Haushaltshilfe umsehen. Aber keine Angst, für dich ist immer Platz auf der Hammond Ranch, auch mit Kind. Wäre sowieso besser, wenn dein Sohn möglichst zeitig reiten lernt.«

»Woher weißt du, dass es ein Junge wird?«, wunderte sich Mary-Beth.

»Weil dieses Land ganze Männer braucht«, sagte er.

»Wir Frauen haben auch einiges zu bieten«, konterte Jule.

14

Jule war bereits im dritten Monat, als sich die Lage ihres Mannes sichtbar verschlechterte. Sie hatte geglaubt, durch die Gespräche mit Doktor Walker auf diese Entwicklung vorbereitet zu sein, musste jedoch auf schmerzhafte Weise erfahren, dass man auf so etwas gar nicht vorbereitet sein konnte. Zu heimtückisch ging der Tumor vor, breitete sich im Gehirn seines Opfers aus und schien es darauf anzulegen, seinen Kopf zu sprengen. Er war wie ein wildes Tier, das man freigelassen hatte und längst nicht mehr kontrollieren konnte.

Es begann mit einem Krampfanfall, der ihn aus dem Schlaf riss und ihn verzweifelt um Hilfe schreien ließ. Er weinte wie ein kleiner Junge, griff nach ihrer Hand und drückte so fest zu, dass sie vor Schmerz aufschrie. Mit verzerrtem Gesicht und derben Flüchen, die sie noch nie von ihm gehört hatte, beschimpfte er so ziemlich alles, was ihm in den Sinn kam, und schlug mit der freien Hand auf seinen Oberschenkel. Er war ein anderer Mann, sogar seine Stimme hatte sich verändert, und kaum noch etwas erinnerte an den John, den sie kannte.

Es kostete sie unendliche Kraft, nicht die Nerven zu verlieren, weder wütend noch zu mitleidig zu sein und immer daran zu denken, dass nur seine Krankheit schuld an seiner

Veränderung war. Die Anfälle würden sich häufen und schlimmer werden, hatte Doktor Walker sie gewarnt, nur auf so einen erschreckenden Ausbruch war auch sie nicht vorbereitet. Tränen verschleierten ihren Blick, als sie mit sanfter Stimme auf ihn einredete und angestrengt versuchte, ihn zu beruhigen. Ein beinahe hoffnungsloses Unterfangen bei der Intensität, mit der er unter dem Krampfanfall litt. Erst nach einigen Minuten, die ihr wie eine Ewigkeit vorkamen, beruhigte er sich ein wenig und blieb schwer atmend liegen.

Während der folgenden Tage häuften sich seine Anfälle, und an Arbeit, und sei sie noch so leicht, war nicht zu denken. Sie informierte die Hammonds telefonisch, ihren eigenen Telefonanschluss hatten sie erst vor zwei Wochen bekommen. Der Rancher reagierte, wie sie es von dem integren Mann erwartet hatte, und zeigte volles Verständnis für ihr Fernbleiben. »Mach dir keine Sorgen, Jule«, sagte er. Ihr Name klang noch immer komisch aus seinem Mund. »Wir unterstützen John, so gut es geht. Er war einer unserer besten Männer.«

Als auch die Kopfschmerzen zunahmen und er zeitweise sogar Lähmungserscheinungen zeigte, erkannte Jule, dass es mit John zu Ende ging. Dennoch ging sie noch einmal mit ihm zu Doktor Walker. Der Arzt nickte nur. »Die Schmerzmittel werden jetzt nicht mehr viel ausrichten«, sagte er, als sie allein mit ihm war. »Wir haben es mit einer übermächtigen Krankheit zu tun, gegen die es leider keine wirksame Therapie gibt. Alles, was Sie jetzt noch tun können, ist, Ihren Mann in seinen letzten Stunden zu begleiten und ihm zu verstehen geben, dass Sie ihn immer lieben werden.«

»Und das ist die Wahrheit, Doktor, die reine Wahrheit.«

Nach einigen Tagen, die Jule bis an die Grenze ihrer Belastbarkeit brachten, verbesserte sich Johns Zustand. Die Kopfschmerzen blieben, seine Stimme schien einem anderen zu gehören, und seine Bewegungen waren seltsam unkoordiniert, aber die schweren Krämpfe blieben aus, und er zeigte plötzlich wieder Unternehmergeist. »Ich will arbeiten«, sagte er, »ich will auf die Ranch.«

»Bist du sicher?«, fragte sie.

»Natürlich bin ich sicher«, antwortete er barsch.

»Dann rufe ich bei den Hammonds an und sage ihnen Bescheid.«

Buck Hammond reagierte sehr zurückhaltend, als sie ihn anrief, fragte ein paar Mal, ob sie sicher sei, dass John die Belastung in diesem Stadium durchhalten würde, und gab schließlich nach. »Okay, dann bring ihn vorbei, Jule. Irgendwie werden wir es schon schaffen, ihm das Gefühl zu geben, etwas Sinnvolles zu tun. Aber ich werde kein unnötiges Risiko eingehen. Auf keinen Fall sollte er auf ein Pferd steigen. Ich möchte nicht verantwortlich sein, wenn er aus dem Sattel stürzt und sich den Hals bricht.« Aus jedem seiner Worte war die Angst um den von allen geschätzten Cowboy zu spüren. »Aber wenn du meinst, dass ihn ein Tag auf unserer Ranch glücklich macht, werde ich alles tun, um ihm diesen Wunsch zu erfüllen. Hast du mit dem Doc gesprochen?«

»Seit meinem letzten Anruf nicht mehr«, antwortete sie. »Es gibt keine Hoffnung mehr für ihn. Es geht John wirklich schlecht, und sein plötzliches Hoch kommt eher unverhofft. Aber ich habe mich in letzter Zeit sehr viel mit seiner Krankheit beschäftigt und weiß, dass viele Patienten vor dem Ende ein solches Hoch verspüren. Ich denke, er weiß selbst, dass er bald sterben wird, und will noch mal seine Freunde auf der Ranch sehen.«

»Ich wollte nicht unhöflich sein«, entschuldigte sich Hammond für seine Einwände, »ich habe nur wahnsinnige Angst um ihn und hoffe immer noch, dass er wieder gesund wird, obwohl mir mein Verstand etwas anderes sagt.«

»Das weiß ich doch«, sagte sie. »Bis morgen früh, Buck.«

Jule hatte vom Apparat von Johns Mutter aus mit dem Rancher telefoniert. Rose saß auf der Eckbank im vorderen Teil des Trailers und seufzte, als Jule eine Hand auf ihre Schulter legte. In ihren Augen standen Tränen, als sie aufblickte.

»Eigentlich müsste ich als Krankenschwester doch mit einer solchen Krankheit umgehen können«, sagte sie. »Im Veterans Hospital erlebe ich jeden Tag eine Tragödie. Aber wenn es um den eigenen Sohn geht ...« Sie begann zu weinen und wischte sich die Tränen mit dem Ärmel vom Gesicht. »Es ist schwer, Jule, es ist furchtbar schwer. Wir müssen jetzt fest zusammenhalten, hörst du?«

»Ich weiß«, sagte Jule. »Ich hätte auch nicht gedacht, dass ein Mann wie John jemals krank werden könnte. Als Soldat war er doch ständig im Training und fitter als die meisten Menschen, die weniger gefordert werden. Dass ausgerechnet ihn eine solche Krankheit erwischen muss. Das ist ungerecht, Rose!«

Rose hielt sich an ihrem Kaffeebecher fest. »So ähnlich reagieren alle Verwundeten, die zu uns ins Veterans Hospital kommen. Warum muss es ausgerechnet mich erwischen, sagen sie, ausgerechnet uns, die wir die Freiheit unseres Landes verteidigen? Aber so ist es nun mal, die Welt ist ungerecht.«

Am nächsten Morgen schaffte es John, sich allein zu waschen und anzuziehen. Zumindest vorübergehend war wieder mehr von dem alten John in ihm. Seine Bewegungen waren ungelenk und etwas steif und seine Sprache immer noch schleppend, aber seine Euphorie war unverkennbar, und Jule hatte nicht die Absicht, sie zu bremsen. Sie winkte Rose zu, die erst nachmittags zur Arbeit musste und vor ihrem Trailer stand, und lenkte den Pick-up auf den Highway.

Obwohl der Sommer bereits zur Neige ging, stieg die Sonne an einem fast wolkenlosen Himmel auf und tauchte den fernen Horizont in magisches Licht. Die wenigen Wolken hoben sich schwarz von dem orangenfarbenen Himmel ab und ließen ihn noch plastischer erscheinen. Jule hatte ihre Sonnenbrille aufgesetzt, eine ihrer ersten Anschaffungen in West Texas, und deutete ein Lächeln an, als John seine linke Hand auf ihren Oberschenkel legte und sich an sie lehnte. Für wenige Augenblicke war alles wie noch vor ein paar Monaten.

Rusty empfing sie mit lautem Gebell und zog sich erst zurück, als er sich an Johns Witterung erinnert hatte. Ihr erster Gang führte sie zu den Pferden in der Koppel. John begrüßte seinen Braunen und strich ihm freundschaftlich über die Mähne.

Jule tätschelte Lightning. »Keine Angst, ich laufe dir nicht davon«, sagte sie zu ihrer Stute, »aber John braucht mich gerade sehr, und außerdem erwarte ich ein Kind und werde wohl bald nicht mehr so viel reiten können.«

Während John mit Buck Hammond und den Cowboys redete und sie mit seiner scheinbaren Genesung zu überraschen schien, auch wenn sie nur vorübergehend war, half Jule dem Koch, das Frühstück zuzubereiten. Jede Menge Rührei mit Speck und Tomaten, dazu Cheddar-Biskuits frisch aus dem Ofen.

»Ich hoffe, du bist mir nicht böse, dass ich das Kommando in deiner Küche übernommen habe«, sagte Cactus, der sonst auch als eine Art Hausmeister auf der Ranch im Einsatz war, »wenn du willst, kannst du gern wieder übernehmen. Mary-Beth will erst mal abwarten und keinen Ersatz für dich einstellen.«

»Schon okay«, erwiderte sie, »zurzeit denke ich nur an John und mich. Mit dem Kind werde ich sowieso weniger Zeit haben. Aber ich hab ja noch meine Geschichten, die kann ich auch schreiben, wenn das Baby da ist. Alles gut.«

Das Frühstück verlief in einer seltsamen Atmosphäre. Alle wussten inzwischen, wie ernst es um John stand und dass seine Erholung nur vorübergehend sein würde, und benahmen sich entweder betont fröhlich oder drückten sich vor einer Unterhaltung und vermieden es, ihn direkt anzublicken. Auch

Jule fühlte sich unwohl, hatte Angst davor, dass John einen seiner Anfälle bekommen oder einen Zusammenbruch erleiden würde. Sie war froh, als das Frühstück vorüber war und sie das benutzte Geschirr in die Küche tragen und sich an den Abwasch machen konnte. Cactus war bei den Cowboys geblieben.

Buck Hammond wandte sich an ihren Mann. »Wie wär's, wenn du dich um den Zaun bei den Schuppen kümmerst, John? Der sieht ziemlich morsch aus und könnte ein paar neue Streben und ein bisschen neue Farbe vertragen.«

John gehorchte wortlos und schien auch nicht beleidigt zu sein. Normalerweise schreckten Cowboys vor jeder Arbeit zurück, die nichts mit Pferden oder Rindern zu tun hatte. Hammond nickte zufrieden und auch Jule war erleichtert. Bei der schweren Krankheit, unter der John litt, wusste man nie, wie man sich verhalten sollte. Ein winziger Fehler konnte einen Anfall zur Folge haben.

»Er ist schon glücklich, wenn er auf der Ranch sein darf«, sagte Jule. »In Deutschland dachte ich immer, er wäre der geborene Soldat, aber das war nur sein Pflichtbewusstsein. Seine Liebe gehört einzig und allein der Rancharbeit.«

Als Mary-Beth den Tisch abwischen wollte, hielt Jule sie auf. »Setz dich, ich mach das schon«, sagte sie. »Auch wenn man schwanger ist, kann man arbeiten, sagte meine Mutter immer.« Sie hielt einen Moment inne. »Wenn ich's mir recht überlege, ist sie die tapferste Frau, die ich kenne, auch heute noch. Sie war im Krieg auf sich allein gestellt, musste einen Mann heiraten, den sie eigentlich gar nicht wollte, und musste mit ihm zurechtkommen, als er aus der Kriegsgefangenschaft kam und unter den Grausamkeiten litt, die er im Krieg erlebt hatte. Und dann noch die Großmutter, die Mutter meines Vaters, sie hatte ihren Mann im Krieg verloren und konzentrierte ihre Zuneigung auf ihren Sohn. Darunter zu leiden hatte nur meine Mutter. Ich bewundere sie für ihr Durchhaltevermögen und muss zugeben, dass ich ihr oft Unrecht getan habe.«

Jule hatte keine Ahnung, was sie ausgerechnet jetzt zu dieser doch sehr persönlichen Beichte bewog, und wischte das Thema weg. »Sieht so aus, als hätten wir wieder eine längere Trockenheit vor uns. Wie haltet ihr das bloß aus?«

»Wir kennen es nicht anders«, antwortete Mary-Beth. »Wer in West Texas aufgewachsen ist, kann mit Ärger umgehen. Vor hundert Jahren waren es die Comanchen, die uns zu schaffen gemacht haben. Dann kamen die Siedler und haben Städte gebaut und Zäune gezogen. Und jetzt ist es die Trockenheit. Jede dieser Plagen forderte zahlreiche Opfer.« Sie schien eine Weile nachzudenken. »Ist die Pflege nicht anstrengend?«, fragte sie leise, als hätte sie Angst, John könnte sie hören. »Schaffst du es denn allein?«

»Rose hilft mir«, antwortete Jule, »zusammen schaffen wir das.«

»Wenn du Hilfe brauchst … wir sind für dich da.«

»Ich weiß, Mary-Beth. Wir kommen zurecht.«

Mary-Beth zögerte noch einmal, diesmal länger. »Hör zu, Jule. Wir lassen dich nicht im Stich. Wir werden immer Arbeit für dich haben, auch wenn du wegen John und deinem Kind eine lange Pause einlegen müsstest. Darauf kannst du dich verlassen. Aber ich muss auch kurzfristig denken. Meine Rückenschmerzen werden nicht besser. Deshalb werden wir wohl eine zusätzliche Haushälterin einstellen müssen. Ich hoffe, du bist uns deswegen nicht böse.«

»Natürlich nicht«, erwiderte Jule, »finanziell komme ich inzwischen sowieso zurecht. Noch verdiene ich mit meiner Schreiberei keine Reichtümer, aber es reicht zum Leben, wenn wir keine großen Sprünge machen. Und Rose arbeitet Vollzeit und unterstützt uns auch. Ihr habt mir sehr geholfen, Mary-Beth.«

»Wir helfen dir auch weiterhin«, versprach die Ranchersfrau.

Nach dem Abspülen kümmerte sich Jule um den Haushalt. Sie räumte die Küche auf, putzte das Bad und machte die Betten. Um die Sandwiches für die Mittagspause würde sie sich später kümmern. Cactus hatte Eintopf für den Abend auf dem Speiseplan stehen und brauchte ihn nur noch aufzuwärmen.

Nach der Arbeit ging sie nach draußen, um John zu helfen, konnte ihn aber nirgendwo finden. An dem Zaun, den er reparieren sollte, fehlte eine Strebe und davor lagen Werkzeug und Nägel, aber er war nicht zu sehen. Auch im Stall, in den Schuppen und auf den Koppeln suchte sie vergeblich nach ihm.

»John!«, rief sie. »John! Wo bist du?«

Keine Antwort.

Als sie auf der Koppel nach seinem Braunen suchte, stellte sie fest, dass auch er verschwunden war. In aufkommender Panik sattelte sie Lightning und stieg auf. Aus dem Sattel öffnete sie das Koppeltor und schloss es hinter sich.

Mary-Beth stand am offenen Fenster.

»John ist mit seinem Braunen verschwunden«, rief Jule ihr zu. »Ich glaube, ich weiß, wohin er geritten ist. Zum North Concho, nördlich der Fisher Farm, der Stelle, wo wir die vielen Muscheln gefunden haben.« Der Concho River war bekannt für seine Muscheln. »Schickst du jemanden zu den Cowboys?«

»Mach ich. Viel Glück, Jule! Pass auf dich auf!«

Jule trieb ihre Stute auf das Grasland hinter dem Haus und hielt auf den North Concho zu. Allein ihr Gefühl sagte ihr, dass sich John am Ufer des Flusses aufhielt. Im Schatten der wenigen Bäume, die dort wuchsen, hatten sie wundervolle Stunden verbracht. Sie erinnerte sich an ein Picknick mit kaltem Hühnchen und einem Salat mit Pecannüssen und an einen Angelausflug, bei dem sie einen fetten Barsch erwischt hatte. Sie hatten abends unter dem purpurfarbenen Licht der untergehenden Sonne gesessen, sich umarmt und geküsst und keinen anderen Laut als das Flüstern des Windes im Sagebrush gehört.

Als sie sich dem Ufer näherte, sah sie seinen Braunen schon von Weitem unter den Bäumen stehen. Sie trieb Lightning an und legte die letzte halbe Meile im Galopp zurück. Eine düstere Vorahnung stieg in ihr empor, als sie neben dem Braunen aus dem Sattel sprang. John war nicht zu sehen.

»John!«, rief sie. »John! Wo bist du? Sag doch was, John!«

Sie lief am Ufer entlang und fand ihn im Schatten eines Baumes. Er lag benommen im knöcheltiefen Gras, das Gesicht verzerrt. Er musste unter fürchterlichen Schmerzen leiden. Als er sie sah, streckte er eine Hand nach ihr aus.

Sie griff danach und kniete neben ihm. »John«, sagte sie. »Was machst du denn für Sachen? Warum sagst du denn nicht, dass du wegreiten willst? Wir hätten doch zusammen reiten können. Bist du gestürzt? Ist dir was passiert?«

John schien sie nur mühsam zu verstehen und brauchte lange, um seine Gedanken zu ordnen. In seinen Augen waren Tränen, die vor allem von den höllischen Schmerzen herrühren mussten. Er wirkte seltsam blass, als würde alles Blut aus seinem Körper weichen, und so schwach, dass er kaum noch zu einer Bewegung fähig war oder sprechen konnte.

»Wie ... wie hast du mich gefunden?«, fragte er mühsam.

»Unser Lieblingsplatz. Wo solltest du denn sonst sein?«

Auch Jule weinte inzwischen, die Tränen ließen sich nicht aufhalten. Sie hatte längst erkannt, dass er im Sterben lag. Er hatte die Ranch verlassen, um allein zu sterben, in einer Umgebung, die er mochte und die ihn an glücklichere Zeiten erinnerte. Er wusste wohl, wie sehr sein qualvoller Tod sie und seine Freunde belasten würde und wollte ihnen den Anblick seines Endes ersparen.

»Es geht nicht mehr«, brachte er zwischen unregelmäßigen Atemzügen hervor, »ich halte … ich halte nicht mehr durch. Eigentlich … eigentlich wollte ich bis zum … bis zum Herbst-Roundup bleiben und die Geburt unseres Kindes miterleben, aber …« Er rang nach Luft und klammerte sich noch fester an ihre Hand. »Ich spüre, wie nahe … wie nahe der Tod schon ist. Ich habe nicht mehr lange und …ich wollte an einem Platz sterben, der uns … der uns … Jule?« Ihren Namen schrie er fast, gepeinigt von den Schmerzen und vielleicht der Angst, ihr Erscheinen könnte bloße Einbildung oder ein Bild aus seinen Träumen sein.

»Ich bin hier, John«, sagte sie. Sie beugte sich noch tiefer über ihn und küsste ihn sanft auf den Mund. Ihre Tränen tropften auf sein Gesicht, doch er schien sie kaum wahrzunehmen. »Halt durch, John! Sobald die anderen kommen, bringen wir dich ins Krankenhaus, und du wirst wieder gesund. Halt durch!«

John blickte sie an und brachte ein zaghaftes Lächeln zustande. »Das … das würde nichts mehr nützen, Jule. Es ist so weit, das spüre … das spüre ich.«

»Du darfst uns nicht verlassen, John!«

Obwohl sich ihr Kind noch nicht bewegte, führte sie seine Hand zu ihrem Bauch. »Unser Kind«, sagte sie, immer noch unter Tränen. »Spürst du es nicht? Bald werden wir zu dritt sein, denn du … denn du wirst immer bei uns sein.«

»Ich spüre es«, erwiderte er. »Wir werden ein wundervolles Kind haben. Sag ihm …sag ihm, dass ich es liebe … so wie dich, Jule … ich liebe dich, Jule!«

Sie schloss ihn fest in die Arme und fühlte, wie das Leben aus ihm wich. Dennoch hielt sie ihn noch minutenlang. »Ich liebe dich auch, John! Ich werde dich immer lieben!« Sie legte ihn ins Gras zurück, küsste ihn behutsam auf die leblosen Lippen und schloss seine Augen. »Ich werde dich vermissen, John!«

Als sie sich aufrichtete, sah sie den Rancher und die Cowboys kommen.

15

Die nächsten Tage erlebte Jule wie in einem quälenden Albtraum. Die schrecklichen Bilder, als sie Johns leblosen Körper in den Krankenwagen verfrachteten und zum Bestatter brachten, der Heulkrampf seiner Mutter, als sie ihr die schreckliche Nachricht überbrachte, die tränenreichen Umarmungen mit Freunden und Bekannten. Die langwierigen Besprechungen und der Papierkram vor der Beerdigung, endlose Entscheidungen, welcher Sarg, welche Blumen, welche Musik, das Essen nach der Beerdigung, die Briefe an ihre Eltern, Gerda und Ingrid, die ihr deutlich machten, welch grausames Schicksal sie erlitten hatte.

Noch mehrere Tage nach der Beerdigung brauchte sie nicht einmal die Augen zu schließen, um zu sehen, wie sich der lange Fahrzeugkonvoi zum Friedhof bewegte und der Pfarrer sie am offenen Grab empfing. Wie er tröstende Worte sprach und das Paradies verkündete, das jeden Menschen aufnehmen würde, sofern er sich den rechten Glauben bewahrt hätte. Und wie ein trauriges Cowboylied erklang, als sie den Sarg in die Grube senkten. »Oh Bury Me Not on the Lone Prairie.« Begrabt mich nicht auf der einsamen Prärie. Der Song, den John gemocht hatte und den der Rancher und die Cowboys leise mitsangen.

»The Dying Cowboy« nannten manche dieses Lied. »Der sterbende Cowboy.«

Das Barbecue auf der Hammond Ranch war Johns Wunsch gewesen. »Ihr sollt euren Spaß haben und nicht in einem x-beliebigen Restaurant herumsitzen und Trübsal blasen«, hatte er ihr eines Abends gesagt. Buck Hammond erfüllte seinen Wunsch und lud alle ein, die John in irgendeiner Weise nahegestanden hatten. Ein Fest, an das sich Jule noch lange erinnern würde. Sie forderte die Gäste sogar auf, zu tanzen und fröhlich zu sein, weil John es so gewollt hätte, und obwohl sie selbst nicht tanzte und auch nicht fröhlich war, lächelte sie tröstlich bei dem Gedanken, dass John von oben herabblickte und dankbar nickte.

Jule beschränkte sich auf ein paar Worte, als sie die Gäste begrüßte, und war froh, dass sie ihre verweinten Augen hinter den dunklen Gläsern einer Sonnenbrille verstecken konnte. »Ich freue mich, dass ihr alle gekommen seid, um meinem Mann die letzte Ehre zu erweisen«, sagte sie. »John war ein guter Mann. Ich habe ihn über alles geliebt und liebe ihn noch. Wenn sein Tod etwas Gutes hatte, dann die Erleichterung, dass damit auch die fürchtbaren Schmerzen ein Ende hatten. Er war ein tapferer Mann, und ich freue mich, dass er in unserem Sohn oder unserer Tochter auch in den kommenden Jahren weiterleben wird. Mögest du in Frieden ruhen, John. Wir werden dich nicht vergessen.«

Ähnlich bewegend waren die kurzen Ansprachen von Buck Hammond, der den Abgang eines »großartigen Menschen und erstklassigen Cowboys« bedauerte, und Elmer Pratt. Der Herausgeber des »Livestock Journal« betonte den legendenhaften Status von John, der für sein Vaterland in Übersee gewesen und ein »Texaner von echtem Schrot und Korn« gewesen war. Johns Mutter war keine große Rednerin und trauerte für sich, holte sich erst nach gutem Zureden ein Steak bei Cactus ab und war nicht mal zu einem Lächeln zu bewegen.

175

Eher beiläufig erfuhr Jule von der dramatischen Entwicklung in Deutschland. »Haben Sie schon gehört?«, sagte Elmer Pratt zu ihr. »Sie haben eine Mauer quer durch Berlin gebaut. Angeblich müssen die Wachsoldaten schießen, falls jemand zu fliehen versucht. Kam heute Morgen in den Nachrichten.«

»Eine Mauer? Und die Amerikaner haben das zugelassen?«

»Ohne unsere Zurückhaltung hätte es einen Atomkrieg gegeben. Erinnern Sie sich an die Bilder aus Hiroshima und Nagasaki? In Berlin hätte es noch schlimmer ausgesehen. Nicht nur dort, wahrscheinlich hätte die ganze Welt danach in Schutt und Asche gelegen. Aber die Mauer wird nicht ewig bleiben, ein solches Unrecht lässt sich die Welt nicht bieten. Irgendwann werden die Russen einknicken. Die Ostdeutschen haben sowieso nichts zu sagen, solange ihnen die Russen im Nacken sitzen. Das hat man bei dem Volksaufstand ja gesehen. 1953 dachte auch fast jeder, die Welt würde in Flammen aufgehen.«

So ähnlich klang es auch in den »Dallas Morning News«, die Pratt ihr schickte. Jule hatte sich nie für Politik interessiert, hoffte nur, dass der Krieg die Menschen gelehrt hatte, in Frieden miteinander auszukommen und künftig Kriege zu vermeiden. Dass sich Russen und Amerikaner in Berlin feindlich gegenüberstanden und ostdeutsche Soldaten den Befehl bekommen hatten, auf ihre eigenen Landsleute zu schießen, machte ihr Angst. Wie verrückt war die Menschheit, nach einem grausamen Krieg erneut aufeinander loszugehen?

Von den Hammonds erhielt Jule viel Zuspruch. Auch wenn sie eine neue Haushälterin einstellen würden, gäbe es immer Arbeit für sie, und wenn sie anderweitige Hilfe brauche, genügte ein Telefonanruf. Doch finanziell hatte sie keine Sorgen. John und sie hatten Geld gespart, mit dem Honorar für ihre Kurzgeschichten ließ sich einiges kaufen, und vieles konnte sie sich mit Johns Mutter teilen. Rose litt sehr unter dem Tod ihres Sohnes, tröstete sich etwas zu oft mit einem Schluck aus der Wodkaflasche, wie Jule beobachtete, und klammerte sich an die einzige Hoffnung, die ihr angeblich noch geblieben war, die Geburt ihres Enkels, den sie zusammen mit Jule wie ihr eigenes Kind aufziehen wollte. Ein Gedanke, der Jule etwas Angst machte und sie an den Sissi-Film mit Romy Schneider erinnerte. Die Kaiserin hatte tatenlos mitansehen müssen, wie ihre Schwiegermutter die Kontrolle über ihr Kind an sich riss.

Jule verdrängte solche Gedanken und bekämpfte den Schmerz über den Verlust ihres Mannes, der ihr nach der Beerdigung erst richtig bewusst wurde, mit Arbeit. Sie schrieb mehrere Kurzgeschichten und ging ihren ersten Roman für die »Quick« an. Sie vergrub sich in ihrem Trailer, vertraute Rose und ihrer Kochkunst und schrieb fast pausenlos an dem Buch. Bis spät in die Nacht klapperte ihre Schreibmaschine. In nicht einmal vier Wochen schaffte sie die über zweihundert Seiten, las sie noch einmal durch, korrigierte Fehler und schickte das Manuskript an die Zeitschrift.

»Gebrochene Herzen« nannte sie den Roman, in dem sie auch ihre eigenen Erfahrungen während der frühen Fünfzigerjahre verarbeitete. Das neue Selbstbewusstsein der Frauen, die während des Krieges die Verantwortung übernommen hatten und nicht mehr loslassen wollten, selbst im konservativen Eschenbrunn, die Sehnsucht nach Liebe, Verständnis und Normalität, die Probleme der Männer, die aus dem Krieg heimkehrten und sich in der neuen Wirklichkeit kaum noch zurechtfanden. So wie ihr Vater und vor allem der Vater von Gerda, die in der Vergangenheit feststeckten und sich den Führer zurückwünschten.

Auch ihre Eltern hatten lange gebraucht, um sich damit abzufinden, dass ihre Tochter einen Amerikaner liebte und sogar heiraten wollte. John hatte es nur mühsam geschafft, sie für sich einzunehmen und an eine glückliche Zukunft für ihre Tochter zu glauben. Natürlich hatte ihr Vater missmutig gebrummt, wie immer, wenn ihm etwas nicht passte, und ihre Mutter hatte herzzerreißend geweint, als Jule ihr eröffnet hatte, dass sie mit John nach Texas gehen würde. Aber sie hatten es akzeptiert, und es hatte kein böses Blut zwischen ihnen gegeben. Anders als bei Gerdas Vater, der ihr verboten hatte, einen geschiedenen Lutherer zu heiraten, und sie damit ins Unglück gestürzt hatte.

Nachdem sie das Manuskript zur Post gebracht hatte, brauchte sie einige Tage, um sich von der Arbeit zu erholen. Erst jetzt merkte sie, wie anstrengend sie gewesen war. Rose verstand sie nicht, konnte sich nicht vorstellen, wie viel Energie man brauchte, sich in die Handlung hineinzudenken und mit den Menschen, die man erschaffen hatte, zu leiden und zu träumen. Als der Ehemann ihrer Heldin sich im letzten Kapitel für einen anderen ausgab, weil Hedwig den Spätheimkehrer für tot gehalten und einen anderen Mann geheiratet hatte, waren ihr die Tränen gekommen, als hätte sie es mit wirklichen Menschen zu tun. Und irgendwie war es auch so. Beim Schreiben lebte sie in einer Parallelwelt.

Erst einige Wochen nach Johns Tod fasste sie den Mut, zum Grab ihres toten Mannes zu fahren. Vor dem einfachen Grabstein mit seinem Namen lagen echte und künstliche Blumen, meist gelbe Rosen, die in Texas dieselbe Bedeutung wie anderswo rote Rosen hatten, und ein Foto, das ihn als Cowboy zeigte, wie ihn die meisten Menschen in Erinnerung hatten. Jule stellte eine Vase mit ebenfalls gelben Rosen auf den Rasen und ging vor dem Grabstein auf die Knie.

»Hi, John«, sagte sie leise, »tut mir leid, dass ich jetzt erst komme, aber ich konnte nicht anders. Ich kann noch immer nicht verstehen, warum du so früh gehen musstest, und wollte etwas Kraft sammeln, bevor ich dich besuche. Ich wollte dir auf keinen Fall etwas vorheulen.« Sie spürte, wie sich Tränen in ihren Augen sammelten. »Verdammt, jetzt muss ich doch weinen.« Sie brauchte einige Zeit, um die Tränen zu vertreiben. »So … jetzt geht es wieder.«

Sie schaute auf den Grabstein, als erwartete sie, eine Antwort von John zu hören, und fuhr fort: »Wie geht es dir, John? Ich hoffe, du hast deinen Frieden gefunden. Der Pfarrer sagt, du wärst jetzt im Paradies, und ich hoffe, er hat recht.« Sie schniefte leise. »Du willst sicher wissen, wie es unserem Kind geht. Ich war gerade beim Arzt … es ist alles okay. Man kann schon die Herztöne hören. Bewegt hat es sich noch nicht, obwohl inzwischen jeder sehen kann, dass ich schwanger bin.« Sie griff sich an den leicht gewölbten Bauch. »Es dauert nicht mehr lange, John.« Sie weinte leise und schniefte die Tränen weg.

Ein Spaziergänger kam vorbei und blickte neugierig auf sie herab. Sie kümmerte sich nicht um ihn, sah nur John, der ganz in ihrer Nähe zu sein schien.

»Es ist einsam ohne dich«, fuhr sie fort. »Ich lasse im Trailer das Radio laufen, damit ich nicht so allein bin. Oder ich flüchte in meine Geschichten. Ich habe endlich den Roman für die ›Quick‹ geschrieben. Ich bringe dir nächstes Mal ein paar Seiten mit und lese dir das letzte Kapitel vor, das ist mir besonders gut gelungen. Ich bin gespannt, was der Redakteur sagt. So ein Fortsetzungsroman bringt viel Geld, das kann ich gut gebrauchen. Für die Hammonds werde ich wohl nicht mehr arbeiten können, obwohl sie mir immer eine Stelle freihalten wollen. Vielleicht kann ich beim Roundup aushelfen, als Gehilfin von Cactus oder als Cowgirl beim Rindertreiben, das kann ich schon ganz gut. Im Haus hilft ihnen jetzt eine Mexikanerin, die kann das sicher besser als ich.«

Sie legte eine Hand auf den Grabstein und richtete ihren Blick auf das gerahmte Foto, das jemand auf den Rasen gestellt hatte. John lächelte sie an.

»Es tut gut, mit dir zu reden, John«, sagte sie. »Ich komme einigermaßen zurecht, du brauchst dir keine Sorgen zu machen. Deine Liebe gibt mir Kraft. Dieses ›Bis dass der Tod euch scheidet‹ hat nie für uns gegolten. ›Über den Tod hinaus‹ heißt es bei uns, das haben wir uns feierlich geschworen, und ich halte mich daran. Bis bald, John. Ich liebe dich über alles, vergiss das nicht.«

Sie ging zu ihrem Pick-up zurück und fuhr zum Trailer Park zurück.

Rose war zu Hause und trat aus ihrem Trailer. Sie musste sich am Türgriff festhalten, um nicht das Gleichgewicht zu verlieren. Anscheinend hatte sie wieder getrunken.

»Da kommst du ja endlich«, sagte Rose. »Warst du einkaufen?«

»Ich dachte, du hättest noch Eintopf für uns übrig.«

»Du wolltest mir doch eine Flasche Wodka mitbringen.«

»Alkohol ist doch keine Lösung.« Jule wollte ihr einen Arm um die Schultern legen, doch Rose schüttelte sie unwillig ab.

»Willst du mir Vorschriften machen? Ich trinke mal ein Gläschen, um mich zu beruhigen, deswegen bin ich noch lange keine Alkoholikerin. Du trinkst Rotwein, ist das was anderes?«

»Ein, zwei Gläser am Abend«, erwiderte Jule, »mehr nicht.«

»Und ich trinke ein, zwei Gläschen Wodka. Wo ist der Unterschied?«

»Am helllichten Tag?« Jule versuchte, nicht besserwisserisch zu klingen. »Ich meine es doch nur gut mit dir. Das harte Zeug betäubt dich für eine Weile, aber auf Dauer schadest du dir damit mehr, als dass es dir hilft. Außerdem hast du einen verantwortungsvollen Job. Wenn du im Krankenhaus mit einer Fahne erwischt wirst, bist du dran. Dann bekommst du einen Verweis oder sie kündigen dir sogar. Lass den Wodka sein und mach's wie ich. Geh auf den Friedhof und sprich mit ihm.«

»Du sprichst mit einem Toten?«

»Er kann mich hören, Rose. Da bin ich ganz sicher.«

»Daran glaubst du doch selbst nicht. Das funktioniert nur in diesen Psychoshows im Fernsehen. Da kommt auch immer mal wieder jemand und behauptet, mit Toten sprechen zu können, aber die tun doch alle nur so. Alles nur Hokuspokus.«

»Dann glaubst du auch nicht, dass man mit Gott reden kann?«

»Ach, lass mich doch in Ruhe«, sagte Rose und kletterte in ihren Trailer. Sie fluchte ungeniert, als sie die Tür zuwarf.

Bisher hatte Jule geglaubt, sie würde es tatsächlich bei einem oder zwei Gläsern belassen, aber wenn sie schon mittags schwankte, war das ein bedenkliches Zeichen. Als Krankenschwester musste sie doch besser wissen, was die Schnapstrinkerei alles anrichten konnte.

Sie stieg in ihren Trailer und belegte zwei Tuna Salad Sandwiches. Eines brachte sie zu Rose. »Wie wär's mit einem starken Kaffee zum Nachtisch?«

»Meinetwegen. Warum musste mein Junge sterben, verdammt?«

»Das werden wir wohl nie verstehen, Rose.«

»Nimm mich in den Arm, Jule!«

Jule tat ihr den Gefallen und drückte sie fest. Sie spürte die Tränen ihrer Schwiegermutter an ihrer Wange und musste selbst weinen, zu lebendig war auch in ihr noch der Schmerz. Obwohl sie seit Langem gewusst hatte, wie aussichtslos die Behandlung eines Gehirntumors war, hatte sie immer noch auf ein Wunder gehofft, doch Wunder gab es in der Medizin nur höchst selten. Wie einschneidend der Verlust eines Menschen sein konnte, hatte sie erst während der Beerdigung erkannt, als sie den Sarg mit John in die Erde gesenkt hatten.

Rose schien sich ihre Worte zu Herzen zu nehmen und trank tatsächlich weniger. Jule vermutete, dass auch eine befreundete Kollegin im Veterans Hospital mit ihr gesprochen hatte.

Eine Kündigung konnte sich Rose nicht leisten. In ihrem Alter hätte es auch eine erfahrene Krankenschwester schwer, eine neue Anstellung zu finden. Sie verfiel in ein anderes Extrem und stopfte pfundweise Schokolade in sich hinein, kam erst zur Vernunft, als Jule sie auf den Friedhof mitnahm, und sie hören konnte, wie Jule mit dem verstorbenen John sprach.

»Hi, John«, sagte Jule. »Deine Mutter ist auch hier. Sie leidet sehr unter deinem Tod und hat zu Hause und in der Kirche für dich gebetet. Sie hat viel geweint und war erst heute stark genug, dich auf dem Friedhof zu besuchen.«

Jule nickte ihrer Schwiegermutter aufmunternd zu.

»Jule hat recht«, sagte Rose nach einigem Überlegen, »ich war zu schwach, um herzukommen. Stattdessen habe ich getrunken, hartes Zeug, das ich eigentlich gar nicht mag. Ich dachte, damit könnte ich den Schmerz vertreiben. Und als es nicht klappte, habe ich Schokoriegel und andere Süßigkeiten gegessen. Das funktionierte auch nicht. Ich habe zugenommen, mehr war nicht.«

Rose vermied es, Jule anzusehen. Anscheinend glaubte sie noch immer nicht daran, dass ihr Sohn sie hören konnte. Aber sie merkte anscheinend, wie befreiend ihre Beichte wirkte und wie viel Trost ihr die Worte an John gaben.

»Inzwischen weiß ich, dass die Sauferei und die Esserei gar nichts bringen. Jule hat auf mich eingeredet ... und Joe ... Josephine, eine Kollegin im Veterans Hospital. Ich wäre mit einer Alkoholfahne zum Dienst erschienen und sollte das lieber sein lassen, sonst würden sie mich noch rauswerfen. Ich habe gerade noch rechtzeitig die Kurve gekriegt, John. Ich trinke keinen Alkohol mehr.«

Rose hielt tatsächlich durch, blieb bei Kaffee, Cola und Wasser und ließ sogar Bier stehen. Jule hatte recht gehabt. Die Besuche auf dem Friedhof hatten sie aus ihrer Depression gerissen und ihr deutlich gemacht, dass die Gespräche mit ihrem toten Sohn das beste Mittel waren, ihre Trauer zu verarbeiten. Auch in die Kirche gingen Jule und sie jetzt regelmäßiger als früher. Der Pfarrer tröstete sie bei der Verabschiedung nach dem Gottesdienst mit Bibelzitaten, doch für sie war viel wichtiger, einen Ort der Andacht gefunden zu haben, an dem sie für John beten und seiner gedenken konnten. Jeden Sonntag zündeten sie eine neue Kerze für ihn an. Zusammen fiel ihnen das Trauern sehr viel leichter, doch schmerzhaft war es immer noch, und Jule war sich schon lange nicht mehr sicher, ob die Zeit wirklich alle Wunden heilte, wie manche glauben wollten.

Mit Beginn des neuen Jahres ging es Jule und ihrer Schwiegermutter sehr viel besser. Der Schmerz über ihren großen Verlust war immer noch gegenwärtig, aber es gab auch gute Nachrichten.

Der Chefredakteur der »Quick« war begeistert von ihr, rief sie sogar aus Deutschland an und sagte: »Sie sind ein Naturtalent, Frau Campbell. Ihr Roman hat mir gut gefallen. Am besten schicken Sie mir gleich ein Exposé für den nächsten. Der Scheck für Ihren ersten Roman ist bereits mit Luftpost an Sie unterwegs.«

Er nannte eine hohe Summe, die sie beinahe vom Stuhl riss.

»Ich weiß, Sie leben in den USA. Vielleicht schaffen Sie es ja, in nächster Zeit mal nach Deutschland zu kommen. Ich unterhalte mich gern über eine langfristige Zusammenarbeit mit Ihnen. Geben Sie mir Bescheid, wann Sie kommen wollen. Wir übernehmen natürlich die Flug- und Hotelkosten. Kann ich mit Ihnen rechnen, Frau Campbell?«

»Natürlich ... sicher ... das ist sehr freundlich von Ihnen.«

Eine knappe Woche später hielt sie den Scheck in den Händen und lief aufgeregt zu Rose hinüber. »Was hältst du von einem gemeinsamen Steakessen bei Zentner's? Filet Mignon, Baked Potato mit allen Extras ... wie wär's?«

Rose schaute sie verwundert an. »Hast du in der Lotterie gewonnen?«

»So ähnlich«, berichtete Jule, »ich habe gerade den Scheck für meinen Roman bekommen. Und sie wollen noch mehr Romane. Ist das nicht Wahnsinn?«

»Wow«, staunte Rose. »Aber ein Steak bei Zentner's kostet über …«

»Egal«, schnitt Jule ihr das Wort ab. Sie ging zum Wagen, blieb plötzlich stehen und spürte, wie ihr das Fruchtwasser an den Beinen herunterlief. »Das heißt … vielleicht fahren wir vorher in der Klinik vorbei.« Sie blickte betreten zu Boden. »Ich fürchte, mein Baby hat keine Lust, noch länger zu warten.«

1962–1963
INGRID

16

Ingrid stand seitlich von der Bühne, als die letzten Minuten des Films liefen. Neben ihr warteten Eric LaForge, der Regisseur und der Produzent ihres ersten Films auf den erhofften Applaus. Im Frankfurter Turmpalast, einem der größten und modernsten Kinos des Landes, fand die feierliche Premiere von »Küss mich ein letztes Mal« statt. Ein gesellschaftliches Ereignis, das auch zahlreiche Prominente aus Politik, Wirtschaft und dem Showbusiness angelockt hatte.

Im hellen Spot eines Scheinwerfers, der sich nach dem Wort »Ende« auf den leuchtend roten Vorhang richtete, trat der Betreiber des Kinos auf die Bühne, die auch für Operetten und Musicals genutzt wurde, und begrüßte die Ehrengäste und das Publikum. Auf die Frage »Hat Ihnen der Film gefallen?« brandete erneut Applaus auf, und zahlreiche Bravo-Rufe erklangen. »Ich habe das große Vergnügen, Ihnen den Produzenten und den Regisseur des Films vorzustellen, Dieter Schuster und Horst Behrend.« Begeisterter Applaus auch für die Macher des Films, der noch getoppt wurde, als der Kinobetreiber die beiden Hauptdarsteller vorstellte: »Aus Frankfurt der neue Stern am deutschen Kinohimmel, Ingrid Beck ... und aus Hollywood kein anderer als Eric LaForge!«

Hand in Hand betrat Ingrid mit ihrem Filmpartner die Bühne. Ihr bodenlanges Abendkleid aus smaragdgrüner Seide umwehte ihren schlanken Körper wie ein luftiger Schleier und kam vor dem dunkelroten Vorhang besonders gut zur Geltung. Im Scheinwerferlicht glitzerten die Strasssterne in ihrem lockigen Haar wie Diamanten. Schwungvoll wie als ehemaliges Mannequin auf dem Laufsteg und auf extrem hohen »High Heels«, wie die Amerikaner sagten, schien sie über dem Teppich zu schweben und wusste, sie strahlte einen Sexappeal aus, der nicht nur die Männer im Saal begeisterte. Ihr Partner, in einem dunkelblauen Maßanzug, war der Stolz, neben einer solchen Frau zu stehen, deutlich anzumerken.

Alle Zuschauer standen und belohnten ihre Darbietung mit Standing Ovations, auch Alex, der bei den Ehrengästen in der ersten Reihe saß und ihr zuzwinkerte. Sie kannte ihn gut genug, um zu sehen, wie eifersüchtig er auf Eric war, und warf ihm eine Kusshand zu, als wollte sie sagen: Was wir hier oben veranstalten, ist alles Show. Du kannst ganz beruhigt sein, Alex, ich liebe nur dich. Sie wusste aber auch, dass Alex genauso eifersüchtig wie ihre früheren Verehrer war und nicht dagegen ankam. Sie nahm an, weil ihr inzwischen ein Großteil der Männerwelt zu Füßen lag und er sie mit niemandem teilen wollte. Sie würde ihm in der kommenden Nacht zeigen, wie sehr sie ihn begehrte.

Eric berichtete von den Dreharbeiten in Berlin und klang sehr ernst, als er bedauerte, dass die Stadt inzwischen durch eine unmenschliche Mauer geteilt wurde. Danach gab er sich optimistisch, lobte die Zusammenarbeit mit Ingrid und versprach, bald wieder mit ihr einen Film zu drehen, vielleicht sogar in Hollywood.

Ingrid gab sich gut gelaunt, bedankte sich beim gesamten Team, aber auch bei ihrem Mann, der vielbeschäftigt sei, sich aber dennoch die Zeit genommen habe, sie beim Lernen des Textes zu unterstützen. Ihm habe sie ihre Ausbildung zur

Schauspielerin und ihre neue Karriere zu verdanken. Wie es sich gehörte, dankte sie auch Petra Schirner, ihrer Agentin, vor allem aber ihrem Publikum, das sie schon als Mannequin und Fotomodell bewundert habe.

Nach ihrem Auftritt gab sie Autogramme, bevor sie mit Alex zu dem Empfang fuhr, den die Produktion für sie in einem Hotel an der Messe vorbereitet hatte. Eingeladen waren alle Ehrengäste, darunter auch der Oberbürgermeister und zahlreiche andere Politiker, Vertreter aus Wirtschaft und Kultur und die Reichen und Schönen, die zu allen Empfängen dieser Art eingeladen wurden.

»Nun mach doch nicht so ein Gesicht«, sagte Ingrid, als sie mit Champagner anstießen und im Ballsaal des Hotels für einen Augenblick ungestört waren. »Oder bist du noch eifersüchtig? Das mit Eric ist doch alles nur gespielt, damit die bunten Blätter was zu schreiben haben. Soll mehr Zuschauer bringen.«

»Und der Artikel, der heute in einem dieser Blätter erschienen ist?«

Alex schien noch aufgebrachter als sonst zu sein, wenn ihre Beziehung zu Eric zur Sprache kam. Bisher hatte sie es als bloße Eifersucht gesehen, aber Alex schien ernstlich beleidigt zu sein, als glaubte er tatsächlich, dass sie ein Verhältnis mit dem Hollywoodstar hatte.

»Werden Ingrid und Eric auch privat ein Paar?«, stand da. Und: »Zieht es den deutschen Star ins sonnige Kalifornien? Eric hat ihr bereits ein Mitwirken in einem seiner nächsten Filme versprochen. Als nächste Königin von Hollywood haben sie dich angepriesen. Ist das normal?«

»Alles nur Schaumschlägerei«, versuchte Ingrid, ihn zu beschwichtigen. »Eric und ich lachen darüber. Das solltest du auch tun. Ich finde es auch nicht schön, aber eine solche Berichterstattung gehört leider zum Geschäft. Gibt es etwas Schöneres als Klatsch und Tratsch? Die Leute wollen was zum

Lesen haben, wenn sie beim Friseur sind, und wenn es nur dumme Gerüchte sind. Vergiss das alles! Lass uns lieber auf meinen Erfolg trinken. Ohne dich hätte ich es nicht geschafft, Alex. Was ich im Kino gesagt habe, war nicht gelogen.«

Eric und ein Fotograf näherten sich ihnen, und Alex entfernte sich wortlos und immer noch beleidigt von ihr. Sie beobachtete noch, wie er zur Bar ging und sich einen doppelten Whisky bestellte, dann sprach Eric sie an: »Das ist Gerd, er fotografiert für die ›Bild-Zeitung‹ und möchte ein gemeinsames Foto von uns knipsen. Wir kommen auf die Titelseite. Stimmt doch, Gerd, oder?«

Inzwischen sprach Eric leidlich Deutsch, sodass ihn selbst Gerd verstand, der selbst nur »*Excuse me*« und »*Thank you*« beherrschte. »Wie wär's, wenn Sie mit Eric anstoßen und ihm ein Küsschen auf die Wange geben, Ingrid?«

Sie konnte sich denken, wie die Szene auf Alex wirken würde, spielte aber dennoch mit. Ein Foto auf der Titelseite der »Bild-Zeitung« war Gold wert, das würde viele Sympathien und Kinobesucher bringen. Dass sie Eric tatsächlich sehr sympathisch fand und ihm beinahe nachgegeben hätte, als sie ihm damals bei den Modeaufnahmen begegnet war, brauchte ihr Mann nicht zu wissen. Gerade weil sie auf Erics Werben nicht eingegangen war, hatte sie gemerkt, wie sehr sie Alex wirklich liebte und dass sie nicht vorhatte, mit einem anderen fremdzugehen.

Nachdem der Fotograf gegangen war, mussten sie und Eric zahlreiche Hände schütteln, mit Politikern, Wirtschaftsbossen und Prominenten plaudern und sich von anderen Gästen fotografieren lassen. Alles für den Erfolg ihres neuen Films, der sich anschickte, schon in der ersten Woche auf Platz 1 der meistbesuchten Spielfilme zu klettern. Wie sich bereits abzeichnete, würden sogar etablierte Stars wie Liselotte Pulver und Waltraud Haas das Nachsehen haben.

Mehr als eine Stunde war vergangen, als sich die Aufregung ein wenig legte und Ingrid nach ihrem Mann suchte. Obwohl sie nur ihrer Agentin gefolgt war und für ihren Film geworben hatte, fühlte sie sich unwohl, Alex so lange allein gelassen zu haben. Was, wenn er so verärgert war, dass er mit anderen Frauen flirtete und sich mit einem jungen Ding in einem Nachbarraum vergnügte? Früher waren ihr nie solche Gedanken gekommen. Sie war immer die Schönste gewesen, am Badesee, in der Micky Bar und anderswo, und die Männer hatten sich um sie gerissen. Eifersucht hatte sie nie gekannt. Erst seit es Alex in ihrem Leben gab, verspürte sie zum ersten Mal wahre Liebe und entdeckte Gefühle, die sie vorher nie empfunden hatte. Eigentlich paradox, dachte sie. Ich lache Alex aus, weil er vermutet, dass ich etwas mit Eric habe, und ich zucke schon bei dem Gedanken zusammen, dass er sich für eine andere interessieren könnte.

Sie suchte vergeblich nach Alex, sah sich im ganzen Saal nach ihm um und suchte sogar in der Hotellobby nach ihm. Nur weil sie zwei streitenden Frauen auswich, die ihr im Weg waren, fiel ihr Blick in den langen Flur, der abseits der Ballsäle zu den Zimmern führte. Alex lehnte an der Flurwand, eine Flasche Whisky in einer Hand, und lallte vor sich hin. Ein Mitarbeiter des Hotels hatte ihn ebenfalls gesehen und versuchte, ihn aus dem Flur zu vertreiben. »Seien Sie doch vernünftig!«, sagte er zu ihm. »Sie können hier nicht bleiben. Einige Gäste haben sich schon über Sie beschwert. Seien Sie vernünftig und gehen Sie bitte! Sie wollen doch sicher nicht, dass ich den Manager rufe, das gäbe nur Ärger.«

»Ich kümmere mich um ihn«, rief Ingrid. Sie nahm Alex die Whiskyflasche ab, reichte sie dem Angestellten und führte Alex aus dem Flur. Er war so betrunken, dass er kaum laufen konnte und etwas murmelte, das sie nicht verstand. »Seit wann lässt du dich denn so volllaufen? Doch nicht wegen Eric.«

»Vergiss den Schleimer!«, lästerte er lallend. »Der kann doch nichts.«

»Du bist sturzbetrunken, Alex! Komm, wir gehen nach Hause!«

Ohne noch einmal in den Ballsaal zurückzukehren, ging sie mit Alex nach draußen. Zahlreiche neugierige und auch verächtliche Blicke folgten ihnen. Sie hoffte inständig, dass keine Reporter in der Nähe waren und ein wenig vorteilhaftes Foto von ihnen schossen, und hatten Glück, dass auch keiner der Hotelgäste und Angestellten in der Lobby sie fotografierte. Der junge Mann, der ihren Wagen vom Parkplatz holte, verzog keine Miene, als er Ingrid half, ihren betrunkenen Mann auf den Beifahrersitz zu schieben. Sie belohnte ihn mit einem hohen Trinkgeld, kletterte hinters Steuer und fuhr auf die Straße hinaus.

Auf der Fahrt nach Königstein sprachen sie kein Wort miteinander. Ingrid hatte nur zwei Gläser Champagner getrunken, war aber müde von dem langen Abend und den anstrengenden Gesprächen. Den Weg nach Königstein kannte sie auswendig. Sie kamen kurz vor Mitternacht zu Hause an, und sie brauchte eine weitere halbe Stunde, um ihn ins Haus zu schaffen, aufs Bett zu legen und auszuziehen. Er öffnete nicht mal die Augen, als sie ihn zudeckte. Wenig später lag auch sie im Bett und versank in seltsamen Träumen.

Erst am nächsten Morgen beim Frühstück, nach einer heißen Dusche und in frischen Kleidern, sprachen sie wieder miteinander. Ingrid reichte ihrem Mann zwei Aspirin und ein Glas Wasser. »Ich glaube, die hast du nötig«, sagte sie.

Alex schluckte die Tabletten und setzte zu einer Entschuldigung an. »Tut mir leid, Ingrid«, sagte er, »ich habe mich gestern wohl danebenbenommen.«

»Das kann man wohl sagen«, erwiderte sie. »Wir können froh sein, dass uns kein Fotograf entdeckt hat, sonst wären wir heute auf der Titelseite, und die würde dir noch weniger gefallen als der andere Kram. Was war mit dir los? Du willst mir doch nicht sagen, dass du immer noch eifersüchtig auf Eric bist?«

Er zögerte mit der Antwort. »Es ist nicht nur die Eifersucht.«

»Sondern?«

»Ich habe Mist gebaut.« Er blickte auf seinen Teller, als würde ihm schon beim Anblick des frischen Brötchens schlecht. »Die Wohnhäuser in Heddernheim, in die ich investiert hatte, sind ein Flop. Die Bauherren haben mit falschen Zahlen operiert, ohne dass man ihnen etwas nachweisen kann, und haben auch beim Bau geschlampt, sodass der Wert der Häuser eher gefallen als gestiegen ist. Um noch Gewinn zu machen, müsste ich mehr Geld investieren und so lange warten können, bis sich alles wieder normalisiert hat. Leider bin ich nicht flüssig genug und bekomme auch keine weiteren Kredite mehr. Ich kann froh sein, wenn ich einigermaßen heil aus der ganzen Sache herauskomme.«

Ingrid hatte schon so etwas befürchtet, war aber dennoch geschockt. »Du hast dein Kaufhaus, das macht doch jetzt Plus. Und was ist mit den Häusern in Frankreich? Das sind Ferienhäuser, mit denen kann man nicht falschliegen.«

»Die bringen Geld, aber nicht genug. Es wird noch ein paar Monate dauern, bis die Infrastruktur steht, die neue Autobahnausfahrt fertig ist und mehr Restaurants und Läden eröffnen. Das dauert alles länger als ursprünglich geplant.«

»Und das Kaufhaus?«

»Unser einziger Hoffnungsschimmer«, gab er zu. »Die Idee, noch einen Schritt weiter zu gehen und ausschließlich auf preiswerte Waren und Schnäppchen zu setzen, war richtig, aber die Amortisierung dauert länger, als ich dachte. Wir müssen noch mindestens ein Jahr durchhalten, wenn wir wieder Profit machen wollen. Es wird höchste Zeit, dass meine Pechsträhne endet.«

Ingrid kaute gedankenverloren auf ihrem Toast und trank von dem lauwarm gewordenen Kaffee. Sie hatte nicht gewusst, dass ihre Lage so ernst war. Wenn Alex tatsächlich Insolvenz anmelden musste, würde diese Pleite auch auf sie abfärben und ihr etwas von dem Glanz des erfolgreichen Filmstars nehmen.

»Ich brauche unbedingt neue Geldgeber, sonst muss ich in Zukunft wohl kleinere Brötchen backen«, fuhr er fort. »Aber ich schaffe das schon. Ich hatte schon einige Male solche Tiefs und habe es immer wieder geschafft, mich neu aufzustellen. Alles, was ich brauche, sind neue Geldgeber, die an meine neuen Projekte glauben und sich daran beteiligen, dann geht es wieder aufwärts.«

»Wenn ich irgendetwas tun kann«, schlug sie vor.

»Es reicht doch schon, dass du Werbung für unser Kaufhaus machst. Kümmere du dich um deine eigene Karriere. Wir haben Gütertrennung, also kann dir finanziell gar nichts passieren. Du bist jetzt schon ein Star. Noch ein erfolgreicher Film wie ›Küss mich ein letztes Mal‹, und du gewinnst den Bambi.«

»Hast du denn Geldgeber in Aussicht?«, fragte sie vorsichtig.

Alex schenkte sich Kaffee nach. »Ich habe Kontakte zu einem finanzstarken Bauunternehmer geknüpft«, verriet er. »Der will vor allem in Frankfurt groß einsteigen und sucht einen Kompagnon, der sich in Frankfurt auskennt. Eine Möglichkeit wäre, bei ihm einzusteigen und gemeinsame Sache mit ihm zu machen. Ich würde weniger Profit erzielen, aber unser Kaufhaus wäre gesichert, und ich stände etwas sicherer da. Ich bin nächste Woche zum Essen mit ihm verabredet, und du wirst natürlich dabei sein … als mein Glücksbringer.«

»Kenne ich den Herrn?«

»Luggi Schmidhuber, ein bayerischer Unternehmer.«

»Mit Bayern kann ich«, sagte sie.

Nach dieser Nachricht sah die Welt schon wieder besser für sie aus. Ingrid war mit dafür verantwortlich, dass Alex in seinem Kaufhaus nur noch auf preiswerte Waren setzte und es in seinen Anzeigen auch »Schnäppchenparadies« nannte. Die Idee hatten sie den Albrecht-Brüdern abgeschaut, die bereits über hundert Supermärkte mit einem begrenzten, aber sehr preiswerten Sortiment eröffnet hatten und sich anschickten, ganz Deutschland zu erobern. Sie waren jetzt schon mehrfache Millionäre, nur durch den Verkauf preiswerter Waren.

Sobald ihr Kaufhaus in Frankfurt wieder Gewinn abwarf, würde Alex auch wieder Kredite bekommen und den Bauunternehmer vielleicht gar nicht mehr brauchen. Bis es so weit war, würde sie diesen Schmidhuber mit ihrem Charme um den Finger wickeln und ihm Zusagen abringen, zu denen er ansonsten nie bereit gewesen wäre. Sie kannte bayerische Millionäre. Sie gaben sich meist leutselig und erdverbunden und vermittelten vor allem bei Norddeutschen den Eindruck, sie wären etwas einfältig. In Wirklichkeit waren die meisten nicht nur bauernschlau, sondern mit allen Wassern gewaschen.

Während sich Alex um sein Kaufhaus kümmerte, traf sie sich mit Petra Schirner, Dieter Schuster und Eric in der Hotelsuite des Hollywoodstars. Ein Angestellter servierte Kaffee und kleine Sandwiches. Die Agentin wirkte relativ frisch und ausgeruht, hatte unzählige Empfänge und Partys mitgemacht und wusste genau, wie viel Alkohol sie vertrug, um auch am nächsten Morgen noch einen klaren Kopf zu haben. Der Produzent und Eric wirkten angeschlagen.

Der starke Kaffee brachte Schuster wieder auf Touren. Selbst seine Fliege saß korrekt, als er die Tasse absetzte und sagte: »Ich habe gute Nachrichten. Die Kritiken, die wir zu unserem Film haben, sind erstklassig, und zusammen mit den Vorverkaufszahlen deuten sie auf einen gigantischen Erfolg hin. Ich denke, dass wir sogar an den neuen Film mit Liselotte Pulver herankommen.«

»Ich habe ebenfalls nur positive Rückmeldungen«, stimmte Petra Schirner ihm zu. »Bei mir melden sich ständig Schauspieler, die im nächsten Film mit den beiden mitspielen wollen.« Sie blickte Ingrid und Eric an. »Und da sind auch bekannte Klienten dabei, die schon einige Hauptrollen gespielt haben.«

Schuster nickte zufrieden. »Das lässt hoffen. Wichtig für unseren weiteren Erfolg ist vor allem die Richtung, die wir mit dem nächsten Film einschlagen wollen. Die Idee mit den Kriegsheimkehrern hatten nicht nur wir, die ist langsam ausgereizt, und die Konkurrenz setzt, wie ich weiß, auf bekannte Namen.«

»Edgar Wallace und Karl May«, sagte die Agentin.

»Also sollten wir von Krimis und Wildwestfilmen die Finger lassen«, erwiderte Schuster. Ich setze lieber auf den Heimatfilm. Die Immenhof-Filme, ›Der Edelweißkönig‹, ›Wenn die Heide blüht‹ … alles großartige Filme. Aber ich denke an eine modernere Variante dieses Genres, nicht so verstaubt und altbacken, eher etwas, mit dem auch die heutige Jugend etwas anfangen kann. Wären Sie dabei, Eric? Ingrid? Damit könnten wir Erfolg haben, und bei den Gagen werden wir uns nicht lumpen lassen. Es ist einiges für Sie drin.«

»Ich bin dabei«, reagierte Eric, wie es sich Schuster erhofft hatte. »Vor allem, wenn ich bei der Ausstattung ein Wort mitreden dürfte. Meine Kollektion würde doch gut in solche Filme passen. Modern und jugendlich mit traditionellem Touch. Für Ingrid würden wir ein spezielles Dirndl anfertigen lassen.«

»Darüber lässt sich reden«, war Schuster gesprächsbereit.

»Ich bin auch dafür«, sagte Ingrid, »im Kaufhaus meines Mannes wäre das Dirndl sicher ein Renner. Und einen modernen Heimatfilm stelle ich mir ebenfalls toll vor. Es muss ja nicht immer um Wilderer und Förster gehen.«

Sie redeten noch eine ganze Weile über das Thema, vor allem über die Gagen, und einigten sich auf einen Vertrag über drei Filme, die möglichst im Abstand von einem Jahr erscheinen sollten. Danach wollte Eric mit Ingrid in Hollywood drehen, am besten einen Western, weil er sich Ingrid gut als verführerische Saloon-Besitzerin vorstellen konnte. Ähnlich wie Joan Crawford in »Johnny Guitar«. Mit so einem Film wäre sie auf Anhieb in der ersten Reihe.

»Darf ich auch schießen?«, fragte Ingrid lachend.

»Aber nur auf die Bankräuber«, erwiderte Eric.

Am nächsten Morgen verabschiedeten Petra Schirner und Ingrid den Hollywoodstar am Flughafen. Ingrid umarmte ihn und küsste ihn auf die Wange. »Bis bald«, sagte sie gut gelaunt, »ich übe inzwischen mit einem Colt, okay?«

Er lächelte. »*Until we meet again*. Bis bald.«

17

Ihr Treffen mit dem Bauunternehmer fand im Restaurant des Frankfurter Hofs statt. Auch Luggi Schmidhuber hatte seine Frau mitgebracht, eine anscheinend sehr lebenslustige Frau in einem gediegenen Kostüm, obwohl ein Dirndl sicher besser zu ihr gepasst hätte. Sie lächelte viel, benahm sich aber ansonsten sehr zurückhaltend und schien von den Geschäften ihres Mannes wenig zu verstehen. Er trug einen Trachtenanzug und gab sich wie ein Bayer aus dem Bauerntheater, aber Ingrid kannte bayerische Unternehmer gut genug, um einen knallharten Verhandlungspartner hinter seiner bäuerlichen Fassade zu vermuten.

»Habe die Ehre, gnädige Frau«, sagte er zu ihr.

»Ganz meinerseits«, erwiderte sie höflich.

Alex benahm sich eher zurückhaltend, schien einiges von seinem Selbstbewusstsein verloren zu haben. Seine finanzielle Situation machte ihm anscheinend mehr zu schaffen, als Ingrid vermutet hatte. Finanziell konnte sie ihm nicht mal mit ihrem hohen Vorschuss helfen, als Investor dachte er in anderen Sphären, doch sie besaß besondere Eigenschaften, die sie bereits an zahlreichen einflussreichen Männern getestet hatte. Einen natürlichen Sexappeal, wie ihn Marilyn Monroe hatte, die einen Mann durch bloße Anwesenheit verzaubern konnte. Alles konnte man damit nicht erreichen, aber sie sorgte für eine magische Atmosphäre, die Männer zugänglicher und kompromissbereiter machte.

Ingrid überschätzte sich nicht. Sie genoss die Aufmerksamkeit von Männern, würde aber niemals eine Grenze überschreiten, die sie sich selbst gesetzt hatte. Ein Flirt war okay, auch ein Küsschen auf die Wange, aber mehr gestattete sie fremden Männern nicht. Für die berühmte Besetzungscouch, die einige Produzenten für willige Schauspielerinnen bereithalten sollten, war sie nicht zu haben. Ihr Herz gehörte Alex, an guten wie in schlechten Tagen. Zu ihrer eigenen Verwunderung war sie so sehr auf ihn fixiert, dass sie schon bürgerliche Züge an sich entdeckte. Ein gemütlicher Abend im eigenen Haus bei Rotwein und Käseschnittchen, ein »Kuschelmorgen«, wie sie es nannte, am Sonntagmorgen im Bett oder ein gemeinsamer Spaziergang waren ihr manchmal lieber als festliche Bälle und Empfänge und die Bewunderung anderer Männer. Ihre Arbeit verlangte den Trubel, nach dem sie sich früher so gesehnt hatte, aber genauso sehr schätzte sie die Zurückgezogenheit mit dem Mann, den sie liebte.

»Wir haben Ihren Film gestern gesehen«, sagte Schmidhuber, nachdem sie mit leichtem Weißwein angestoßen hatten. »Sehr eindrucksvoll. Ich verstehe wenig von der Schauspielerei, aber uns hat er sehr gefallen. Nicht wahr, Erna?«

»Wunderschön«, erwiderte seine Frau, »aber traurig. Meinem Bruder erging es ähnlich, wissen Sie. Als er aus dem Krieg zurückkam, war seine Frau mit einem anderen Mann zusammen. Bei ihm verzichtete die Frau, denn zum Glück hatte sie den anderen Mann, nachdem mein Bruder für tot erklärt worden war, noch nicht geheiratet. Mit seiner Frau klappte es aber leider auch nicht mehr.«

»Das tut mir leid«, sagte Ingrid.

Über den eigentlichen Anlass ihres Treffens kamen Alex und Schmidhuber erst während des Hauptgangs zu sprechen. »Wie schon erwähnt, will ich groß in Frankfurt einsteigen und suche dafür einen kompetenten Partner, der die Stadt genau kennt und bereit ist, den Profit mit mir zu teilen, Ich habe einen sehr guten Ruf in der Branche, wie Sie sicher wissen, und Sie wären doch bestimmt nicht abgeneigt, die Modernisierung Ihres Kaufhauses zu beschleunigen.«

»Das kommt ganz darauf an, wie Sie sich die Zusammenarbeit vorstellen«, erwiderte Alex. »Tatsächlich bieten sich in Frankfurt ungeahnte Möglichkeiten, die für uns beide interessant sein dürften. Mein Kaufhaus gehört zu den ersten Adressen an der Zeil und wird in den nächsten Jahren sicher so viel Profit abwerfen, dass wir vielleicht sogar dem Kaufhof gefährlich werden und auch in anderen Stadtteilen und vielleicht sogar in anderen Städten neue Filialen eröffnen könnten, aber das nur am Rande. Allein an der Zeil gibt es einige Projekte, die für einen Großinvestor wie Sie verlockend sein dürften. Wenn ich von der Zukunft träume, sehe ich eine Stadt wie New York vor mir, ein Zentrum der deutschen Wirtschaft und der Banken mit riesigen Wolkenkratzern.«

Der Baulöwe lächelte. »Ihre Weitsicht gefällt mir. Ich könnte mir tatsächlich vorstellen, mich an der Modernisierung Ihres Kaufhauses zu beteiligen und einige Projekte mit Ihnen anzugehen. Natürlich müssten wir uns über die Bedingungen einig werden. Ich hab mir bereits einige Gedanken gemacht und einige Punkte aufgeschrieben.« Er zog einen Zettel aus seiner Innentasche und nannte einige konkrete Zahlen. Vor allem die Höhe seiner Anteile erschreckten Alex.

Selbst Ingrid, die sich für solche Zahlenspiele kaum interessierte und die berufliche Welt, in der ihr Mann tätig war, nur wenig schätzte, durchschaute die Absicht des Baulöwen. Auch wenn er sein Ansinnen in hübsche und wahrscheinlich

200

einstudierte Sätze verpackte, war ihr klar, dass Schmidhuber über Alex nur einen Zugang zu der Frankfurter Immobilienszene und die prozentuale Mehrheit und damit auch die alleinige Entscheidungsgewalt bei allen zukünftigen Projekten haben wollte. Sein kaum verhaltenes Grinsen passte dazu.

Ingrid war versucht, Schmidhuber auszulachen, merkte aber rechtzeitig, dass sie ihn damit nur demütigen würde, und beschränkte sich auf ein leicht spöttisches Lächeln, das aber niemand bemerkte. »Ein Hund ist er schon«, würde man in Bayern über einen bauernschlauen Millionär wie ihn sagen.

Alex hatte ihn ebenfalls durchschaut, nur fehlten ihm die wirtschaftliche Macht und die finanziellen Mittel, ihm ein wirkungsvolles Kontra zu geben. Seine Redegewandtheit half ihm jedoch, den Einfluss des Baulöwen einigermaßen im Rahmen zu halten. »Ich respektiere Ihr Angebot, mein lieber Schmidhuber«, sagte er. »Natürlich verfügen Sie über mehr finanzielle Mittel als ich. Sie gehören zu den finanzstärksten Unternehmern des Landes. Aber meine Kenntnis des hessischen Marktes und meine jahrelangen Beziehungen zu Politikern und anderen Verantwortlichen in unserer Region dürften einiges aufwiegen. Ich schlage deshalb eine Teilung des Risikos, aber auch des Gewinns bei neuen Projekten vor und wäre mit Ihrer Beteiligung an meinem Kaufhaus einverstanden, über dessen Entwicklung ich allerdings allein entscheide. Ich denke, damit könnten wir beide zufrieden sein.«

Auf diese Weise ging es noch eine Weile hin und her. Wie auf dem Pferdemarkt in der Oberpfalz, dachte Ingrid. Über jeden Prozentpunkt und jede Mark wurde diskutiert, sodass sie und auch die Frau des Baulöwen kaum noch hinhörten. Das Ergebnis benachteiligte Alex noch immer, dafür war er nicht unerheblich am Profit beteiligt, und bei seinem Kaufhaus behielt er ein uneingeschränktes Vetorecht bei allen Entscheidungen, musste Schmidhuber aber mit einer höheren Umsatzbeteiligung zufriedenstellen. Die Verträge würden sie während der nächsten Tage von ihren Rechtsabteilungen absichern lassen.

Ingrid mochte den Baulöwen nicht besonders, bewunderte ihn aber für seinen rasanten Aufstieg vom Großbauern zum finanzstarken Investor und Immobilienbesitzer. Ein typischer Nutznießer des neuen Wirtschaftswunders, jovial, freundschaftlich, manchmal auch bayerisch derb und rücksichtslos, wenn es um seine Interessen ging. Man musste höllisch aufpassen, von ihm nicht übers Ohr gehauen zu werden. Alex war ihm ebenbürtig, was die Verhandlungstaktik betraf, war aber menschlicher und ging nicht über Leichen. Man brauchte sich nur anzusehen, wie herablassend Schmidhuber seine Frau behandelte, um zu wissen, dass für ihn das Leben ausschließlich darin bestand, Profite zu erzielen.

»Zufrieden?«, fragte Ingrid, als sie nach Hause fuhren.

»Mehr war nicht drin«, erwiderte Alex, »aber wir sind wieder flüssig, und in der Lage, genug Geld in das Kaufhaus zu stecken, um es wieder in eine Goldgrube zu verwandeln. Das Kaufhaus an der Zeil bleibt in unserem Besitz. Die Prozente, die wir ihm vom Umsatz abgeben müssen, tun weh, aber uns wird genug bleiben. Und bis die Verträge auslaufen, sind wir hoffentlich stark genug, um allein zurechtzukommen und vielleicht sogar weitere Filialen zu eröffnen.«

Nachdem die Verträge mit Luggi Schmidhuber unterschrieben waren, ging es für Alex nur noch aufwärts. Mit einer aufwendigen Renovierung, einer neuen Werbekampagne, zu der auch Ingrids Auftritte in Werbefilmen zählten, und einem überarbeiteten Angebot wurde das Kaufhaus Haffner zu einem beliebten Einkaufsziel an der Zeil. Anders als die Kaufhalle oder auch die neuen Aldi-Läden bot es seine preiswerten Waren aber in einer modernen Umgebung und einer angenehmen Atmosphäre an, und auch das Restaurant im obersten Stockwerk, von dem aus man bis zur Paulskirche und der Altstadt sehen konnte, wirkte wesentlich moderner und einladender.

Mit den Projekten, die Alex zusammen mit Schmidhuber verwirklichte, hatte er ebenfalls Glück, allerdings machte der Baulöwe nur bei den ersten Unternehmungen gemeinsame Sache mit ihm, einer Wohnsiedlung im Südwesten von Frankfurt und einem Bürohaus in der Innenstadt. Sobald sich Schmidhuber in der Stadt etabliert und sich selbst genügend Einfluss erkauft hatte, ließ er Alex meist außen vor und ging die lukrativen Projekte allein an. Alex' Einfluss schwand, doch gleichzeitig florierte sein Kaufhaus und ließ ihn bereits jetzt darüber nachdenken, eine neue Filiale an der Hanauer Landstraße zu eröffnen.

»Tut mir leid, wenn ich mich in letzter Zeit wenig um dich gekümmert habe«, sagte Alex im Frühjahr zu ihr, »aber ich musste erst mal meine Geschäfte in Gang bringen. Die Zusammenarbeit mit Schmidhuber ist nicht einfach, und ich muss aufpassen, dass er mir nicht alle Projekte vor der Nase wegschnappt.«

»Kein Problem«, erwiderte sie, »ich sehe ja, wie angespannt du bist. Schmidhuber ist ein hinterhältiger Dreckskerl, der dir den fröhlichen Bayern aus dem Bauerntheater vorspielt. Tatsächlich ist er aber nur daran interessiert, dich auszubooten. Er will sein Reich vergrößern, Frankfurt und Umgebung erobern.«

»Ich weiß«, sagte er, »und ich habe nichts dagegen.«

»Das verstehe ich nicht.«

»Ich möchte mich auf unser Kaufhaus konzentrieren. Warum soll ich mich mit Bürohäusern, Wohnsiedlungen und Einkaufszentren herumschlagen, wenn ich über mein liebstes Projekt die Kontrolle habe und damit genug verdienen kann, um uns ein angenehmes Leben zu ermöglichen. Mal davon abgesehen, dass du auch nicht schlecht verdienst. Ich habe schon als Kind gern mit einem Kaufladen gespielt und mache das jetzt noch genauso gern. Lieber eine zweite und dritte Filiale als diese ganzen Projekte. Soll sich Schmidhuber damit rumärgern. Er ist am glücklichsten, wenn er einen ordentlichen Reibach macht.«

»Aber beim Kaufhaus kassiert er ebenfalls mit.«

»Nur bis Ende nächsten Jahres«, erinnerte sie Alex, »dann läuft der Vertrag aus, und wir haben genug auf dem Konto, um das Kaufhaus allein zu bewirtschaften. Schmidhuber hat die Frist selbst gewollt, natürlich mit dem Hintergedanken, die großen Projekte allein durchzuziehen. Aber so schlau wie er bin ich schon lange. Er kann sich wahrscheinlich nicht vorstellen, dass jemand mit einem Kaufhaus zufrieden sein könnte. Er will die ganze Welt besitzen.«

Ingrid hatte bereits den ersten Heimatfilm abgedreht und wartete auf den Start der Dreharbeiten für den zweiten Film. Sie hoffte, ihre Heimatfilme würden ein ebenso großer Erfolg wie die Edgar-Wallace-Krimis, war aber nicht sicher. Eigentlich war die Zeit der Heimatfilme schon vorbei, und anders als bei ihren Ankündigungen bei der Planung hatten Produzent und Regisseur doch wenig am Schema verändert und den alten Klischees vertraut. Während der Dreharbeiten hatte sie darauf hingewiesen und eine patzige Antwort vom Regisseur bekommen: »Sie machen Ihre Arbeit, und ich mache meine, klar?«

Sie genoss die drehfreie Zeit. Sie hatte sich mit einer Nachbarin angefreundet, fuhr mit ihr zum Einkaufen nach Frankfurt und lud sie danach ins Café Wipra ein. In ihrem Lieblingscafé sahen ihnen Papageien und andere exotische Vögel beim Kaffeetrinken zu. Luise, ihre Nachbarin, war mit einem Unternehmer verheiratet gewesen und lebte seit seinem Unfalltod allein. Das Vermögen ihres verstorbenen Mannes ermöglichte ihr ein angenehmes Leben.

Luise gehörte zu den wenigen Menschen, die nicht den Filmstar in ihr sahen und ihr nicht mit übertriebenen

Komplimenten um den Bart gingen. Sie machte sich wenig aus Filmen, besaß auch keinen Fernseher und hatte »Küss mich ein letztes Mal« nur angesehen, weil Ingrid ihr eine Freikarte geschenkt hatte. »Ganz nett«, hatte sie gesagt, »aber ehrlich gesagt lese ich lieber Bücher. Liegt sicher daran, dass mein Mann eine Druckerei besaß und Verleger war.«

Der Film war auch einige Wochen nach der Premiere noch in den Kinos gewesen und nur vom Feuilleton der anspruchs-vollen Zeitungen wenig gewürdigt und wegen seiner kitschigen Darstellung eines Nachkriegsschicksals kritisiert worden. Dabei hatte ein Radiosender eine Umfrage veranstaltet, in der zahlrei-che Männer und Frauen, die Ähnliches erlebt hatten, von ihren Erfahrungen berichtet hatten, die weitaus melodramatischer gewesen waren. Bei der Bambi-Wahl war allerdings Liselotte Pulver als erfolgreichste Schauspielerin ausgezeichnet worden.

»Nächstes Jahr«, tröstete Petra Schirner sie. Wie immer, wenn sie sprach, zitterten ihre großen Ohrringe. »Ich habe übri-gens schon die ersten Treatments für den nächsten Film mit Eric und dir bekommen. Schuster favorisiert die Geschichte einer schönen Bäuerin, die wegen ihres unehelichen Kindes von den Bewohnern ihres Dorfes als ›Sünderin‹ verdammt und schikaniert wird und sich in einen Fremden verliebt, der sich als reicher Unternehmer erweist, ein geplantes Hotel in eine andere Gemeinde verlegt und sie trotz ihres Kindes heiratet. ›Die Sünderin von der Moseralm‹ … wäre das nicht ein toller Titel?«

Ingrid lachte. »Da muss ich wohl noch bei meinen beiden Freundinnen in die Lehre gehen, die sind auf Bauernhöfen auf-gewachsen. Ich hab zwar im selben Dorf gewohnt, war aber nur bei der Kartoffelernte dabei. Klingt aber gut.«

»Das fertige Drehbuch dürften wir in zwei Monaten haben. Derselbe Autor wie beim ersten Film. Er wird dir das Skript auf den Leib schneidern, Ingrid.«

»Weiß Eric schon Bescheid?«

»Er findet die Idee toll. Im Sommer soll gedreht werden.«

»Ich freue mich darauf«, sagte Ingrid.

Als Ingrid von ihrem Besuch bei Petra Schirner nach Hause zurückkehrte, lag ein Brief von Gerda im Briefkasten. Gerda telefonierte nur ungern. Sie war wie immer zurückhaltend und hatte wenig zu berichten. In Eschenbrunn sei alles beim Alten, ihr Vater wolle sich tatsächlich an der Gründung einer neuen Partei beteiligen und sei ständig mit dem Stettner beisammen. Sie ging immer noch in die Micky Bar, aber dort sei es nicht mehr so aufregend wie früher, und auf die neue Rockmusik aus England könne man keinen Rock 'n' Roll tanzen. Neues wusste sie auch von Ingrids Mutter, man sähe sie in letzter Zeit öfter mit einem Angestellten von Witt Weiden, aber ob die beiden wirklich etwas miteinander hatten, wisse sie nicht. Sie würde es ihr wünschen.

Im Frühjahr kündigte Susanne ihren Besuch an. Alex wusste erst seit ungefähr vier Jahren, dass er eine Tochter hatte, das Ergebnis einer Jugendsünde während des Krieges. Er hatte sich mit einer Witwe eingelassen, ohne zu ahnen, dass er eine Tochter gezeugt hatte. Susanne hatte erst spät von ihrem Vater erfahren und lange nach ihm gesucht. Plötzlich hatte sie vor ihm gestanden.

Susanne kam an einem Freitagabend und war allein.

»Wollte Klaus nicht mitkommen?«, fragte Alex.

»Klaus ist in London«, berichtete Susanne, als sie beim Abendessen im Esszimmer saßen. Sie war gerade zweiundzwanzig geworden und hatte die gleichen dunklen Augen wie ihr Vater, war aber lebhafter. Ihr Pferdeschwanz wippte bei jeder Bewegung. »Ich soll euch ganz herzlich von ihm grüßen. Er besucht einen Freund in England, den er während seiner Zeit als Austauschschüler in London kennengelernt hat. Nächstes Mal kommt er bestimmt wieder mit.«

»Jetzt sind doch gar keine Semesterferien«, wunderte sich Alex.

Susanne griff nach einer Käseschnitte. »Er macht zwei Wochen blau.« Sie bemerkte, wie ihr Vater die Stirn in Falten legte, und fuhr rasch fort: »Ihr wisst doch, dass er vor einigen Monaten das Gitarrespielen angefangen hat. Der Freund … er heißt Alan … nun ja, er hat eine Band gegründet und sucht noch einen Gitarristen, und Klaus dachte, er könnte ja mal bei ihm vorspielen …«

»Und dann? Bleibt er in England und macht Musik?«

»Er will, dass ich mein Studium für ein Jahr auf Eis lege und mit ihm komme. Vielleicht können wir auch in London studieren, und er kann nebenbei Musik machen. Ist alles noch nicht entschieden, Papa. Zuerst einmal muss er vorspielen, und die Bandmitglieder müssen entscheiden, ob er gut genug ist.«

»Das klingt ziemlich gewagt. Die meisten Musiker nagen am Hungertuch, und ich bin nicht bereit, euer Nichtstun zu finanzieren. Studiert erst mal und sucht euch einen Beruf aus, der zu euch passt. Und wenn Klaus darauf besteht, ein solches Risiko einzugehen, soll er es tun. Ich kann ihm nichts vorschreiben. Aber von dir erwarte ich, dass du was aus deinem Leben machst. Oder soll dein Studium umsonst gewesen sein? Was willst du denn in England machen?«

Susanne wusste keine Antwort.

»Ich habe nichts gegen Musik«, fuhr Alex fort, »und ich hätte auch gern in einer Band gespielt, wenn ich talentiert gewesen wäre. Ich wär auch gern Fußballer geworden. Aber ich wollte auch Geld verdienen und auf sicheren Beinen stehen. Du willst doch den ganzen Mathekram nicht umsonst lernen?«

»Ich hab mich doch noch gar nicht entschieden«, erwiderte Susanne. »Im Grunde bin ich deiner Meinung, aber ich will Klaus nicht verlieren. Wenn er ein Jahr nach London geht, und ich bleibe hier, wird sicher nichts aus uns.«

»Wenn er das macht, hat er dich nicht verdient.«

Das Telefon klingelte.

»Haffner«, meldete sich Ingrid mit dem Nachnamen ihres Mannes.

»Ingrid?«, fragte Petra Schirner aufgeregt.

»Petra! Ist was passiert?«

»Sie müssen sofort kommen!«, rief Petra. »Jetzt gleich! Ich bin im Büro.«

18

Petra wartete bereits ungeduldig und stand in der offenen Tür, als Ingrid die letzten Stufen zu ihrem Büro nahm. »Komm rein!«, sagte sie und blickte ängstlich die Treppe hinab, bevor sie die Tür schloss. Schon im Flur kam sie zur Sache. »Erinnern Sie sich an Elke Schubert? Wir waren im Café gegenüber.«

»Die Schauspielerin aus dem Osten?«

»Genau … sie hat sich bei mir gemeldet.«

»Aus Ost-Berlin? Ich denke, die haben alle Leitungen gekappt?«

»Das stimmt«, erwiderte Petra, »in die Ostzone geht gar nichts mehr, seitdem sie diese unsagbare Mauer durch Berlin gebaut und die innerdeutsche Grenze abgeriegelt haben. Selbst nach China kommt man leichter durch.«

Sie setzten sich an den Verhandlungstisch. Petra schenkte ihnen Mineralwasser ein und deutete auf den Teller mit den Keksen. »Elke hat es trotzdem geschafft. Bevor ich Sie angerufen habe, hat sich ein Mann bei mir gemeldet. Aus Berlin. Seinen Namen hat er nicht genannt. Ein Fluchthelfer, nehme ich an. Er hat mir schöne Grüße von Elke ausgerichtet. Sie wünscht sich, dass wir sie persönlich abholen. Kann ich irgendwie verstehen. Wenn wir kämen, sollten wir morgen Nacht beim

S-Bahnhof Schönholz auf sie warten. Ein ehemaliger Bahnhof an der Grenze.«

»Sie will fliehen? Aber die Mauer … wie will sie über die Mauer kommen?«

»Durch einen Tunnel. Sie und einige Freunde und Bekannte haben einen Tunnel unter der Mauer gegraben. Genaueres wollte mir der Mann nicht sagen. Aber wenn ich ihn richtig verstanden habe, gelang es einem Bekannten von Elke, den Fluchthelfer zu kontaktieren, und er hat ihm aufgetragen, mich zu benachrichtigen. Alles furchtbar riskant, wenn man bedenkt, dass sie für ein paar Jahre in eines dieser grauenhaften Gefängnisse muss, wenn es schiefläuft.«

»Der Fluchthelfer verlangt doch sicher Geld.«

»Ein paar Tausender, nehme ich an«, sagte Petra.

»Und Sie glauben, dass sie es schafft?«

»Keine Ahnung, das Grenzgebiet wird streng bewacht. Aber diese Fluchthelfer sollen angeblich gerissene Profis sein, die bei der Fremdenlegion gedient haben und sich vor niemandem fürchten. Ich hoffe, dass der Mann recht hatte.«

»Und sie hat keinen außer uns, der sie in Empfang nimmt?«

»Sie vertraut uns, das haben Sie doch gesehen.« Petra trank einen Schluck und deutete ein Lächeln an. »Außerdem sollten wir uns langsam mal duzen. Wir sitzen doch alle im selben Boot und wollen noch viel gemeinsam erleben.«

»Gern«, erwiderte Ingrid, »in Gedanken tue ich das sowieso schon lange.«

Petra prostete ihr zu und wurde wieder ernst. »Ich denke, wir sollten Elkes Wunsch erfüllen. Sie ist nicht nur eine nette Frau, sondern auch eine erstklassige Schauspielerin, die ich gern unter Vertrag nehmen würde. Du könntest ebenfalls von ihr profitieren. Allein die gemeinsamen Fotos nach der Flucht würden dir etliche Sympathiepunkte einbringen. Der neue

Superstar, der sich um die geflüchtete Kollegin aus dem Osten kümmert ... was für eine Meldung!«

»Ich würde ihr auch ohne Publicity helfen«, sagte Ingrid.

»Das weiß ich doch. Auch ich würde ihr nicht nur helfen, um sie als Klientin zu gewinnen. Eine Frau, die eine so große Gefahr auf sich nimmt wie sie, verdient unsere Unterstützung. Aber ich bin nun mal Agentin und denke auch daran, wie meine Klienten von einer bestimmten Situation profitieren könnten.«

»Schon klar.«

»Ich habe bereits die Flüge für uns gebucht«, sagte Petra. »Wir treffen uns morgen früh um zehn Uhr am PanAm-Schalter. Vergiss deinen Pass nicht.«

Alex war nicht gerade erfreut über ihre Reise nach Berlin, zeigte aber Verständnis, als Ingrid ihm von Elke Schubert erzählte. »Durch einen Tunnel?«, wunderte er sich. »Das ist aber verdammt gefährlich. Wenn die Stasi sie erwischt, ist sie dran.« Er sah sie prüfend an. »Ihr trefft sie doch nicht in dem Tunnel? Die Polizei im Osten würde keinen Unterschied zwischen euch und den eigenen Bürgern machen, wenn ihr euch auf DDR-Gebiet wagen würdet.«

»Natürlich nicht«, versicherte sie ihm, »wir wissen ja nicht mal, wo sich der Tunnel befindet. Nur so ungefähr. Wir sollen an einem S-Bahnhof warten.«

»Pass auf dich auf, Ingrid!«

»Keine Angst, ich gehe kein Risiko ein.«

Alex fuhr sie eigenhändig zum Flughafen und verabschiedete sich mit einem Kuss von ihr. »Jetzt arbeitest du auch noch mit Fluchthelfern zusammen«, sagte er. »Du wartest fast jeden Tag mit neuen Überraschungen auf. Mach's gut.«

Der Flug nach Berlin verlief ruhig. Es war schon seltsam, aus dem Fenster zu blicken und die neuen Grenzanlagen zu sehen, die den Osten hermetisch vom Westen abriegelten. Niemals hätte sie gedacht, dass eine Regierung zu so etwas fähig wäre, aber im »Kalten Krieg«, wie die Auseinandersetzungen zwischen den USA und der Sowjetunion inzwischen genannt wurden, fuhren beide Parteien schwere Geschütze auf, und anscheinend war es nur der gegenseitigen Bedrohung durch die Atombombe zu verdanken, dass es beim Frieden blieb.

Warum sperrte ein Staat seine eigenen Bürger ein? Weil die Regierung der DDR befürchtete, ihr Staat könnte ausbluten, hieß es im Westen. Um seine Bürger vor den Faschisten zu schützen, behauptete man im Osten. Und die Polizei im Osten hatte den Befehl, auf Flüchtige zu schießen, wenn man sie auf frischer Tat ertappte. Bei dem Gedanken, Elke Schubert würde in dem Fluchttunnel entdeckt und im Kugelhagel sterben, wurde ihr beinahe übel. Sie bezweifelte, so mutig wie sie sein und ein so großes Risiko eingehen zu können.

Als sie sich dem Flughafen Tempelhof näherten, war die Mauer deutlich zu erkennen. Zu ihrem Erstaunen handelte es sich nicht um eine bloße Mauer. Das Grenzgebiet auf der Ostseite war zusätzlich durch Stacheldraht und Barrieren abgesichert, die eine Flucht praktisch unmöglich machten. Der Anblick machte sie wütend und verstärkte ihr Mitgefühl für Elke Schubert, die jetzt schon Todesängste ausstehen musste. Wie verzweifelt musste sie sein, sich einer solchen Gefahr auszusetzen. Bei ihrer Entdeckung würde sie nicht nur ins Gefängnis kommen, sondern auch Berufsverbot bekommen.

Sie wohnten im selben Hotel wie während der Dreharbeiten zu »Küss mich ein letztes Mal«. Die Angestellte an der Rezeption erkannte sie sofort und rief den Manager, der sie mit Blumensträußen begrüßte und sie persönlich in ihre gemeinsame Suite mit zwei Schlaf- und einem Wohnzimmer führte. Höflich, wie er war, erkundigte er sich nicht nach dem Grund ihres Besuchs, und sicher hätte er auch keine Antwort bekommen.

»Wie wär's mit einem kleinen Imbiss im Café Kranzler?«, fragte Petra. »Wir haben noch genug Zeit, bis wir losmüssen, und zum Café ist es nicht weit.«

»Gute Idee, obwohl mir auch eine Frikadelle schmecken würde.«

»Eine Bulette, meinst du wohl. Da sind die Berliner empfindlich.«

Ingrid kam sich beinahe wie eine Geheimagentin vor, als sie sich im Hotel für den Abend umzogen. Einfache Kleidung, in der man nicht auffiel, und dunkel genug, um nicht auf Anhieb von Suchscheinwerfern erfasst zu werden. Wer sich der Grenze näherte, und sei es nur auf hundert Meter, musste immer damit rechnen, von Grenzpolizisten aus dem Osten beobachtet zu werden. Außerdem trug sie bequeme Schuhe und trotz der sommerlichen Wärme eine dunkle Wollmütze, die ihr blondes Engelshaar verdeckte. Auf keinen Fall wollte sie erkannt werden, weder von einem Grenzpolizisten noch von einem nächtlichen Spaziergänger, der seinen Hund ausführte und heimlich ein Foto von ihr schoss.

Außerdem gehörten eine Taschenlampe und ein Fernglas zu ihrer Ausrüstung. In ihrem Mietwagen, einem unscheinbaren Opel, den Petra im Hotel gemietet hatte, verstauten sie Proviant, Sandwiches und Wasser, für sich selbst und für Elke Schubert. Auch die anderen Flüchtlinge sollten etwas abbekommen. Ingrid verspürte ein seltsames Gefühl in ihrer Magengegend, als sie in ihren Mietwagen stiegen und der Richtung folgten, die sie am Nachmittag in einem Stadtplan markiert hatten.

»Weißt du, wie ich mich fühle?«, fragte Ingrid.

»Wie in einem Spionagefilm?«

»Ganz genau.«

Der S-Bahnhof Schönholz lag im Norden von West-Berlin und war seit dem Mauerbau nicht mehr in Betrieb. Umgeben von Laubbäumen und dichtem Gestrüpp wirkten das Bahnhofsgebäude und das nahe Stellwerk wie Geisterhäuser auf dem erhöhten Bahndamm. Die Sonne war bereits untergegangen, und die letzte Glut des Sommertages lag über der Stadt. Auch das magische Leuchten half der Mauer wenig, sie blieb ein hässliches Monument, das nicht nur Stadtteile und Straßen, sondern auch Familien voneinander trennte. Jenseits der Mauer ließ Scheinwerferlicht die Grenze noch unmenschlicher erscheinen.

Sie parkten südöstlich vom Bahnhof in einer Nebenstraße, wo sie auch ein Grenzsoldat mit einem Fernglas nicht beobachten konnte. Die Wachen konzentrierten sich auf die Grenze und das Sperrgebiet im Osten, aber es war immerhin möglich, dass sie aus Zufall oder Neugier in den Westen blickten. Die Häuser der Straße, in der sie parkten, waren größtenteils dunkel. Zahlreiche Bewohner waren weggezogen, weil sie es nicht ertrugen, so nahe der Mauer zu wohnen. Nur wenn man sich nach Süden wandte, sah man, dass Leben in der großen Stadt war. Die hellen Lichter der Innenstadt leuchteten über West-Berlin.

»Und jetzt?«, fragte Ingrid, als Petra den Motor abschaltete.

»Warten wir«, erwiderte die Agentin. »Der Informant meinte lediglich, dass Elke heute Nacht flüchten würde, und dass wir südöstlich vom S-Bahnhof nach ihr Ausschau halten sollten. Mehr wusste er nicht oder wollte er nicht sagen.«

»Hoffentlich verpassen wir sie nicht.«

Sie stiegen aus und liefen zum Bahndamm. Die Mauerreste einer alten Baracke verbargen sie vor neugierigen Blicken. Sie spähten nacheinander durch ihr Fernglas an der Mauer entlang. Allein die Vorstellung, dass auf der anderen Seite Wachsoldaten patrouillierten, die sofort schießen würden, wenn sie etwas Verdächtiges bemerkten, ließ Übelkeit in Ingrid aufsteigen.

»Da drüben liegt ein Friedhof«, sagte Ingrid.

Petra hatte die Karte genau studiert. »Der Friedhof Pankow.«

»Eine ideale Umgebung, um einen Tunnel zu graben.« Sie sah noch einmal durch das Fernglas. »Dreißig Meter würden schon reichen, weiter ist es nicht zum Bahndamm, und wer weiß, ob die Wachsoldaten auf die Idee kämen, auf einem Friedhof nach einem Tunneleingang zu suchen. Da wird doch ständig gegraben, und ein Erdhaufen fällt auch nicht auf. Hoffe ich wenigstens.«

»Ein Tunnel ... das hat's bisher noch nicht gegeben. Bisher haben es die Flüchtlinge immer über die Mauer versucht, und das ging meistens schief.«

Ingrid dachte an die Menschen, die während des vergangenen Jahres an der Mauer gestorben waren. Wie mochten sich wohl die Todesschützen gefühlt haben, als sie sahen, wie einer ihrer Mitbürger vor ihren Augen zusammenbrach und verblutete? Sie hatte gelesen, dass die Wachsoldaten immer zu zweit patrouillierten und einer der beiden immer ein hundertprozentiger Parteigänger war, der auch ein Auge auf seinen Kameraden haben sollte. Man hatte wohl Angst, dass ein junger Rekrut zögern könnte, den Abzug durchzudrücken.

Das magische Licht erlosch, und es wurde dunkel. Nur vereinzelte Straßenlampen hinter ihnen und helles Licht über dem Grenzgebiet im Osten durchbrachen die Dunkelheit. Der Schienenstrang der S-Bahn lag verlassen unter dem sichelförmigen Mond und der wenigen Sterne, die am Himmel erschienen. Als hätte der Himmel ein Einsehen mit den Flüchtlingen, die sich auf Schleichwegen zum Friedhof vortasteten und das Wagnis ihres Lebens eingingen.

Zwischen den Mauern des eingefallenen Schuppens fühlten sich Ingrid und Petra einigermaßen sicher. Sie hatten sich dort häuslich eingerichtet, tranken Tee aus einer Thermosflasche und aßen ihre Sandwiches, ohne den von Gestrüpp überwucherten Streifen jenseits des Bahndamms aus den Augen zu lassen. Ingrid fragte sich wiederholt, ob sie das Richtige taten. Auch die West-Polizei wäre wahrscheinlich nicht mit ihrer Aktion einverstanden gewesen. Es musste alles vermieden werden, was die andere Seite provozieren könnte. Diese Politik hatte schon das Militär verfolgt, als man sich am Checkpoint Charlie und anderen Grenzübergängen entlang der Mauer gegenübergestanden hatte. Niemand wollte einen weiteren Krieg, man setzte lieber auf Verhandlungen, um die Lage zu entschärfen und die Mauer durchlässiger zu gestalten.

Es war schon weit nach Mitternacht, als Ingrid ein dumpfes Geräusch vernahm. Sie schreckte hoch und alarmierte Petra, die sich auf den Wachtturm auf der anderen Seite konzentriert hatte. »Hast du das gehört?«, fragte Ingrid.

Petra lauschte angestrengt. »Das kommt von dort drüben.« Sie deutete den Bahndamm entlang und richtete das Fernglas auf die Stelle. »Da bewegt sich was! Da steigt jemand aus der Erde ... eine Frau! Das müssen sie sein!«

Ingrid griff nach dem Fernglas und überzeugte sich selbst. »Tatsächlich! Der Tunnelausgang, zwischen dem Gestrüpp!« Eine Frau lief zu den Bahngleisen, ein Mann, noch zwei Frauen. »Sie haben es geschafft, Petra! Komm schon!«

Sie liefen an den Gleisen entlang, den Flüchtlingen entgegen. »Keine Angst!«, rief Ingrid, als einige der Männer und Frauen erstarrten. Auch ein halbwüchsiger Junge war dabei. »Ihr seid in Sicherheit! Ihr seid im Westen!«

Die Flüchtlinge starrten sie ungläubig an.

»Über den Bahndamm! Beeilt euch!«, rief Ingrid.

Unterhalb des Bahndamms fielen sich die Flüchtlinge weinend in die Arme. Sie hatten ihr Leben riskiert und waren ein lebensgefährliches Risiko eingegangen, um den freien Teil der Stadt zu erreichen. Nach dem Schrecken des Mauerbaus war ein Traum für sie in Erfüllung gegangen, auch wenn wenige wussten, was sie im Westen erwartete. Ihre Dankbarkeit, es geschafft zu haben, war groß, aber sie würden sicher einige Zeit brauchen, um die Anspannung der gefährlichen Flucht abzustreifen und sich an ihr neues Leben zu gewöhnen.

»Petra! Ingrid!« Elke Schubert, mit ihrer schwarzen Wollkappe in der Dunkelheit kaum zu erkennen, lief auf sie zu und umarmte sie beide. »Ich bin froh, dass ihr gekommen seid! Ich weiß, es war egoistisch von mir, euch hierherzubestellen, aber ihr seid die einzigen Menschen im Westen, die ich kenne.«

»Und wir sind froh, dass du es geschafft hast«, freute sich Ingrid.

»Wir sind gern gekommen«, sagte Petra.

Aus der Ferne kamen Polizeisirenen näher. Zum Glück klangen sie anders als die der Volkspolizei im Osten, sonst wären die Flüchtlinge wohl zu Tode erschrocken. Auch so waren sie nervös, als die Polizisten näher kamen. Sie hörten ungläubig zu, als ihnen ein Mann der Gruppe von der Flucht berichtete.

»Durch einen Tunnel? Unfassbar!«, sagte einer der Beamten.

»Und Sie?«, wandte er sich an Ingrid und Petra. Er betrachtete Ingrid genauer, bis es ihm dämmerte und er sagte: »Sie sehen wie Ingrid Beck aus!«

»Ich bin Ingrid Beck«, erwiderte sie und nahm ihre Mütze ab, damit er ihr blondes Engelshaar sehen konnte, seit dem ersten Foto ihr Markenzeichen. »Das heißt, seit meiner Hochzeit heiße ich eigentlich Haffner. Das ist meine Agentin Petra Schirner. Wir sind mit Elke Schubert aus Ost-Berlin befreundet«, sie nickte der Schauspielerin zu, »sie kommt mit uns nach Frankfurt am Main.«

»Wir wussten von der Flucht und durften aus verständlichen Gründen nichts sagen«, erklärte Petra. Wir haben ein Hotelzimmer für Elke reserviert und wollen morgen mit ihr nach Marienfelde und den Papierkram erledigen. Würden Sie sich um die anderen Flüchtlinge kümmern? Das heißt, warten Sie … wir haben belegte Brote und Wasser für die Leute mitgebracht. In unserem Wagen.«

Während die Flüchtlinge erleichtert ihre Sandwiches aßen und den frischen Wind gar nicht zu spüren schienen, informierten die Polizisten die Behörden. Ein Kleinbus würde kommen und sie ins Aufnahmelager Marienfelde transportieren. Nach dem Mauerbau keine langwierige Prozedur mehr wie früher.

Elke verabschiedete sich von ihren Freunden und Bekannten und stieg zu Ingrid und Petra in den Wagen. Sie hatte nur eine Umhängetasche dabei, kaum größer als eine Handtasche. Sie legte eine Hand darauf. »Der Goldschmuck meiner Mutter«, sagte sie, »der dürfte genug Geld für den Neubeginn bringen.«

»Die Übernachtungen übernimmt die Agentur«, sagte Petra. Sie fuhren auf direktem Weg zum Hotel zurück. »Und das Flugticket nach Frankfurt übernehmen wir auch für dich. Ist doch okay, wenn wir beim Du bleiben?«

Elke nickte.

»Vorausgesetzt, du willst immer noch mit uns zusammenarbeiten. Aber ich möchte dich auch warnen, Elke. Morgen wird es einigen Presserummel geben, und du musst dich fotografieren lassen und einige Fragen beantworten. Ich passe auf, dass es nicht zu viel wird. Und natürlich gehen wir vorher ins KaDeWe und kaufen neue Klamotten für dich. Einverstanden?«

»Natürlich. Ich vertraue dir und Ingrid.«

»Wie habt ihr das bloß geschafft? Einen Tunnel graben?«

»Einer der Männer kam auf die Idee«, antwortete sie, »ein Ingenieur. Er wusste, dass der Friedhof kaum bewacht wurde und wir in Ruhe arbeiten konnten. Ohne ihn hätten wir es niemals geschafft.« Sie vergoss einige Tränen. »Ich kann gar nicht glauben, dass ich jetzt im Westen bin. Vor dem Mauerbau wäre es leicht gewesen, aber jetzt? Man soll die Hoffnung niemals aufgeben.«

Im Hotel holte Petra den Zimmerschlüssel für Elke und versprach ihr, sie am nächsten Morgen nicht zu früh zu wecken. »Wenn was ist, ruf mich an. Wir schlafen in der Suite neben dir.« Sie umarmten Elke. »Willkommen im Westen, Elke! Du wirst deinen Schritt nicht bereuen, das verspreche ich dir.«

Petra und Elke waren schon am Aufzug, als die Dame an der Rezeption rief: »Frau Haffner! Ich habe eine Nachricht für Sie. Kam gestern Abend rein.«

Ingrid griff nach dem Zettel uns las: »Schlechte Nachrichten. Alex.«

1962–1963
GERDA

19

Gerda blickte auf ein unglückseliges Jahr zurück. Allein die telefonische Begegnung mit Matthias' Frau und die bittere Erkenntnis, dass er jetzt endgültig unerreichbar für sie war, hatte sie tief getroffen. Mehrere Monate waren vergangen, bis sie diesen seelischen Tiefschlag einigermaßen verdaut hatte. Sie träumte immer noch von ihm, und wenn er plötzlich vor ihr gestanden hätte, wäre sie wahrscheinlich schwach geworden, aber sie war auch realistisch genug, um die Wahrheit zu akzeptieren. Matthias war endgültig für sie verloren.

Ebenso aussichtslos war die Vorstellung, ihr Vater könnte aufhören, von den alten Zeiten zu schwärmen, und ihre Eltern könnten mit dem Streiten aufhören und sich wieder vertragen. Ein harmonisches Familienleben würde es bei ihnen niemals geben. Nicht solange er mit überzeugten Nazis gemeinsame Sache machte. Der Krieg hatte ihm zu stark zugesetzt und ihn für den Rest seines Lebens gezeichnet. Er war streitlustig und unbeherrscht, kommandierte ihre Mutter und sie herum und verbrachte immer mehr Zeit beim Stettner, der sich im Gefängnis auch nicht geändert hatte. Außerdem trank er nach wie vor zu viel Alkohol.

Und dennoch hatte sich Gerda mit ihrem Leben arrangiert. Sie hing an ihrer Heimat, so unattraktiv sie von Auswärtigen auch gesehen wurde, und sie mochte die Arbeit auf dem Bauernhof. Die Kühe und Schweine versorgen, den Stall ausmisten und auf dem Acker schuften, alles Arbeiten, die immer mehr junge Menschen nicht mehr auf sich nehmen wollten, für sie aber ihr Leben ausmachten. Die nötige Abwechslung fand sie in ihrer Arbeit im Lager und an manchen Wochenenden in der Micky Bar. Dort lernte sie zwar viele Menschen kennen, doch ihre Hoffnung, noch einmal einem Traummann zu begegnen, schwand mit jedem Tag.

Jule hatte es nicht besser. Sie schrieb öfter als Ingrid, über die sie am meisten aus der Zeitung erfuhr, und überraschte sie mit tragischen und hoffnungsvollen Nachrichten. Ihr Mann war in ihren Armen gestorben, ein schwerer Schicksalsschlag, auch wenn sie schon Monate zuvor gewusst hatte, was sie erwartete. Doch ihre Freundin war stark, viel stärker als sie, und fand neuen Lebensmut, als ihr Kind zur Welt gekommen war. Eine Tochter, die John schon als Baby ähnlich gesehen hätte. Jule hatte Rose nach ihrer Schwiegermutter benannt.

Was sie beruflich erreicht hatte, konnte man in der »Quick« nachlesen. Ihr Fortsetzungsroman erschien noch immer und war in aller Munde. Auch über Ingrid hatte sie in der Illustrierten gelesen. Sie hatte bereits einen neuen Film abgedreht, wieder mit Eric LaForge. Einen »modernen Heimatfilm«, wie es hieß. Ein Genre, das eigentlich gar nicht zu ihr passte. Gerda war sehr gespannt, ob sie eine Sennerin glaubhaft darstellen konnte. Mit dem Film würde sich zeigen, ob sie tatsächlich eine gute Schauspielerin war. Gerda wünschte es ihr.

Im Lager ging es seit der Kuba-Krise strenger zu. Es wurde genauer kontrolliert, ähnlich wie nach dem Mauerbau, und deutsche Bewerberinnen und Bewerber nahm man besonders genau unter die Lupe, um mögliche Spione aus der DDR schon bei der Einstellung enttarnen zu können. Gerda erinnerte sich noch genau an das Herzklopfen, das sie im Oktober verspürt hatte. Die Russen hatten mit Atomsprengköpfen bestückte Mittelstreckenraketen in Kuba stationiert, keine vierhundert Kilometer von der amerikanischen Küste entfernt, eine Provokation, die sich die Amerikaner nicht gefallen ließen. Präsident Kennedy hatte die Russen aufgefordert, die Raketen abzuziehen. Die Welt hatte am Rande eines Atomkrieges gestanden, bis Chruschtschow nachgegeben hatte.

Im Lager hatte sie die kritischen Tage hautnah miterlebt. Die Befehlshaber hatten die oberste Alarmstufe ausgelöst, und es hatte eine aufgeregte Betriebsamkeit geherrscht, bis endlich die erlösende Meldung gekommen war, dass die Sowjets ihre Raketen nach Russland verschifft hatten. Zum Glück für ihre Freundin Monika war Jeremy schon vier Wochen zuvor entlassen worden, und sie befanden sich längst in den USA. Auch Moni hatte ihr geschrieben, eine Ansichtskarte aus Charlotte. Alles sei so, wie sie es sich vorgestellt hatte.

Das neue Jahr begann mit einem erneuten Schicksalsschlag für Gerda. Nur zwei Wochen vor der Kartoffelaussaat stürzte ihr Vater in der Badewanne. Er badete jeden zweiten Samstagabend, eine willkommene Gelegenheit, in dem heißen Wasser seinen Rausch vom Vorabend auszuschwitzen. Beim Aufstehen verlor er das Gleichgewicht und stürzte so unglücklich, dass er sich den Oberschenkel brach. Sein Schrei drang bis zu Gerda in den Stall. Sie ließ die Mistgabel fallen und rannte ins Haus.

»Vater! Vater!«, rief sie voller Panik.

Sie lief ins Bad und sah ihre Mutter vor der Wanne knien. Sie hatte bereits den Stöpsel gezogen und hielt den Vater mit beiden Armen, während das Wasser ablief. »Ruf den Doktor!«, herrschte sie Gerda an, »er soll sich beeilen!«

Gerda machte kehrt und lief zum Telefon im Flur. Es klingelte zweimal, bevor der Doktor drangang. »Herr Doktor?«, rief sie aufgeregt. »Die Wittmann Gerda. Mein Vater ist in der Badewanne gestürzt. Er hat sich was gebrochen.«

»Ich bin schon unterwegs«, erwiderte er.

Gerda lief ins Bad zurück und sah, wie ihre Mutter versuchte, dem Vater aus der Wanne zu helfen. Er schrie vor Schmerzen. »Das bringt doch nichts, Mutter!«, sagte sie. »So machst du doch alles nur noch schlimmer. Vielleicht rufe ich besser einen Krankenwagen.«

»Kein Krankenwagen!«, wehrte sich der Vater trotz seiner heftigen Schmerzen. »Ich will nicht ins Krankenhaus! Der Doktor soll einen Verband anlegen, dann wird das schon. Wir Bauern sind aus einem anderen Holz …verdammt!«

Der Doktor kam und brauchte den Vater nur flüchtig zu untersuchen, um den Ernst der Lage zu erkennen. »Rufen Sie einen Krankenwagen, schnell!«, sagte er zu Gerda. »Er muss so schnell wie möglich in ein Krankenhaus.«

»Ich will nicht ins Krankenhaus!«, wehrte sich der Vater.

Nackt in der Badewanne bot er ein erbärmliches Bild, aber das störte niemanden. Gerda war lediglich überrascht, so viele hässliche Narben an seinem Körper zu sehen.

»Wollen Sie lieber sterben?«

Gerda rannte erneut zum Telefon und rief einen Krankenwagen. Während sie warteten, untersuchte der Doktor den Vater genauer. Er versuchte vor allem herauszufinden, welche Art von Bruch sich der Verletzte eingehandelt hatte und an welchen Stellen und bei welchen Bewegungen er die größten Schmerzen verspürte. Der Vater konnte auch nichts Genaues sagen und presste verzweifelt die Zähne zusammen.

»Das sieht ganz nach einem Oberschenkelhalsbruch aus«, sagte der Doktor. »Ich fürchte, um eine Operation kommen Sie nicht herum. Wie werden den Knochen verschrauben müssen, und das ist leider eine langwierige Sache.«

»Ich soll monatelang im Bett liegen?«, schimpfte der Vater.

»Es geht leider nicht anders«, erwiderte der Doktor.

Mit dem Krankenwagen kamen zwei Sanitäter, stark genug, um den Vater aus der Badewanne auf eine Trage zu hieven. Er schrie vor Schmerzen, als sie ihn bewegten.

»Passt doch auf!«, fuhr er die jungen Männer an. »Schlimm genug, dass ihr mich zu den Quacksalbern ins Krankenhaus bringt! Vorsichtig!«

Die Sanitäter waren aufsässige ältere Männer gewöhnt und machten sich nichts aus seinen Anschuldigungen. Einer lächelte sogar. »Bald geht es Ihnen besser. Keine Angst, in unserem Krankenhaus sind Sie in den besten Händen.«

Er verzog das Gesicht. »Das sagt ihr doch nur so.«

Der Doktor gab den Sanitätern die Ergebnisse seiner Untersuchung mit und schlug der Mutter vor, ihren Mann ins Krankenhaus zu begleiten.

»Ich?«, fragte sie leicht verwirrt. »Aber die Arbeit ... wer kümmert sich um die ganze Arbeit?«

»Ich mach das schon, Mutter«, versprach Gerda.

Vor dem Haus hatten sich Nachbarn eingefunden, wie immer, wenn ein Wagen mit Blaulicht in Eschenbrunn auftauchte, und tuschelten aufgeregt. Auch ihre Schwester war gekommen und sagte etwas Aufmunterndes zum Vater und der Mutter, bevor sie in den Krankenwagen stiegen. Sie schien etwas eingeschnappt zu sein, weil Gerda sie nicht sofort gerufen hatte, sagte aber nichts.

»Der Doktor meint, er wird wieder gesund«, sagte Gerda.

»Weil er nie zum Arzt gegangen ist«, klagte ihre Schwester. »Er hatte schon immer schwache Knochen, das haben sie ihm schon im Krieg gesagt, und er wollte einfach nicht wahrhaben, dass das im Alter noch viel gefährlicher ist.«

»Wir besuchen ihn morgen, dann ist er vielleicht schon operiert.«

Gerda war es nicht gewohnt, allein zu Hause zu sein, kam aber gut zurecht. Die Arbeit im Stall ging ihr fast automatisch von der Hand und lenkte sie wenigstens für eine Weile von der Sorge um ihren Vater ab. Er mochte ein Stinkstiefel sein und verquere Ansichten haben, aber er war ihr Vater, und es bedrückte sie, dass er im Krankenhaus lag. Nach der Arbeit setzte sie heißen Tee auf und wartete auf die Rückkehr der Mutter. Sie betete leise. Agnes war nach Hause gegangen und kümmerte sich um ihren Mann und ihre beiden Kinder.

Ihre Mutter kam gegen zehn. Gerda stellte ihr einen Becher mit aufgewärmtem Tee hin und fragte, ob sie etwas zu Abend essen wollte.

»Ich hab im Krankenhaus eine Semmel gegessen«, antwortete sie. Und auf Gerdas fragenden Blick: »Einer der Ärzte hat mich in seinem Wagen mitgenommen. Er wohnt in Grafenwöhr.« Sie trank etwas Tee. »Hast du dich um die Tiere gekümmert?«

»Die sind versorgt«, sagte Gerda. »Wie geht es Vater?«

»Er hat tatsächlich einen Oberschenkelhalsbruch«, erwiderte ihre Mutter. »Sie haben ihn gleich operiert. Damit darf man bei einem solchen Bruch nicht zu lange warten, sagt der Doktor. Ich hab im Gang gewartet, bis sie ihn in den Aufwachraum gebracht haben. Es ist alles gut verlaufen, aber es kann noch viel passieren. Manche Patienten sterben an einer Blutvergiftung oder Thrombose.« Sie schloss für einen Moment die Augen. »Aber morgen wäre er wieder ansprechbar. Wir sollen erst am Nachmittag kommen, das wäre sicherer.«

Gerda griff nach den Händen ihrer Mutter. »Dann ist doch alles gut. Agnes und ich kommen mit dir. Nach der Kirche und dem Mittagessen. Was meinst du? Soll ich morgen das Essen machen? Dann könntest du länger schlafen.«

»Ich bin schon froh, wenn ich überhaupt schlafen kann.« Die Mutter hatte Tränen in den Augen. »Wie sollen wir denn ohne den Vater die Aussaat schaffen? Der Vater muss vielleicht ein paar Monate im Krankenhaus bleiben und braucht danach auch noch einige Zeit. Wie soll das gehen? Agnes hat genug mit ihren Kindern zu tun, und du gehst den ganzen Tag im Lager arbeiten.«

»Ich nehme Urlaub«, erwiderte Gerda schnell. »Die Aussaat schaffen wir auch zu zweit. Du fährst den Bulldog, und ich werfe die Kartoffeln in den Trichter der Legemaschine. Du wirst sehen, in zwei, drei Tagen sind wir mit der Arbeit durch.«

»Und der Vater? Ich hab versprochen, ihn oft zu besuchen.«

»Dann brauchen wir halt vier bis fünf Tage.«

»Ich weiß nicht, Gerda. Ich mach mir solche Sorgen.«

»Geh schlafen, Mutter«, sagte Gerda, »du hast einen anstrengenden Tag hinter dir und musst dich ausruhen. Warum machst du dir Sorgen? Der Vater hat die Operation doch überstanden. Jetzt kann es nur noch aufwärts gehen.«

Die Mutter stand auf. »Du hast recht, ich bin wirklich müde. Ich bin froh, dass du zurückgekommen bist, Gerda. Ohne dich wäre das nicht zu schaffen.«

»Gute Nacht, Mutter.«

Gerda räumte in der Küche auf und ging dann ebenfalls zu Bett. Sie erfreute sich an der ungewohnten Stille im Haus. Kein Streit, keine Wutausbrüche, keine schlagenden Türen. Vielleicht hatte die Verletzung ihres Vaters auch etwas Gutes. Wenn ihm bewusst wurde, wie viele Menschen ihm die Daumen gedrückt und für ihn gebetet hatten, und er erkannte, wie hart die Mutter und sie gearbeitet hatten, ging er vielleicht in sich und kam als anderer Mensch zurück. Nur eine vage Hoffnung, wie sie wusste. Eher schimpfte er wieder.

Am nächsten Morgen gingen Gerda, ihre Mutter und ihre Schwester mit ihrem Mann und ihren Kindern gemeinsam in die Kirche. Der Pfarrer forderte die Gemeinde auf, mit ihm zusammen für die Gesundung des Vaters zu beten, und gedachte auch einer Frau, deren Kind zu früh gekommen war und noch in der Klinik lag. Gerda schloss während des Gebets die Augen, fragte sich aber auch, warum Gott so viel Leid auf der Welt zuließ. Eine Frage, die sie sich schon oft gestellt hatte, vor allem, wenn sie an die Opfer im Krieg dachte. Der Pfarrer hatte ihr mal mit einem Bibelzitat geantwortet: »Meine Gedanken sind nicht eure Gedanken, und meine Wege sind nicht eure Wege. Denn wie der Himmel die Erde überragt, so sind auch meine Wege viel höher als eure Wege und meine Gedanken als eure Gedanken.« Was wohl so viel heißen sollte wie: Ihr versteht nicht, was ich mir dabei denke, dazu seid ihr viel zu dumm. Das sagte sie natürlich nicht laut, aber enttäuschend fand sie die Antwort des Pfarrers doch.

Nach dem Gottesdienst sprach der Pfarrer ihre Mutter an und erkundigte sich nach dem Befinden des Vaters. »Meine Gedanken sind bei euch und eurem Kummer«, sagte er, als er erfuhr, dass sie auf dem Weg zu ihm waren.

Sie nahmen den Mittagsbus und erreichten das Krankenhaus zur Besuchszeit. Agnes war bei ihnen, ihr Mann kümmerte sich solange um die Kinder.

Der Vater lag erschöpft im Bett und stand unter dem Einfluss von starken Schmerzmitteln. Seine Wut konnten sie nicht lindern. »Gebt mir zwei Wochen, dann marschiere ich hier raus«, verkündete er großspurig, obwohl der Arzt von zwei oder drei Monaten gesprochen hatte. »Die Aussaat macht sich nicht von selbst oder wollt ihr etwa allein auf den Acker?« Er fluchte leise, als die Schmerzen aufflammten, und schaute Gerda und ihre Mutter an. »Was ist?«

Gerda beugte sich zum Vater hinunter und rückte sein Kissen zurecht, was ihm zeigen sollte, dass sie sich Sorgen um ihn machte. »Du musst dem Arzt gehorchen, Vater«, sagte sie. »Wir haben gerade mit ihm gesprochen. Alles andere wäre leichtsinnig. Die Wunde muss ausheilen, und dann musst du noch ein paar Wochen auf Krücken gehen, sonst wirst du vielleicht nie mehr auf den Acker gehen können. Aber du schaffst das, bis zur Ernte bist du gesund.«

»Sehr witzig!«, höhnte er.

»Gerda hat recht«, fügte die Mutter hinzu, »mit der Aussaat werden wir auch allein fertig. Agnes und Joseph sind ja auch noch da. Mach dir keine Sorgen!«

»Ich soll ewig im Bett bleiben? Und dann noch auf Krücken rumlaufen und dumm in die Gegend schauen? Kommt nicht infrage! Auf gar keinen Fall!«

»Sei vernünftig, Hermann! Es ist doch nur zu deinem Besten!«

»Kann mir wenigstens jemand ein Bier holen?«

Agnes ging zum Kiosk im Erdgeschoss und kehrte mit zwei Flaschen Bier zurück. »Eine für jetzt und die andere auf Vorrat. Der Arzt hat nichts dagegen.«

»Und wenn ... ich bin ein freier Mann!«

Die Hoffnung, dass der Vater durch den Unfall zurückhaltender und demütiger geworden war, hatte sich nicht erfüllt. Ehrlich gesagt, hatte Gerda auch nicht damit gerechnet. Ihr Vater würde sich nie ändern. Im Krieg war er vom fürsorglichen Familienvater zum wilden Draufgänger geworden, der seine Landesehre auch im Frieden als höchstes Gut betrachtete. Fast hatte sie den Eindruck, als wollten er und der Stettner noch einmal in den Krieg ziehen.

»Hauptsache, es geht ihm besser«, sagte sie auf der Rückfahrt im Bus.

Beim Abendessen waren Gerda und ihre Mutter wieder allein. Ihnen genügte etwas Brot und Wurst und heißer Tee. Auch die Mutter genoss anscheinend die friedliche Atmosphäre, die seit dem Unfall des Vaters im Haus herrschte, hütete sich aber, es zuzugeben. Sie liebte ihren Mann immer noch, auch wenn er seit seiner Rückkehr aus dem Krieg unausstehlich geworden war.

Der Montagmorgen begann wie jeder Tag. Gerda teilte sich mit ihrer Mutter die Arbeit im Stall und fuhr anschließend mit dem Bus nach Grafenwöhr. Beim Personalchef stieß sie auf offene Ohren mit ihrem Urlaubswunsch. Er kam selbst aus einem Dorf und kannte die Probleme der Bauern. Eine Aussaat oder Ernte konnte man vielleicht ein paar Tage, aber nicht unendlich verschieben.

»Zehn Tage? Geht in Ordnung«, sagte er.

Gerda verließ das Lager nur ungern. So gern sie die Arbeit auf dem Acker mochte, auch wenn sie anstrengend war, so sehr hatte sie sich an ihre neuen Aufgaben im Lager gewöhnt. Das Gefühl, etwas vollkommen anderes tun zu dürfen und mit anderen Menschen in einer neuen Umgebung zusammenzukommen, gefiel ihr und ließ sie auch die ruppige Art ihres Vaters besser ertragen. Sie lachte bei dem Gedanken. Ingrid war in eine andere Stadt und die Fantasiewelt des Films und Jule gar in ein anderes Land geflohen, um der manchmal erdrückenden Enge des Dorfes zu entkommen. Sie hatte es nur bis Grafenwöhr geschafft. Ihr reichten die Arbeitstage im Lager. Die Heimat zu verlassen wie ihre besten Freundinnen, hätte sie niemals geschafft. Nicht ohne Matthias. Ihm wäre sie überallhin gefolgt, aber das Kapitel war endgültig beendet.

Die Mutter war bereits im Mantel, als sie nach Hause kam. »Ich brauch nur ein paar Minuten«, sagte Gerda, wusch sich die Hände und richtete ihre Haare und ging mit ihrer Mutter zur Bushaltestelle. Der Bus war überpünktlich und relativ leer, die meisten Leute fuhren um diese Zeit in die andere Richtung.

Die Mutter hatte eine Tasche mit frischer Kleidung und etwas Proviant dabei, auch zwei Flaschen Bier, nach denen der Vater sonst sicher gefragt hätte. Auf dem Weg zu seinem Zimmer wirkte sie angespannt, als hätte sie geahnt, was sie erwartete. Als sie die Tür zum Zimmer des Vaters öffnete, war es leer.

Gerda und ihre Mutter wussten sofort, was das bedeutete.

»Tut mir sehr leid«, sagte der Arzt. Die Schwester, die im Zimmer aufgeräumt hatte, war sofort zu ihm gelaufen. »Ihr Mann … Ihr Vater … Hermann Wittmann ist vor einer halben Stunde leider verstorben. Eine plötzliche Embolie, mit der man nach einer Operation leider immer rechnen muss. Ein Blutgerinnsel, das ein oder mehrere Blutgefäße verstopft. Mein herzliches Beileid.«

»Tot?«, fragte die Mutter mit tonloser Stimme.

20

Die Beerdigung fand wenige Tage später in Eschenbrunn statt. Zur Messe erschienen nicht nur die Verwandten, sondern auch zahlreiche Freunde und Bekannte, die von der Todesnachricht genauso überrascht waren wie Gerda, Agnes und ihre Mutter. Sein Tod führte ihnen die eigene Sterblichkeit vor Augen, zeigte ihnen auf tragische Weise, dass der Tod jederzeit zuschlagen konnte.

Der geschlossene Sarg stand vor dem Altar. Rechts reihten sich die Mitglieder der Freiwilligen Feuerwehr auf, zu der auch ihr »Kamerad Hermann« gehört hatte, und reckten ihre Standarten. Die Orgel spielte irgendetwas Trauriges. Die erste Reihe war für die Verwandten reserviert, die sich, anders als während der regulären Messe, nicht in Männer und Frauen aufteilten und sich teilweise gegenseitig stützten. Gerda saß sonst wesentlich weiter hinten und fühlte sich unwohl in der ersten Reihe. Rechts von ihr hatten ihre Mutter und Agnes und ihre Familie Platz genommen. Niemand weinte, auch die Mutter nicht. Sie hatte im Krieg genug getrauert und war das Leid beinahe gewöhnt.

Wie jede Messe vor einer Beerdigung lief auch diese nach einem festen Ritual ab. Dazu gehörten Lieder, Gebete und

Wechselgesänge und eine Ansprache des Pfarrers, der seine Worte nach den Notizen der Mutter formuliert hatte und den Vater als liebevollen Ehemann, tapferen Soldaten und arbeitsamen Bauern lobte, zumindest was den »liebevollen Ehemann« betraf, eher dem Wunschdenken der Mutter entsprungen als auf Tatsachen basierend. Bei Beerdigungen fiel auch in Eschenbrunn kein böses Wort. Mit einem Gebet und dem Segen endete die Messe und der Trauermarsch zum nahen Friedhof begann.

Gerda war froh, als die Zeremonie am offenen Grab vorüber war und sie mit einer Rose, die sie wie alle anderen Verwandten auf den Sarg warf, Abschied von ihrem Vater nahm. Du warst sicher nicht der beste Vater der Welt, sagte sie in Gedanken, und du hast Dinge getan, an die ich nicht mehr denken möchte, aber ich habe dich dennoch geliebt. Ich hoffe, du findest endlich den Frieden, den du selbst nach dem Krieg auf der Erde nicht mehr finden konntest. Und keine Angst, ich werde mich, solange ich lebe, um Mutter kümmern.

Das anschließende Essen beim Stettner gehörte zum Pflichtprogramm nach jeder Beerdigung.

»Wie immer«, sagte der Pfarrer, der alle paar Wochen bei einer Beerdigung dabei war und die Einladung zum Essen jedes Mal als willkommenen Bonus betrachtete. »Wie immer« war ein Schnitzel mit Bratkartoffeln und Salat und dazu ein Glas von dem guten Wein, den der Stettner unter dem Tresen versteckte. Auch die anderen Trauergäste langten ordentlich zu.

Nur Gerda, Agnes und vor allem ihre Mutter hielten sich merklich zurück, hatten kaum Appetit, erst recht nicht, als der Stettner kam und das Wort ergriff.

»Liebe Trauergäste«, begann er. Er hielt einen Maßkrug mit Bier in der Hand und hatte schon zwei Schnäpse getrunken. »Lasst mich zu Ehren unseres verstorbenen Hermann die Maß erheben. Er war ein guter Mann. Fleißiger als die meisten Bauern, gut zu seiner Familie und immer im Einsatz, wenn ihn jemand um Hilfe bat. Und, meine lieben Freunde, das darf ich mit Fug und Recht behaupten, er war auch eine treibende Kraft in unserer Bewegung, die in wenigen Wochen zu einer neuen Partei führen wird. Ein aufrechter Soldat, der aus fester Überzeugung gegen die Bolschewiken im Osten kämpfte und auch nach der Kapitulation erkannte, dass wir Deutsche nur frei sein werden, wenn wir die Besatzer aus unserem Land treiben. Manche haben ihn für verrückt erklärt, und ich wurde sogar für meine Überzeugung eingesperrt, aber Hermann und ich waren bereit, uns für ein wahres Deutschland zu engagieren, ein Deutschland, in dem die Tugenden, die unser Land groß gemacht haben, wiederbelebt und uns alle in eine neue glanzvolle Zukunft führen würden. Mit dem Hermann ist einer unserer besten Männer gegangen. Leb wohl, Hermann!«

Gerda hatte mit wachsender Erregung zugehört und konnte nicht mehr an sich halten. Sie sprang auf und rief: »Für das, was du da sagst, sollte man dich einsperren, Stettner. Du redest wie ein neuer Führer, und wir haben doch alle gesehen, wohin das führt. Willst du wieder morden? Willst du alle Menschen, die dir nicht in den Kram passen, aus dem Land treiben? Du solltest dich schämen! Einen Kriegstreiber wie dich wollen wir in Eschenbrunn nicht haben!«

Einige Trauergäste blickten sie überrascht oder entsetzt an, aber der Stettner lachte nur. »Nun hört euch die kleine Wittmann Gerda an. Anstatt ihren toten Vater zu ehren, schwingt sie hier dumme Reden. Seit wann verstehen denn Frauen was von Politik? Warst du nicht eines dieser Ami-Liebchen, die sich mit jedem dahergelaufenen Soldaten eingelassen haben? Arbeitest du nicht sogar für die Amis? Für die Soldaten, die unser Land noch immer besetzt halten?«

»Du tust mir leid, Stettner«, sagte sie. »Du lernst es wohl nie.«

Ihre Mutter war nicht gerade erfreut über ihren Auftritt, sagte aber erst etwas, als sie nach Hause gingen. »So darfst du mit dem Stettner nicht reden, Gerda. Ich mag ihn auch nicht, und seine Reden gefallen mir noch weniger, aber er hat recht, wir Frauen sollten uns nicht in die Politik einmischen. Politik ist was für Männer, das war zu meiner Zeit so und hat sich nicht geändert.«

»Es ist gerade dabei, sich zu ändern, Mutter«, entgegnete sie, »sogar im Bundestag gibt es inzwischen Frauen, die was zu sagen haben.« Sie gingen ein paar Schritte. Die Sonne über dem Marktplatz war warm und angenehm und passte eigentlich nicht zu einer Beerdigung. »Ich weiß, ich hätte den Mund halten sollen. Der Stettner tut sowieso, was er will. Aber ich kann sein blödes Gerede von der Partei nicht mehr hören. Als ob er damit irgendwas ändern könnte.«

»Wir haben jetzt auch andere Sorgen«, sagte ihre Mutter. »Wir müssen sehen, wie wir ohne den Vater zurechtkommen. Das wird nicht einfach. Wie sollen zwei Frauen einen Bauernhof bewirtschaften, selbst wenn er so klein ist wie unserer? Glaube mir, so was hat es in Eschenbrunn noch nie gegeben.«

»Wir müssen es zumindest probieren. Du wirst sicher nicht mehr heiraten, bei mir sieht es auch schlecht aus, und ein Knecht wäre zu teuer. Und Agnes und ihr Mann haben genug auf ihrem eigenen Hof zu tun.« Die beiden wohnten auf dem Bauernhof von Josephs Eltern, der beinahe so groß wie das Anwesen des reichen Brunner-Bauern war, aber bei Weitem nicht so viel erwirtschaftete.

Die Aussaat war weniger anstrengend als die Ernte, aber sehr zeitaufwendig und wetterabhängig. Gerda und ihre Mutter hatten Glück. Es blieb trocken, eigentlich zu trocken, und sie kamen gut mit der Arbeit voran.

»Die einzige Arbeit auf einem Bauernhof, die du im Sitzen erledigen kannst«, sagte Gerda, wenn von der Aussaat die Rede war. Ihre Mutter fuhr den Traktor oder Bulldog, wie sie in der Oberpfalz sagten, und der angehängte Pflug grub tiefe Furchen in die Erde. Auf einem Sitz über dem Pflug saß Gerda und füllte Kartoffeln in den Trichter der Legemaschine. So war gewährleistet, dass die Saatkartoffeln in regelmäßigen Abständen in der Erde landeten. Aus einer Saatkartoffel entstanden ungefähr zehn neue Kartoffeln, ein Kreislauf, der das Überleben der meisten Bauernhöfe in der Oberpfalz garantierte. Die Wittmanns brauchten Kartoffeln für den Eigenbedarf und als Futter für die Schweine, einen Teil verkauften sie an eine Schnapsbrennerei in Weiden. Ohne Kartoffeln konnte man sich ein Leben nicht vorstellen, von der jährlichen Ernte hing das Überleben eines Bauernhofs ab. Schon eine einzige Missernte konnte den Ruin bedeuten.

Gerda und ihre Mutter wechselten sich ab. Ungefähr alle halbe Stunde tauschten sie die Rollen, und Gerda kletterte auf den Bulldog und bewies, dass sie eine ebenso gerade Furche wie ihre Mutter ziehen konnte.

Als sie gegen Mittag eine kurze Pause einlegten und die Wurstbrote aßen, die sie mitgenommen hatten, tauchte plötzlich der Benziger Werner auf. »Grüß Gott, Wittmann-Bäuerin, grüß dich, Gerda«, sagte er. Er gab sich so locker und fröhlich, als hätte es die missglückte Ehe und den Zwist mit dem Vater nie gegeben. »Ich dachte mir, du könntest vielleicht Hilfe gebrauchen. Ich hätte gerade Zeit.«

»Arbeitest du nicht mehr für die Zeitung?«, fragte Gerdas Mutter.

»Es liegt gerade wenig an. Wie schaut's aus?«

»Wir brauchen keine Hilfe«, sagte Gerda, bevor ihre Mutter antworten konnte. »Hab ich dir nicht gesagt, dass ich dich hier nicht mehr sehen will?«

»Du warst wütend.«

»Und wie ich wütend war!«

»Du hast recht«, räumte er kleinlaut ein, »ich hab mich damals schäbig benommen. Ich habe mein Verhalten bereut und möchte mich dafür entschuldigen. Auch bei dir, Bäuerin. Mir hätte das alles nicht passieren dürfen. Wenn ich könnte, würde ich es ungeschehen machen.« Er blickte Gerda an. »Vielleicht gibt's ja eine Möglichkeit für uns, noch mal von vorn anzufangen. Wir haben uns doch eigentlich gut verstanden, und mit etwas gutem Willen hätten wir sicher eine gute Ehe führen können. Es hat halt damals irgendwie nicht gepasst.«

Gerda lachte trocken. »Was bildest du dir eigentlich ein? Kaum ist mein Vater tot, kommst du angekrochen und willst dich bei uns einschleimen? Vergiss es! Den Hof bekommst du nicht und mich erst recht nicht!«

»Meinst du das wirklich? Du bist immer noch allein.«

»Weil mir mein Vater den einzigen Mann genommen hat, den ich jemals geliebt habe«, erwiderte Gerda, »und ich noch keinen Mann getroffen habe, der so wie er gewesen wäre. Du schon gar nicht! Mach, dass du wegkommst!«

Er ließ nicht locker. »Ihr wollt nicht, dass ich euch helfe?«

»Vergiss es!«

»Warum willst du's nicht noch mal versuchen?«, fragte er.

»Selbst wenn … was würde deine Praktikantin dazu sagen?«

Er fühlte sich ertappt. »Mit der Uschi ist schon lange Schluss.«

»Hab ich mir gedacht. Hast es wohl nötig?«

»Du bist ungerecht, Gerda! Gib mir noch eine Chance … bitte!«

»Wir sind fertig miteinander«, sagte sie.

Er blickte ihre Mutter an. »Glaubst du das auch, Bäuerin?«

»Lass meine Mutter raus!«, fuhr sie ihn an. »Wie oft muss ich's denn noch sagen? Wir brauchen deine Hilfe nicht. Such dir eine andere Dumme!«

Sie atmete erleichtert auf, als er sie endlich in Ruhe ließ und ins Dorf zurückging. Was ihn dazu bewogen hatte, es noch einmal bei ihr zu versuchen, konnte sie nur ahnen. Wahrscheinlich fand er nach seiner erneuten Pleite mit der jungen Praktikantin keine Frau mehr, die sich auf ihn einließ. Als Geschiedener und verhinderter Frauenheld hatte er ohnehin keine guten Karten.

»War das wirklich klug?«, fragte ihre Mutter, als er gegangen war.

»Hätte ich ihn vielleicht wieder heiraten sollen?«

»Ein Mann im Haus wäre nicht verkehrt. Die Aussaat schaffen wir allein, aber auf Dauer werden wir nicht zurechtkommen. Du hast doch selbst gesagt, dass wir uns keinen Knecht leisten können. Agnes und Joseph haben Kinder und mit ihrem Hof genug zu tun. Uns bliebe nur noch, den Hof zu verkaufen, und das lasse ich nicht zu. Ich hab mein halbes Leben hier verbracht.«

»Wir finden einen Weg, Mutter. Aber einen x-beliebigen Mann heiraten, nur weil wir dann besser mit der Arbeit zurechtkämen … das würde ich niemals tun. Ich hätte Matthias heiraten sollen, dann ginge es uns jetzt beiden besser.«

»Ich will nichts mehr darüber hören, Gerda!«

Sie hatte eigentlich vorgehabt, nie mehr mit ihrer Mutter über Matthias zu sprechen, war aber auch durch die Auseinandersetzungen mit dem Stettner und jetzt auch noch Werner so gereizt, dass es einfach aus ihr herausgekommen war. Ihre Eltern waren schuld, sie hatten ihr verboten, den Mann ihrer Träume zu heiraten, auch wenn ihr der Verstand sagte, dass sie nur das getan hatten, was die meisten anderen Eltern in Eschenbrunn auch taten. Sie suchten die Männer für ihre Töchter und manchmal auch die Frauen für ihre Söhne aus, und meistens spielten finanzielle Überlegungen dabei eine Rolle. Eine Ehe musste sich wirtschaftlich lohnen.

An diesem Abend sprach sie kaum noch mit ihrer Mutter, und auch am nächsten Morgen beschränkte sie sich auf das Nötigste. Obwohl ihr Mann ihr das Leben schwer gemacht hatte, seit er aus der Kriegsgefangenschaft nach Hause zurückgekehrt war, war sie in Trauer. Ihr Mann war zum zweiten Mal gegangen und diesmal für immer. Auch Gerda spürte, wie sich alles in ihr zusammenzog, wenn sie an ihren Vater dachte. Sie hatte ihr Leben lang auf ihn geschimpft und war ihm, wenn möglich, aus dem Weg gegangen, aber er war ein Teil ihrer Familie gewesen und fehlte ihr, trotz allem.

Die Zeit heilt alle Wunden, sagte man, was nicht stimmte, wenn sie an Matthias dachte, doch einige Wochen nach der Beerdigung erkannte sie, dass der Tod des Vaters auch einen neuen Anfang bedeuten konnte. Besonders für ihre Mutter, die langsam lernte, wieder auf eigenen Beinen zu stehen, und ihr Lächeln wiederfand. Sie war wieder frei und unabhängig, nahm sich Zeit für ihre Strick- und Häkelarbeiten, unterhielt sich angeregt mit alten Freundinnen und Bekannten und erfreute sich sogar an der Arbeit. So wie im Krieg, als sie die Abwesenheit des Vaters als Herausforderung gesehen und doppelt so angestrengt gearbeitet hatte wie früher, um den Bauernhof zu erhalten. Noch war es nicht zu spät, die Vergangenheit zurückzulassen und einen neuen Anfang zu wagen.

Trotz der Mehrbelastung, die durch den Tod ihres Vaters entstanden war, gab Gerda ihre Stellung im Lager nicht auf. Sie hatte sich so sehr an die Arbeit bei den Amerikanern gewöhnt, dass sie zu einem unverzichtbaren Teil ihres Lebens geworden war. Mit Ben verband sie inzwischen eine tiefe Freundschaft, die selbst von Captain Barkley geduldet wurde, der den schwarzen Mechaniker als fröhlichen und vertrauensvollen Soldaten kennengelernt hatte. Vielleicht auch, weil er herausbekommen hatte, dass Gerdas Zuneigung zu ihm rein platonisch war und es zu keinen Komplikationen kommen würde. Ben verstand von allen Menschen wohl am besten, wie sehr sie Matthias immer noch liebte. Ihm konnte sie sich anvertrauen. Sie hatte ihm vom kurzen Telefongespräch mit Matthias' Frau erzählt, von ihrer Weigerung, einen anderen Mann zu heiraten, ihrer Entschlossenheit, notfalls zur alten Jungfer zu werden und sich vielleicht vor dem ganzen Dorf zu blamieren. Sie sei inzwischen stark genug, solches Gespött an sich abprallen zu lassen.

»Ich trauere nicht mehr«, sagte sie, nachdem sie mehrere Wochen nur dunkle Kleidung getragen hatte. »Mein Vater war mein Vater, aber das Leben ist weitergegangen, und ich sehe, wie viel besser es meiner Mutter geht. Ich weiß, es ist eine Sünde, wenn ich das sage, aber etwas Besseres als der Tod meines Vaters hätte ihr nicht passieren können. Ihre Ehe bestand sowieso nur noch auf dem Papier. Sie haben fast jeden Abend gestritten, und er hat sie unterdrückt, wo er nur konnte. Sie vermisst ihn, aber ihr Leben ist lebenswerter geworden.«

Ben zog an seiner Lucky Strike und blickte dem aufsteigenden Rauch nach. »Auch mich würde zu Hause nur Unterdrückung erwarten. Es hat sich nicht viel geändert im letzten Jahr, obwohl jetzt Kennedy an der Macht ist.« Er sprach von John F. Kennedy, dem amerikanischen Präsidenten. Gerda hatte ihn bei Nachbarn im Fernsehen gesehen und bewunderte ihn wegen seines Aussehens und der tollen Rede, die sie auszugsweise gehört hatte. Er hatte kein Kauderwelsch wie so viele andere Politiker, sondern wie ein guter Freund gesprochen. Noch mehr war Gerda von seiner Frau begeistert. Sie war ungewöhnlich schön und elegant und trug teure Kleider, die auch Gerda gefallen hätten.

»Du meinst, er schafft die Rassentrennung ab?« Wie viele Deutsche, die im Lager arbeiteten und mit Amerikanern zu tun hatten, wusste auch Gerda mehr als andere Menschen in der Oberpfalz. »Er und dieser Martin Luther King?«

»Ich hoffe es«, sagte Ben, »aber um sicherzugehen, bleibe ich wohl besser in der Armee. Hier haben wir die gleichen Rechte und werden selbst von eingefleischten Südstaatlern besser behandelt als zu Hause im tiefen Süden.«

»Und wenn du in den Krieg ziehen musst?«

»Das müsste ich auch, wenn ich zur Reserve gehören würde«, erwiderte er. »Nur weiße College-Studenten kommen davon oder reiche Schnösel, die sich freikaufen können.« Er grinste ein wenig unsicher. »Sag das bloß nicht weiter, sonst lande ich noch im Knast. Aber es stimmt leider. Wer waren die ersten, die in Korea dran glauben mussten? Junge Schwarze, die mühsam die Highschool geschafft hatten und von keinem vermisst wurden. So ist es immer.«

»Wenn eine Atombombe explodieren würde, käme gar keiner davon.«

»In Kuba waren wir kurz davor«, sagte er.

»Und in Berlin?«

»Da passiert nichts. Sonst hätte es doch längst gekracht.«

»In was für Zeiten leben wir nur?«, fragte sie.

»Waren die jemals besser?«

Auch in der Micky Bar ließ sich Gerda wieder blicken. Da war neuerdings der Twist angesagt, ein seltsamer Tanz, bei dem man sich beinahe die Hüften verrenkte. Gerda kam sich ein wenig albern und alt vor, als sie sich zu Chubby Checkers »Let's Twist Again« auf der Tanzfläche bewegte. Sie war inzwischen fünfundzwanzig Jahre alt, eine gefühlte Ewigkeit älter als die jungen Hüpfer, die heutzutage in eine Disco oder andere Tanzschuppen gingen. Ben beherrschte den Twist schon besser, war ein Naturtalent wie so viele Schwarze.

Ihr Leben nahm eine unerwartete Wendung, als sie allein in der Micky Bar auftauchte und sich bei einer Sinalco von einer anstrengenden Arbeitswoche erholte. Sie tanzte nicht mehr so viel wie früher, sah lieber den Jüngeren zu, die mit

Elvis und Little Richard wenig anfangen konnten und sich am liebsten beim Twist verbogen oder auf der Stelle tanzten und dabei mit den Armen wedelten. Ein Formationstanz wie der »Locomotion« war eine Ausnahme und gefiel ihr besonders. So was hätte auch aus den Fünfzigerjahren stammen können.

Als sie in einer Pause nach draußen ging, um etwas frische Luft zu schnappen, blieb sie wie angewurzelt stehen. Schräg gegenüber auf der anderen Straßenseite, abseits der Straßenlampen unter einigen Bäumen, stand ein junger Mann. Mehr konnte sie nicht erkennen. Sie versuchte, die Dunkelheit mit ihren Blicken zu durchdringen, und spürte, wie sich ihr Herzschlag beschleunigte.

»Matthias?«, flüsterte sie. »Bist du das, Matthias?«

21

Während der Mittagspause am Montag erzählte sie Ben von ihrer Begegnung. Seit Ingrid und Jule aus Eschenbrunn weggezogen waren und auch Monika das Weite gesucht hatte, war er zum ersten Ansprechpartner für ihre Probleme geworden. Er war ein geduldiger und sehr einfühlsamer Mann, ganz anders, als man sich einen amerikanischen GI vorstellte. Wäre Matthias nicht gewesen, hätte sie sich sogar in ihn verlieben können, auch wenn sie sich nicht vorstellen wollte, wie ihre Verwandten, der Pfarrer und die anderen Dorfbewohner reagiert hätten.

»Matthias? Das bildest du dir ein«, vermutete er.

Sie schüttelte den Kopf. »Er ging sofort weg, als ich zu ihm hinübergeschaut habe. Als hätte er Angst, von mir erkannt zu werden. Aber als er ging, fuhr ein Auto an ihm vorbei, und ich konnte sein Gesicht sehen.«

»Bist du ganz sicher?«

»Ziemlich.«

Gerda und Ben saßen auf einer Mauer neben dem Transportation Building, abseits der anderen Mechaniker, die in der Kantine geblieben waren. Die Sonne war hinter einigen Wolken verschwunden, und frischer Wind blies durchs Lager.

»Und warum hat er dich nicht angesprochen?«, fragte er, nachdem er einen Zug an seiner Zigarette genommen hatte.

»Er hat sich nicht getraut.«

»Er kommt aus Regensburg, nur um dich aus der Ferne zu beobachten?«

»Vielleicht … er traut sich nicht.«

Ben paffte einige Züge. »Du bist ihm nicht nachgelaufen?«

»Ich war viel zu überrascht. Bis ich mich erholt hatte, war er schon verschwunden. Wie ein Geist! Vielleicht hab ich mir wirklich nur alles eingebildet.«

»Und wenn nicht, lass dich besser nicht mit ihm ein. Und wenn du ihn noch so sehr liebst. Du bekommst nur Ärger, mit seiner Frau, deiner Mutter, und wenn es wieder auseinandergeht, bist du die Dumme. Ich weiß, wovon ich rede. Ein schwarzer Junge, der sich in ein weißes Mädchen verliebt, muss das Gleiche durchmachen und kann froh sein, wenn ihn der Ku-Klux-Klan nicht erwischt. Ich will kein Klugscheißer sein, ich will dir nur Kummer ersparen.«

»Was würde ich nur ohne dich tun, Ben.«

Gerda brauchte nur daran zu denken, was passieren würde, wenn sie mit Ben in Eschenbrunn auftauchen würde, um zu wissen, wie recht er hatte. Ihre Mutter wäre verzweifelt, und die meisten anderen würden sich das Maul zerreißen. In der Hinsicht hatte sich in Eschenbrunn kaum etwas verändert. Wer einen Andersgläubigen oder Geschiedenen als Freund oder Ehemann ablehnte, wäre bei einem Schwarzen erst recht entsetzt.

Schon um nicht in Versuchung zu geraten, beschloss sie, die Micky Bar für einige Zeit zu meiden. Doch ihre Sehnsucht war zu groß, und sie hätte sonst etwas dafür gegeben, ihn noch einmal in den Armen zu halten und ein paar Worte mit ihm wechseln zu dürfen. Jeden Abend schlief sie in Gedanken neben ihm ein, sein Gesicht so nahe, dass sie seinen warmen Atem zu spüren glaubte.

Schon eine Woche später ging sie wieder in die Micky Bar, wieder allein und mit dem festen Hintergedanken, nach Matthias Ausschau zu halten. Sie zog ihren neuen Rock an, der eine Handbreit über ihren Knien endete, und die geblümte Bluse, die sie besonders verführerisch aussehen ließ. Vor dem Spiegel brauchte sie doppelt so viel Zeit für ihr Make-up wie sonst, und ihre dunklen Haare ließ sie offen auf die Schultern hängen. Sie war kein gelockter Engel wie Ingrid und strahlte nicht so viel Selbstsicherheit wie Jule aus, aber sie verstand es, sich zurechtzumachen und andere mit ihrem Lächeln zu gewinnen.

Sie tanzte mit einigen ihrer Bekannten, ging aber schon in der ersten Pause nach draußen und suchte nach Matthias. Sie war längst nicht mehr so sicher, ihn gesehen zu haben, wie noch vor einigen Tagen und räumte sich fast selbst schon ein, ihrer Fantasie auf den Leim gegangen zu sein. Dennoch ließ sie die Hoffnung nicht los, und sie blickte unentwegt auf die Stelle unter den Bäumen, an der er am letzten Samstag gestanden hatte – zumindest in ihrer Einbildung.

Mehrmals an diesem Abend baten sie Amerikaner, sich zu ihnen zu setzen, und jedes Mal lehnte sie unter einem Vorwand ab. Sie hörte der Musik zu, die lange nicht mehr so fetzig wie früher war, und es gab nur wenige Bands, die etwas vollkommen Neues versuchten, so wie die Beach Boys, die mit ihrem »Surfin' USA« allmählich auch in Deutschland einigen Erfolg hatten. Im Radio hörte Gerda fast ausschließlich AFN, den amerikanischen Soldatensender, der mit der Musik mindestens ein Jahr weiter als die deutschen Radiosender war,

Den harmonischen Sound der Beach Boys bekam die holländische Band in der Micky Bar einigermaßen hin, und auf der Tanzfläche ging es hoch her, aber Gerda zog es immer öfter nach draußen. Bens mahnende Worte hatte sie verdrängt, sie wurde nur noch von dem Wunsch geleitet, die Vergangenheit zurückzuholen und Matthias wiederzutreffen. Hatte sie sich verrannt? Benahm sie sich wie ein Schulmädchen, das ihren »Highschool Dreamboy« verloren hatte?

Im Lokal versuchte sich die Band gerade an »Be My Baby« von den Ronettes, als Gerda zum wiederholten Mal nach draußen ging und ohne feste Absicht über den Parkplatz lief. Sie ging einigen Kolleginnen aus dem Lager aus dem Weg und blieb neben einem abgestellten Volkswagen stehen.

Ein Auto bog auf den Parkplatz, auch ein Volkswagen, und parkte nur wenige Meter von ihr entfernt. Im Lokal stimmte die Band einen Twist an, der mit lautem Gejohle begrüßt wurde, als ein junger Mann aus dem Wagen stieg.

Matthias!

Diesmal gab es keinen Zweifel. Er war es wirklich, und sein Lächeln war immer noch so unwiderstehlich wie an dem Tag, als sie sich begegnet waren. Diesmal trug er keine Wollmütze, und seine blonden Haare waren sorgfältig frisiert. Als hätte er sich noch einmal gekämmt, bevor er ausgestiegen war.

»Matthias!«, flüsterte sie.

Sie rannten nicht aufeinander zu wie die Liebespaare in vielen Filmen, der heimgekehrte Soldat, der seine Liebste nach zu vielen Jahren begrüßte. Matthias bewegte sich überhaupt nicht und sah sie nur an, und sie ging langsam auf ihn zu, den Blick ständig auf ihn gerichtet, als könnte sie es nicht glauben.

»Matthias!«, sagte sie. »Du bist es wirklich.«

»Gerda!« Er klang heiser.

Er breitete die Arme aus, und sie sank gegen ihn, verlor beinahe den Boden unter den Füßen, als sie die Augen schloss und seine Wärme spürte. Es war so wie in ihren Träumen. Sein warmer Atem auf ihrem Nacken, seine festen und doch sanften Hände auf ihrem Rücken und ihr leises Seufzen, als sie sich küssten, und die Welt um sie herum zu schwinden schien, und es nur noch Platz für sie gab. Nur widerwillig ließen sie voneinander ab und sahen einander an.

»Matthias! Dann hab ich mich letzten Samstag nicht geirrt.«

»Ich wollte dich sehen«, erwiderte er. »Ich hab mich nicht getraut, dich anzusprechen.« Er küsste sie auf die Stirn. »Du bist wunderschön, weißt du das?«

Sie spürte, wie ihre Wangen heiß wurden. »Du hast dich auch nicht verändert.«

Sie gingen langsam die Straße hinunter, vorbei an einigen Wohnhäusern, in denen um diese Zeit kein Licht mehr brannte. Die Musik in der Micky Bar blieb immer weiter in der Dunkelheit zurück. Es war frisch und eigentlich zu kühl, um ohne Mantel spazieren zu gehen, aber ihnen machte das kaum etwas aus.

»Du hast vor einiger Zeit bei mir angerufen«, sagte er.

»Ich wollte deine Stimme hören. Dein Nachbar hat mir verraten, dass du in einer Maschinenfabrik in Regensburg arbeitest. Tut mir leid, ich wollte deine Frau nicht erschrecken. Ich hab ihr gesagt, dass wir falsch verbunden wären.«

»Das hat sie mir erzählt. Ich hab mir gleich gedacht, dass du es warst.«

»Es war dumm von mir, dich anzurufen.«

»Ich hab mich trotzdem gefreut.«

Sie gingen eine Weile schweigend nebeneinander her, jeder mit seinen Gedanken beschäftigt, dann sagte sie: »Arbeitest du immer noch in der Fabrik?«

»In der Buchhaltung«, erwiderte er. »Die gleiche Arbeit wie beim Seltmann, aber meine Frau ...« Er zögerte und schien schon zu bereuen, seine Frau erwähnt zu haben. »... sie ist Lehrerin in Regensburg, deshalb hab ich gewechselt und bin zu ihr gezogen. Ich ... ich wollte eigentlich nicht aus Weiden weg.«

Sie verließen den Schutz der Häuser und spürten plötzlich den Wind, der merklich aufgefrischt hatte. Matthias legte schützend einen Arm um sie. Sie gingen langsam zurück, zuerst schweigend, dann sagte er: »Tut mir leid, dass ich dich nicht angerufen habe, nachdem mich deine Eltern vertrieben hatten. Ich war wie vor den Kopf gestoßen und hab mich schuldig gefühlt. Ich hab nicht fest genug an unsere Liebe geglaubt. Ich war nicht stark genug und bereue es heute noch. Vielleicht hätte ich noch mal mit deinen Eltern sprechen sollen.«

»Das hätte nichts genützt. Sie denken wie alle anderen Dorfbewohner. Einen Lutherer heiratet man nicht, und wenn er dazu noch geschieden ist, käme das einer Todsünde gleich.« Sie legte den Kopf auf seine Schulter. »Ich habe auch nicht fest genug geglaubt. Ich hätte noch mehr kämpfen müssen, für uns und unsere Liebe. Ich hab versucht, vernünftig mit meinen Eltern zu reden, ich hab gebettelt und gefleht, aber sie haben mir den Mund verboten und mich in mein Zimmer geschickt. Wie ein unartiges Kind. Ich bin weggelaufen, zwei- oder dreimal, und nie weiter als bis Weiden gekommen. Ich konnte meine Eltern nicht alleinlassen, das wäre nicht recht gewesen, auch nach dem Tod meines Vaters nicht. Er ist vor einigen Wochen gestorben. Ich bin erzogen worden, meine Eltern zu lieben und zu ehren, und das tue ich, egal, wie wenig ich mit ihren Entscheidungen einverstanden bin.«

»Und dann hast du geheiratet. Einen Mann, den du nicht geliebt hast.«

Sie blieb stehen. »Woher weißt du das?«

»Ein Kollege bei Seltmann kam aus Eschenbrunn«, antwortete er. »Er hat mir verraten, wie deine Eltern reagiert haben und wie die meisten im Dorf verwundert waren, dass du diesen Reporter geheiratet hast. Ich hab dir das nicht übelgenommen, dazu hatte ich kein Recht. Und ich verstehe dich sogar. Du wolltest dich mit deinen Eltern aussöhnen und hast getan, was sie wollten.« Sie gingen langsam weiter. »Ich hab auch gehört, dass du geschieden bist.«

»Die Heirat war ein Irrtum«, sagte sie, »und nachdem er sich mehrmals mit einer jungen Praktikantin getroffen hatte, war es ganz aus. Abgesehen davon, dass es sowieso nicht mit uns gestimmt hat. Wir waren beide nicht verliebt, wir konnten uns nicht mal richtig leiden. Verrückt, nicht wahr?« Sie lachte nur kurz. »Jetzt bin ich selbst geschieden und muss die verächtlichen Blicke von gewissen Leuten ertragen. Jeder Gottesdienst wird zum Spießrutenlaufen für mich. Wenn ich durch die Reihen gehe, schaut die ganze Gemeinde auf mich, als wäre ich eine Aussätzige. Sogar der Pfarrer gibt mir nur widerwillig die Hand. Nach dem Kirchenrecht dürfte ich nicht mal mehr kirchlich heiraten.«

»Strenge Sitten.«

»Und manchmal recht unsinnig«, sagte sie. »Ist es nicht besser, sich von einem Menschen, den man nicht mehr liebt, zu trennen, als mit Gewalt zusammenzubleiben und sich jeden Tag zu streiten? Du hättest meinen Vater hören sollen, als ich mich von Werner getrennt habe … er war außer sich vor Wut.«

»Es wäre vielleicht besser gewesen, wir hätten uns nie getroffen.« Noch während er es sagte, schüttelte er den Kopf. »Nein, das stimmt nicht. Ich bin jetzt noch dankbar, dass wir uns getroffen haben. Selbst die wenigen Tage, die wir zusammen hatten, waren es wert. Es war … es war wunderschön mit dir!«

Sie gingen zum Parkplatz, und sie stieg ungefragt zu ihm in den Wagen. Hier waren sie zumindest gegen den Wind geschützt. Sie küssten sich, zuerst sanft und zärtlich, dann immer leidenschaftlicher, bis es kaum noch ein Zurück für sie gab und sie sich zwingen mussten, voneinander zu lassen. Sie blieben schwer atmend sitzen, die Gesichter glühend, ihre

Haare zerzaust und beide so dicht aufeinander, als bestände keine Gefahr, von anderen gesehen zu werden.

Ich liebe dich, ich liebe dich noch immer, flüsterte sie in Gedanken.

Er blickte sie so zärtlich und dankbar an, als hätte er ihre unausgesprochenen Worte verstanden. Sie richtete sich die Haare und zog ihren Rock gerade. Er wich etwas vor ihr zurück und schaute verlegen auf die beschlagenen Fenster.

»Was wir tun, ist unrecht«, sagte sie.

»Ich weiß«, sagte er. »Ich konnte nicht anders, ich musste dich sehen.«

»Und ich habe auf dich gewartet.«

»Ich ... ich ...«, begann er und brach kopfschüttelnd ab.

»Deine Frau ... liebst du sie?«, fragte sie unvermittelt.

»Jutta ist eine liebe Frau«, wich er ihr aus. »Sie sieht gut aus, hat für jeden ein freundliches Wort und mag ihre Arbeit. Dir Kinder ihrer Klasse vergöttern sie, und die Eltern sind auch mit ihr zufrieden. Das gibt es selten. An den anderen Lehrern ihrer Schule haben alle etwas zu meckern. Vielleicht lieben wir uns nicht so leidenschaftlich wie ....« Er zögerte. »... so leidenschaftlich, wie es sein müsste, aber wir kommen gut miteinander aus und respektieren einander.«

»Habt ihr Kinder?«

»Nein. ›Ich hab mit den Kindern in der Schule genug zu tun‹, sagt sie.«

Alles Fragen, die man einem verheirateten Mann nicht stellen sollte, wenn man sich heimlich mit ihm traf, dachte sie, aber ihre Neugier überwog. Vielleicht hatte sie erwartet, dass er ähnlich über seine Frau redete wie sie über den Benziger Werner, aber sie war auch froh, dass er eine Frau getroffen hatte, die ihm über den Schmerz, den er mit ihr geteilt hatte, hinweghelfen konnte. Eine liebe Frau ... das war mehr, als sehr viele Männer über ihre Frau sagen konnten.

»Bringst du mich nach Hause?«, fragte sie reuevoll.

»Sicher«, antwortete er.

Er setzte sie vor der Kirche ab, um nicht von ihrer Mutter gesehen zu werden, und küsste sie zum Abschied auf die Wange. Seine Augen verrieten ihr, wie schwer es ihm fiel, sich von ihr zu trennen. »Leb wohl, Gerda!«, sagte er. »Auch wenn es falsch war, dass wir uns gesehen haben … ich bereue nichts.«

»Auf Wiedersehen, Matthias. Vielleicht in einem anderen Leben.«

Sie ging nur widerwillig, drehte sich nicht mehr um, weil sie sonst schwach geworden und noch einmal zu ihm zurückgerannt wäre, und lief nach Hause. Es war spät geworden. Ihre Mutter schlief schon und hörte nicht, wie sie leise die Treppe nach oben stieg und in ihrem Zimmer verschwand. Sie setzte sich im Dunkeln auf den Bettrand und starrte minutenlang und mit Tränen in den Augen ins Leere, bis sie die Kraft fand, sich auszuziehen und ins Bett zu legen.

Die nächsten Wochen waren eine einzige Qual für sie. Sie schaffte es nicht, die Gedanken an Matthias zu verdrängen, und weinte selbst bei der Arbeit manchmal so plötzlich, dass die Kolleginnen sie erstaunt anblickten. Einige empfanden Mitleid und fragten nach dem Grund, und sie antwortete mit Notlügen wie »Meiner Mutter geht es nicht gut« oder »Ich bekomme in letzter Zeit nicht genug Schlaf«.

Ihre Mutter war immer noch damit beschäftigt, mit ihrer neuen Rolle nach dem Tod ihres Mannes zurechtzukommen, und merkte nicht, wie verstört sie war. Ben ahnte es, schwieg aber verständnisvoll und versuchte, sie mit einigen seiner heiteren Geschichten abzulenken. Wie viele dieser Geschichten er tatsächlich erlebt hatte, wusste sie nicht. Es war ihr auch egal. Sie hörten sich gut an und waren lustig genug, um ihre Gedanken an Matthias wenigstens für eine Weile in den Hintergrund zu drängen. Bei ihren Besuchen in der Micky Bar versuchte sie, sich den Schmerz aus der Seele zu tanzen, ertappte sich aber immer wieder dabei, das Tanzlokal zu verlassen und nach Matthias zu suchen.

Er kam nicht, weder nach einer, auch nicht nach zwei und drei Wochen. Natürlich war es besser so, das wusste sie auch, aber sie konnte nicht anders, als nach ihm Ausschau zu halten. Schon vor ihrem erneuten Zusammentreffen war ihre Sehnsucht grenzenlos gewesen, mit der Erinnerung an ihre Umarmung und den leidenschaftlichen Kuss kam sie ihr beinahe schmerzhaft vor und schien immer stärker an ihr zu nagen. Irgendwann würde der Schmerz nachlassen, hoffte sie, und sie würde mit dem Schmerz leben können, aber vorerst war keine Linderung in Sicht. Sie musste ihn wiedersehen, koste es, was es wolle.

Als ihre Sehnsucht so stark wurde, dass sie kaum noch auszuhalten war, meldete sie sich einen halben Tag krank und fuhr mit dem Zug nach Regensburg. Vom Bahnhof zur Maschinenfabrik fuhr ein Bus. Weder im Zug noch im Bus dachte sie daran, einen Rückzieher zu machen. Auch wenn ihr klar war, dass sie gegen die Gebote der Bibel handelte und etwas Falsches tat, war sie nicht mehr fähig, ihre Gefühle zu kontrollieren. Während der Fahrt starrte sie aus dem Fenster, ohne etwas zu sehen, hörte sie Stimmen, ohne etwas zu verstehen.

Vor der Fabrik wartete sie mit einigen anderen Frauen auf die Sirene, die das Schichtende und den Feierabend für die Büroangestellten ankündigte. Sie stand im Schatten eines Baumes, um nicht gesehen zu werden, und blieb in ihrem Versteck, als die Sirene erklang, und die Angestellten und Arbeiter die Fabrik verließen. Ihr Herz klopfte vor Aufregung, als sie Matthias unter den Angestellten entdeckte, eine Aktentasche in der Hand und fröhlich lächelnd.

Sie wollte gerade ihre Deckung verlassen, als sie eine Frau mit schulterlangen dunklen Haaren bemerkte, die Matthias entgegenlief, ihn erfreut in die Arme nahm und liebevoll küsste.

Sie sagte etwas, und beide lachten. Arm in Arm gingen sie zum Parkplatz. Eine Frau, die ihren Mann von der Arbeit abholte und sich darauf freute, einen gemütlichen Abend mit ihm zu verbringen.

Minutenlang rührte sich Gerda nicht von der Stelle. Erst als kaum noch jemand vor dem Fabriktor zu sehen war, ging sie zur Haltestelle und stieg in den wartenden Bus. »Ich liebe dich«, flüsterte sie, »ich liebe dich noch immer.«

1963
JULE

22

Jule saß auf dem Boden in ihrem Trailer und breitete die Arme aus. »Komm!«, rief sie der kleinen Rosie zu. »Diesmal schaffst du es! Ich weiß, dass du es schaffst!« Sie lächelte ihr aufmunternd zu. »So ist es gut! Zieh dich an der Bank hoch, und dann setz einen Fuß vor den anderen! Gleich hast du's.«

Rosie strengte sich mächtig an, griff nach der Bank und hielt sich auf wackeligen Beinen daran fest. Einem kurzen Lachen, als würde sie sich darüber freuen, es geschafft zu haben, folgte ein ebenso kurzes Weinen, das Jule mit ihrer sanften Stimme in ein vorsichtiges Lächeln verwandelte. »Und jetzt komm langsam auf mich zu, Rosie! Komm in meine Arme, ich fang dich auf!«

Rosie war inzwischen beinahe ein Jahr alt, ein aufgewecktes Mädchen mit den braunen Augen ihres Vaters und seinem verschmitzten Lächeln, wenn ihr etwas besonders gefiel. Ihre widerborstigen Haare standen nach allen Seiten weg und gaben ihr das Aussehen eines Kobolds. Sie trug Strumpfhosen und ein T-Shirt mit einer lachenden Mickey Mouse. Rose hieß sie nach ihrer Großmutter, aber jeder nannte sie nur Rosie, auch um sie von Rose zu unterscheiden.

Jule weinte vor Glück, als Rosie sich von der Bank löste und langsam auf sie zukam. Drei Schritte schaffte ihre Tochter, vielleicht auch vier, wenn man den letzten halben dazuzählte, dann knickte sie ein und fiel ihr in die Arme. Jule fing sie auf und küsste sie auf die Stirn. »Das hast du gut gemacht, Rosie! Einfach super! Wenn du so weitermachst, können wir bald um die Wette laufen.«

Sie liebte ihre Tochter über alles. John hatte nicht zu den Männern gehört, die sich unbedingt einen Sohn wünschten, er hätte sich über ein Mädchen genauso gefreut. Vor allem, wenn es so munter wie Rosie war. Ihr saß der Schalk im Nacken. Jule wagte nicht, sich vorzustellen, was sie mit den Jungen anstellen würde, wenn sie in der Highschool war. Sie würde allen den Kopf verdrehen, und Jule würde große Mühe haben, die allzu aufdringlichen Jungen auf Abstand zu halten. Sie würde sich die Freunde ihrer Tochter genau ansehen.

»Ab jetzt werde ich wohl besonders auf dich aufpassen müssen«, sagte Jule, als sie ihre Tochter absetzte. »Auf zwei Beinen wirst du sicher noch flinker unterwegs sein als auf allen vieren. Wie wär's mit einem Joghurt?«

Rosie aß Joghurt für ihr Leben gern, besonders wenn er mit Früchten vermischt war. Jule holte einen selbst gemachten Pfirsichjoghurt aus dem Kühlschrank und setzte sie an den Tisch. Sie selbst schenkte sich einen Kaffee ein.

Während Rosie den Joghurt löffelte und dabei zufrieden strahlte, betrat Jules Schwiegermutter den Trailer. Rose litt genauso unter Johns Tod wie sie. Er war ihr einziger Sohn gewesen. Eine Zeit lang hatte sie versucht, ihren Schmerz mit Alkohol zu bekämpfen, war aber rechtzeitig zur Vernunft und vor allen durch die Geburt ihrer Enkelin auf andere Gedanken gekommen. Rosie war ihr beinahe zu sehr ans Herzen gewachsen und zu ihrem Lebensmittelpunkt geworden, wenn sie nicht gerade im Veterans Hospital arbeitete.

Rosie war noch beim Essen, als ihre Großmutter den Trailer betrat. Sie umarmte die Kleine und küsste sie auf die Wange. »Wie geht's unserer Prinzessin? Schmeckt's dir? Hoffentlich hat dir die Mama ordentlich Obst reingetan.«

»Frische Pfirsiche, gestern gekauft«, sagte Jule.

»Ich habe noch Bananen übrig«, erwiderte Rose. Sie setzte sich neben ihre Enkelin und legte einen Arm um sie. »Jetzt wird es nicht mehr lange dauern, bis du laufen kannst. John war, glaube ich, auch so alt, als es bei ihm klappte.«

»Ist gerade geschehen«, sagte Jule voller Stolz.

»Sie ist gelaufen?«

»Vor ein paar Minuten. Drei, nein, vier Schritte!«

»Wie? Und du hast mich nicht gerufen?«, beschwerte sich Rose.

»Ist doch gerade erst passiert.«

»Ich wollte dabei sein! Sie ist schließlich auch mit mir verwandt!« Rose schien ernsthaft beleidigt zu sein. »Hast du wenigstens ein Foto gemacht?«

»In der Kamera war kein Film.«

Rose setzte zu einem Fluch an, besann sich aber rechtzeitig. »Wie kannst du nur! Ich möchte doch miterleben, wie meine … wie unsere Rosie groß wird.«

»Das tust du doch auch«, beschwichtigte Jule sie. »Ich finde es schön, wenn eine Großmutter so nahe bei ihrer Enkelin sein kann wie du, und tue alles, damit es auch so bleibt. Aber ich bin immer noch die Mutter und bin natürlich dichter dran als du. Ich versuche alles, um dich an unserem Leben teilhaben zu lassen.«

»Schon gut«, erwiderte Rose.

Sie war immer noch beleidigt. »Wie wär's mit einem Kaffee und einem Stück Apple Pie?«

»Klingt verlockend, aber ich muss langsam los. Die Mittelschicht.«

Jule atmete erleichtert auf, als ihre Schwiegermutter in ihrem Pick-up davonfuhr. Sie war eine liebe Frau, fast schon eine Freundin, mit der man über alles reden konnte, aber der unerwartete Tod ihres Sohnes hatte sie aus dem Gleichgewicht gebracht. Ihre Enkelin war ihr einziger Lichtblick, anscheinend der einzige Mensch, für den es sich noch lohnte, nüchtern und am Leben zu bleiben. Schon deshalb war Jule nachsichtig und nahm ihr die übertriebene Zuneigung zu Rosie nicht krumm. Ohne ihre Enkelin wäre sie allein gewesen.

Auch Jule konnte man den Vorwurf machen, dass sie ihre Tochter zu sehr verwöhnte und beinahe vergötterte, irgendwie auch normal, wenn man verwitwet war und ein Einzelkind großzog. Wenn Rosie einmal in den Kindergarten und zur Schule ging, musste sie strenger sein, nicht so streng wie ihre Eltern, aber strikt genug, um ihr dabei zu helfen, erwachsen zu werden. Sie wusste selbst mit am besten, wie schwer das war, wenn einem der nötige Halt fehlte.

An jedem Ersten besuchte Jule das Grab ihres Mannes. Seit einiger Zeit war auch ihre Tochter dabei, wenn sie Zwiesprache mit ihm hielt. Über dem Friedhof leuchtete die warme Frühlingssonne, als sie im Mai am Grab war. Das übermütige Zwitschern der Vögel und der laue Wind passten nicht zur Traurigkeit der meisten Besucher, die vor den Gräbern ihrer Liebsten verharrten, frische Blumen ablegten, leise Gebete sprachen oder nur betreten schwiegen.

»Hi, John«, begrüßte sie ihren Mann. Sie nahm Rosie aus dem Kinderwagen und nahm sie auf den Arm. »Na, was sagst du? Hat sie sich nicht toll entwickelt? Stell dir vor, sie ist heute zum ersten Mal gelaufen. Nur drei oder vier Schritte, aber es wird nicht mehr lange dauern, bis sie allein herumrennt. Mit dem Sprechen klappt es auch schon. ›Mama‹ kann sie schon sagen. Und ›Ball‹. Ich hab ihr einen roten Ball gekauft, mit dem spielt sie gern.«

Wie jedes Mal, wenn sie ihn besuchte, glaubte sie, seine Antworten zu hören. Sie sah sein Lächeln, hörte seine Stimme und spürte sogar seinen Atem. Alles nur Einbildung, wie die meisten Leute sagen würden, aber wer wusste das schon?

»Wie geht es dir, John? Geht es dir gut, wo du jetzt bist?«

Seine gefühlte Antwort rührte sie zu Tränen. »Ich freue mich auch, wenn wir uns irgendwann wiedersehen. Im Jenseits spielt die Zeit keine Rolle, sagt man, und dir wird es nur wie ein kurzer Moment erscheinen, bis ich komme. Nein, ich verzage nicht, John. Ich lebe mein Leben, wie es Gott für mich bestimmt hat, und kümmere mich um Rosie. Sie hat deine Augen, weißt du das?«

Es war erstaunlich, wie nahe man einem Toten sein konnte. Wenn sie die Augen schloss, sah sie ihn dicht vor sich. Sie streckte eine Hand nach ihm aus und spürte den warmen Sommerwind.

»Oh, deiner Mutter geht es gut«, sagte sie. »Ich soll dich von ihr grüßen. Sie kommt sicher in den nächsten Tagen bei dir vorbei. Du weißt ja, dass sie mit deinem Tod nicht gut zurechtkommt, deshalb wagt sie sich nur selten auf den Friedhof. Sie trinkt schon lange nicht mehr, dem Himmel sei Dank, aber sie richtet ihre ganze Liebe auf Rosie und klammert manchmal so stark, dass ich mir Sorgen mache. Nein, ich hindere sie nicht daran, sich um Rosie zu kümmern, auch wenn sie es mit ihrer Zuneigung oft übertreibt, aber ein wenig zurücknehmen könnte sie sich schon. Am liebsten würde sie Rosie, glaube ich, für sich behalten.« Sie hielt für ein paar Atemzüge inne, hatte schon Angst, seine Mutter zu stark kritisiert zu haben. »Nein, du brauchst dir keine Sorgen zu machen. Ich habe alles im Griff und komme gut mit deiner Mutter aus. Man lässt sich zu seltsamen Dingen hinreißen, wenn einem der Sohn stirbt. Oder der Ehemann, das habe ich am eigenen Leib erfahren. Auch ich habe Trost in Rosie gefunden. Und in den Unterhaltungen an deinem Grab. Ich bin sicher, dass du mich hören und fühlen kannst. Ganz sicher.« Sie legte eine Hand auf den schlichten Grabstein, der seinen Namen trug. »Mach's gut, John! Ich vermisse dich sehr, das weißt du.« Sie hielt Rosie hoch. »Sag bye, bye zu Daddy, Rosie!«

»Da-da« oder so ähnlich, sagte sie.

Sie legte Rosie in den Kinderwagen zurück und verließ den Friedhof, wie immer mit Tränen in den Augen. Die Gespräche mit ihrem verstorbenen Mann brachten etwas Sonne in ihr Leben und halfen ihr, den Alltag zu meistern. So wie beim letzten Mal, als sie ihm vom großen Erfolg ihres Fortsetzungsromans erzählt hatte. »Gebrochene Herzen« hatte der »Quick« eine Auflagensteigerung von mehreren Prozent verschafft, und der Chefredakteur hatte sie schon nach wenigen Folgen persönlich angerufen und ihr einen lukrativen Vertrag für den nächsten Roman angeboten. Er sollte noch in diesem Herbst erscheinen. Kein einfacher Auftrag für Jule, denn sie konnte nur schreiben, wenn Rosie schlief. Ihre Schwiegermutter wäre nur zu gern bereit gewesen, sich ständig um das Kind zu kümmern, keine Alternative für Jule, da sie ihre kostbare Zeit mit Rosie nicht für ihre berufliche Karriere opfern wollte. Sie schaffte in der Zeit, die ihr zum Schreiben blieb, genug Seiten, um den Roman pünktlich abliefern zu können.

Auf dem Parkplatz verstaute Jule das Fahrgestell des Kinderwagens unter einer Decke auf der Ladefläche und den Aufsatz mit ihrer Tochter auf der Rückbank. Rosie lächelte wie so oft, wenn sie ihr in die Augen blickte, und sagte mehrmals »Mama«. Sie mochte es, im Pick-up herumgefahren zu werden.

Spätestens mit vier Jahren würde sie zum ersten Mal auf einem Pony sitzen und wenige Jahre danach auf ein ausgewachsenes Pferd wechseln, hätte wohl ihr Vater gesagt. Unsere Rosie wird ein waschechtes Cowgirl, und wie ich sie kenne, wird sie beim Rodeo in San Angelo mitreiten und das Barrel Racing gewinnen. Das Wettreiten um Fässer war der Lieblingssport vieler Cowgirls.

Während Jule nach Hause fuhr, musste sie an Rosies Geburt denken. Sie hatte die Klinik gerade noch rechtzeitig erreicht und unter starken Schmerzen gelitten, als man sie in den Kreißsaal gebracht hatte. Die Lage des Babys war nicht ideal gewesen, und die Hebamme hatte mit den Händen nachhelfen müssen, um es ins Leben zu holen. Aber Rosie war kerngesund gewesen und hatte keine bleibenden Schäden erlitten. Zur Taufe hatten die Hammonds sie zu einem festlichen Barbecue eingeladen, und sie hatte sich riesig gefreut, den Rancher und seine Frau, die Cowboys und zahlreiche Bekannte wiederzutreffen.

Sie vermisste die Arbeit auf der Ranch, weniger die Hausarbeit als die Arbeit mit den Rindern. Es hatte Spaß gemacht, den Cowboys zu helfen, auf dem Rücken von Lightning, aber auch als Gehilfin von Cactus, der den Cowboys wie jeder Cowboykoch mit seinem Chuckwagon folgte. Mehr als einmal hatten John und sie darüber gesprochen, selbst eine kleine Ranch zu kaufen und ihren Lebensunterhalt mit dem Züchten von Rindern oder Pferden zu verdienen. Auf einer Ranch hätten sie sich die Arbeit im Haus und auf der Weide teilen können. Ein Traum, der nur mit einem Mann möglich war.

Sie würde ihr Leben auch allein und mit ihrer Tochter meistern. Wenn ihr Erfolg anhielt und genügend Geld hereinkam, würde sie ein Haus anzahlen, vielleicht sogar mit einer Einliegerwohnung für ihre Schwiegermutter, die ohne die Nähe ihrer Enkelin niemals zurechtkommen würde. Auch wenn sie oftmals nervte, würde Jule es nicht fertigbringen, sie allein im Trailer Park zurückzulassen.

Doch gleich nach ihrer Rückkehr vom Friedhof wurde Jules Geduld erneut auf die Probe gestellt.

Rose empfing sie mit strahlender Miene und sagte: »Da seid ihr ja endlich! Ich habe Spaghetti mit Hackfleischbällchen und für Rosie leckeren Kartoffelbrei und Spinat gekocht. Manche Leute behaupten ja, kleine Kinder würden keinen Spinat mögen, aber bei John war das damals anders. Der mochte Spinat lieber als alles andere, sogar lieber als Burger und Pommes.«

»Bei uns gab es kaum Gemüse, eher Fleisch und Salat. In Bayern, wo ich zu Hause war, ist Gemüse ein Fremdwort. Zumindest die Bauern haben damit nichts im Sinn. Die brauchen Kraftnahrung bei der schweren Arbeit. Cactus hat, glaube ich, auch noch nie Spinat gekocht, eher Bohnen und Maiskolben.«

Während des Essens rückte Rose mit einer weiteren Neuigkeit heraus. »Du wolltest doch wieder mal zu den Hammonds fahren und mit Lightning über die Weide reiten. Ich habe auf der Ranch angerufen und alles klargemacht. Stell dir vor, morgen hast du den ganzen Tag für dich! Die Hammonds werden sich sicher freuen, dich wieder mal zu Gesicht zu bekommen. Na, was sagst du?«

Jule war verwirrt. »Und Rosie? Du hast doch morgen die Tagschicht.«

»Nicht mehr«, erwiderte Rose. In ihrer Stimme schwang Triumph mit. »Eigentlich wollte ich mit Sekt auf die Neuigkeit anstoßen, aber es geht auch so. Ich habe mit meinem Chef im Krankenhaus gesprochen. Ich arbeite nur noch vier Tage die Woche, solange Rosie noch klein ist, und bekomme immer noch genug Lohn, um davon leben zu können. Ist das nicht großartig? Ich werde mich viel mehr um Rosie kümmern können, und du wirst mehr Zeit für dich haben. Dann brauchst du mit dem Schreiben nicht zu warten, bis sie schläft.«

Jule brauchte einige Zeit, um die Nachricht zu verdauen. Es fiel ihr schwer, ihre Nerven im Zaum zu halten und ihre Schwiegermutter nicht anzuschreien. »Aber ich sorge gern für Rosie«, erwiderte sie mit mühsam kontrollierter Stimme. »Und ich habe nicht vor, sie länger als unbedingt nötig in andere Hände zu geben, auch wenn du es bist. Ich hab nichts dagegen, dass du ihr mal die Flasche gibst, für sie kochst oder mit ihr spazieren gehst, aber ich bin ihre Mutter und sollte mich vor allem um sie kümmern. Das ist nicht gegen dich gerichtet, Rose. Ich weiß, wie gern du deine Enkelin hast und wie sehr sie dich an John erinnert, aber sie darf kein Kindersatz für dich sein. Du brauchst dein Leben und deine Arbeit nicht für sie zu opfern. Das verstehst du doch, oder?«

Mit jedem Satz war die Miene ihrer Schwiegermutter grimmiger geworden. »Du wirfst mir vor, dass ich mich zu sehr um Rosie kümmere? Um meine eigene Enkelin, die mich mit jedem Lächeln an John erinnert? Wie kannst du es wagen, mir so etwas zu sagen? Ich meine es doch nur gut mit ihr. Und ich möchte auch dir helfen. Es ist nicht leicht, ein Kind ohne Vater großzuziehen.«

»Ich weiß deine Hilfe zu schätzen, Rose«, lenkte Jule ein, »doch du übertreibst es manchmal ein wenig. Du magst die Arbeit im Veterans Hospital doch. Als John noch unter uns war, hast du gesagt, dass du niemals etwas anderes arbeiten möchtest. Du brauchst wegen Rosie nicht weniger zu arbeiten.« Sie lächelte versöhnlich. »Wir haben das bisher doch ganz gut hinbekommen.«

»Wenn du meinst«, erwiderte Rose, »aber für morgen bist du auf der Ranch angemeldet, das können wir nicht mehr ändern. Also stell dich nicht so an.«

Wenn Jule ehrlich war, fand sie es gar nicht so falsch, mal einen ganzen Tag für sich zu haben und mit Lightning über die Weide zu reiten. Nur hatte sie nicht vor, die Kontrolle über ihr Kind ganz in andere Hände zu übergeben. Auch als alleinerziehende Witwe, die in der Oberpfalz, aber auch in Texas mitleidig betrachtet wurde und die man nach einem Trauerjahr am liebsten verkuppeln würde, ließ sie sich nicht unterkriegen. Ihre Begabung, spannende und gefühlvolle Romane schreiben zu können, war ein Geschenk, das es ihr leichter als anderen alleinstehenden Müttern machte, mit der Doppelbelastung zurechtzukommen. Sie besaß genug Energie, ihr neues Leben zu meistern, und die Liebe zu ihrer Tochter gab ihr zusätzliche Kraft für ein erfülltes Leben.

Am nächsten Morgen stand Rose schon im Morgengrauen vor der Tür und begrüßte die gerade aufgewachte Rosie so fröhlich, wie sie vor vielen Jahren wohl ihren Sohn geweckt hatte. Während Jule sich wusch, machte sich Rose daran, das Frühstück für Rosie zuzubereiten. Von ihrem Groll war nichts mehr zu spüren. »Heute haben wir den ganzen Tag für uns, Rosie!«, sagte sie zu ihrer Enkelin und klang dabei so glücklich, dass es Jule nicht übers Herz brachte, auch nur eine kritische Bemerkung zu äußern. »Wie wär's, wenn wir nachher ein bisschen spazieren gehen? Am Fluss ist es heute sicher besonders schön.«

»Gib ihr bitte keine Bananenmilch mehr«, bat Jule. »Ich glaube, die verträgt sie nicht so gut. Letztes Mal hatte sie die ganze Nacht leichtes Bauchweh.«

»Ich weiß schon, was ich zu tun habe, Jule.«

Jule ging nicht auf ihren vorwurfsvollen Ton ein und verabschiedete sich mit einer Umarmung und einem Kuss von ihrer Tochter. »Wir sehen uns heute Abend«, sagte sie zu ihrer Schwiegermutter. »Spätestens um sieben, okay?«

»Lass dir ruhig Zeit, ich habe hier alles im Griff.«

»Bis dann«, verabschiedete sich Jule noch einmal, trat ins Freie und stieg in ihren Pick-up. Mit gemischten Gefühlen schlug sie den Weg zur Ranch ein.

23

Lightning wieherte erfreut, als Jule aus dem Pick-up stieg und zu ihr kam. »Tut mir leid, dass ich nicht früher kommen konnte«, entschuldigte sich Jule, »aber du weißt ja, was passiert ist.« Sie griff in die Jackentasche und gab ihr einen der Apfelschnitze, die sie von zu Hause mitgenommen hatte. »Wie wär's mit einem Ausritt? Aber lass mich zuerst Buck und Mary-Beth begrüßen, okay?«

Sie ging ins Haus und umarmte den Rancher und seine Frau. Buck hatte sich kaum verändert. Mary-Beths Rückenschmerzen waren schlimmer geworden und zwangen sie, einen Krückstock zu benutzen. »Tut gut, euch wiederzusehen«, sagte sie, »ich konnte leider nicht früher kommen. Rosie hat mich ganz schön auf Trab gehalten. Wie geht es euch? Auf der Ranch alles beim Alten?«

»Setzen wir uns doch«, schlug Buck vor und führte sie zum Esstisch, »der Kaffee ist noch heiß.« Seine Frau brachte drei Becher und schenkte ein. »Geändert hat sich nicht viel, außer dass wir langsam alt und grau werden. Und das Geschäft mit den Rindern bringt auch nicht mehr viel ein. Zu viele Vorschriften, als hätte es Washington darauf abgesehen, uns Rancher zu schädigen. Zum Glück haben wir genug Geld auf der hohen Kante, denn ich glaube nicht, dass es irgendwann besser wird. Aber zur Ruhe setzen wollen wir uns auch nicht. In einer Stadtwohnung ohne Rinder und Pferde würden wir es nicht aushalten.«

»Wie geht es Rosie?«, fragte Mary-Beth. »Bring sie doch mal mit!«

»Nächstes Mal. Ich habe John versprochen, sie auf ein Pferd zu setzen, sobald sie groß genug ist, und bin selbst gespannt, wie sie sich im Sattel machen wird. Wenn sie nach John kommt, wird sie ein Cowgirl.«

»Wenn sie nach dir kommt, auch«, sagte Buck. »So schnell wie du ist selten jemand mit einem Cowboypferd zurechtgekommen. Quarter Horses sind sehr sensibel, und man muss schon einen Pferdeverstand haben, wenn man so ein Pferd reiten will. Ich würde dich jederzeit als Cowgirl einstellen. Willst du?«

»Als Cowgirl arbeiten?« Sie lachte nur kurz. »Liebend gern, obwohl es noch eine Menge gibt, das ich lernen muss. Wenn John noch am Leben wäre …« Sie blickte durch den Rancher und seine Frau hindurch. »Wir hatten überlegt, ob wir uns eine kleine Ranch kaufen sollten. Die Arbeit hätte großen Spaß gemacht, auch wenn wir damit nicht reich geworden wären. Aber ich habe mit meiner Tochter genug zu tun. Ich will Rosie eine besonders gute Mutter sein.«

»Und du hast deine Schreiberei. Deine Artikel im ›Livestock Journal‹ haben uns sehr gefallen … als wärst du schon jahrelang hier. Schade, dass du damit nicht weitermachen kannst. Vielleicht später, wenn deine Tochter größer ist.«

Jule lächelte. »Wer weiß? Vielleicht schreibe ich dann einen ganzen Roman über das Leben der Cowboys. Einen modernen Westernroman, den auch Frauen lesen. Und wenn er verfilmt wird, spielt Paul Newman die Hauptrolle.«

»Oder John Wayne.«

»Und wie schlägt sich Rose?«

Jule erzählte ihnen von den Problemen, die sie mit ihrer Schwiegermutter hatte. »Manchmal ist sie etwas übereifrig, aber ich lasse mir Rosie nicht wegnehmen. Manchmal glaube ich, sie würde am liebsten mit ihr durchbrennen. Als wäre sie ihr eigenes Kind. Sie will sogar weniger arbeiten, um mehr Zeit für sie zu haben. Ich verstehe, dass sie um John trauert und irgendetwas braucht, an dem sie sich festhalten kann, mir geht es ja ähnlich, aber ewig kann das nicht so weitergehen. Warum lernt sie keinen Mann kennen? Warum geht sie nicht aus? Wenn sie sich verlieben und wieder heiraten würde, ginge es ihr besser.«

»Du musst ihr Zeit geben«, sagte Mary-Beth, »sie meint es nicht böse.«

»Ich weiß, Mary-Beth, ich weiß.«

Rusty hatte ihre Ankunft verschlafen, bellte aber erfreut, als sie aus dem Haus kam, und sprang an ihr hoch. »Schon gut, Rusty. Ich freue mich auch, dich zu sehen. Du hast doch nichts dagegen, dass ich mit Lightning ausreite?«

Sie sattelte Lightning und stieg in den Sattel. Im leichten Trab ritt sie aus dem Corral und auf die offene Weide hinaus, die an diesem sonnigen Tag bis zum fernen Horizont reichte und ihr inzwischen so vertraut war, als hätte sie ihr ganzes Leben in Texas verbracht. In den Flussniederungen war das Land grün und fruchtbar, und an den Ufern wuchsen Cottonwoods und Wacholder, doch der größte Teil von West Texas war trocken und mit widerstandsfähigem Büffelgras, Mesquite und Greasewood bewachsen. Schroffe Felsen ragten aus dem Grasmeer, und vereinzelte Canyons hatten sich tief ins Land gegraben.

Jule genoss es, wieder im Sattel zu sitzen. Nicht in ihren wildesten Träumen hätte sie geglaubt, jemals auf einem Cowboypferd über die weiten Ebenen des westlichen Texas zu reiten. Sie hing immer noch an ihrer Heimat in der Oberpfalz, aber über die endlose Prärie zu reiten, war wesentlich interessanter, als auf einem Traktor über die Felder zu zuckeln, und ließ ihr Herz höherschlagen. Trotz der Probleme, die sie auch hier belasteten, fühlte sie sich frei und ungebunden. Der würzige Duft der Salbeibüsche war auch bei trockenem Wetter intensiv und gab ihr das Gefühl, einen anderen Planeten betreten zu haben.

Im Schatten einiger Wacholderbäume am Ufer eines schmalen Flusses legte sie eine kurze Pause ein. Sie blieb im Sattel sitzen, ließ sich den heißen Wind um die Nase wehen und tätschelte den Hals ihrer Stute. Die Oberpfalz war so weit entfernt, als würde es sie gar nicht geben, und doch gingen ihre Gedanken in die alte Heimat, und sie dachte an die Briefe, die sie erst vor wenigen Wochen von ihren Freundinnen bekommen hatte. Sie hatten sie nicht vergessen, ihre Freundschaft bestand immer noch, auch wenn Gerda in Eschenbrunn geblieben war, Ingrid bei Frankfurt zu Hause war und sie in West Texas lebte.

Ingrid war schreibfauler als sie, hatte ihrem letzten Brief aber auch einige Zeitungsausschnitte beigelegt, die von einem ihrer letzten Filme mit Eric LaForge berichteten. »Die Sünderin von der Moseralm« hieß der Film und handelte von einer jungen Bäuerin, die ein uneheliches Kind bekommt und deswegen von den Dorfbewohnern als Hexe beschimpft wird. Sie musste lachen. Ausgerechnet Ingrid, die nur aushilfsweise während der Kartoffelernte auf einem Bauernhof gearbeitet hatte! Noch mehr hatte Jule aus der »Quick« erfahren. Sie bekam von jeder Ausgabe mit einer Folge ihres Fortsetzungsromans ein Belegexemplar und hatte gelesen, wie erfolgreich und beliebt ihre Freundin inzwischen war. Jule beneidete Ingrid nicht. Ihr wäre ein Leben in der Glitzerwelt des Films und des Showbusiness eher unangenehm gewesen.

Gerda klang nach dem Tod ihres Vaters selbstbewusster und schien sich inzwischen mehr zuzutrauen, hatte aber dennoch Angst, mit der vielen Arbeit nicht zurechtzukommen. Ihre Stellung im Lager wollte sie aber nicht aufgeben, schon wegen des Geldes, das sie dort verdiente. Sie schwärmte regelrecht von den Amerikanern und ging sogar noch in die Micky Bar, wenn auch nicht mehr so oft wie früher. »Ich suche keinen Mann«, schrieb sie, »ich hab einmal den Fehler mit dem Benziger Werner gemacht und möchte keinen weiteren Reinfall erleben. Ich glaube inzwischen, dass es einen Mann wie Matthias nur einmal für mich gegeben hat. Aber mach dir keine Sorgen um mich. Seit dem Tod vom Vater komme ich auch mit der Mutter besser aus. Ich habe eingesehen, dass es besser ist, bei ihr zu bleiben und mich um sie zu kümmern. Alles ist gut, Jule.«

Jule ritt weiter und traf Hank und einen weiteren Cowboy, die gerade dabei waren, einige versprengte Rinder aus einem Dickicht zu treiben. Sie half ihnen, die Tiere auf die Weide zurückzutreiben, und strahlte. Die Arbeit machte ihr Spaß, besonders mit einem Quarter Horse wie Lightning, das störrische Rinder gewöhnt war und jede noch so kleine Bewegung der Tiere vorauszuahnen schien. Es genügte, die Stute mit den Oberschenkeln zu lenken und ihr ansonsten den Willen zu lassen. Jule war lange nicht mehr geritten, hatte sich aber schon nach wenigen Minuten wie zu Hause im Sattel gefühlt und erhielt auch vom Vormann ein großes Lob. »Sie sollten als Cowgirl bei uns anheuern.«

»Zurzeit hab ich mit meiner Tochter genug Arbeit«, erwiderte sie lachend.

Sie ritt mit Hank und dem Cowboy zum Chuckwagon, wurde von den anderen Cowboys mit lautem Hallo begrüßt und bekam von Cactus sein berühmtes Chili con Carne und einen starken Cowboykaffee spendiert. Auch an den Kaffee, »stärker als der Huftritt eines störrischen Maultiers«, hatte sie sich inzwischen gewöhnt. Sie fühlte sich wohl im Kreis der Männer, hörte sich etliche ihrer Geschichten an und zeigte ihnen einige Fotos ihrer Tochter.

»Wie John«, hörte sie einen von ihnen sagen, »die Kleine hat die gleichen Augen wie John.«

Bisher hatte keiner der Cowboys gewagt, seinen Namen zu nennen, wohl aus Angst, er könnte neuen Schmerz in Jule wecken, aber sie ließ sich darauf ein. »Ich besuche sein Grab und rede mit ihm«, sagte sie, »also seht euch vor. Vom Himmel hat er die beste Aussicht und sieht alles, was ihr anstellt. Er hat einen guten Draht zu Petrus und würde sich mit Blitz und Donner rächen, wenn ihr laut flucht oder zu viel trinkt. Im Himmel gibt's keinen Alkohol, sagt er.«

»Dann bleib ich hier«, erwiderte Hank.

»Und wie sieht's mit den Mädels aus?«, fragte ein Cowboy grinsend.

»Wenn du verheiratet bist, bleibst du es auch im Himmel. Bist du ledig, wachsen dir Flügel, und du musst den ganzen Tag auf deiner Harfe spielen, bis sich eine der ledigen Frauen erbarmt und dich von deinen Qualen erlöst.«

»Das hat John gesagt?«

»So wahr ich hier sitze.«

Alle lachten und auch Jule fühlte sich erleichtert. Sie konnte wieder lachen und schaffte es inzwischen, über John zu sprechen, ohne weinen zu müssen. Er hätte es so gewollt, glaubte sie, er hätte gewollt, dass sie ihr Leben auch ohne ihn lebte und nicht in Selbstmitleid verfiel. Ihr würde immer die Erinnerung bleiben, an diese seltenen Augenblicke, in denen ihr Glück grenzenlos gewesen war. Sie waren ein Geschenk gewesen, über das sich nicht jeder freuen durfte.

Am frühen Nachmittag verließ sie die Cowboys. Bei einem Kaffee und einem Sandwich, das die neue Haushälterin zubereitet hatte, eine Mexikanerin aus El Paso, unterhielt sie sich angeregt mit den Hammonds, die ihr sogar anboten, auf ihrer Ranch zu wohnen, um näher bei Lightning sein zu können.

»Das ist nett von euch«, sagte sie, »aber das kann ich meiner Schwiegermutter nicht antun. Ihr wisst doch, wie abgöttisch sie Rosie liebt. Sie wäre todtraurig, wenn sie nicht mehr in ihrer Nähe sein könnte.«

»Vielleicht später. Für dich ist immer ein Platz frei.«

Sie fuhr nach Hause und traf Rose bei bester Laune an. Der Tag mit ihrer Enkelin hatte ihr gutgetan und sie sanfter gestimmt. »Ich meine es doch nur gut mit Rosie«, entschuldigte sie sich. »Sie ist ein so liebes Kind und erinnert mich so sehr an John, dass mir jedes Mal die Tränen kommen, wenn ich sie sehe.«

Jule lenkte ein. »Und ich will dir nicht den Umgang mit ihr verbieten, Rose. Du kannst mit ihr spielen, mit ihr spazieren gehen, und ich hab auch nichts dagegen, einen Tag auf der Ranch zu verbringen und sie bei dir zu lassen, aber sie ist meine Tochter, und für ihre Erziehung bin ich ganz allein verantwortlich.« Sie lächelte versöhnlich. »Du musst auch an dich denken, Rose. Auch dein Leben geht weiter. Verkürze deine Arbeitszeit nicht. Die Veteranen brauchen dich noch mehr als Rosie. Tu mir den Gefallen, Rose. Einverstanden?«

»Ich habe meinen Chef schon angerufen«, erwiderte sie.

Diesmal half ihre Aussprache und sorgte dafür, dass es kaum noch Eifersüchteleien zwischen ihnen gab, abgesehen von den kleinen Reibereien, die es überall zwischen jungen Müttern und Schwiegermüttern gab. Bis zu jenem denkwürdigen Tag, als der Briefträger zwei Luftpostbriefe aus Deutschland brachte. Der eine kam vom Chefredakteur der »Quick«, der sie noch einmal nach Deutschland einlud und ihr einen Vertrag für einen weiteren Fortsetzungsroman anbot. Sie solle sich mit einem gewissen Johannes Mario Simmel abwechseln, der bisher als alleiniger Starautor galt, aber auch Bücher schrieb.

Der andere trug die Adresse einer literarischen Agentur in München. Paula Richter, die Chefin der Agentur, schrieb ihr: »Sehr geehrte Frau Campbell, Ihre Eltern waren so freundlich, mir Ihre Adresse zu geben. Ich bin die Inhaberin einer angesehenen literarischen Agentur, die bereits mehrere Bestsellerautoren unter Vertrag hat und beachtliche Erfolge vorweisen kann, darunter auch zahlreiche Übersetzungen in andere Sprachen und Verfilmungen, darunter zwei Hollywoodfilme mit Starbesetzung. Wir bieten einen umfassenden Service und ersparen Ihnen lästige Arbeiten und Verhandlungen, die beim Schreiben nur stören würden. Ein erfahrenes Team, in der Branche bestens bekannt und vernetzt, kümmert sich um Sie. Wir würden uns freuen, auch Sie zu unseren Autoren zählen zu dürfen, und erwarten gern Ihren Besuch. Als Zeichen unserer Wertschätzung würden wir für Ihre Reisekosten aufkommen. Beiliegend finden Sie einen ausführlichen Bericht über unsere Agentur und ihre Autoren.«

Jule ließ den Brief sinken und starrte eine Weile aus dem Fenster. Sie kannte den Namen der Agentur. Er stand unter zahlreichen Romanen und Geschichten, die sie in Illustrierten gesehen hatte. Sie wusste, dass in Amerika fast alle Autorinnen und Autoren für eine Agentur arbeiteten, dafür auf einige Prozent ihres Einkommens verzichteten, aber auch bessere Vorschüsse und Honorare erhielten. In Deutschland lief es wohl auch darauf hinaus. Gerade für sie wäre ein solcher Deal von Vorteil. Eine Agentur konnte vor Ort für sie verhandeln und Geschäfte abwickeln, ein Briefwechsel zwischen ihr und den Verlagen in Deutschland war viel zu aufwendig und nahm auch zu viel Zeit in Anspruch.

Sie war erleichtert, dass ihre Schwiegermutter im Veterans Hospital war und erst am späten Nachmittag zurückkommen würde. So blieb ihr wenigstens ein bisschen Zeit, um sich eine passende Erklärung für Rose auszudenken. Denn wenn sie nach Deutschland flog, würde sie ihre Tochter mitnehmen. Ihre Eltern würden ihr niemals verzeihen, wenn sie ohne Rosie käme.

Sie schuldete ihnen ohnehin schon viel zu lange einen Besuch. Zwei Wochen, überlegte sie, zwei Wochen sollte sie schon bleiben. In München das Geschäftliche mit dem Chefredakteur der »Quick« und Paula Richter klären und die restliche Zeit mit ihren Eltern in Eschenbrunn verbringen. Vor allem aber: Ingrid und Gerda wiedertreffen, vielleicht sogar am Badesee, und mit ihnen von den alten Zeiten schwärmen, auch wenn sie nicht so schön waren, wie man es sich einbildete.

Sie notierte einige Ideen für zukünftige Romane, während Rosie ihren Mittagsschlaf hielt, ging anschließend mit ihr spazieren und vergnügte sich mit ihr auf dem Spielplatz des Trailer Parks. Am Abend aßen sie zusammen mit Rose, die nach der Tagschicht immer wenig Lust zu kochen hatte. Es gab Hähnchenteile und Kartoffelpüree, für Rosie etwas weißes Fleisch und zum Nachtisch cremigen Schokoladenpudding. Nach dem Essen brachte Jule ihre Tochter zu Bett und setzte sich mit Rose vor den Trailer und lauschte dem Zirpen der Grillen. Über dem Concho River erstrahlte der Himmel in einem leuchtenden Rot.

»Reg dich jetzt bitte nicht auf«, begann Jule, innerlich bereits auf Ärger eingestellt, »aber ich habe Post aus Deutschland bekommen. Von der Zeitschrift, für die ich die Romane schreibe, und von einer literarischen Agentur, die mich weltweit vertreten will. Die Agentur könnte einiges für mich erreichen und besser mit den Verlagen verhandeln als ich von Amerika aus. Aber dazu müsste ich mal nach Deutschland fliegen. Sie zahlen mir alle Reisekosten. Ich dachte, ich fliege für zwei Wochen nach Deutschland, auch um Eltern und Freundinnen meine Tochter zu zeigen, und komme anschließend wieder zurück zu dir.«

Rose zeigte ein verkniffenes Gesicht und schwieg so lange, dass Jule schon mit einem Ausbruch rechnete, aber ihre Schwiegermutter hatte gelernt, sich zu beherrschen. »Du willst Rosie nach Deutschland mitnehmen? Im Flugzeug?«

»Warum denn nicht? Das ist heutzutage kein Problem mehr. Sie haben Spielzeug für die Kinder und spezielles Essen für sie an Bord. Angeblich stecken Kinder einen langen Flug viel besser weg als die meisten Erwachsenen.«

»Ich könnte doch auf Rosie aufpassen.«

»Willst du sie meinen Eltern vorenthalten? Sie warten schon so lange darauf, sie kennenzulernen, und haben es verdient, dass ich sie mitbringe. Was anderes könnte ich ihnen auch nicht erklären. Es ist doch nur für zwei Wochen, Rose.«

»Und wenn du nicht wiederkommst? Was, wenn dich deine Eltern überreden, in der alten Heimat zu bleiben? Das würde ich niemals überleben, Jule.«

»Unsinn! Ich bin jetzt Texanerin und komme auf jeden Fall wieder.«

»Das sagst du jetzt.«

»Weil es die Wahrheit ist«, sagte Jule. »Oder meinst du, ich würde John allein lassen? Ich brauche die Gespräche mit ihm, auch wenn manche Leute darüber lächeln. Und ich brauche dich und die Hammonds und Lightning.«

»Schwörst du es?«

»Ich verspreche es dir ... bei allem, was mir heilig ist.«

»Ich weiß nicht ...«

»Ich fliege nächsten Monat. Dann verpasse ich zwar das Herbst-Roundup auf der Hammond Ranch, aber im Oktober ist Buchmesse, und die Agentin wäre sicher froh, wenn ich bis dahin unterschrieben hätte. Außerdem möchte ich mich mit Ingrid und Gerda am Badesee treffen und mit ihnen schwimmen gehen.«

»Schwimmen gehen? Ist das so wichtig?«

»Ein Ritual«, erklärte Jule. »Als wir noch alle drei in Eschenbrunn gewohnt haben, waren wir jeden Sonntagnachmittag am Badesee und haben dort über alles gesprochen, was uns bewegt.« Sie lächelte. »Vor allem über Jungen.«

»Du willst wirklich schon nächsten Monat fliegen?«

»Zwei Wochen«, betonte Jule, »ich bleibe höchstens zwei Wochen, dann kommen Rosie und ich zurück. Ich bin nach Texas gekommen, um zu bleiben.«

»Meinetwegen. Aber wenn ihr nicht zurückkommt ...«

Rose führte den Satz nicht zu Ende, aber Jule konnte sich denken, was sie sagen wollte. Und sie machte sich Sorgen. Sollte Rose die Nerven verlieren, musste man mit allem rechnen, auch mit dem Undenkbaren. »Wir kommen zurück«, betonte Jule noch einmal. »Ich würde dich niemals belügen, Rose.«

24

Einen Tag vor ihrer Abreise suchte Jule vergeblich nach Rosie. Sie war verschwunden, lag nicht mehr in ihrem Bettchen, in das Jule sie vor ungefähr einer Stunde zum Mittagsschlaf gelegt hatte. Sie hatte ihre Tochter nur für ungefähr eine halbe Stunde allein gelassen, um im Badehaus des Trailer Parks zu duschen. Ihre Schwiegermutter hatte versprochen, ein Auge auf sie zu haben.

Kein Grund zur Panik, dachte sie. Rosie war aufgewacht, und Rose hatte sie zu sich in ihren Trailer mitgenommen, was denn sonst? Doch der Trailer war abgeschlossen, und der Pick-up ihrer Schwiegermutter war verschwunden. Ein schrecklicher Verdacht machte sich in ihr breit. Rose war immer nervöser und mürrischer geworden, je näher Jules Abreisetermin gekommen war, und hatte sich beklagt, dass sie Rosie mit nach Deutschland nehmen würde. Roses Angst, ihre Enkelin könnte für immer in Deutschland bleiben, war mit jedem Tag gewachsen.

Jule suchte die Umgebung vergeblich nach Rosie ab. Auch ihre Nachbarn und die Frau des Verwalters im Büro hatten keine Ahnung, wo sie abgeblieben war. »Ihre Schwiegermutter? Ist die vorhin nicht mit Ihrer Tochter weggefahren?«, erinnerte sich ein Mieter, der das ganze Jahr im Trailer Park verbrachte. »Ich meine, ich hätte die beiden gesehen, aber genau weiß ich's leider nicht.«

Jule zögerte nicht länger, sprang in ihren Pick-up und fuhr zur Hauptstraße. Sie hatte keine Ahnung, in welche Richtung ihre Schwiegermutter geflohen war, nahm aber an, dass sie stadtauswärts gefahren war, eine natürliche Entscheidung, wenn man sich verkriechen wollte. Fest entschlossen, ihre Tochter so schnell wie möglich zu finden, fuhr sie nach Nordwesten. Genauso gut hätte sie eine andere Ausfallstraße nehmen können, aber dieser Highway war am schnellsten zu erreichen, und Rose hatte wenig Zeit zum Nachdenken gehabt.

Auf dem Highway war wenig Verkehr. Außer einigen Cowboys oder Farmern in ihren Pick-ups kam ihnen niemand entgegen. Die Sonne stand hoch am beinahe wolkenlosen Himmel und ließ das verdorrte Land noch trockener erscheinen. Erst in der näheren Umgebung von Grape Creek, einem Vorort von San Angelo, der für seinen Wein bekannt war, änderte sich die Vegetation. Sie suchte überall in dem kleinen Ort nach dem Pick-up ihrer Schwiegermutter, vor allem vor den Motels und Restaurants, konnte ihn aber nirgendwo entdecken. Enttäuscht fuhr sie weiter. Bis Sterling City würde sie fahren, der nächstgrößeren Stadt am Highway, ungefähr vierzig Meilen von San Angelo entfernt.

Was sie tun würde, wenn sie ihrer Schwiegermutter nicht auf die Spur kam, wusste sie nicht. Sie wollte nicht mal darüber nachdenken. Doch wenn sie überhaupt nicht fündig wurde, musste sie die Polizei einschalten, das war ihr auch klar. Ein unerträglicher Gedanke, weil man Rose dann wegen Kidnapping verklagen würde. Darauf, dass sie in ihrer Angst lediglich eine Kurzschlusshandlung begangen hatte, würde man nicht unbedingt Rücksicht nehmen. Besser war es, sie selbst zu finden und die Sache nicht an die große Glocke zu hängen.

Wenige Meilen östlich von Sterling City sah sie den Pick-up an einer Tankstelle stehen. Der Tankwart war gerade dabei, Benzin in den Tank zu füllen. Rose saß hinter dem Steuer. Jule parkte direkt hinter ihr, stieg aus und öffnete die Fahrertür von Roses Pick-up. Sie ahnte, wie verzweifelt ihre Schwiegermutter war, und bemühte sich um einen ruhigen Tonfall. »Hallo, Rose«, sagte sie. Ihre Tochter schlief in einer neuen Tragetasche auf dem Beifahrersitz. »Ich glaube, es ist besser, wenn wir nach Hause fahren. Ich nehme Rosie, okay?«

Rose war so niedergeschlagen, dass sie sich nicht wehrte, als Jule ihre Tochter aus dem Pick-up nahm und in ihren Wagen trug. Der Tankwart merkte wohl, dass etwas zwischen den beiden Frauen nicht stimmte, sagte aber nichts und kassierte in gewohnter Weise bei Rose. Sie verzog keine Miene, als sie zahlte.

»Lass uns bei dem Diner am Stadtrand halten«, sagte Jule zu ihr, »ich spendiere uns Cheeseburger mit Pommes frites. Ein Cheeseburger hilft immer.«

Rose blieb stumm und folgte ihr zu dem Lokal. Auch beim Essen blieb sie stumm. »Kein Grund, die Nerven zu verlieren«, beschwichtigte Jule sie, »Rosie und ich bleiben doch nur vierzehn Tage weg. Die sind im Handumdrehen rum.«

»Kommst du wirklich zurück?«

»Ganz bestimmt, Rose. Du brauchst keine Angst zu haben.«

Der Abschied am nächsten Morgen gestaltete sich schwierig. Rose umarmte und küsste ihre Enkelin und hätte sie am liebsten nicht mehr losgelassen.

Mit einem entschiedenen »Jetzt muss ich aber gehen!« fuhr Jule schließlich zum Flughafen und war froh, als sie im Flugzeug saß. Sie hatte Mitleid mit ihrer Schwiegermutter, die den Tod ihres Sohnes wohl nie überwinden würde und sich in ihrem Schmerz einbildete, ohne ihre Enkelin nicht leben zu können.

Der Flug war angenehmer, als sie befürchtet hatte. Sie hatte einen Sitz in der ersten Reihe reserviert und konnte die

Tragetasche vor sich auf den Boden stellen. Von New York, wo sie umsteigen musste, dauerte der Flug in der neuen Boeing 707 bis Frankfurt nur noch neun Stunden. Die Stewardess kümmerte sich rührend um Rosie, gab ihr ein kleines Modellflugzeug zum Spielen und wärmte sogar die Flasche auf, als sie den Landeanflug auf Frankfurt begannen. »Wenn sie jetzt trinkt, klappt es besser mit dem Druckausgleich«, erklärte sie.

Schon seit Island unter ihnen aufgetaucht war, verdrängte Jule die Nervosität, nach so langer Zeit wieder die alte Heimat zu erreichen, die Gedanken an ihre Schwiegermutter. Sie freute sich auf das Treffen mit der Agentin und dem Chefredakteur der »Quick« und fieberte dem Treffen mit ihren immer noch besten Freundinnen in Eschenbrunn entgegen. Sie hatte Ingrid und Gerda ein Telegramm geschickt und sie gebeten, am Sonntag nach ihrer Ankunft zum Badesee zu kommen. So wie früher, als sie fast jeden Sonntag dort gewesen waren. Diese Treffen vermisste sie am meisten seit ihrem Umzug in die USA.

In Frankfurt stieg sie in eine Maschine nach München um. Zu ihrer Überraschung holte sie eine Assistentin der Agentur am Flughafen ab, begrüßte sie überschwänglich und bewunderte ihre Tochter. Sie fuhr sie zum Hotel und versprach, sie am nächsten Morgen um zehn Uhr abzuholen. Zeit genug für Jule und ihre Tochter, sich von den Strapazen der langen Reise zu erholen und sich gründlich auszuschlafen. Die Assistentin erschien mit einer ausgebildeten Kinderschwester, die sich um Rosie kümmern würde, solange Jule unterwegs war.

Die Agentur lag in einer herrschaftlichen Villa in Bogenhausen, einem der vornehmsten Stadtteile von München. Paula Richter war eine ungewöhnlich farbenfroh gekleidete Frau in den Fünfzigern, versteckte sich hinter einem etwas übertriebenen Make-up und trug eine wahrscheinlich sündhaft teure Uhr, eine ihrer Macken, wie sich später herausstellen sollte. Ihre Augen waren lebhaft und blitzten freundlich, als sie Jule begrüßte. »Ich bin Paula«, sagte sie.

»Jule … Jule Campbell«, erwiderte Jule.

Die Agentin betonte noch einmal, wie sehr sie sich freue, eine so talentierte und vielversprechende Autorin begrüßen zu dürfen, und wies auf die vielen Bücher in den Regalen, darunter zahlreiche Bestseller. »Alles Autoren von uns«, sagte sie stolz. Jule kannte die Namen aus Berichten in der »Quick« und anderen Illustrierten, die ihr nach Amerika geschickt worden waren. Paula bat sie und eine Assistentin, die sich wohl Notizen machen sollte, an den Besprechungstisch, auf dem bereits Kaffee und Schokoladenkekse standen.

»Was eine bekannte Agentur wie unsere leisten kann, haben Sie sicher unserer Broschüre entnommen«, kam sie gleich zur Sache. »Uns geht es natürlich vor allem darum, möglichst lukrative Verträge bei den Verlagen für sie auszuhandeln und die Nebenrechte so zu gestalten, dass Sie auch bei den Taschenbuch- und Filmrechten auf Ihre Kosten kommen. Gut verhandeln können die wenigsten Autoren, und die meisten machen auch bei den Nebenrechten zu viele Zugeständnisse. Wir berechnen zwanzig Prozent von allen Honoraren für unsere Arbeit, aber Sie werden schnell merken, dass der Ertrag, den Sie mit uns erwirtschaften, Ihren bisherigen Gewinn bei Weitem übersteigt.« Sie zündete sich eine Mentholzigarette an und inhalierte genüsslich. »Wir setzen große Stücke auf Sie, Jule. Ich darf Ihnen verraten, dass ich bereits einen der größten deutschen Verlage an der Angel habe und sie sich über die baldige Übersendung eines Exposés freuen würden. Haben Sie denn schon eine Idee?«

Jule war auf die Frage vorbereitet. »Ich schwöre auf starke Frauen und würde gern auch eine solche Frau in den Mittelpunkt der Handlung stellen. Eine Frau, die sich nach einer unglücklichen Liebe auf ihre Karriere konzentriert, als Schauspielerin in Deutschland bekannt wird und zum Schwarm von zahlreichen

Männern wird, erst recht, als sie für einen Hollywoodfilm verpflichtet wird. Doch die Stars, die sie umschwirren, lässt sie abblitzen. Sie wartet auf die wahre Liebe und lernt einen herzensguten, aber weltfremden Mann kennen, der keine Ahnung hat, wer sie ist. Er ist ihre große Liebe. Die beiden scheren sich nicht um den Rummel und fahren in den Sonnenuntergang.«

»Großartig«, lobte Paula. »Ich sehe schon den Titel vor mir: ›Der Mann meiner Träume‹. Schreiben Sie bitte so schnell wie möglich ein Exposé und schicken Sie es mir zu. Die Idee ist wie geschaffen für einen Bestseller, und die Filmrechte werde ich auch verkaufen können, da bin ich ziemlich sicher. Vielleicht sogar nach Hollywood.« Sie zog wieder an ihrer Zigarette und lächelte. »Natürlich vorausgesetzt, Sie wollen von unserer Agentur vertreten werden.«

»Ihre Angebote klingen ziemlich überzeugend, Paula.«

»Okay, dann lasse ich unseren Vertrag gleich vorbereiten, und Sie können ihn nach dem Mittagessen unterschreiben. Sie gehen doch mit mir essen?«

»Liebend gern«, antwortete Jule.

Beim Mittagessen in einem italienischen Restaurant erfuhr Jule, dass Paula im Buchhandel groß geworden war und jahrelang als Lektorin in einem renommierten Wiener Verlag gearbeitet hatte, bevor sie auf einer Geschäftsreise nach New York herausfand, dass auch die deutsche Literaturszene nicht ohne Agenturen auskommen würde. Als eine der Ersten machte sie sich selbstständig und gründete ihre Agentur. Die ersten Erfolge stellten sich schon nach einigen Monaten ein und halfen ihr, einen beachtlichen Autorenstamm aufzubauen. Jule erzählte ihr von Texas, dem Tod ihres Mannes und ihrem Wunsch, dort wohnen zu bleiben und nebenbei auf einer Ranch zu arbeiten. »Gerade weil ich so ab vom Schuss wohne, halte ich eine Agentur für hilfreich. Danke für die Einladung.«

Nachdem Jule den Vertrag mit der Agentur unterschrieben hatte, rief Paula beim Chefredakteur der »Quick« an und erhielt einen Termin für den nächsten Morgen um elf Uhr. »Vorschlag«, sagte sie. »Sie bleiben heute Nachmittag hier und schreiben das Exposé für den Roman, den Sie mir skizziert haben. Den reservieren wir natürlich für den Buchverlag. Und für die ›Quick‹ verfassen Sie ein Exposé für Ihren nächsten Fortsetzungsroman. Gibt es schon eine Idee?«

»Die liegt in meinem Koffer«, antwortete Jule. »Über eine Prinzessin, die sich verkleidet in der Provinz aufhält, um endlich mal dem öffentlichen Interesse zu entkommen und sich ungestört erholen zu können. ›Prinzessin ohne Krone‹. Die Illustrierten mögen es etwas kitschiger, das hab ich schon kapiert.«

»Na, dann«, freute sich Paula.

Jule setzte sich an eine Schreibmaschine und machte sich an die Arbeit. Sie hatte lange über die Idee mit der Schauspielerin nachgedacht, dafür Anleihen bei Ingrids und ihrer wahren Biografie gemacht, und tat sich leicht. In etwas über zwei Stunden war sie mit dem sechsseitigen Exposé fertig. Sie zeigte es Paula, die sehr angetan von ihrer Schreibe war und es an ihre Assistentin weiterreichte, die es auf das Agenturpapier übertragen und vervielfältigen würde.

»So wie Sie habe ich mir eine erfolgreiche Autorin immer vorgestellt. Sie können sich schon mit einer Utta Danella oder Marie-Louise Fischer messen. Ich denke, wir werden wunderbar miteinander auskommen.« Sie führte Jule zur Tür. »Es wird ungefähr drei Wochen dauern, bis wir Nachricht vom Verlag bekommen. Ihre Adresse und Telefonnummer in Texas haben wir?«

Die Assistentin nickte. »Alles notiert«, sagte sie.

»Na, dann.« Eine Lieblingsfloskel der Agentin. »Bestimmt haben Sie bereits Sehnsucht nach Ihrer Tochter. Meine

Assistentin bringt Sie ins Hotel zurück und holt Sie morgen früh wieder ab. Auch die Kinderschwester habe ich noch mal für Sie bestellt. Nach dem Mittagessen, zu dem uns hoffentlich der Chefredakteur der ›Quick‹ einlädt, haben Sie das Geschäftliche dann hinter sich.«

Jule bedankte sich und kehrte freudestrahlend ins Hotel zurück. »Mama! Mama!«, rief Rosie strahlend und kam ihr entgegen. Sie fing die Kleine auf, bevor sie stolperte und auf den Teppich fiel. »Da bin ich wieder, mein Schatz.«

Sie bedankte sich bei der Kinderschwester, einer freundlichen und anscheinend sehr erfahrenen Frau, und spielte eine Weile mit ihrer Tochter. Obwohl sie noch unter dem ungewohnten Jetlag litt, war sie bester Laune. Wenn Paula recht behielt, würde zumindest ihre berufliche Zukunft in rosaroten Farben erstrahlen. Eigentlich hatte sie geglaubt, schon mit den Fortsetzungsromanen am Ziel zu sein. Ein richtiges Buch und eine Verfilmung wären jedoch die Krönung und vor wenigen Wochen noch ein unerfüllbarer Traum. »Was sagst du dazu, Rosie?«, fragte sie ihre Tochter. »Hättest du gedacht, dass ich mal Romane schreiben würde? Wenn ich den Vertrag bekomme, haben wir vielleicht genug Geld, um ein Haus anzahlen zu können. Ein kleines Haus mit einer Wohnung für die Oma, das würde auch ihr gefallen. Wie wär's mit einem Eis?«

Sie hatte ein Café gegenüber vom Hotel entdeckt und verband den Besuch mit einem Nachmittagsspaziergang. Das Vanilleeis schmeckte Rosie noch besser als das Rührei mit Kartoffelbrei, das es zum Abendessen gab. Nach dem Abendessen legte sie ihre Tochter in das Kinderbett, das man ihr zur Verfügung gestellt hatte, und rief Ingrid und Gerda an, um sie an das sonntägliche Treffen am Badesee zu erinnern. Ingrid hatte den Anrufbeantworter eingeschaltet. Doch Gerda war zu Hause und freute sich schon riesig. »Dass du noch mal nach Deutschland kommst, hätte ich nicht gedacht«, sagte sie. »Arbeitest du in Texas wirklich als Cowgirl? Ich meine, so mit Cowboyhut, Revolver, Lasso und allem Drum und Dran? Wie Gary Cooper in ›12 Uhr mittags‹? Das hab ich mir letztes Wochenende im Kino angeschaut. Du als Cowgirl … irre!«

Jule musste lachen. »So ungefähr, aber einen Revolver brauche ich nicht. Und die eigentliche Arbeit machen die Cowboys. Ich helfe nur ein bisschen.«

»Trotzdem. Bis Sonntag, Jule.«

Das Treffen mit dem Chefredakteur am nächsten Morgen verlief absolut harmonisch. Er hatte schon erwartet, bald mit einer Agentin verhandeln zu müssen, war aber viel zu sehr an einer weiteren Zusammenarbeit mit Jule interessiert, um beim Honorar zu knausern. Paula erreichte sogar eine Erhöhung des Honorars um zwanzig Prozent und setzte durch, die Buch- und Filmrechte zu behalten. Einen besseren Abschluss hätte Jule sich nicht wünschen können.

Natürlich lud der Chefredakteur sie auch zum Essen ein und war vor allem an ihrem Leben in Texas interessiert. »Sie haben als Cowgirl gearbeitet? Darüber müssen wir unbedingt eine Reportage veröffentlichen. Wie wär's, wenn ich Ihnen noch im September einen Reporter und einen Fotografen rüberschicke? Ihre Leserinnen, es sind ja hauptsächlich Frauen, werden begeistert sein.«

»Haben Sie einen Mietwagen?«, fragte Paula nach dem Essen.

»Bis jetzt noch nicht.«

»Dann gebe ich Ihnen unseren Firmen-VW. Bringen Sie ihn vor Ihrem Rückflug zurück, dann habe ich vielleicht schon Nachricht vom Verlag.«

Eine Stunde später war Jule in die Oberpfalz unterwegs. Rosie hatte es sich in ihrer Tragetasche auf dem Rücksitz bequem gemacht. Die Fahrt nach Eschenbrunn führte über die Autobahn und anschließend über etliche Landstraßen, bis sie Weiden erreichte und in vertraute Gefilde kam. Nach den trockenen Ebenen in West Texas kam ihr die Umgebung ungewöhnlich grün und fruchtbar vor, und die winzigen Dörfer westlich von Weiden wirkten romantisch und sauber. Ganz anders als die Siedlungen in Texas, die eher wie hastig gezimmerte und nicht für die Dauer gedachte Camps aussahen. Ähnlich wie im Wilden Westen, als die Pioniere ihre Häuser ebenfalls aus Holz und gerade so widerstandsfähig gebaut hatten, dass sie einige Sommer standhielten. Und das schien sich außerhalb größerer Städte wie San Angelo kaum geändert zu haben. Der Wilde Westen war noch lebendig.

Ihr Herz klopfte heftiger, als die Häuser und der klobige Kirchturm von Eschenbrunn in der Ferne auftauchten. Es war ein besonderes Gefühl für sie, in die Heimat zurückzukehren. Strahlender Sonnenschein begleitete sie auf ihrer Fahrt durch die Felder. Einige Bauern waren bereits dabei, die Kartoffeln zu ernten, und aufgewühlter Staub hing über den Traktoren und Erntemaschinen. Auf dem Marktplatz trat sie unwillkürlich auf die Bremse, als sie einigen Nachbarn begegnete, doch niemand vermutete sie in Deutschland und schon gar nicht in einem neuen Volkswagen. Sie hielt vor dem Haus ihrer Eltern.

Freudige Erregung packte sie, als sie die Tragetasche mit ihrer Tochter von der Rückbank nahm, das Hoftor öffnete und das Haus durch den Seiteneingang betrat. Die Tür knarrte immer noch, als wäre sie nur ein paar Tage weg gewesen. Sie hatte ihren Eltern geschrieben, dass sie am Freitag oder Samstag kommen würde, aber keine bestimmte Zeit angegeben, und befürchtete, dass ihre Eltern schon auf dem Acker waren und Kartoffeln ernteten, aber ihre Mutter war zu Hause und saß an der Nähmaschine. Sie war eine gute Näherin, kaufte preiswerte Stoffe in Weiden und verarbeitete sie zu Kleidern und Blusen.

»Da sind wir, Mutter!«, zelebrierte Jule ihre Begrüßung. Sie reichte ihr die Pralinen, die sie in München für sie gekauft hatte. In einer seltenen Gefühlsaufwallung, der nüchternen Mutter sonst eher fremd, umarmten sie sich und küssten sich gegenseitig auf Wange und Stirn. Beiden rannen Freudentränen übers Gesicht. »Es fühlt sich gut an, wieder zu Hause zu sein.«

1963–1964
INGRID

25

Ingrid erreichte Eschenbrunn am Sonntagmorgen. Die meisten Dorfbewohner waren um diese Zeit in der Kirche, und kaum einer beachtete sie, als sie den Mercedes 190 SL ihres Mannes über den Marktplatz steuerte. Sie fuhr den auffälligen Wagen nicht, um anzugeben, sondern weil er sich auf den nur teilweise fertiggestellten Autobahnen und erst recht den Landstraßen bequemer steuern ließ. Sie parkte ihn in der Einfahrt und ging ins Haus. In der Küche wartete sie auf die Rückkehr ihrer Mutter, die anscheinend auch zur Messe gegangen war.

Sie blickte aus dem Fenster. Eschenbrunn erschien ihr wie ein mittelalterliches Dorf, das sich in den letzten Jahrhunderten kaum verändert hatte. Für kein Geld der Welt wäre sie in diese Welt zurückgekehrt, nur für ihre Mutter und ihre Freundinnen war sie bereit gewesen, eine Ausnahme zu machen. Auch wenn sie ihre Mutter schon seit einigen Monaten nicht mehr gesehen hatte, würde sie schon am nächsten Morgen wieder zurückfahren. Alex brauchte ihren Beistand. Die schlechten Nachrichten, die nach ihrer Reise nach Berlin auf sie gewartet hatten, betrafen die hinterhältigen Aktionen von Luggi Schmidhuber, der sich mit seinem vielen Geld etliche Großprojekte unter den Nagel gerissen hatte, die Alex für ihn eingefädelt hatte. Der bayerische Investor hatte sich nur auf eine Zusammenarbeit mit ihrem Mann eingelassen, um ihn zu verdrängen und seine Verbindungen zu nutzen, um den Immobilienmarkt in Frankfurt fast vollständig an sich zu reißen. »Er hat mich reingelegt«, hatte Alex ihr gestanden, »er hat mich bei den Banken angeschwärzt, ihnen eine Menge Lügen erzählt und dafür gesorgt, dass ich keine Kredite mehr erhalte, obwohl ich viel besser dastehe als noch vor einem Jahr.«

Ingrid empfing ihre Mutter mit einem Korb voller Spezialitäten, die sie in der Fressgass gekauft hatte, der historischen Einkaufsstraße in Frankfurt mit den besten Lebensmittelgeschäften.

»Ingrid!«, freute sich ihre Mutter. »Ich dachte schon, du kommst nicht mehr. Ich hab noch gar kein Essen auf dem Herd stehen. Wie wär's mit Dotsch und Apfelmus? Die dauern nicht lange.«

Ingrid hatte ihren Oberpfälzer Dialekt längst abgelegt und musste lachen, als sie den alten Ausdruck für Kartoffelpuffer hörte. »Ich hab was Besseres«, sagte sie. Sie zog zwei Rippchen und ein Glas mit Sauerkraut aus dem Fresskorb. »Frankfurter Rippchen mit Kraut. Brauchen wir nur warm zu machen.«

Beim Essen kamen sie sich näher. Ingrid und ihre Mutter hatten immer ein sehr spezielles Verhältnis gehabt. Nach dem Tod ihres Mannes in Stalingrad war die Mutter völlig aus der Bahn geraten, hatte Ingrid mühsam durch den Krieg gebracht, ihr aber nie die nötige Wärme vermitteln können. Zwischenzeitlich hatte sie sich mit Alkohol und zweifelhaften Männern getröstet und konnte froh sein, dass Ingrid stark genug gewesen war, um es selbst zu etwas zu bringen. Mittlerweile unterstützte Ingrid sie auch mit Geld und war erleichtert darüber, dass ihre Mutter wieder zu sich selbst gefunden hatte. Wie so viele Frauen der Gegend arbeitete sie für Witt Weiden, sie achtete wieder auf ihr

Äußeres und ging sogar mit Männern aus, die nicht nur »das Eine« von ihr wollten.

»Du siehst großartig aus, Mama«, lobte Ingrid sie. »Warum ziehst du eigentlich nicht nach Frankfurt? Alex könnte dir eine kleine Wohnung besorgen, wäre gar kein Problem für ihn, und du hättest mehr Abwechslung.« Sie zwinkerte verschwörerisch. »Außerdem gibt's da tolle Männer in deinem Alter.«

Ihre Mutter schüttelte den Kopf. »Ich tauge nicht für die Großstadt, und heiraten will ich auch nicht mehr. Der letzte Mann, mit dem ich ausgegangen bin, war genauso langweilig wie die anderen, auch wenn es diesmal länger gedauert hat, bis ich's gemerkt habe. Nein, ich gehöre nach Eschenbrunn. Hier ist alles so, wie ich's gewohnt bin. Vielleicht später, wenn ich alt und klapprig bin.«

»Gönn dir ein bisschen Spaß, Mama! Du hast es dir verdient.«

»Spaß hab ich nicht mehr, seit der Vater gefallen ist. Ich hab die Resi, eine Freundin beim Witt, mehr brauch ich nicht. Wir gehen manchmal ins Café oder ins Kino, sogar deinen letzten Film haben wir uns zusammen in Weiden angesehen, und selbst am Strand in Italien oder auf einem teuren Kreuzfahrtschiff würde ich den Vater vermissen. Ich hab versucht, mir nie was anmerken zu lassen, aber umso länger der Vater tot ist, desto stärker vermisse ich ihn.«

Nach dem Essen setzte sich ihre Mutter mit einer Zigarette vor den Fernseher, neben sich auf einem Beistelltisch ein Glas Cola. Coca-Cola war ihr neues Laster, seit sie es schaffte, vollkommen auf Alkohol zu verzichten. Ingrid, in ihrem zitronenfarbenen Kleid mit den weißen Punkten und einem breiten weißen Gürtel, der ihre schlanke Figur besonders gut zur Geltung brachte, winkte ihr zu und fuhr mit dem Fahrrad ihrer Mutter zum Badesee. Ihr Herz hüpfte vor Aufregung, als sie Jule und Gerda an ihrem einstigen Stammplatz sitzen sah.

»Die eleganten Damen kenne ich doch«, scherzte sie. Sie stieg ab und umarmte ihre Freundinnen, drückte sie fest und wurde gedrückt, und konnte sich ein paar Tränen nicht verkneifen. Auch die Augen von Gerda und Jule waren feucht. »Wie wär's mit einem Willkommensschluck?« Sie zauberte eine Flasche echten Champagner und drei Gläser aus einem Beutel, gab ihnen die Gläser und ließ den Korken der Champagnerflasche so laut knallen, dass die anderen Badegäste erstaunt zu ihnen herüberblickten, unter ihnen auch zahlreiche junge Leute, die sie nicht erkannten. »Auf uns!«, rief Ingrid. »Auf wen sonst?«

Sie setzten sich auf die Decke, die Gerda auf der Wiese ausgebreitet hatte, und strahlten um die Wette. Ihr Wiedersehen war etwas ganz Besonderes für sie, vor allem, weil sie inzwischen an weit voneinander entfernten Orten wohnten. Jede andere Freundschaft hätte diese Trennung nicht schadlos überstanden. Das Band, das sie zusammenhielt, war stark und hatte sie während einer Zeit zusammengehalten, die kritisch für sie alle drei gewesen war. Lediglich sie war stark genug gewesen, ging es Ingrid durch den Kopf, um schon früh zu wissen, in welche Richtung es gehen sollte. Gerda und Jule hatten beide unter der Verbohrtheit ihrer Väter gelitten, die es nicht geschafft hatten, die Grauen des Krieges zu vergessen. Wie leider so viele Väter in ihrem Dorf.

»Ist dieser Platz nicht herrlich?«, fragte Ingrid. »Ich denke oft an unsere Treffen am Badesee und bin froh, dass ich es noch geschafft habe, herzukommen. Alex und ich haben gerade viel am Hals. Er hat es mit Luggi Schmidhuber zu tun, einem stinkreichen Baulöwen aus Bayern, der mit allen Tricks arbeitet und ihn aus dem Geschäft drängen will. Und ich habe gerade einige Castings für einen neuen Film.« Sie blickte Gerda an. »So nennt man das Vorsprechen für eine bestimmte Rolle, das müssen auch manche Hollywoodstars. Das Filmgeschäft kann ziemlich stressig sein, das kann man sich gar nicht vorstellen.«

»Was ist eigentlich mit dieser Schauspielerin aus dem Osten passiert, der du bei der Flucht geholfen hast?«, fragte Gerda. »Stand sogar im ›Neuen Tag‹. Wie hieß sie noch? Elke Schubert, oder? Hat sie wieder Arbeit gefunden?«

»Meine Agentin und ich haben ihr nicht bei der Flucht geholfen«, stellte Ingrid richtig, »das wurde von der Presse aufgebauscht. Aber wir haben sie nach Frankfurt geholt, und Petra hat sie unter ihre Fittiche genommen. Sie brauchte nicht lange zu suchen. Das Frankfurter Schauspielhaus hat Elke vom Fleck weg ins Ensemble übernommen. Ihre ›Jungfrau von Orleans‹ war gleich ein Riesenerfolg. Ich bin sicher, sie wird bald auch in einem Film mitspielen.«

»War sicher nicht einfach für sie.«

»Das stimmt.« Ingrid schenkte sich Champagner nach. »Sie hat keine Ahnung, was mit ihrer Mutter passiert ist. Die Behörden in der Ostzone nehmen Verwandte gern in Sippenhaft, wenn jemand flieht. Inzwischen setzt sich sogar die Bundesregierung für sie ein. Vielleicht gibt es einen Austausch. Ich bin gespannt, wie gut und befreit sie aufspielt, wenn ihre Mutter erst mal hier ist.«

»Wir haben alle unser Päckchen zu tragen«, sagte Jule. »Auch ich hab's gerade nicht einfach. John musste unheimlich leiden, bevor unser Herrgott ihn erlöst hat. Die Schmerzen müssen schlimm gewesen sein, trotz der starken Medikamente, die man ihm verschrieben hat. Es tut unheimlich weh, ihn nicht mehr bei mir zu haben. Leider durfte er nicht mehr miterleben, wie seine Tochter geboren wurde. Rosie ... ich hab sie nach meiner Schwiegermutter benannt. Die kommt noch weniger mit Johns Tod zurecht als ich. Er war ihr einziger Sohn, und sie war nahe dran, ihren Kummer mit Wodka zu betäuben. Ihre ganze Liebe gehört jetzt ihrer Enkelin, und ich hab alle Mühe, sie im Zaum zu halten. Am liebsten würde sie Rosie ganz für sich behalten, wisst ihr? Aber wir haben uns arrangiert. Ich verstehe sie ja, sie hat nichts anderes mehr im Leben.«

»Und du hast ihr Rosie dagelassen?«, fragte Ingrid.

»Nein, so leichtsinnig bin ich nicht. Ich hab sie dabei.«

»Du hast sie dabei?«, riefen Ingrid und Gerda im Chor.

Jule lachte. »Schon wegen meiner Eltern, die wollten ihre Enkelin natürlich kennenlernen. Und auch euretwegen, oder wollt ihr die Kleine nicht sehen?«

»Natürlich!«, riefen Ingrid und Gerda wieder zusammen.

»Ich hab sie bei meiner Mutter gelassen«, sagte Jule. »Nach dem Essen schläft sie immer für zwei Stunden. Ich hoffe, die Zeitumstellung macht ihr nicht so zu schaffen wie mir. Nachher könnt ihr sie begutachten, okay?«

»Das wollen wir doch hoffen«, erwiderte Ingrid. »Bist du denn sicher, dass du wieder mit ihr nach Texas fliegst? Hier hättest du's sicher einfacher.«

»Mag sein, aber Texas ist jetzt meine Heimat, und ich hab meiner Schwiegermutter hoch und heilig versprochen, dass ich spätestens in zwei Wochen wieder nach Hause komme. Ehrlich gesagt, habe ich jetzt schon Heimweh.«

»Nach Texas?«

»Nach den Freunden, die ich dort gefunden habe. Buck und Mary-Beth, den Besitzern der Ranch, auf der ich manchmal arbeite. Lightning, meiner Stute. Meiner Schwiegermutter ... ja, auch nach ihr. Der unendlichen Weite, den endlosen Ebenen, die bis zum Horizont reichen. Der Freiheit, die man dort überall fühlen kann. Klingt kitschig, ich weiß. Aber Texas ist was ganz Besonderes. Bis ich mich mit den Cowgirls in Texas messen kann, wird aber wohl noch einige Zeit vergehen. Mit dem Reiten klappt es schon ganz gut. Diese Quarter Horses sind besonders intelligent und wissen genau, wie Rinder reagieren. Bevor die

Viecher ausbüxen können, versperrt ihnen so ein Quarter Horse bereits den Weg. Aber mit dem Lasso bin ich ganz schlecht. Ich bin schon froh, wenn ich den Holzpfahl treffe, an dem wir manchmal üben. Buck, der Rancher, trifft jedes Mal. Soweit ich weiß, war er Champion beim Rodeo, als er noch jünger war. Calf Roping, da muss man ein durchgehendes Kalb mit dem Lasso einfangen und fesseln.«

Ingrid staunte. »Wow! Und John konnte das auch?«

»Er war einer der Besten. Jetzt liegt er auf dem Friedhof in San Angelo.«

»Du vermisst ihn sehr, was?«

»Er war der beste Mann, den man sich vorstellen kann, und ich bin froh, dass ich wenigstens einige Zeit mit ihm zusammen sein durfte. Er war ein Geschenk, das dürft ihr mir glauben. Auch ihn würde ich nicht allein lassen.«

»Ich habe für dich gebetet und mehrere Kerzen in der Kirche angezündet, als ich in deinem Brief gelesen habe, wie krank er war«, sagte Gerda. »Gebete helfen nicht immer, das weiß ich inzwischen auch, aber es war alles, was ich tun konnte. Es muss schlimm sein, den Menschen zu verlieren, den man liebt.«

»Es gibt nichts Schlimmeres. Immerhin konnte ich seinen letzten Wunsch erfüllen: noch einmal über die Weide reiten und sich wie ein Cowboy fühlen.«

»Warst du bei ihm, als … als es zu Ende ging?«

»Ich habe ihn in meinen Armen gehalten«, sagte Jule. »Und ob es wirklich das Ende war, weiß ich nicht. Ich rede mit ihm, jedes Mal, wenn ich vor seinem Grab stehe, und bilde mir ein, dass er mich versteht. Wer kann schon sagen, was wirklich nach dem Tod passiert? Nicht mal ein Pfarrer könnte das.«

Gerda schien keine große Lust auf Champagner zu haben, ihr Glas war immer noch halb voll. »Ich hab auch einen geliebten Menschen verloren«, sagte sie. »Matthias war für mich bestimmt, da bin ich ganz sicher. Unserem Herrgott ist es bestimmt egal, ob jemand katholisch oder evangelisch ist, und eine Scheidung wird er auch verzeihen, wenn es in einer Ehe nicht mehr stimmt. Wären meine Eltern nicht so stur gewesen, hätten Matthias und ich geheiratet, und alles wäre gut gewesen. Ich glaube, meine Mutter denkt inzwischen auch so.«

»Und warum hast du den Benziger Werner geheiratet?«, fragte Jule.

»Ich konnte nicht mehr«, gab Gerda zu, »und hab meinem Vater nachgegeben. Der wollte unbedingt, dass aus mir eine verheiratete Bäuerin wird. Woher sollte er auch wissen, dass der Werner nicht so freundlich war, wie er immer tat. Der ging wochenlang fremd und … okay, ich wollte auch nicht recht.«

»Und plötzlich warst du geschieden?«

»Ich hab die Notbremse gezogen«, sagte Gerda. »Und ich hab zum ersten Mal gemerkt, dass ich mich auf die Hinterbeine stellen muss, wenn ich was erreichen will. Auch dem Vater gegenüber. Ich sag's nur ungern, aber seit er nicht mehr da ist, läuft alles besser, und selbst der Pfarrer hat mir verziehen.«

»In deinen Briefen warst du verschlossener«, erwiderte Jule. »Es ist besser, man spricht mit jemandem, wenn man Probleme hat.« Sie blickte Ingrid an. »Wir sind immer für dich da, auch wenn wir nicht mehr in deiner Nähe wohnen.«

»Ich bin froh, dass ihr gekommen seid.«

Sie schwiegen eine Weile und genossen die warme Sonne, die wie ein tröstendes Feuer am Himmel brannte. Das Lärmen der anderen Badegäste, die scheppernde Musik aus den Kofferradios und das Geschrei der Kinder schienen aus weiter Ferne zu kommen. Das Rauschen des Windes und das Rascheln der Blätter an den Laubbäumen klangen lauter in ihren Ohren und nahmen sie in die Vergangenheit mit, zu den unzähligen Nachmittagen an ihrem geliebten Badesee. Hier hatten sie ausgesprochen, was sie zu Hause niemals zu sagen gewagt hätten.

»Ich hab deine Romane und Geschichten in der ›Quick‹ und der ›Revue‹ gelesen«, sagte Gerda. »Dass dir die tollsten Geschichten einfallen, wissen wir ja schon lange, aber dass dich Leute in ganz Deutschland lesen … einfach irre!«

Jule berichtete von ihrer Begegnung mit der neuen Agentin und ihren Plänen für einen großen Buchroman. »Wer weiß«, erwiderte sie, »vielleicht wird einer meiner Romane bald verfilmt und du darfst die Hauptrolle spielen, Ingrid.«

Ingrid lachte. »Und bei der Premiere machen wir ein Fass auf.«

»Oder bei der Oscar-Verleihung«, sagte Gerda.

Sie stießen noch einmal mit Champagner an, als einer der jungen Männer zu ihnen kam. Ingrid wusste inzwischen nicht mehr, ob die Männer von ihren blonden Engelslocken begeistert waren oder sie nur ansprachen, weil sie eine bekannte Schauspielerin war. »Hey, ihr seid es wirklich … Ingrid, du hier?«

»Willi Meißner«, erwiderte Ingrid mit ihrem spöttischen Grinsen, das sie durch die ganze Jugend begleitet hatte. »Der Angeber, der beim Wasserkampf gegen mich eingegangen ist. Sag bloß, du hast noch immer nicht geheiratet?«

Willi hatte etliche Kilo zugelegt, und sein Bulldoggengesicht war auch nicht schöner geworden. »Vielleicht hab ich auf dich gewartet, Ingrid. Wenn du deinen Bikini anhättest, würde ich eine Revanche für die Niederlage damals fordern.«

»Zu spät, mein Lieber. Ich bin in festen Händen.«

»Hab ich gelesen. Du bist jetzt ein Filmstar.«

»Sag bloß, du willst ein Autogramm.«

»Wenn schon, dann einen Kuss«, sagte er.

»Küsse gibt's bei uns nicht. Sorry, Willi.«

Er machte sich mit einem Grinsen davon, sprang ins Wasser und ließ seine Wut an einem Gummitier aus. Ingrid, Jule und Gerda winkten ihm grinsend zu, als er prustend aus dem Wasser tauchte. Wie viele Angeber von damals, selbst der Brunner Hansi, hatte er nie die Frau fürs Leben gefunden. Auch der Benziger Werner war wieder allein und ging zu zweifelhaften Damen, wie man hörte.

»Rosie müsste jetzt wach sein«, sagte Jule.

Sie stiegen auf ihre Fahrräder und fuhren zum Haus der Bergmüllers am südlichen Ende des Marktplatzes. Jules Mutter empfing sie mit ihrer Enkelin auf dem Arm. Niemand hatte die Bergmüllerin jemals so glücklich gesehen.

»Wow!«, staunte Gerda. »So ein hübsches Kind!«

»Goldig!« Auch Ingrid war begeistert. »Und ganz der Vater.«

Jule nahm sie ihrer Mutter ab und strahlte übers ganze Gesicht. Die wachen Augen der Kleinen, die noch kein Leid gesehen hatten, groß und unschuldig und voller Vertrauen in die Menschen, die sie liebten. Das blonde Haar, das sich langsam dunkel zu verfärben begann. Ihr einzigartiges Lachen, oft scheinbar grundlos, und die kleinen Hände, die sich an ihre Finger klammerten.

»Darf ich sie mal halten?«, fragte Gerda. Sie sprach mit gedämpfter Stimme, als befürchtete sie, Rosie zu erschrecken und den seltenen Moment zu stören.

»Sicher.« Jule reichte sie ihr und zeigte ihr, wie man sie am besten hielt.

»Rosie«, sagte Gerda. »Du bist ein Prachtkind, weißt du das?«

»Hey, du machst dich gut mit einem Kind.«

Gerda musste grinsen. »Ich hab ja nicht mal einen Mann.«

Ingrid stellte sich etwas linkisch an, als sie an der Reihe war, und wusste nicht so recht, was sie mit Rosie anfangen sollte. Als sie zu weinen begann, sagte sie: »Sie mag mich nicht, Jule. Sag bloß, sie hat Angst vor mir.«

»Unsinn!«, erwiderte Jule und rümpfte die Nase. »Sie hat in die Windeln gemacht, das ist alles. Wenn du willst, kannst du sie wickeln. Wie wär's?«

»Lieber nicht, das überlass ich den Profis.«

Sie gingen ins Haus. Jules Mutter hatte Kaffee aufgesetzt und einen Käsekuchen gebacken. »Ihr bleibt doch zum Kaffee?«, sagte sie. »Der Vater muss auch gleich kommen. Er hat die Großmutter im Heim in Weiden besucht.«

»Die Großmutter ist im Heim?«, fragte Ingrid.

»Es ging nicht mehr anders«, sagte Jules Mutter. Man merkte ihr an, dass sie nicht besonders traurig darüber war. »Setzt euch doch, der Kaffee ist gleich fertig. Die Servietten sind in der rechten Schublade. Da, wo sie immer waren.«

Jule nahm Ingrid die Tochter ab. »Aber zuerst wickele ich die Kleine, sonst fällt der Vater in Ohnmacht, wenn er nach Hause kommt. Stimmt's, Rosie?«

Rosie antwortete mit einem Lächeln.

26

Ingrid verbrachte den Montag mit ihrer Mutter, die sich freigenommen hatte und während einer gemeinsamen Fahrt im Mercedes sichtbar auflebte. Es machte Spaß, in einem Cabrio durch die Lande zu fahren und den lauen Spätsommerwind im Gesicht zu spüren. »Komm nach Frankfurt«, forderte Ingrid sie noch einmal auf, »dort können wir jedes Wochenende spazieren fahren.«

Doch ihre Mutter blieb lieber in der Oberpfalz. »Mach dir keine Sorgen um mich, Ingrid. Es geht mir gut, und mit meinem Lohn komme ich auch aus.«

»Und wenn schon«, erwiderte Ingrid. »Ich lasse dir ein paar Hunderter von meiner letzten Gage da. Es tut ganz gut, wenn man mal nicht auf den Pfennig achten muss. Du hast es dir verdient. Wenn du nicht so gut für mich gesorgt hättest, als ich jünger war, wäre nie was aus mir geworden. Kauf dir ein buntes Kleid für dein nächstes Date oder geh zu einem dieser neuen Edelfriseure.«

»Ich brauch kein Kleid und eine neue Frisur erst recht nicht.«

Ingrid steckte ihr die Hunderter heimlich in die Schürzentasche, als sie sich verabschiedete, und fuhr davon, bevor ihre Mutter das Geld fand und etwas sagen konnte. Während der Fahrt lächelte sie. Es hatte gutgetan, ihre Mutter einigermaßen zufrieden zu sehen und ihre Freundinnen wiederzutreffen. Ihr Treffen am Badesee war ein Ausflug in die eigene Vergangenheit gewesen, in die unbeschwerten Zeiten, als sie in der Micky Bar ihre Jugend gefeiert hatten und ihre Welt noch voller Träume gewesen war.

Die Träume ihrer Freundinnen waren schon nach wenigen Monaten zerbrochen, nur ihr war gelungen, das zu erreichen, was sie sich vorgenommen hatte, wenn auch mit harter Arbeit und manchen Entbehrungen. Um Jule hatte sie keine Angst. Sie war eine starke Frau, die in Texas eine neue Herausforderung gefunden hatte, ihren Mann zwar niemals vergessen, aber auch ohne ihn ein erfülltes Leben haben würde. Dafür würde Rosie schon sorgen. Die lebhafte Kleine würde sie auf Trab halten und ihr gar keine Zeit zum Trauern lassen.

Bei Gerda war sie nicht so sicher. Sie litt mehr unter dem Verlust von Matthias, als sie zugeben wollte, und würde wohl nie mehr einen Mann finden, den sie so wie ihn lieben konnte. Ihr Vater hatte ihr Leben zerstört. Dass er ihr jetzt nicht mehr im Weg stand, half ihr vielleicht, einen neuen Platz im Leben zu finden. Sie war selbstbewusster geworden und anscheinend fest entschlossen, sich nicht mehr unterkriegen zu lassen, schon gar nicht von den anderen Dorfbewohnern, von denen die meisten selbst genug Dreck am Stecken hatten, um sich aufspielen zu können. Jeden Sonntag in die Kirche zu gehen, machte noch keine Christen aus ihnen. Gerda war tausendmal anständiger als sie.

Zu Hause in Königstein schloss Ingrid ihren Mann erleichtert in die Arme. Immer wenn sie einige Tage von ihm getrennt gewesen war, spürte sie die starke Liebe, die sie mit ihm verband. Diese Liebe war ihr größtes Geschenk. Sie hatte selbst genug Geld und als berühmter Filmstar allen Glamour, den man sich wünschen konnte. Alles, was sie sich jemals gewünscht hatte. Doch auf den Bällen und roten Teppichen hatte sie erkannt, dass man dafür hart arbeiten musste und Glamour nicht alles war. Es war schön, von anderen Menschen bewundert zu werden und genug Geld auf der Bank zu haben, aber nur, wenn man dafür etwas geleistet hatte. Wahre Liebe konnte man dafür nicht kaufen.

Während sie ihren Mann küsste, stieg ihr der Duft eines fremden Parfüms in die Nase. Sie trat einen Schritt zurück. »Du warst bei einer anderen Frau.«

Er grinste. »Bei einer Prostituierten.«

»Wie bitte?«

»Nicht so, wie du denkst. Und auch nicht allein. Zwei norddeutsche Investoren, die ebenfalls in Frankfurt einsteigen möchten, waren bei mir. Claudine, so heißt die Dame, soll für uns spionieren. Wir haben den starken Verdacht, dass Luggi Schmidhuber ein Betrüger ist und seine Immobilien falschen Krediten zu verdanken hat. Claudine, ich kenne nicht mal ihren Nachnamen, soll sich an den Juniorchef einer Privatbank ranmachen und Beweise sammeln.«

»Du willst gegen Schmidhuber vorgehen? Selbst wenn er lügt und betrügt, lässt er sich bestimmt nicht gefallen, dass ihr gegen ihn vorgeht. Er hat doch sicher Leibwächter, harte Jungs, die auch vor Gewalt nicht zurückschrecken. Wer sagt euch denn, dass der Juniorchef auf diese Claudine hereinfällt?«

Alex holte eine Flasche Rotwein und zwei Gläser, und sie setzten sich an den Küchentisch. Nachdem sie miteinander angestoßen hatten, sagte er: »Der Juniorchef ist bekannt dafür, seine Frau mit Prostituierten und anderen zweifelhaften Frauen zu betrügen, und Claudine ist ein raffiniertes Biest, die alle Tricks beherrscht. Sie wird ihm seine Geheimnisse entlocken oder ihn mit den Fotos erpressen, die unser Fotograf heimlich von ihm und Claudine aufnimmt.«

»Aber, das ist ...«

»Ungesetzlich, ich weiß, und die Beweise würden vor Gericht wahrscheinlich nicht mal zugelassen, aber wir brauchen sie auch nicht. Wir wissen, dass die Polizei den Baulöwen und einige Banker längst auf dem Kieker hat und nur darauf wartet, endlich etwas unternehmen zu können. Kommt der Stein erst mal ins Rollen, hält ihn nichts mehr auf. Ich denke, der junge Banker wird nur allzu bereit sein, auszupacken, wenn er sich dafür eine geringere Strafe einhandelt.«

»Das sind Mafia-Methoden, Alex! Das ist viel zu gefährlich!«

»Wir bringen den Juniorchef weder um noch tun wir ihm sonst etwas zuleide«, erwiderte Alex. »Claudine bereitet ihm ein paar schöne Stunden, und er zahlt wahrscheinlich noch dafür, und wir stellen ihn am nächsten Tag zur Rede. Falls er nichts verraten hat, wird Claudine so tun, als hätte er im Schlaf gesprochen, oder mit den Fotos nachhelfen. Anders kommen wir an Schmidhuber nicht ran. Der junge Banker ist ein labiler Typ, der redet auf jeden Fall.«

Ingrid vermutete, dass er ihr den Namen der Bank und des Juniorchefs bewusst verschwieg, um sie nicht unnötig in die Bredouille zu bringen, falls man sie verhörte. »Warum geht ihr nicht zur Polizei und sagt ihnen, was ihr vermutet? Die kennen sicher Mittel und Wege, den Banker zum Reden zu zwingen.«

»Die Polizei wird sich hüten. Luggi Schmidhuber ist ein mächtiger Mann und hat überall Beziehungen, sogar bei der Polizei. Mach dir keine Sorgen, Ingrid. Sobald Claudine den Banker an der Angel hat, geht alles seinen Weg.«

»Und was hast du davon, wenn ihr Schmidhuber überführt?«

»Schmidhuber hat mich bei allen Banken angeschwärzt«, sagte er, »das ist eigentlich schon Grund genug, ihm das Handwerk zu legen. Ich würde wieder Kredite bekommen, die er durch seinen Einfluss verhindert hat, und die Laufzeit unseres Vertrags würde sich verkürzen, und wir hätten den Umsatz aus dem Kaufhaus wieder ganz für uns. Bei seiner Pleite würden wir nur gewinnen.«

»Du willst weiter investieren?«

»Vor allem in unser Kaufhaus, das hat Zukunft, wenn ich es richtig anstelle, und verspricht inzwischen auch den größten Profit. Wir könnten weitere Filialen eröffnen, und wenn wir tatsächlich wieder Luxusware verkaufen wollten, denke ich an eine Boutique mit deinem Namen.«

»Ingrid? Der Name klingt ein wenig altmodisch.«

»Bist du etwa altmodisch? Seit du erfolgreiche Filme drehst, ist der Name wieder in aller Munde. Wir hätten überschaubare Projekte, die genug Geld einbringen, und bräuchten nicht mehr dieses große Risiko einzugehen. Ich habe genug an der Börse spekuliert und zu viele aufregende Spielchen gespielt.«

»Du meinst, wir werden ein stinknormales Ehepaar?«

Er grinste. »Na, ganz so normal nun auch wieder nicht.«

Das Telefon klingelte.

Alex nahm ab und reichte es an sie weiter. »Petra.«

»Zurück aus der Provinz?«, fragte ihre Agentin.

»Ich bin vor einer Stunde zur Tür rein.«

Ingrid hörte Papier rascheln. »Morgen um zehn bei mir und danach Mittagessen beim Italiener? Ich habe etwas Wichtiges mit Elke und dir zu besprechen.«

»Elke Schubert kommt auch?«

»Ein gemeinsames Projekt. Morgen mehr, okay?«

»Klingt gut. Ich werde pünktlich sein.«

Alex streckte die Hände nach ihr aus. »Anscheinend hast du mehr Stress als ich. Wollen wir heute Abend nicht mal an uns denken? Ich habe mal eine dieser blonden Hollywood-Schönheiten in einem Film gesehen, die räkelte sich mit einem Schönling im Bett, trank Champagner mit ihrem Liebsten, und dann …«

»Und dann?«

»Wechselte die Szene, und man sah gar nichts mehr. Du weißt ja, wie prüde die Amis sind. Die haben schon Angst, einen längeren Kuss zu zeigen. Das heißt nicht, dass ich es toll finde, wenn du einen anderen im Film küsst, aber ich weiß ja, dass das alles nur Show ist und ihr mit tausend Tricks arbeitet.«

»Ich küsse immer am Mund vorbei, das merkt keiner.«

»Bei mir hoffentlich nicht.«

Sie lächelte verführerisch. »Im Gegenteil. Wenn du willst, gehen wir ins Schlafzimmer, und ich zeig's dir. Schlimm genug, dass ich eine Nacht ohne dich verbringen musste. Ich habe dich vermisst, Alex! Dich und alles, was …«

»Alles was?«

»Alles, was du gleich mit mir machst.«

Er führte sie ins Schlafzimmer, und sie liebten sich mit einer Leidenschaft, die sie an ihre ersten gemeinsamen Nächte erinnerte. Sie war hungrig nach ihm, nach seinen Berührungen und seinen Küssen, seinem Atem, der heiß über ihre Haut strich, wenn sie einander nahe waren. »Alex!«, flüsterte sie. »Ich hätte nicht gedacht, dass ich mal solches Glück haben würde. Ich liebe dich!«

Sie rauchten beide nicht, und statt der »Zigarette danach« gab es den restlichen Champagner und geflüsterte Liebeserklärungen, die ein zufriedenes Seufzen in ihr auslösten und zu einer beinahe schlaflosen Nacht führten. Als sie aufwachten, schien bereits die Sonne zum Fenster herein. Es reichte gerade noch für ein schnelles Frühstück, dann sprang Ingrid in ihren VW und fuhr nach Sachsenhausen, dem Frankfurter Stadtteil auf der anderen Mainseite.

Petra Schirner und Elke Schubert warteten bereits auf sie. Die Agentin trug ihr knallrotes Kostüm mit dem weißen Seidenschal und ihre silbernen Ohrringe. Auch im Büro verzichtete sie nicht auf ihre Stöckelschuhe. Die Assistentin hatte Kaffee und die guten Kekse aus dem Café gegenüber bereitgestellt.

»Ingrid!«, begrüßte Petra sie erfreut. »Nein, du bist nicht zu spät. Elke war nur etwas früher dran. Setz dich doch, ich habe gute Neuigkeiten.«

»Eine neue Rolle?«

»Eine ganz besondere neue Rolle«, wurde Petra genauer, »du und Elke werdet zum ersten Mal gemeinsam in einem Film spielen. Beides sind Hauptrollen. Der Produzent ist derselbe wie bei der ›Sennerin‹ und besteht auf dir und Elke als Hauptdarstellerinnen. Er verzichtet sogar auf ein Casting. Dich kennt er sowieso, und Elke hat er mehrmals im Theater gesehen und ist fest davon überzeugt, mit ihr ebenso großen Erfolg wie mit dir zu haben.«

Ein Anflug von Eifersucht regte sich in Ingrid. Wie die meisten Schauspielerinnen dominierte sie gern allein in einem Film, duldete höchstens einen männlichen Star neben sich. Aber es war nur eine flüchtige, beinahe instinktive Reaktion, die sie selbst nicht ernst nahm. Elke war eine großartige Schauspielerin, davon hatte sich Ingrid im neuen Schauspielhaus am Theaterplatz selbst überzeugt. Im Gegensatz zu ihr war sie auf einer Schauspielschule gewesen, hatte große Erfolge in Ost-Berlin gefeiert und sich eine Hauptrolle verdient. Bei ihrem Theaterbesuch hatte auch Ingrid erkannt, wie gut sie war, eine Schauspielerin, die sich nichts anderes vorstellen konnte, als auf einer Bühne zu stehen.

»Mit Elke? Das ist ja großartig!«, freute sich Ingrid.

Elke strahlte ebenfalls. »Der Produzent hat mich im Theater gesehen?«

»Ganz recht«, erwiderte Petra. »Und er war begeistert.«

»Und um was geht's in dem Film?« Elke interessierte sich vor allem für die Art und den Inhalt eines Stücks oder Films, die Gage war immer Nebensache. Hauptsache, es reichte einigermaßen zum Leben. Der Glamour, nach dem sich Ingrid früher gesehnt hatte, die festlichen Empfänge und roten Teppiche, spielten von Anfang an keine Rolle für Elke. Sie lebte ihren Beruf. Das hatte Ingrid in zahlreichen Gesprächen mit ihr erfahren. Ihr war es sogar egal, ob ihr Name zuerst oder an zweiter Stelle auf dem Plakat genannt wurde. »Hoffentlich kein Kriminalfilm. Ich bekomme immer Angst, wenn ich mir einen Krimi ansehe.«

»Im Mittelpunkt des Films stehen zwei Frauen, die um das Firmenerbe ihrer Familie streiten. Als der Besitzer einer großen Maschinenfabrik stirbt, erben Karin und Heike, seine beiden Töchter, den Betrieb. Seine Frau ist schon verstorben, und einen Sohn gibt es nicht. Die Töchter sind sehr unterschiedlich. Karin versteht nichts vom Maschinenbau und will den Betrieb verkaufen. Heike hat sich schon immer für die Geschäfte der Männer interessiert, kennt sich in Buchhaltung aus und hat auch eine Ahnung von Maschinen. Genaueres könnt ihr im Drehbuch nachlesen, das bereits in Arbeit ist. Natürlich spielen vor allem die ständigen Konflikte zwischen den beiden Frauen eine Rolle, aber auch ihre privaten Beziehungen. Karin macht sich an einen erfolgreichen Geschäftsmann heran, der ihnen helfen könnte, die Firma auf Erfolgskurs zu bringen, aber nur seine eigenen Interessen verfolgt. Heike liebt einen unscheinbaren Arbeiter, der eine Idee entwickelt, eine Maschine so zu verbessern, dass die Produktion erhöht wird. Am Ende triumphiert Heike. Karin erleidet Schiffbruch mit ihrem Geschäftsmann und besteht auf ihrem Anteil, den sich Heike jetzt leisten kann. Heike übernimmt die Maschinenfabrik.«

»Ein Engel und eine Hexe«, erkannte Ingrid. »Und wer spielt was?«

»Das müsst ihr entscheiden. Dem Produzenten ist es egal.«

»Ich spiele die Böse«, sagte Elke.

»Freiwillig?«, wunderte sich Ingrid.

Elke lächelte hintergründig. »Ich spiele gern böse Frauen. Eine meiner ersten Hauptrollen in Ost-Berlin war die Hexe in ›Hänsel und Gretel‹. Vor der Hexe fürchteten sich sogar Erwachsene. Nichts gegen Heldinnen wie die Jungfrau von Orleans, aber böse Frauen finde ich interessanter. Einverstanden?«

Petra antwortete für Ingrid. »So hätte ich auch entschieden. Ingrid, du bist ein Idol für deine Fans, eine Hexe würde man dir gar nicht abnehmen. So wie John Wayne niemals einen Schurken spielen dürfte. Ist das okay für dich?«

»Sicher«, zeigte sich Ingrid einverstanden.

»Was die Gage angeht, spielt es sowieso keine Rolle«, sagte Petra. »Ihr bekommt beide das Gleiche.« Sie nannte eine Zahl, die beide erstaunte. »Nicht schlecht, was? Außerdem seid ihr beide an den Einnahmen beteiligt. Den Vertrag bekomme ich in den nächsten Tagen.« Sie trank ihren Kaffee aus. »So, jetzt habe ich aber Hunger. Beim Italiener gibt es die besten Nudeln der Welt.«

Das Lokal lag nur ein paar Häuser entfernt. Petra hatte einen Platz im Freien reserviert, der zwar nahe der Straße lag, aber ein wenig Sonne und frische Luft versprach. Sie bestellten Spaghetti mit Muscheln und Weißwein aus der Toskana. Petra fuhr jedes Jahr nach Italien in den Urlaub und kannte sich bestens aus.

»Hast du inzwischen von deiner Mutter gehört?«, fragte Ingrid.

Elke schüttelte betrübt den Kopf. »Eine Freundin hat sich gemeldet. Man hat meine Mutter in Sippenhaft genommen, wie ich befürchtet habe. Man hat sie ins Gefängnis gesperrt, obwohl sie nichts getan hat. Ich habe einen Anwalt eingeschaltet, der sich seit Monaten bemüht, sie freizukaufen und über einen Häftlingstausch in den Westen zu bekommen. Das ist möglich seit letztem Jahr. Aber bis jetzt hat die Regierung noch nichts unternommen. Das kann dauern, sagen sie. Wenn meine Mutter nicht darauf bestanden hätte, in der DDR zu bleiben … ich werde mir wohl nie verzeihen, sie zurückgelassen zu haben.«

»Unsinn!«, sagte Ingrid. »Dich trifft keine Schuld.«

»Meinst du, die Stasi ist noch hinter dir her?«, fragte Petra. »Ich habe mal von einem Fußballspieler gelesen, der auch in den Westen geflohen war und von Geheimagenten schikaniert wurde. So stand es jedenfalls in der Zeitung.«

Elke trank einen Schluck von dem Wein. »Ich weiß. Ich habe auch manchmal das Gefühl, dass ich verfolgt werde. Erinnerst du dich an den Mann mit der Nickelbrille, der hinter mir her war, als ich mit dem Chor in Frankfurt war?«

»Sicher. Der war von der Stasi, oder?«

»Die Stasi ist überall«, sagte Elke. »Ich habe große Angst …«

Sie stockte mitten im Satz und blickte auf das Apfelweinlokal auf der anderen Straßenseite. Sie wurde blass, und ihre Augen weiteten sich vor Angst.

»Elke! Was ist mit dir?«, erschrak Petra.

»Wenn man vom Teufel spricht«, erwiderte Elke. »Siehst du den Mann in den Bluejeans und der modernen Jacke? Der ist mir schon vor ein paar Tagen aufgefallen. Ein Stasi-Mann, der sich als Westler verkleidet hat.« Sie lachte kurz. »Oder wie er sich einen Westler vorstellt. Er soll mich wohl überwachen.«

»Dann solltest du heute auf keinen Fall zu Hause schlafen.«

»Sie kann zu uns kommen«, bot Ingrid an. »Wir haben ein Gästezimmer.«

Petra nickte zufrieden. »Und ich schalte sofort meinen Anwalt ein. Vielleicht hilft uns auch die Produktionsfirma. Wir müssen so schnell wie möglich erreichen, dass die Stasi ihren Mann abberuft und deine Mutter freilässt. Du spielst an einem renommierten Theater und übernimmst eine Hauptrolle in einem großen Spielfilm. Du leistest einen wichtigen Beitrag zur Kulturszene in Deutschland. Die Regierung kann es sich nicht leisten, dich fallenzulassen.«

Als die Spaghetti kamen, hatte keine der drei Frauen mehr Appetit.

27

Aus einer Nacht wurde eine Woche. Alex war entsetzt, als er von der möglichen Beschattung durch einen Stasi-Mann erfuhr, und hatte nichts dagegen, dass Elke bei ihnen einzog. Und Ingrid hatte gerade nichts Wichtiges zu tun und fühlte sich verpflichtet, ihre Kollegin zu beschützen und sie jeden Tag ins Theater zur Probe oder zur Aufführung zu begleiten. Ingrid mochte Elke, schätzte sie als Schauspielerin und als Mensch und betrachtete sie als Freundin.

Inzwischen bemühte sich Petra Schirner um den Freikauf von Elkes Mutter. Die Agentin hatte gute Verbindungen zu politischen Kreisen und erklärte einem Minister ihr Anliegen, und der sorgte wiederum dafür, dass Helga Schubert auf die Liste mit den dringenden Z-Fällen kam. »Z« stand für »Zurück« und bezeichnete politische Gefangene in der DDR, die freigekauft werden sollten. Petra argumentierte mit dem Bekanntheitsgrad von Elke und der Gefahr, die von der Stasi auch im Westen ausging, und bekniete die Behörden auch, sich den Rückzug des Stasi-Beschatters zu erkaufen. Es wäre nicht das erste Mal, dass ein Republikflüchtling bei einem folgenschweren »Unfall« starb.

Dass Helga Schubert auf die Liste kam, war gegenüber vielen anderen Gefangenen natürlich ungerecht, aber die Bedrohung durch die Stasi war offensichtlich, und Elke hatte nirgendwo mit ihrer Flucht geprahlt oder die DDR lächerlich gemacht. In ihren Statements hatte sie allein berufliche Gründe erwähnt und der Stasi die Möglichkeit offengelassen, eine rührselige Geschichte zu erfinden. Eine Ausreise der Mutter könnten sie mit einer schweren Krankheit begründen. Es gab andere Gefangene, die wichtiger für die DDR waren.

Schon einen Tag nach ihrem Einzug bei Axel und Ingrid hatten zwei Beamte des Bundesnachrichtendienstes nach Elke gefragt. Die beiden Männer sahen nicht wie Geheimagenten in einem Spionagefilm aus, wirkten eher bieder. Wortführer war ein Mann in Anzug und Krawatte. Er hieß Otto Panzer und war um die fünfzig. Er schien keine Waffe zu tragen, zumindest nicht sichtbar.

»Sie sind Ingrid Beck, nicht wahr? Ich habe Sie im Kino gesehen.«

Ingrid bat die Männer ins Wohnzimmer, stellte ihnen Elke vor und servierte Kaffee. Keiner der beiden hatte etwas dagegen, dass sie der Befragung beiwohnte. Panzer stellte dieselben Fragen wie die Beamten nach der Flucht, verglich die Antworten mit seinen Unterlagen und kam relativ schnell auf den möglichen Freikauf der Mutter zu sprechen. »Ihre Mutter wurde nach Ihrer Flucht festgenommen?«

»So wie ich von einer ihrer Bekannten über Umwege erfahren habe, gleich am nächsten Tag. Meine Mutter war darauf gefasst, wollte aber dennoch, dass ich fliehe. Sie würde die Haft schon ertragen. Inzwischen bin ich mir nicht so sicher und habe auch Schuldgefühle. Ich weiß, dass man die politischen Gefangenen in der DDR isoliert. Sie hat keine Ahnung, was aus mir geworden ist, und macht sich bestimmt mehr Sorgen um mich als um sich selbst. Was sonst noch mit ihr passiert, möchte ich mir gar nicht vorstellen. Die Stasi ist nicht gerade zimperlich, wenn es um Republikflucht geht. Ich muss sie freibekommen.«

Panzer nickte nur. »Sie werden beschattet? Frau Schirner ...« Er blätterte in seinem Notizblock. »Frau Schirner erzählte etwas von einem Stasi-Mann.«

»Das vermute ich zumindest«, sagte Elke. Sie berichtete von dem Mann, den sie gegenüber dem Lokal beobachtet hatte. »Ich wüsste nicht, wer mich sonst verfolgen sollte. Er trug Bluejeans und eine moderne Jacke. Wahrscheinlich glaubt er, auf diese Weise wie ein Westler auszusehen. Ziemlich albern.«

»Und gefährlich. Wir sind sehr erleichtert, dass Sie bei Ihrer Kollegin einziehen konnten und sie sich so gut um Sie kümmert. Auch wir haben ein Auge auf Sie und hoffen, dass die Regierung den Handel mit der Stasi hinbekommt.«

»Wir geben uns große Mühe, nicht zu sehr aufzufallen«, sagte Ingrid.

»Was bei Ihrem Bekanntheitsgrad nicht einfach sein dürfte. Sehen Sie sich vor allem vor, nicht in einen Unfall verwickelt zu werden. Die Regierung ist sich ihrer Verantwortung bewusst, gerade bei einer so bekannten Schauspielerin wie Ihnen, Frau Schubert, und wird alles tun, um so schnell wie möglich zu einer Einigung mit den DDR-Behörden zu kommen. Vertrauen Sie uns!«

»Vielen Dank, die Herren«, hatten Elke und Ingrid sie verabschiedet.

Inzwischen wussten auch Ingrid und Elke, wie ein Freikauf von Gefangenen aus der DDR ablief. Die Regierung der Bundesrepublik übergab eine Liste mit Gefangenen einem DDR-Rechtsanwalt in Ost-Berlin, der die Staatssicherheit kontaktierte und ihr die Liste zur Begutachtung gab. Für die Gefangenen, die gehen durften, war eine Bezahlung fällig, die nicht nur aus Geld bestand. Auch Lebensmittel galten als

Währung. Die freigelassenen Gefangenen wurden in Bussen mit westdeutschen Kennzeichen über die Grenze gefahren.

Noch einige Male während der nächsten Tage sahen Ingrid und Elke den Stasi-Agenten in ihrer Nähe. Einmal stand er nach einer Probe vor dem Theater und gab vor, in eine Zeitung vertieft zu sein, ein anderes Mal überholte er sie in einem Volkswagen. Ihn schien es nicht zu kümmern, dass sie ihn sahen. Elke nahm an, dass er den Auftrag hatte, ihr Angst einzujagen und sie davon abzuhalten, öffentlich gegen die DDR zu hetzen. »Anscheinend hat er nicht den Befehl, mich zu töten«, sagte Elke, »sonst würde er sich anders benehmen.«

Sie versuchten, die Gefahr so weit wie möglich zu ignorieren und die gemeinsame Zeit für ihre Vorbereitung auf den gemeinsamen Film zu nutzen. Sie hatten den ersten Entwurf des Drehbuchs bekommen und diskutierten darüber, wie sie die Charaktere der sehr unterschiedlichen Frauen am besten herausarbeiten konnten. Elke schlug mehrere Gesten vor, die mehr aussagten als Worte, im Theater schwer zu verdeutlichen, im Film und vor allem in Großaufnahmen aber sehr wirkungsvoll. Dort konnte schon ein bestimmter Blick oder eine scheinbar beiläufige Handbewegung mehr sagen als tausend Worte.

»Du bist besser als ich«, gab Ingrid ehrlich zu, »du hast die Schauspielerei erlernt und weißt, worauf es ankommt. Ich habe großen Respekt vor dir.«

»Und du hast Ausstrahlung«, revanchierte sich Elke. »So wie die Monroe oder Sophia Loren. Die wirken allein durch ihre Anwesenheit, wenn sie einen Raum betreten. ›Aura‹ nannte das mein Schauspiellehrer. Mehr als Talent.«

Ingrid fühlte sich geschmeichelt. »Ich hatte immer leichtes Spiel. Wegen meiner blonden Locken und dem hübschen Gesicht, das mir der Herrgott geschenkt hat. Als ich jünger war, hab ich mir noch was darauf eingebildet. Inzwischen weiß ich, dass Schönheit vergänglich ist und es noch was anderes gibt, als gut auszusehen. Bald gibt es Jüngere, die besser als ich aussehen.«

»Ich gebe nichts auf Schönheit«, sagte Elke. »Nicht, dass ich gern ein hässliches Entlein wäre, aber was mache ich mit vierzig? Bin ich dann wertlos?«

»Du bestimmt nicht. Für dich wird's immer eine Rolle geben.«

Die Regierung arbeitete schneller als vermutet, und auch die DDR war anscheinend daran interessiert, das Thema so schnell wie möglich vom Tisch zu bekommen. Ingrid war dabei, als die beiden Beamten vom Bundesnachrichtendienst klingelten und ihrer Kollegin die gute Nachricht überbrachten. »Sie werden nicht mehr beschattet, und Ihre Mutter kommt in zwei Wochen in Herleshausen an.« In der Nähe der kleinen hessischen Stadt lag ein Grenzübergang.

Elke wohnte mittlerweile wieder in ihrer Wohnung und Ingrid holte sie ab. Gemeinsam fuhren sie an die innerdeutsche Grenze und warteten auf den »Wunderbus«, wie die Menschen im Osten ihn nannten. Ihre Mutter weinte vor Glück, als sie aus dem Bus stieg und ihrer Tochter in die Arme fiel.

»Ich glaub's nicht, ich glaub's nicht«, rief sie unentwegt.

Ingrid war viel zu berührt, um etwas zu sagen, und hielt sich diskret im Hintergrund, bis Elke und ihre Mutter bereit waren. »Willkommen im Westen!«, begrüßte sie die Mutter. Oder sollte ich besser sagen: Ein Glück, dass Sie und Ihre Tochter endlich vereint sind. Wir haben uns sehr große Sorgen gemacht.«

Helga Schubert hatte nur einen kleinen Koffer bei sich. Unterwegs berichtete sie, dass man sie nach Elkes Flucht mehrmals verhört und auch geschlagen hatte und sie von Glück sagen konnte, dass sie einen Aufseher erwischt hatte, der für Elke geschwärmt hatte und sie besser behandelte. Im Übergangsgefängnis in Chemnitz zwei Wochen vor ihrer

Entlassung hatte man sie noch besser behandelt, damit sie gesund und ohne blaue Flecken im Westen ankam.

Helga Schubert zog bei ihrer Tochter ein und erholte sich von den Strapazen ihrer langen Haft. Sie würde Elke den Haushalt führen und sich nach einer Eingewöhnungszeit auch eine Arbeit suchen. In der DDR hatte sie als Verkäuferin in einer Bäckerei gearbeitet. »Oder ich besorge dir eine Arbeit am Theater«, schlug Elke vor. »Im Foyer suchen sie Verkäuferinnen für den Sektverkauf.«

Nach den aufregenden Wochen mit Elke ging Ingrid mit Alex essen. »Tut mir leid, dass ich dich in letzter Zeit vernachlässigt habe«, entschuldigte sie sich beim Aperitif, »aber du hast ja gesehen, wie fertig Elke war, als sie ihren Stasi-Aufpasser entdeckt hatte. Das hätte auch ins Auge gehen können. Zum Glück ist Elke einigermaßen prominent, sonst hätte die Regierung bestimmt nicht so schnell mit der Stasi verhandelt und ihre Mutter auf die Liste gesetzt.«

»Das lag auch an dir«, erwiderte Alex mit einem Augenzwinkern, »der berühmten Ingrid Beck mit ihrem Engelshaar kann doch niemand etwas abschlagen. Hast du nicht das Foto von Elke und dir in der Zeitung gesehen? ›Zwei Stars – ein Herz und eine Seele und endlich vereint.‹ Nein, ohne dich wäre das bestimmt nicht gegangen.« Er erhob sein Glas. »Auf Elke und ihre Mutter!«

»Was macht Claudine?«, fragte sie, als das Essen kam.

»Du meinst …«

»Genau die. Ist sie schon fündig geworden?«

»Das kann man wohl sagen. Anscheinend versteht sie ihr Handwerk, sonst hätte sie es bestimmt nicht geschafft, den jungen Banker gleich in der ersten Nacht herumzukriegen. Ein Geständnis hat sie noch nicht von ihm, aber sie hat Fotos, die ihn seine Stellung kosten würden. Es kann nicht mehr lange dauern, bis der Banker seine Betrügereien zugibt und Luggi

Schmidhuber ans Messer liefert. Genauso machen wir es mit zwei anderen Bankern. Die Staatsanwaltschaft wird ihnen Strafverschonung in Aussicht stellen, wenn sie aussagen.«

»Hoffentlich geht nichts schief.«

»Bestimmt nicht«, versprach Alex. Er legte Ingrid eine Hand auf den Unterarm. »Aber müssen wir denn heute Abend unbedingt übers Geschäft reden?«

»Sorry«, erwiderte Ingrid. »Hast du eine bessere Idee?«

»Dreimal darfst du raten«, sagte er.

Als sie an diesem Abend nach Hause fuhren und im Autoradio nach leiser Musik suchten, erschreckte sie eine Meldung aus Amerika. John F. Kennedy, der Präsident der USA, war von einem Attentäter erschossen worden. Erst vor wenigen Wochen hatte er bei seinem Besuch in Deutschland die Absicht bekräftigt, den freien Westen gegen den Kommunismus zu verteidigen. Lyndon B. Johnson, sein Nachfolger, erklärte nach seinem ersten Statement, seine Politik fortzuführen und auch die Bombenangriffe in Vietnam zu verstärken. Die USA unterstützten Südvietnam im Krieg gegen den kommunistischen Norden.

Ingrid hatte den charismatischen Präsidenten gemocht und war geschockt, als sie die Bilder des Attentats im Fernsehen sah. Der amerikanische Präsident war ein wichtiger Mann, bestimmte die Politik des demokratischen Westens und hatte es geschafft, für das nötige Gleichgewicht im Kalten Krieg zu sorgen. Vor der kubanischen Küste hatte er durch ein gefährliches Ultimatum den Dritten Weltkrieg verhindert. Durch seinen Tod geriet die Welt aus den Fugen, und man fragte sich auch in Deutschland, ob es seinem Nachfolger gelingen würde, ähnlich geschickt vorzugehen. Die Angst vor einem Atomkrieg war groß.

Alex verbrachte die halbe Nacht vor dem Fernseher, und auch Ingrid war nervös. Für einen Investor wie ihren Mann konnte ein Ereignis, das die ganze Welt bewegte, auch finanzielle

Folgen haben. Einen Tag lang blieb die Börse geschlossen, weil man sich vor Aktienverkäufen kaum retten konnte, und auch in Europa schwankte der Aktienkurs. Nur weil Johnson der Welt klarmachte, dass sich durch Kennedys Tod nichts ändern würde, kehrte wieder Ruhe ein.

Ingrid hatte sich nie sonderlich für Politik interessiert, an Alex' Seite aber mitbekommen, wie stark die Finanzwelt von ihren Entscheidungen abhängig war. In Deutschland war Ludwig Erhard, der »Erfinder des Wirtschaftswunders«, zum Kanzler aufgestiegen, ein wichtiges Signal für die Wirtschaft, auch weiterhin auf Wachstum zu setzen. Als Investor hätte sich Alex keine bessere Entwicklung wünschen können. Die Zeit war günstig, um Geld zu verdienen.

Noch wichtiger für Alex und Ingrid als der neue Kanzler war die Nachricht, die im Frühling 1964 die Finanzwelt erschütterte und vor allem in Frankfurt wie eine Bombe einschlug: Luggi Schmidhuber war überführt worden, seine Kredite durch falsche Angaben und gefälschte Gutachten erworben zu haben. Die Polizei hatte ihn bereits festgenommen, und auch seine gewieften Anwälte würden es nicht schaffen, die Vorwürfe gegen ihn zu entkräften. Immer mehr Banker räumten ein, von ihm hintergangen worden zu sein, auch um ihre eigene Haut zu retten, und die Beweise waren erdrückend.

»Claudine?«, fragte Ingrid ihren Mann.

»Manchmal muss man der Wahrheit etwas nachhelfen«, antwortete er.

»Und jetzt? Du hattest beschlossen, etwas kürzerzutreten.«

Alex erinnerte sich an sein Versprechen. »Das Kaufhaus gehört wieder uns allein, und ich bin wieder kreditwürdig, sogar bei den Großbanken, da wäre es doch ziemlich dumm, die Geschäfte anderen Investoren zu überlassen. Wir könnten Kaufhäuser in allen großen Städten übernehmen, dem

Kaufhof Konkurrenz machen und die Siedlungen in der neuen Nordweststadt übernehmen.«

Ingrid sah ihn entgeistert an. »Dem Kaufhof Konkurrenz machen und noch mehr Risiko eingehen als früher? Das ist doch nicht dein Ernst, oder?«

»Natürlich nicht«, erwiderte er mit einem verschmitzten Lächeln. »Denn die Alternative gefällt mir noch besser. Unser Kaufhaus zu einer Institution in Frankfurt entwickeln, zwei Filialen in den Vororten und die Ingrid-Boutiquen eröffnen, von denen wir gesprochen haben, mehr brauchen wir doch nicht. Du siehst ja, was dabei herauskommt, wenn man ständig dem Geld hinterherrennt und immer mehr will. Man versucht, den Staat reinzulegen wie Luggi Schmidhuber, und landet im Gefängnis oder man handelt sich einen Herzinfarkt ein.«

Ingrid lachte. »Und das sagt ein erfolgreicher Investor?«

»Das sagt ein verheirateter Investor«, widersprach er. »Während du mit Elke unterwegs warst, hatte ich viel Zeit zum Nachdenken, und mir wurde plötzlich klar, dass ich am Leben vorbeilebe, wenn ich weiter dieses Tempo gehe. Ich will nicht in Rente gehen und den Rest meines Lebens auf der Couch verbringen, dazu hätten wir mit den Kaufhäusern und den Boutiquen genug zu tun, aber ein bisschen mehr Zeit für uns beide wäre nicht übel. Was meinst du?«

»Du wirst lachen«, sagte sie, »auch ich will einiges ändern. Ich war immer auf Glamour und Ruhm aus und jetzt, wo ich beides habe, werde ich plötzlich spießig und freue mich auf einen gemütlichen Abend zu Hause. Ich will weiter Filme machen, aber ich muss nicht auf jeden Ball und jeden roten Teppich gehen. Elke hat mir die Augen geöffnet. Eine ernsthafte Schauspielerin, der es völlig egal ist, wie viel Geld sie verdient, die vor allem zeigen will, dass sie ihr Handwerk beherrscht. Und das tut sie, obwohl sie am Theater weniger verdient als ich.« Sie griff nach ihrem Rotweinglas. »Auf unser neues Leben, Alex!«

»Auf unser neues Leben!«

Das Telefon klingelte. Alex ging dran und hörte die Stimme seiner Tochter. Sie war so laut, dass auch Ingrid hörte, was sie sagte. »Hi, Papa. Wie geht's?«

»Susanne! Du klingst so nahe. Seid ihr wieder in Göttingen?«

»Nein … in London. Klaus soll bei einem Auftritt von Alans Band zeigen, was er kann. Wenn das Publikum ihn mag und alle Bandmitglieder zustimmen, will er in London bleiben. Das Studium will er dann erst mal ruhen lassen.«

»Und du? Willst du auch in London bleiben?«

»Es ist toll hier, Papa, aber …«

»Aber was?«

»Klaus will die Musik zu seinem Hauptberuf machen. Ich verstehe nicht viel von Musik, aber ich fürchte, sie sind lange nicht so gut wie die Beatles und die anderen Bands, die man zurzeit im Radio hört. Ich hab keine Lust, unseren Lebensunterhalt allein zu verdienen. So stellt sich Klaus das aber vor. Ich weiß doch nicht mal, ob ich hier einen Studienplatz kriege. Ich weiß nicht, Papa …«

»Mal ehrlich: Liebst du Klaus?«

»Nicht mehr so wie früher.« Sie klang resigniert, aber nicht so niedergeschlagen, wie Ingrid erwartet hatte. »Plötzlich ist alles wichtiger für ihn als ich. Die Musik, seine Freunde bei der Band, er ignoriert mich manchmal regelrecht. Ich dachte schon, er hätte eine andere, aber für die hätte er gar keine Zeit.«

»Also?«

»Ich hab ihm gesagt, es wäre vielleicht ganz gut, wenn wir uns für eine Weile trennen würden. Dass ich nach Göttingen zurückfliegen und weiter studieren würde und er mich anrufen könnte, wenn er sich über seine Zukunft klar wäre.«

»Eine gute Entscheidung.«

»Papa?«

»Ja, mein Schatz?«

»Kann ich übers Wochenende zu euch kommen? Übers Telefon sagt sich vieles so schlecht. Wir könnten auf Familie machen, ihr beide und ich. In den Palmengarten oder in den Zoo und was Feines essen gehen. Was meinst du?«

»Wir sind zu Hause, Susanne. Und wir freuen uns auf dich.«

»Noch ein Neuanfang«, sagte Ingrid, als Susanne aufgelegt hatte. »Als hätten wir uns abgesprochen. Warst du schon mal im Palmengarten? Ich noch nie.«

»Dann wird's höchste Zeit«, sagte er lachend.

1966–1967
GERDA

28

Einige Jahre waren seit Gerdas Wiedersehen mit ihren Freundinnen vergangen, und in ihrem Leben hatte sich kaum etwas verändert. Sie hatte es geschafft, ihr Leben auch ohne den verstorbenen Vater zu meistern, zusammen mit ihrer Mutter auf dem Bauernhof und als Angestellte im Lager der US-Armee. Ihr ging die Arbeit sogar besser von der Hand als zu seinen Lebzeiten, als er ständig etwas an ihnen auszusetzen gehabt und sie mit seinen Nazi-Reden genervt hatte.

Sie hatte Matthias nicht vergessen, das würde sie wohl niemals können, aber der Anblick seiner Frau hatte sie zur Vernunft gebracht und sie auf den Boden der Tatsachen zurückversetzt. Matthias war glücklich verheiratet, und sie besaß nicht das Recht, einen Keil zwischen ihn und seine Frau zu treiben. Ihre Tränen hätten sie bis in alle Ewigkeit verfolgt. Sie hatte gesündigt, wenn man nach den strengen Gesetzen der katholischen Kirche ging, und ihre Sünden gebeichtet. Gerda war für ihre Beichte bis zur Klosterkirche nach Waldsassen gefahren, um nicht Gefahr zu laufen, bei jeder Begegnung mit ihrem Pfarrer schief angesehen zu werden. Daran hätte auch das Beichtgeheimnis wenig geändert.

Mit zunehmender Dauer waren die Bilder, die sie von Matthias im Kopf gespeichert hatte, etwas verblasst. Sie konnte wieder klarer denken und fühlte sich stark genug, die Wirklichkeit zu akzeptieren. Sie würde ihr Leben ohne Matthias leben müssen. Ohne den geliebten Mann, der einzig und allein für sie bestimmt und doch mit einer anderen verheiratet war. Wie konnte Gott so etwas zulassen? Eine Frage, die sie sich schon oft gestellt hatte. Verteilte er seine Güte nach dem Zufallsprinzip auf die Menschen? Reichte sie nicht aus, um alle Menschen gleichermaßen zufriedenzustellen? Oder war Gott nicht der weise alte Mann, wie er in der Bibel dargestellt wurde? Gab es nur den strengen Gott des Alten Testaments, der keine Rücksicht auf empfindsame Seelen nahm?

Wenn es so war, hatte er für sie besonders wenig übrig, denn nachdem er ihr den geliebten Mann entrissen hatte, nahm er ihr auch einen Freund. Ben war inzwischen zum Sergeant befördert worden und hatte sich in zahlreichen Manövern ausgezeichnet, doch die Medaille hatte zwei Seiten. Außer einer Beförderung brachte sie ihm auch einen Marschbefehl ein.

Ben war in eine andere Abteilung versetzt worden, besuchte sie aber gelegentlich und verbrachte einige Mittagspausen mit ihr. Auf einer Mauer neben dem Transport Building tauschten sie Gedanken aus, die sie mit keinem anderen geteilt hätten. Ben hatte mehr Vertrauen zu ihr als zu seinen schwarzen Kameraden, und ihre besten Freundinnen lebten nicht mehr in Eschenbrunn.

Ben sprach viel über seine Eltern und Geschwister, aber auch über Martin Luther King, den mutigen Pastor, der den mutigen Protest der Schwarzen in Amerika angeführt und die Regierung dazu gebracht hatte, die Rassentrennung aufzuheben. »Viel hat es leider nicht gebracht«, sagte Ben, »die meisten Schwarzen sind immer noch arm, und die Rechte stehen nur auf dem Papier.«

Sie hingen eine Weile ihren Gedanken nach.

»Ich muss nach Vietnam«, sagte Ben unvermittelt.

Gerda erstarrte. »In den Krieg?«

»In einem Monat schon«, fuhr er fort. »Die Armee beruft nur wenige Soldaten ein, die hier in Deutschland ihren Dienst absolvieren, aber sie brauchen wohl einen, der sich mit der Reparatur von Fahrzeugen auskennt. Oder irgendein Lamettaträger will mich aus Deutschland weghaben. Wer weiß das schon.«

In ihrer Abteilung bekam Gerda nur wenig von den Aktivitäten mit, aber sie reagierte inzwischen sensibler auf das Weltgeschehen und hinterfragte Entwicklungen und Ereignisse, für die sie sich früher nie interessiert hatte. Vielleicht hatte auch ihr Vater durch seine derben Nazi-Parolen dazu beigetragen, vor allem aber die Nähe zur US-Armee und ihre Unterhaltungen mit Ben.

»Zur kämpfenden Truppe?«, fragte sie besorgt.

»Du weißt, dass ich dir das eigentlich nicht verraten darf«, antwortete er, »aber nein. Ich soll als Mechaniker und Fahrer zu einer Einheit auf der Air Base in Da Nang versetzt werden. Eine riesige Basis, viel größer als Grafenwöhr und sicherer als Fort Knox.« Er sah Gerdas fragende Miene und fügte hinzu: »In Fort Knox lagern die Goldreserven der USA. Da kommt kein Unbefugter rein.«

Als die ersten Meldungen von der Stationierung amerikanischer Truppen in Vietnam hereingekommen waren, hatte sich Gerda über das Land informiert und eine Karte von Südostasien studiert. Vietnam war ein lang gezogenes Land mit scheinbar endlosen Dschungeln und weiten Reisfeldern. Der Norden stand angeblich unter dem Einfluss von China, ein Grund, warum die Amerikaner den Truppen von Südvietnam zu Hilfe kamen. Sie wollten verhindern, dass sich der Kommunismus ausbreitete, auf die Philippinen und Guam übergriff und zu einer Bedrohung der USA wurde. Da Nang lag an der Küste des Südchinesischen Meeres und war ein idealer Ausgangspunkt für Aktionen im Landesinneren.

»Das klingt schon besser«, sagte sie. »Wie lange musst du bleiben?«

»Ein halbes Jahr … mindestens.«

»Hast du Angst?«

»Natürlich habe ich Angst«, gestand er. »Jeder, der in den Krieg ziehen muss, hat Angst, alles andere wäre unnatürlich. Mein Ausbilder sagte immer: ›Es ist gut, wenn du Angst hast. Die Angst hilft dir, wachsam zu sein. Vertrau deinem Können und deinen Waffen.‹«

»Weiß deine Familie schon Bescheid?«

»Ich durfte sie anrufen. Mein Vater ist stolz auf mich, weil ich jetzt Sergeant bin und meinem Land in schwierigen Zeiten dienen kann. Meine Mutter hat Angst um mich und will für mich beten. Sie ist gegen den Krieg in Vietnam.«

»Und du?«

»Der Präsident und meine Vorgesetzten sagen, der Krieg wäre notwendig, um die Kommunisten aufzuhalten. Wir würden die Freiheit verteidigen. Das haben wir im Zweiten Weltkrieg getan und dafür gesorgt, dass Hitler und seine Nazis kapitulieren mussten. Aber der Krieg im Dschungel ist was anderes, da geht es oft Mann gegen Mann, und ich weiß nicht, ob ich es fertigbringe, einen Feind mit dem Bajonett oder dem Messer niederzustechen. Mein Ausbilder war in Korea. ›Sieh dem Feind in die Augen, dann weißt du, was du tun musst‹, sagte er. Ich werde mein Vaterland würdig vertreten, Gerda. Das bin ich meiner Familie und meinen Kameraden schuldig.« Er zögerte für einen Augenblick. »Und meinem Land, obwohl es wenig für seine schwarzen Bürger getan hat.«

Gerda nahm gedankenverloren einen Schluck von ihrer Cola.

»Ich hab eine Bitte an dich, Gerda«, sagte er.

»Wenn ich sie erfüllen kann, gern.«

»Ich möchte beten, bevor ich aufbreche.«

»Dazu brauchst du mich doch nicht«, erwiderte sie.

Er druckste ein wenig herum. »Nicht auf dem Stützpunkt und auch nicht in einer gewöhnlichen Kirche. In einer großen Kathedrale wie in Regensburg. Ich bin nicht katholisch, aber dort glaube ich, Gott am nächsten zu sein. Ich möchte ihn bitten, mich auf dem schwierigen Weg nach Vietnam zu begleiten. Würdest du mit mir nach Regensburg fahren und mir zeigen, wie man in einer katholischen Kirche betet? Ich will auf der Fahrt und in der Kirche nicht allein sein.«

»Natürlich«, antwortete sie. »Wann willst du fahren?«

»Am Sonntag? Da haben wir beide dienstfrei.«

Sie war einverstanden. »Aber ich muss erst in Eschenbrunn zur Messe, sonst geht die Lästerei wieder los. Wir treffen uns um zwölf Uhr am Bahnhof in Weiden, okay? Mit meiner neuen Vespa würden wir viel zu lange brauchen.«

Erst auf dem Heimweg wurde Gerda bewusst, welches Risiko sie mit ihrer Zusage eingegangen war. Regensburg war eine große Stadt, aber es bestand immer die Möglichkeit, dass sie Matthias und seiner Frau begegnete. Obwohl es eher unwahrscheinlich war, weil er an einem Sonntagmittag sicher zu Hause bei seiner Familie war oder mit ihr ins Grüne fuhr. Doch die Zweifel blieben und begleiteten sie auch an dem Sonntag, als sie mit Ben in den Zug nach Regensburg stieg. Ben hatte die Fahrkarten gekauft und ein Sandwich und eine Cola aus dem PX für sie mitgebracht. Auch er war nervös, aber aus anderen Gründen. Er hatte längst vergessen, dass Matthias in Regensburg wohnte.

Während der Fahrt hatten sie ganz andere Probleme. Obwohl die Bewohner der Oberpfalz längst an schwarze Amerikaner gewöhnt waren und meist keine feindlichen

Gefühle ihnen gegenüber verspürten, empfanden sie die Verbindung zwischen einem »Neger« und einer deutschen Frau als unnatürlich und reagierten verstört, als sie Gerda und Ben nebeneinandersitzen sahen. Eine anständige Frau ließ sich nicht mit einem Schwarzen ein, konnte sie ihre Gedanken erraten. Sie tat so, als wäre eine solche Verbindung das Natürlichste auf der Welt. Gerda wusste, dass Worte diese Menschen nicht ändern würden, und quittierte ihre Blicke mit einem Lächeln. Ben ist tausendmal anständiger als ihr, hätte sie am liebsten gerufen.

In Regensburg war es nur ein viertelstündiger Fußmarsch zum Dom. Vor dem gotischen Prachtbau mit seinen über hundert Meter hohen Zwillingstürmen blieben sie ergriffen stehen. Der Anblick flößte ihnen Demut ein und schien eine starke Wirkung auf Ben zu haben, der sich dem Eingang nur zögernd und ergriffen näherte. Gerda begleitete ihn in die Kathedrale, tauchte ihre rechte Hand ins Weihwasser und schlug ein Kreuz, bevor sie ihn aufforderte, ihr zum Altar zu folgen. Sie spürte, wie wichtig dieser Besuch für Ben war.

Obwohl die Messe längst vorbei war, herrschte eine feierliche Stimmung in der Kathedrale. Die bunten Glasfenster filterten das Sonnenlicht und leuchteten verheißungsvoll. Die schwermütige Musik der Organistin, die ein neues Stück einübte, erfüllte den Raum. Eine würdige Umgebung für ein wichtiges Gebet, auch wenn der Bittsteller nicht katholischen Glaubens war. Gott war toleranter als seine weltlichen Diener, war Gerda beinahe sicher. Er besaß keine Vorurteile. Er hatte den Menschen und Tieren ein unterschiedliches Aussehen gegeben und war zufrieden damit. Warum er nicht verhindert hatte, dass sich Menschen und Tiere gegeneinander bekämpften, wusste sie nicht. Vielleicht musste es Unglück und Tod geben, damit Leben und Glück einen anderen Stellenwert bekamen. Doch warum mussten Kriege so grausam sein? Warum schickte man einen jungen Mann in ein weit entferntes Land, um dort für etwas zu kämpfen, das nicht einmal in Amerika selbstverständlich war? Warum mussten unschuldige Männer und Frauen sterben, nur weil sie eine schwarze Hautfarbe hatten?

Sie knieten vor dem prunkvollen Hochaltar aus Silber und vergoldetem Kupfer nieder. Ben schloss die Augen und faltete die Hände zu einem geflüsterten Gebet. Auch Gerda betete. Für ihre Mutter, die unter hohem Blutdruck litt. Für Jule, die im fernen Texas um ihren Mann trauerte. Für Ingrid, die es am besten von ihnen getroffen zu haben schien. Für Ben, der in Vietnam gegen einen unerbittlichen Feind kämpfen musste. Und für sich selbst. »Ich weiß, ich habe Fehler gemacht«, flüsterte sie. »Ich hätte den Benziger Werner niemals heiraten dürfen und nach einer Möglichkeit suchen müssen, meinem Vater zu helfen. Aber ich habe für meine Schuld bezahlt. Ich musste auf den einzigen Mann verzichten, den ich jemals geliebt habe, und ich musste mitansehen, wie er mit seiner glücklichen Ehefrau an mir vorbeiging. Ich stehe für vieles, was du mir geschenkt hast, in deiner Schuld, oh Herr, aber wenn du noch ein bisschen Glück für mich übrig hättest, wäre ich dir sehr dankbar.« Sie bekreuzigte sich. »Und bitte lass meinen Freund Ben nicht aus den Augen! Beschütze ihn vor feindlichen Kugeln und sorge bitte dafür, dass er am Leben bleibt. Amen.«

Nachdem sie den Dom verlassen hatten, spendierte Ben ihr ein Eis, und sie kehrten zum Bahnhof zurück. Auf den Zug nach Weiden brauchten sie nicht lange zu warten. Als sie nach Hause kam, fragte ihre Mutter mehrmals, wo sie gewesen war, und musste sich mit einem knappen »Unterwegs … ein Eis essen« zufriedengeben. Was nicht einmal gelogen war. Doch abends lag sie lächelnd in ihrem Bett, zufrieden, ihren Freund nach Regensburg begleitet zu haben.

Ben war bereits auf dem Weg nach Vietnam, als Gerda mit ihrer Mutter in die Schwarzbeeren ging. Ein jährliches Ritual für die meisten Frauen und Kinder in der Oberpfalz. In den nahen Wäldern gab es Unmengen von Schwarzbeeren und Preiselbeeren, die mit einem »Kampel«, einer Art Metallkamm, geerntet und in großen Eimern gesammelt wurden. Bei einem Händler brachten die Beeren gutes Geld. Einen Teil der Preiselbeeren behielten sie selbst, sie galten bei den Oberpfälzern als beliebte Beilage zu Fleisch und Kartoffeln.

Gerda ging gern in die Schwarzbeeren. Sie war noch jung und gelenkig genug. Ihre Mutter tat sich inzwischen schwerer, musste längere Pausen einlegen, um wieder zu Kräften zu kommen. Aber allein wollte Gerda sie auch nicht lassen. Das Beerenpflücken war eine ihrer Lieblingsbeschäftigungen, und insgeheim hoffte sie jedes Mal, ein paar schmackhafte Steinpilze zu finden.

Mit den Eimern und einem Korb, bis zum Rand mit Beeren gefüllt, gingen sie zu einer Parkbucht an der Landstraße, wo sie ihre Fahrräder abgestellt hatten. Wegen der schweren Last mussten sie die Fahrräder schieben. Sie waren gerade dabei, den Korb auf einen Gepäckträger zu klemmen, als ein Opel Rekord hinter ihnen parkte und ein junger Mann und ein ungefähr vierjähriger Junge ausstiegen, offensichtlich ein Vater mit seinem Sohn. Durch eines der hinteren Seitenfenster sah Gerda eine ältere Frau auf der Rückbank sitzen.

»Guten Morgen«, grüßte der Mann. Er wirkte sehr gepflegt, trug die Freizeitkleidung eines Städters und sprach mit einem Akzent, den sie nicht einordnen konnte. Sein Lächeln erinnerte sie an Matthias. »Das sieht nach reicher Beute aus. Ich hoffe, Sie haben noch ein paar Beeren für uns übrig gelassen.«

»Der ganze Wald ist voll davon.« Sie blickte auf seinen Sohn, einen munteren Jungen ohne Berührungsängste. Er hatte die gleichen Augen wie sein Vater, im hellen Sonnenlicht goldbraun und voller Neugier. »Sie sind nicht von hier, oder? Sie sprechen wie jemand aus dem Norden.«

Sein Lächeln blieb. »Aufgewachsen bin ich in Hannover, aber meine Mutter stammt aus der Oberpfalz. Sie war Krankenschwester in Regensburg, bevor sie meinen Vater kennenlernte. Ich bin Arzt in einem Krankenhaus in Nürnberg.« Er reichte ihr die Hand. »Rolf Bernhardt, das ist mein Sohn Harald.« Er drehte sich zu der Frau im Wagen um. »Wir sind mit meiner Mutter unterwegs.«

»Gerda Wittmann aus Eschenbrunn, meine Mutter«, sagte Gerda. Sie wusste selbst nicht, warum sie sich auf ein längeres Gespräch mit dem Doktor einließ. Irgendetwas hielt sie fest. »Verbringen Sie Ihren Urlaub in der Oberpfalz?«

»Nur den Sonntag. Ein bisschen wandern, einen kleinen Eimer mit Heidelbeeren pflücken, frische Luft schnappen. Meine Frau war auch von hier, und ich habe viele Erinnerungen an diese Gegend. Hannelore kam vor drei Jahren bei einem Verkehrsunfall ums Leben. Aber ich will Sie nicht länger stören …«

»Kein Problem, Doktor.« Aus irgendeinem Grund zögerte sie den Abschied von ihm hinaus. Ihre Mutter warf ihr bereits einen fragenden Blick zu, sagte aber nichts. »Die Pflückerei ist ziemlich anstrengend, und wir sind für jede Pause dankbar.« Sie wandte sich an den Jungen. »Gefällt es dir hier, Harald?«

»Harry«, verbesserte er sie, »ich heiße Harry.«

»Da legt er großen Wert drauf«, sagte der Doktor lachend. »Neulich hat er Ärger im Kindergarten bekommen, weil er nicht reagiert hat, als eine der Erzieherinnen ›Harald‹ rief.« Er kraulte seinem Sohn die widerspenstigen Haare. »Harry will Bauer werden. Zu Hause spielt er fast nur mit seinem Spielzeug-Trecker … mit seinem Bulldog, meine ich. Meine Frau musste immer lachen, wenn ich norddeutsche Wörter wie ›Trecker‹ und ›Brötchen‹ benutzt habe.«

»Habt ihr einen Bauernhof?«, fragte Harry.

»Einen kleinen, nicht weit von hier«, antwortete sie.

»Habt ihr auch einen Bulldog?«

»Nicht mehr ganz neu, aber er fährt.«

»Darf ich mal mitfahren?«, fragte er.

»Am Sonntag arbeiten wir nicht«, sagte Gerda und wunderte sich über ihre eigenen Worte, als sie fortfuhr: »Aber wenn du mich schön bittest, machen wir vielleicht eine Ausnahme und drehen eine kleine Runde. Was meinst du?«

»Au ja«, freute sich der Kleine.

Gerda blickte den Doktor an. »Warum fahren Sie nicht schon mal vor und warten vor unserem Haus? Wir kommen mit den Rädern nach. Dauert keine halbe Stunde.« Sie beschrieb ihm den Weg zum Hof und drehte sich kurz zu ihrer Mutter um, die nicht zu verstehen schien, was gerade geschah.

»Sind Sie sicher? Wir stören nur ungern Ihren Sonntag.«

»Unsinn!«, erwiderte Gerda. »Ist doch keine große Sache.«

»Wenn Sie meinen. Das ist wirklich sehr freundlich von Ihnen.«

Gerda schaute ihnen nach, als sie davonfuhren, und hängte ihren Eimer ans Lenkrad. »Ich weiß, was du sagen willst, Mutter. Aber ich mache es vor allem Harry zuliebe. Hast du gesehen, wie er sich gefreut hat? Das ist es doch wert.«

»Einer aus der Stadt«, sagte die Mutter nur und seufzte.

29

Allein die strahlende Miene des Jungen, als er auf dem Beifahrersitz saß und mit ihr über den Marktplatz fuhr, war die Mühe wert. Harry jauchzte vor Vergnügen und genoss die Fahrt in vollen Zügen. Gerda fuhr langsam, achtete darauf, dass er sich mit beiden Händen festhielt, und winkte einigen Dorfbewohnern zu, die aus ihren Häusern gekommen waren und ihnen neugierig zusahen.

»Gefällt's dir?«, rief sie dem Jungen zu.

»Und wie!«, antwortete er begeistert.

Nach einer Viertelstunde fuhren sie auf den Hof zurück, und Gerda half dem Jungen vom Traktor.

»Papa! Papa!«, rief er. Sein Vater und seine Großmutter saßen in der guten Stube und tranken Kaffee. Eine Einladung, die zu Lebzeiten ihres Vaters undenkbar gewesen wäre und auch für ihre Mutter ungewöhnlich war. Sie schien sich sogar über ihre überraschenden Gäste zu freuen. Die Mutter des Doktors taute nur langsam auf und schien sich zu fragen, ob Gerda sie allein wegen des Jungen oder auch wegen ihres Sohnes eingeladen hatte. Gerda ahnte ihre Gedanken, hätte die Frage aber auch nicht beantworten können.

Doch sie musste zugeben, dass ihr der Doktor gut gefiel, sogar ein leichtes Kribbeln in ihrem Innern auslöste, wie man es angeblich nur spürte, wenn man verliebt war. Matthias hatte ein Kribbeln in ihr ausgelöst, das sie bei keinem anderen Mann empfunden hatte, umso verwunderter war sie, es bei der eher flüchtigen Begegnung mit dem Doktor wieder zu erleben. Unsinn, du freust dich, dem Jungen einen Gefallen getan zu haben, weiter ist an der Sache nichts dran, dachte sie. In spätestens einer Stunde fahren sie weiter, und alles ist vergessen.

»Gibt's bei dir keinen Papa?«, fragte Harry ungeniert.

Gerda stieg das Blut ins Gesicht, auf die offene und direkte Art des Jungen war sie nicht vorbereitet. Sie winkte ab, als sein Vater etwas sagen wollte. »Lassen Sie ihn doch«, sagte sie und wandte sich wieder an den Jungen. »Mein Vater ist vor vier Jahren gestorben, weißt du? Und ich bin nicht verheiratet.«

»Warum denn nicht?«

»Weil ich den richtigen Mann noch nicht gefunden habe.«

»Und ich hab keine Mama. Sie ist gestorben, als ich klein war.«

»Das tut mir sehr leid.« Um schnell das Thema zu wechseln, sagte sie: »Wie wär's mit einem Stück Käsekuchen? Meine Mutter backt den besten Käsekuchen der Welt, den musst du unbedingt probieren. Der schmeckt richtig gut.«

Ohne die Antwort des Jungen abzuwarten, ging sie in die Küche und kam mit dem Kuchen zurück. Ihre Mutter holte Teller und Gabeln. Sie schien sich ein wenig unwohl in der Gegenwart ihrer Besucher zu fühlen und war regelrecht erleichtert, dass die Mutter des Doktors oberpfälzisch sprach, wenn auch nicht in so starkem Dialekt wie sie selbst. In Regensburg hatten sich viele Menschen aus dem Norden und den ehemaligen Ostgebieten angesiedelt, und sie wäre mit dem Dialekt, wie man ihn in Eschenbrunn sprach, nicht weit gekommen.

»Schön haben Sie's hier«, sagte die Mutter des Doktors, wohl nur, um etwas zu sagen. »Ich bin gern auf dem Land. Besonders während des Krieges wäre ich hier gern gewesen, obwohl wir Glück hatten in Regensburg. Selbst als die Amerikaner ihre Bomben abwarfen, wurden nur wenige Gebäude in der Altstadt zerstört. Haben Sie mal Bilder vom Kölner Dom gesehen? Was der abbekommen hat? Unser Dom ist noch ganz. Waren Sie mal in unserem Dom?«

Gerda musste daran denken, wie sie mit Ben vor dem Hochaltar gestanden und gebetet hatte, und bekam heiße Wangen. Ihre Mutter blickte sie verwundert an. »Ist schon länger her«, wich Gerda aus, »aber ich kann mich noch gut erinnern. Besonders an die bunten Fenster. Dort zu beten, ist sicher etwas Besonderes.«

»Das ist wahr«, sagte die Mutter des Doktors.

»Und Sie sind ein Doktor?«, fragte Gerdas Mutter.

»Oberarzt der Chirurgie im Städtischen Krankenhaus von Nürnberg«, antwortete er. »Am liebsten würde ich meine Mutter nach Nürnberg holen. Wir haben einen großen Mangel an Ärzten und Krankenschwestern in unserer Klinik, und sie war eine hervorragende Schwester. Leider will sie nicht mehr.«

»Ich bin zu alt dafür«, erwiderte sie, »ich bleibe lieber zu Hause.«

»Arzt zu sein, ist sicher schön«, sagte Gerda. »Mir würde es gefallen, wenn ich Menschen helfen könnte, wieder gesund zu werden. Allein der Blick in ihre Augen, wenn sie erfahren, dass eine Operation erfolgreich verlaufen ist, wäre schon die Arbeit wert. Aber ich weiß nicht, ob ich es fertigbrächte, einem Menschen zu sagen, dass er unheilbar krank ist und nicht mehr lange zu leben hat.«

»Das ist der schwerste Teil unserer Arbeit«, sagte er. Sein Blick verriet ihr, dass er einige solcher Situationen hatte erleben müssen, sogar bei seiner eigenen Frau, wie sie später erfuhr. »Aber lassen Sie uns von etwas Angenehmem reden.«

Nachdem sie den Kuchen gegessen hatten, zeigte Gerda dem Jungen und seinem Vater die Tiere. Harry gefielen besonders die Schweine, weil sie so herrlich grunzen konnten und großen Spaß daran zu haben schienen, sich im Dreck zu wälzen.

»Wenn ich so dreckig nach Hause käme, gäb's Ärger«, sagte er und schaute zu seinem Vater auf. »Stimmt's, Papa? Dann muss ich in die Badewanne, und mein Papa seift mich von oben bis unten ein!«

»Sie haben einen netten Jungen, Doktor«, sagte sie, als Harry sich von ihnen löste und den Kühen beim Fressen zusah. »Ein lebhafter Bursche, nicht wahr?«

»Sagen Sie Rolf zu mir«, bat er.

»Gerda«, erwiderte sie mit gerötetem Gesicht.

»Dürfte ich Sie mal zum Essen einladen, Gerda?«

Die Einladung kam so plötzlich, dass sie erschrak. »Zum Essen? Sicher ... gern, aber Sie wohnen in Nürnberg und ich habe kein Auto ... nur eine Vespa.«

»Ich hole Sie ab und bringe Sie wieder nach Hause.«

»Das ist doch viel zu umständlich«, sagte sie. »Ich könnte den Zug nehmen, ich müsste nicht mal umsteigen. Sie können mich ja am Bahnhof abholen.«

»Das mache ich gern.«

»Und Harry?«

»Mit dem unternehmen wir tagsüber etwas. Am frühen Abend hütet ihn meine Nachbarin, wir beide gehen essen, und ich bringe Sie anschließend zum Bahnhof. Wenn Sie wollen, bringe ich Sie nach Eschenbrunn zurück.«

»Nicht nötig, Rolf.« Wie sich das anhörte ... Rolf.

»Wie wäre es am nächsten Sonntag? Da habe ich wieder frei.«

»Das klingt gut.«

Sie tauschten die Telefonnummern aus, bevor er ging, und wären sie allein gewesen, hätte sie ihn vielleicht sogar auf die Wange geküsst. Die prüfenden Blicke der beiden Mütter hielten sie davon ab. »Kommen Sie gut nach Hause«, sagte sie. Sie beugte sich zu Harry hinunter. »Ich hoffe, dir hat's bei uns gefallen, Harry. Wenn du uns wieder mal besuchen kommst, fahren wir noch mal mit dem Traktor rum, einverstanden? Und du kannst mir beim Füttern der Tiere helfen. Als Bauer sitzt du nicht den ganzen Tag auf dem Traktor, weißt du?«

»Hab ich das richtig gesehen?«, fragte ihre Mutter, als der Doktor, seine Mutter und sein Sohn gegangen waren. »Hast du ihm schöne Augen gemacht?«

»Rolf? Er ist ein guter Mann. Wir haben uns verabredet.«

»Und wie hast du dir das vorgestellt? Ein Arzt? Passt der denn überhaupt zu dir? Und willst du zu jedem Rendezvous nach Nürnberg fahren?«

»Wir stehen doch erst am Anfang, Mutter«, sagte Gerda.

»Und ein fremdes Kind? Es ist nicht einfach, damit umzugehen. Ich erinnere mich noch daran, mit welchen Problemen die Leute fertig werden mussten, die Kriegswaisen adoptiert hatten. Einige mussten die Kinder sogar zurückgeben.«

»Das war doch was ganz anderes«, erwiderte Gerda. »Harry war noch klein, als seine Mutter den Unfall hatte. Er kann sich wahrscheinlich gar nicht mehr daran erinnern. Harry ist ein netter Kerl, und ich komme gut mit ihm zurecht.«

»Das sagst du jetzt.«

»Außerdem haben Rolf und ich uns gerade erst kennengelernt. Ich hab noch nicht mal ein Rendezvous mit ihm gehabt. Ich finde ihn sympathisch und er mich anscheinend auch, das ist alles.« Sie war bereits dabei, das Geschirr abzuräumen. »Ich weiß nur, dass er der erste Mann ist, bei dem ich ein gewisses Kribbeln verspüre.«

Die Woche verging langsamer als sonst. Sie war zu aufgeregt, um klar denken zu können, kam sich mit ihren fast dreißig Jahren wie ein Schulmädchen vor, das sich zum ersten Mal mit einem Jungen verabredet hatte. Einem Arzt, einem »Studierten«, wie sie in Eschenbrunn sagten, wenn sie von einem Mann sprachen, der die Universität besucht hatte. Einem gebildeten Mann, der sich niemals mit einer einfachen Bauerntochter einlassen würde, wie manche behaupteten. Und doch hatte sie ihn ganz anders erlebt. Liebevoll zu seinem Sohn, höflich und zurückhaltend, überhaupt nicht eingebildet und schon gar nicht arrogant. Sie hatten sich gesehen, und gleich beim ersten Blickkontakt hatte sie sich von ihm angezogen gefühlt. Und was noch verwunderlicher war: Auch zu dem Jungen hatte sie sich hingezogen gefühlt.

Zum ersten Mal seit ihrer Begegnung mit Matthias sehnte sie sich wieder nach einem anderen Mann. Sie hatte die Gesellschaft von Rolf und Harry sehr genossen und fieberte ihrem Wiedersehen ungeduldig entgegen. Schon am Donnerstag rief sie ihn an und sagte ihm, um welche Zeit sie in Nürnberg ankommen würde. Ihre Wangen wurden heiß, als Rolf ihr verriet, wie sehr er sich auf ihr Treffen freuen würde und dass er einen Tisch in einem guten Restaurant für sie reserviert hätte. »Das ist lieb«, erwiderte sie und druckste ein wenig herum, als er sich länger mit ihr unterhalten wollte, fand nicht die richtigen Worte, um ihm ihre Zuneigung zu zeigen, ohne ihm zu nahe zu kommen, und stahl sich mit einer Ausrede aus dem Gespräch. »Ich glaube, ich muss in den Stall raus.«

»Ich freue mich«, sagte er, als sie auflegte, und ihr Gespräch war längst unterbrochen, als sie ebenfalls sagte: »Ich freue mich auch, sehr sogar.«

Im Lager fiel es ihr schwer, konzentriert zu arbeiten. Ohne Ben fühlte sie sich allein, ihr fehlten die Gespräche mit ihrem Freund. Eine Kollegin, die von ihrer Freundschaft mit ihm wusste, machte sich lustig über sie, schaffte es aber nicht, sie in Rage zu bringen. Sie beantwortete ihre Bemerkung mit einem scheinbar gleichgültigen Achselzucken und tröstete sich damit, dass alle anderen mit ihr fühlten und sich große Sorgen um den sympathischen Ben machten.

Gerda las jeden Tag während der Mittagspause in den amerikanischen Zeitungen, die auf einem Tisch im Pausenraum lagen, und informierte sich über den Krieg in Vietnam, der in den deutschen Zeitungen noch wenig beachtet wurde, vor allem im »Neuen Tag« kaum zur Sprache kam. Von einer großen Operation war die Rede, von einem glorreichen Sieg der amerikanischen und südvietnamesischen Armee, die den feindlichen Vietcong bis nach Laos und Kambodscha zurücktrieben. Präsident Johnson kündigte an, die feindlichen Gebiete im Norden mit einem Bombenteppich zu überziehen. Auch von der Airbase in Da Nang war die Rede, es habe eine Explosion außerhalb des Stützpunktes und einige Verletzte gegeben. »Pass auf dich auf, Ben!«, flüsterte sie.

Die Freude auf das sonntägliche Rendezvous ließ die Sorge um Ben in den Hintergrund treten und brachte sie wieder zum Lächeln. Ihre Mutter hatte ihr einen eleganten Rock und eine Bluse aus den Stoffen genäht, die ihre Schwester bei Witt Weiden für sie gekauft hatte, und ihren Mantel reinigen lassen, der danach wie neu aussah.

Ihre Schwester, die sich ansonsten merklich zurückhielt und genug mit ihrer eigenen Familie zu tun hatte, half ihr nach dem Haarewaschen mit der Frisur und ließ sie ihr Make-up und Parfüm benutzen. In letzter Zeit hatte sie beides kaum gebraucht. »Höchste Zeit, dass du dir endlich einen Mann angelst«, sagte Agnes. »Ich dachte schon, du würdest als alte Jungfer enden.«

Obwohl Agnes mit ihrer Familie ganz in der Nähe wohnte, hatte sie sich von ihrer Mutter und Gerda entfernt. Sie kam immer noch mit ihrer Familie zum sonntäglichen Essen, hatte aber einigen Kummer mit ihrem Mann, der etwas gleichgültig zu werden schien und öfter als früher zum Stettner ins Wirtshaus ging. Sie sprach nicht über ihre Probleme, täuschte Fröhlichkeit vor.

Am Sonntagmorgen fuhr Gerda mit ihrer Vespa nach Weiden und stieg in den Zug nach Nürnberg. Sie hatte sich eine Illustrierte mit einer Folge von Jules neuem Fortsetzungsroman gekauft, war aber viel zu aufgeregt, um darin zu lesen, und blickte die meiste Zeit aus dem Fenster. Je näher sie Nürnberg kam, desto nervöser wurde sie. Ein ungewohntes Gefühl für sie, das in erleichterte Freude umschlug, als Rolf und Harry sie am Bahnhof abholten.

»Warum bist du nicht mit dem Traktor gekommen?«, rief der Junge, und sie antwortete: »Ich glaube nicht, dass ich dann schon hier wäre.« Sie umarmte zuerst ihn und dann Rolf, der sie sicher länger hielt, als es sich für einen Mann beim ersten Rendezvous geziemte, aber sie hatte nichts dagegen einzuwenden und küsste ihn sogar auf die Wange. Sie strahlte. »Es tut gut, Sie wiederzusehen«, sagte sie.

Sie verbrachten den Morgen in der Altstadt und besuchten die Kaiserburg, das Prunkstück der historischen Stadt. Unter den Staufern im Mittelalter war sie ein wichtiger Stützpunkt für die Herrscher gewesen, erfuhren sie von dem Studenten, der ihre Besuchergruppe führte. Mittags aßen sie die berühmten Nürnberger Bratwürste in einem historischen Lokal in der Altstadt, bevor sie in den Tierpark gingen. Bei den Tieren, besonders den Elefanten, lebte Harry sichtbar auf. Er liebte Tiere, die großen und die kleinen, und imitierte die Grimassen einiger Schimpansen, die sich auch über ihn lustig zu machen schienen.

Mit einer Eiswaffel, die Gerda dem Jungen spendierte, kehrten sie zu Rolfs Wagen zurück. Harry war bereits müde und beschwerte sich nicht, früher als die Erwachsenen nach Hause aufbrechen zu müssen. Gerda umarmte ihn zum Abschied und freute sich, als er sie bat, sobald wie möglich wiederzukommen. Die Nachbarin, eine freundliche ältere Dame, nahm sich seiner an und wünschte ihnen viel Spaß. »Ich bin froh, dass Sie wieder ausgehen, Doktor«, sagte sie. »Sie sind noch viel zu jung, um jetzt schon die Segel zu streichen.«

Gerda verspürte keinerlei Müdigkeit. Voller Vorfreude stieg sie in Rolfs Wagen und erwiderte sein Lächeln, als er den Motor startete und mit ihr in die Altstadt fuhr. Im Fontana di Trevi, einem italienischen Gourmet-Restaurant, das über die Grenzen von Franken hinaus bekannt war, hatte Rolf einen Tisch am Fenster reserviert. Der Wirt begrüßte Rolf wie einen alten Freund und bediente sie persönlich. »Ich kann Ihnen unsere Tagliatelle al Salmone empfehlen«, sagte er, »so was Gutes gab es bei meiner Familie nur an Feiertagen.«

Gerda hatte keine Ahnung, welches Gericht mit dem klangvollen Namen gemeint war, bestellte es aber dennoch und vertraute ihm auch bei der Weinauswahl. Den Wein, den es beim Stettner in Eschenbrunn gab, konnte man getrost vergessen, und »Pinot Grigio« klang auch besser. Viel wichtiger war ihr, dass Rolf sein Glas erhob und sagte: »Ich bin sehr froh, dass wir uns getroffen haben, Gerda. Und noch mehr freut es mich, dass Sie zugesagt haben, heute mit mir essen zu gehen. Ich war schon sehr lange nicht mit einer Frau aus.«

»Ich freue mich auch«, erwiderte sie.

Sie waren beide etwas verlegen, waren wohl ehrlicher gewesen, als sie es vorgehabt hatten, und froh, dass es draußen schon dunkel und das Licht im Lokal eher gedämpft war. Ihre Gläser klangen verheißungsvoll, als sie miteinander anstießen, und sie konnte den Blick nicht von seinen sanften Augen nehmen, als sie den fruchtigen Wein auf der Zunge spürte. Nachdem sie ihre Gläser abgestellt hatten, griff er nach ihren

Händen, und sie kam ihm entgegen, als er sich langsam über den Tisch beugte und sie liebevoll auf den Mund küsste.

Gerda war zu oft enttäuscht worden, um sich Hals über Kopf in ein neues Abenteuer zu stürzen. Zu groß war ihre Angst, einen Fehler zu begehen. Sie war nicht so leichtlebig wie ihre Kolleginnen im Lager, die jeden Montag von anderen Männern schwärmten. Sie benahm sich eher zurückhaltend, war zum ersten Mal seit langer Zeit mit einem Mann verabredet und hatte auch Angst, etwas Falsches zu sagen. Dennoch strahlte sie. Sie fühlte sich wohl in seiner Gegenwart und hoffte insgeheim, dass sie sich wiedertreffen würden.

Die Nudeln mit Lachs schmeckten köstlich, und auch das Eis, das es zum Nachtisch gab, war etwas ganz Besonderes. Sie unterhielten sich angeregt. Gerda erfuhr, dass Rolf in Würzburg studiert und dort auch seine Frau kennengelernt hatte. Erst vor zwei Jahren war er mit seinem kleinen Sohn nach Nürnberg gezogen und hatte sich am dortigen Klinikum zum Oberarzt emporgearbeitet. Bei der Erziehung seines Sohnes halfen ihm eine gelernte Haushälterin und die Nachbarin, die sich über ihren Extraverdienst als Babysitterin freute.

»Ich hoffe, Sie haben nichts dagegen, dass ich Witwer bin und einen kleinen Sohn habe«, sagte er. »Manche Frauen hat das gleich verschreckt. Sie dachten wohl, ich würde nur mit ihnen flirten, um eine Ersatzmutter für meinen Sohn zu bekommen, aber das stimmt nicht. Ich würde es auch allein schaffen. Wenn ich jemals wieder heiraten sollte, dann nur aus Liebe, das ist mal sicher.«

»So geht es mir auch, Rolf.« Sie wurde vertrauter mit ihm, sie duzten sich und sie erzählte ihm sogar von ihrer Beziehung mit Matthias und der entsetzten Reaktion ihres Vaters, als er erfahren hatte, dass ihr Freund evangelisch und geschieden war. »Furchtbar, so ist das noch immer in unserem Dorf, aber heute würde ich es mir nicht mehr gefallen lassen.« Sie berichtete von ihrer Arbeit im Lager, ihren besten Freundinnen in Frankfurt und Texas und der unglücklichen Ehe mit dem Benziger Werner. Es musste alles raus, sonst hätte sie keine Ruhe gehabt.

Nach ihrer Beichte schwieg sie eine Weile und sagte dann: »Ich kann's nicht ändern, Rolf. Mein Vater war sehr … bestimmend. Alles musste so sein wie früher. Ehrlich gesagt, habe ich lange daran geknabbert. Erst seitdem ich dich kenne, denke ich nicht mehr ständig an ihn. Du … du bist anders … so wie ich mir immer einen Mann gewünscht habe. Magst du mich jetzt immer noch?«

Er lächelte und griff wieder nach ihren Händen. »Und wie!«, sagte er.

30

Mit jedem Rendezvous wuchs die Harmonie zwischen Gerda und Rolf. Sie gehörten zusammen, das war Gerda schon nach ihrer ersten Verabredung klar gewesen, und als sie drei Monate später im Bürgermeistergarten unterhalb der Burg spazieren gingen und sich im Mondschein küssten, war ihr endgültig klar, dass das zwischen ihnen beiden etwas Ernstes werden könnte. Noch war von Heirat nicht die Rede, aber es würde wohl nicht mehr lange dauern, bis Rolf ihr einen Antrag machte.

Ihre Mutter würde nichts dagegen haben. Sie hatte längst eingesehen, dass sie damals einen Fehler gemacht hatte, und fragte nicht einmal, welcher Konfession ihr möglicher Schwiegersohn angehörte. Ein wenig erleichtert war sie aber schon, als Rolf am ersten Sonntag, als er zu Gerda und ihr nach Eschenbrunn kam, mit ihnen die Messe besuchte. Gerda und er verbrachten die Sonntage abwechselnd in Nürnberg und in ihrer Heimat.

»Ehrlich gesagt, gehe ich erst in letzter Zeit wieder öfter in die Kirche«, räumte Rolf ein. »Nach dem Unfall meiner Frau war ich wütend auf Gott, weil er meinem Sohn und mir so viel Leid zugefügt hatte. Ich weiß bis heute nicht, warum er das getan hat. Aber was soll ich sagen? Im Krieg mussten die Menschen noch viel mehr leiden.«

Bei einem Besuch in dem Klinikum, in dem Rolf arbeitete, merkte Gerda, wie angesehen und beliebt er war. Ein Arzt, der meist freundlich war und wahrscheinlich nur selten die Nerven verlor, war selten und bei Kollegen und Patienten gleichermaßen beliebt. Besonders bei Frauen, von denen ihn einige regelrecht anzuhimmeln schienen. »Kein Grund zur Sorge«, beruhigte er sie, als er ihre Eifersucht bemerkte, »zu Ärzten haben die meisten Menschen ein besonderes Verhältnis. Für viele Patienten sind wir ›Götter in Weiß‹ und manchmal die letzte Hoffnung, und junge Kollegen beneiden uns oder hoffen bei uns punkten zu können, um eine größere Chance zur Beförderung zu ergattern.«

Auch in Eschenbrunn machte sich Rolf beliebt. Er war nicht so unnahbar, wie es manche Dorfbewohner von einem »Stodterer« erwarteten, und half sogar bei der Kartoffelernte mit, obwohl er noch nie auf einem Acker gearbeitet hatte. Nach der Ernte gab er einen Kasten Bier und einen Kasten Limonade aus und brachte seine Gitarre mit. Er war kein besonders guter Spieler, aber für ein Paar Gassenhauer am Lagerfeuer reichte es, und die anderen machten begeistert mit.

»Ob ihr's glaubt oder nicht«, schrieb Gerda an Ingrid und Jule, »ich habe doch noch den Mann meiner Träume gefunden. Vielleicht hatte der Herrgott ja einen Grund, mir den Matthias wegzunehmen. Stellt euch vor, mein Freund ist Arzt. Ich und ein Studierter, wer hätte das gedacht.« Sie schickte ein Foto mit, das eine Bekannte von Rolf und ihr am Badesee aufgenommen hatte, und schrieb auf die Rückseite: »Auf demselben Platz wie mit Ingrid und Jule.«

Die Antwort von Jule kam zuerst. »Ich freue mich riesig für dich«, schrieb sie, »du hast dir dieses Glück verdient. Ich wusste immer, dass du irgendwann über deinen Schmerz hinwegkommst und dich wieder verabredest. Ob ich das jemals schaffen werde, weiß ich nicht. Mein Schmerz sitzt noch zu tief. Zum Glück habe ich Rosie, die mich über vieles hinwegtröstet. Sie ist jetzt vier, stell dir vor. Die Zeit rennt, wenn man ein Kind hat. Anfangs hat mir Rose öfter reingeredet, am liebsten hätte sie Rosie für sich allein gehabt, aber das haben wir geklärt. Sie darf Rosie jede Woche an einem Tag ganz für sich haben. Natürlich verwöhnt sie die Kleine dann nach Strich und Faden, aber so sind Großmütter halt. Rosie geht in den Kindergarten und hat dort schon einige Freunde gefunden. Warum sie keinen Daddy hat, begreift sie nicht so recht. Ich sage ihr, dass Daddy im Himmel ist und auf die Rinder vom Petrus aufpassen muss.«

Gerda las mit Tränen in den Augen. In einem fremden Land den Mann zu verlieren und ein Kind aufzuziehen, das schaffte man nur, wenn man so stark und selbstbewusst wie Jule war und seine Arbeit zu Hause erledigen konnte. Mit einer schwierigen Schwiegermutter mussten viele Frauen zurechtkommen.

»Zum Glück klappt es mit der Arbeit«, schrieb Jule weiter. »Nein, ich hab noch nicht als Cowgirl angeheuert. Aber wenn ich bei den Hammonds auf der Ranch bin, darf ich ihnen auf der Weide helfen. Das Lassowerfen klappt schon besser, neulich hab ich sogar ein störrisches Rind damit eingefangen. Zum Glück hat mir ein Cowboy dabei geholfen, es zur Herde zurückzubringen.«

Gerda musste lachen, als sie sich die Szene vorstellte. Jule, gekleidet wie ein echtes Cowgirl, wie sie das Lasso schwang und dabei »Yippie-yeh!« rief. Dieselbe Jule, die jahrelang auf dem Acker mitgeholfen und nur mit zahmen Milchkühen zu tun gehabt hatte. Gerda bewunderte sie, sie hatte wirklich Mut.

Wenn Jule nicht im Sattel saß und wilde Rinder jagte, saß sie in ihrem Wohnwagen und schrieb einen erfolgreichen Roman nach dem anderen. »Seit ich bei der Agentur bin, klappt es noch besser«, schrieb sie, »ich kriege bessere Aufträge und mehr Geld, obwohl ich Prozente an Paula abgeben muss. ›Der Mann meiner Träume‹ war ein großer Erfolg, und mein letztes Buch, ›Auf seltsamen Wegen‹, war auch ein Bestseller. Danke für die lieben Worte, ich lasse dir auch die nächsten Bücher schicken. Stell dir vor, ich soll ein Kinderbuch schreiben. ›Karl, der Bär‹. Genau, mein kleiner Bär wird endlich berühmt. Beim Schreiben lasse ich den Karl, den ihr mir geschenkt habt, neben der Schreibmaschine sitzen und zusehen. Er wird mir sicher was zuflüstern.«

Ihren Brief schloss sie wie alle anderen Briefe, die sie seit Johns Tod geschrieben hatte: »So, jetzt muss ich leider Schluss machen. Ich muss zum Friedhof und mit John sprechen. Ich weiß, dass er auf mich wartet. Es grüßt dich ganz herzlich, deine Jule. PS: Sag mir, wann du heiratest. Vielleicht schaffe ich es zur Hochzeit. Wär doch toll, wenn wir uns schon bald wiedersehen könnten.«

Gerda lächelte still in sich hinein. Von Hochzeit war noch gar nicht die Rede gewesen, aber auch in Eschenbrunn rechnete jeder damit, dass sie heirateten. »Du wirst sehen, dein Doktor macht dir noch vor Weihnachten einen Antrag«, hatte ihr die Tochter vom Stettner prophezeit. Bis Weihnachten war es nicht mehr allzu lange hin, und Gerda war nicht so sicher wie die Stettner Marie und andere Frauen in Eschenbrunn. Rolf war ein verantwortungsvoller Mann und musste auch an seinen kleinen Sohn denken. Er würde erst um ihre Hand bitten, wenn er sicher war, dass sie die Richtige für ihn war. Und wenn Harry sie als seine neue Mutter akzeptierte.

Seltsamerweise ging es bei Ingrid am ruhigsten zu. Viele hatten vermutet, dass sie und Alex nicht lange zusammenbleiben würden und sie vor allem darauf aus wäre, das süße Leben zu genießen. Aber sie hatte alle Zweifler eines Besseren belehrt. Ihre Ehe hielt, und sie betonte in jedem Brief und bei jedem Anruf, wie gut Alex und sie miteinander auskamen. Auch in ihrem neuen Brief schwärmte sie wieder von ihrem neuen Leben mit dem »besten Mann, den man sich vorstellen konnte.« Sie schien selbst überrascht zu sein, wie gut es lief.

»Auch geschäftlich sind wir wieder auf der Höhe«, schrieb sie. »Wir haben wieder die volle Kontrolle über unser Kaufhaus, und Alex hat bereits Pläne für zwei weitere in Hofheim und Bad Vilbel vorliegen. Mit der Boutique, die tatsächlich ›Ingrid's‹ heißen soll, warten wir noch, und in andere Projekte investiert Alex nicht mehr. Er hat genug von riskanten Finanzgeschäften und geht kein unnötiges Risiko mehr ein. Wir haben beide erkannt, dass es im Leben nicht nur um Geld und Glamour geht. Wir wollen mehr Zeit für uns haben.«

Das waren ungewohnte Töne von Ingrid, die auch beim Film kürzertreten und nicht mehr überall im Mittelpunkt stehen wollte. »Hast du ›Halt still, wenn dich ein Engel küsst‹ gesehen? In einer Zeitung stand, Elke Schubert hätte mich an die Wand gespielt. Ziemlich starker Tobak, nicht wahr? Wenn du so bekannt bist wie ich, musst du dir einiges gefallen lassen. Aber ich will dir was sagen: Der Kritiker hatte recht. Elke ist eine tolle Schauspielerin, und man merkt ihr bei jeder Szene an, wie gut sie in eine andere Rolle schlüpfen kann. Mich lieben sie vor allem wegen meines Aussehens. Du weißt schon, die Schöne mit den Engelslocken. Aber das bedeutet mir immer weniger. Ich hab mich wieder an einer Schauspielschule angemeldet und will so gut werden wie Elke. Sie will mir auch helfen. Bei uns gibt es kein Konkurrenzdenken und keinen Neid. Für die modernen Heimatfilme mit Eric hat es bei mir gereicht, aber sobald ich etwas Anspruchsvolles wie den Film mit Elke drehe, hapert es. ›Ingrid, bleib bei deinen Leisten!‹ stand in einer anderen Zeitung. Ich werde hart an mir arbeiten, Gerda, und dann wollen wir doch mal sehen, was ich wirklich kann.«

Auch Ingrid freute sich über ihre neue Liebe. »Halt ihn fest!«, riet sie ihr. »So einen Mann muss man festhalten. Aber du weißt inzwischen sicher, wie das geht. Vergiss nicht, uns zur Hochzeit einzuladen. Alex und ich kommen bestimmt. Und anschließend springen wir mit allen Gästen in den Badesee!«

Der Herbst verging, und nachts machte sich bereits der erste Frost bemerkbar, als sie wie jeden Morgen im Lager eintraf und schon an den Mienen der Wachsoldaten erkannte, dass etwas Schlimmes geschehen sein musste. In der offenen Doppeltür der Werkstatt neben dem Eingang zum Transportation Building standen zwei amerikanische Mechaniker und empfingen sie mit versteinerten Mienen. »Was ist?«, fragte sie, obwohl sie es bereits zu wissen glaubte.

»Ben«, antwortete einer der Männer.

»Er ist gefallen? Tot?«, erschrak sie.

Der Mann nickte verstört. »Außerhalb der Airbase war ein Huey abgestürzt. Es ist noch nicht sicher, ob er von Charlie beschossen wurde oder ob es einen technischen Fehler gab.« Gerda kannte den Slang der Soldaten inzwischen und wusste, dass ein Huey ein Hubschrauber war, der auch in Grafenwöhr eingesetzt wurde, und mit »Charlie« der Vietcong gemeint war. »Ben und drei andere Männer sollten helfen, Verwundete zu bergen, und fuhren mit dem Jeep raus.« Er stockte und rieb sich einige Tränen vom Gesicht. »Sie fuhren auf eine Mine und kamen alle ums Leben. Von den Männern im Hubschrauber überlebte nur einer schwerverletzt. Er liegt noch im Koma. Das war vor sieben Stunden.«

Gerda war erstarrt und brauchte mehrere Minuten, um die Bedeutung der Nachricht zu begreifen. Ben war tot. Ihr Freund war auf dramatische Weise in diesem irrsinnigen Krieg umgekommen. Obwohl er nicht einmal in einer Kampfeinheit und auf der größten Airbase in Vietnam einigermaßen sicher gewesen war. Er würde in einem Sarg nach Amerika zurückkehren, mit der amerikanischen Flagge bedeckt, und seiner Mutter würde man das gefaltete Sternenbanner zusammen mit dem Purple Heart überreichen. So wie allen anderen Soldaten, die in Vietnam gedient hatten und schwer verletzt oder getötet wurden.

Die Nachricht war so schrecklich, dass sie nicht einmal weinen konnte. »Gott sei seiner Seele gnädig!«, sagte sie und umarmte beide Männer, als könnte sie mit dieser Geste dazu beitragen, ihren großen Schmerz zu lindern.

Auf dem Weg ins Büro traf sie den Captain, der von ihrer Freundschaft mit Ben gewusst und sie auch toleriert hatte. »Sie haben gehört?«, begann er, und als sie nickte: »Tut mir leid, Miss. Er ist im Kampf für die Freiheit gestorben.«

»*May he rest in peace!*«, sagte sie.

Als sie Rolf während eines Spaziergangs von Bens Tod erzählte, blieb er stehen und umarmte sie lange. »Als Arzt bekämpft man den Tod fast jeden Tag, und es schmerzt immer, wenn man einen Menschen sterben sieht. Vor allem, wenn sein Tod vermeidbar gewesen wäre. Im Krieg sterben so viele Menschen, die es nicht verdient haben, dass ein solcher Tod doppelt tragisch ist.«

»Er war ein guter Mann«, sagte sie.

Er war einer von vielen Männern, die im Krieg ihr Leben opferten, und es blieb nicht viel Zeit zum Trauern. Das Leben ging weiter, auch für Gerda, die jeden Sonntag mit Rolf in vollen Zügen genoss. Sie fühlte sich wohl bei ihm und seinem Sohn, der »Tante Gerda« zu ihr sagte und wohl insgeheim darauf hoffte, dass sie seine neue Mutter würde. Ein Glücksfall für sie und Rolf, hörte man doch immer wieder, dass sich Waisen- oder Scheidungskinder nur sehr schwer an den neuen Lebenspartner ihrer Mutter oder ihres Vaters gewöhnten. Doch Rolf wartete bis wenige Tage vor Weihnachten, bis er um ihre Hand anhielt, wie es die Stettner Marie vorausgesagt hatte.

»Willst du meine Frau werden, Gerda?«, fragte er.

Sie waren sich längst einig und wussten natürlich, dass sie zusammenbleiben würden. »Ich dachte schon, du fragst nie«, sagte sie. »Natürlich will ich.«

Sie küssten sich im Nieselregen, unter einem Regenschirm, und verrieten Harry allein durch ihr fröhliches Lachen, dass sie es endlich ausgesprochen hatten.

»Du wirst meine neue Mama, stimmt's?«, freute sich der Junge. »Dann feiern wir bald Hochzeit. Gibt's dann auch Schokoladentorte? So eine große?« Er deutete den Umfang der Torte mit den Händen an. »Mit Streuseln drauf?«

»Ganz bestimmt«, versprach ihm sein Vater.

»Und du ziehst dann zu uns nach Nürnberg?«

»Ich denke schon. In Eschenbrunn gibt's kein Krankenhaus.«

»Und keinen Kindergarten«, sagte er.

Über das, was nach ihrer Hochzeit passieren würde, hatte Gerda noch nicht mit ihrer Mutter gesprochen. Ihnen war natürlich beiden klar, dass Gerdas Zukunft in Nürnberg liegen würde, und ebenso klar war, dass die Mutter ihr Heimatdorf nicht verlassen würde. Sie war zu sehr in Eschenbrunn verwurzelt. Ohne Rolf und Harry wäre auch Gerda niemals aus Eschenbrunn weggezogen.

Sie sprachen mit ihrer Mutter darüber, als er offiziell um ihre Hand anhielt. Bei Kaffee und Kuchen redete es sich besser. »Wie wäre es, wenn du dir einen Knecht suchst?«, schlug Rolf vor. Nachdem Gerdas Mutter offiziell ihren Segen zu der Heirat gegeben hatte, durfte er die vertraute Anrede benutzen. »Wir bezahlen den Knecht und besuchen dich, so oft es geht. Wir haben ein Gästezimmer, du kannst auch gern uns besuchen. So mache ich es mit meiner Mutter schon seit einigen Jahren. Und bei der Kartoffelernte helfen wir alle drei.«

Sie planten die Hochzeit für den Gründonnerstag. Weil Gerda geschieden war, durfte sie nicht kirchlich heiraten und wurde von einigen Dorfbewohnern schief angesehen, die

meisten kannten aber ihre Geschichte und hatten Verständnis
für sie. Auch eine standesamtliche Hochzeit konnte feierlich
sein, und es würden etliche Verwandte und Freunde zu der
Zeremonie und dem anschließenden Essen beim Stettner kommen. Ein anderes Lokal gab es in Eschenbrunn nicht. In den
Nachbarort zu gehen, wäre ein Affront gewesen, und vor allem
Gerdas Mutter hätte man es übel genommen. Beim Stettner zu
essen, wie bei jeder Hochzeit und Beerdigung, war ungeschrie-
benes Gesetz in Eschenbrunn.

Rolf wehrte sich nicht gegen die Entscheidung. Er wollte
Gerda und ihrer Mutter keine Schwierigkeiten bereiten, und er
war gespannt auf eine typische Bauernhochzeit. Ein festliches
Essen in Nürnberg würde es dennoch geben, das »Tüpfelchen
auf dem i«, wie er sagte. Sie formulierten eine Einladung, nur
Ingrid und Jule schrieb Gerda persönlich. »Es wäre toll, wenn
ihr kommen könntet. Leider kann es keine kirchliche Hochzeit
geben, aber ich glaube nicht, dass unser Herrgott etwas gegen
unsere Heirat hat. Jule, bring auf jeden Fall deine Tochter mit.
Ich hab jetzt einen Sohn, der ist nur ein Jahr älter, und die beiden spielen sicher gern miteinander. Ihr könnt bei uns wohnen,
da ist genug Platz.«

Von Ingrid kam ein Telegramm. MUSS DREHEN –
STOP – WILL SEHEN, WAS SICH MACHEN LÄSST –
INGRID. Jule schickte eine Woche vor dem Termin einen
Luftpostbrief und schrieb: »Bei uns grassiert gerade die
Grippe, und ich hab große Angst, dass sich Rosie ansteckt.
Dann könnte ich sie nicht allein lassen. Aber wenn sie gesund
bleibt, kommen wir auf jeden Fall. Ich freue mich für dich.«

Einen Tag vor der Hochzeit war sie aufgeregt wie nie. Sie
hatte sich ein weinrotes Kostüm und neue Schuhe gekauft,
außerdem einen passenden Mantel, den sie brauchen würde.
Für den Gründonnerstag war wechselhaftes Aprilwetter vorausgesagt. Gerda, Rolf, seine Mutter und Harry waren bereits

um die Mittagszeit in Eschenbrunn und wohnten bei Gerdas Mutter. Die beiden Mütter waren sehr verschieden und hatten einige Zeit gebraucht, um miteinander warmzuwerden, verstanden sich inzwischen aber gut und verbrachten den ganzen Nachmittag in der Küche beim Kuchenbacken. Harry blieb bei ihnen, vor allem, um vom Teig und von der Schokocreme zu naschen.

Von Ingrid und Jule war nichts zu sehen. Sie hatten sich nicht mehr gemeldet, und als Gerda bei Ingrid angerufen hatte, hieß es nur, sie sei bei Dreharbeiten irgendwo in Süddeutschland. Gerda bezweifelte inzwischen, dass sie überhaupt kommen würde. Jules Tochter war sicher an Grippe erkrankt, und sie und ihre Schwiegermutter hatten viel Arbeit und keine Zeit, sich zu melden.

»Wir gehen ein wenig spazieren«, rief Gerda ihrer Mutter zu und schlüpfte in ihre Jacke. Den guten Mantel würde sie erst am nächsten Morgen anziehen.

»Bei dem Wetter?«

»Das macht uns nichts aus«, erwiderte sie.

Sie trat mit Rolf in den Nieselregen hinaus und lief mit ihm zum Badesee. Sie hatten den Schirm zu Hause gelassen, aber ihre Kapuzen hochgezogen und erreichten ihren Lieblingsplatz eine halbe Stunde später. Sie waren allein und blickten gedankenvoll über den stillen See, der ihr auch bei diesem Wetter vertraut war und Ruhe und Frieden ausstrahlte. Ein düsterer Himmel spiegelte sich in seinem Wasser, und das einzige Geräusch kam von einigen Krähen, die sich krächzend aus einem der Bäume erhoben und über den See hinwegflogen.

»Du bist so still«, sagte Rolf. »Dich beschäftigt doch irgendwas.«

»Ingrid und Jule«, erwiderte sie, »meine besten Freundinnen können am wichtigsten Tag meines Lebens nicht dabei sein. Sie haben sich nicht mal gemeldet. Sie hätten wenigstens anrufen oder ein Telegramm schicken können.«

»Wer sagt denn, dass sie es nicht getan haben?«

»Wie bitte?«

»Was meinst du denn, wer da kommt?«

Ein Auto näherte sich, ein brandneuer Mercedes, und parkte am Ufer. Ingrid und Jule stiegen aus und näherten sich lachend. »Sieht so aus, als wäre uns die Überraschung gelungen«, freute sich Jule. Sie lachte fröhlich. »Du hast doch nicht ernsthaft geglaubt, wir würden uns diesen Festtag entgehen lassen?«

Jule hatte ihre Tochter bei sich, ein inzwischen vierjähriges Mädchen in einem gelben Regenmantel und einer Wollmütze mit einem dicken Bommel.

»Erkennt ihr Rosie noch?«, fragte Jule lachend.

Gerda lief auf ihre Freundinnen zu und umarmte beide. »Die Überraschung ist euch gelungen!«, freute sie sich. Sie beugte sich zu Rosie hinab. »Hey, aus dir ist ja eine richtige Dame geworden. Weißt du was? Wir gehen gleich zu Harry. Der ist nur ein Jahr älter als du und gibt dir sicher was von dem Kuchenteig ab, den er gerade nascht.«

»Mein Göttergatte«, stellte Ingrid ihren Mann vor.

»Das ist also der Mann, von dem du die ganze Zeit geschwärmt hast.« Sie stellte Rolf vor und lächelte stolz. »Und das ist Rolf, der Mann, den ich morgen heiraten werde.« Sie sah Jule an, als erwartete sie auch von ihr Neuigkeiten.

»Es gibt da einen Texaner …«, sagte Jule und beließ es dabei.

Sie blieben noch eine Weile, ließen sich weder durch den Nieselregen noch den Wind stören. Es war beinahe so, als wäre der Badesee ihr eigentliches Zuhause. Ihre Freude über das Wiedersehen stand ihnen ins Gesicht geschrieben.

»Du hast es gewusst!«, sagte Gerda zu Rolf. »Stimmt's?«

»Was denkst du denn?«, erwiderte er grinsend.

»Und ich mache mir Sorgen und laufe vor Kummer im Regen rum.«

Sie ging zu ihren Freundinnen, die am See standen und auf das Wasser hinausblickten. Unzählige Erinnerungen aus ihrer Jugend waren mit dem eher unscheinbaren See verbunden. An seinem Ufer waren sie erwachsen geworden.

»Was sagt ihr zu meinem Rolf?«, fragte Gerda neugierig.

Ingrid drehte sich um und musterte ihn scheinbar abschätzend. Sie grinste übers ganze Gesicht, als sie sagte: »Eine gute Wahl … und glaubt mir, ich verstehe was von Männern.«

Folge der Autorin auf Amazon

Wenn dir dieses Buch gefallen hat, folge Christina Beer auf Amazon. Dann erhältst du eine Benachrichtigung, wenn die Autorin ihr nächstes Buch veröffentlicht. Um der Autorin zu folgen, gehe bitte folgendermaßen vor:

Desktop:

1) Suche auf Amazon.de oder in der Amazon App nach dem Namen der Autorin.

2) Klicke auf den Namen der Autorin, um auf die Autorenseite zu gelangen.

3) Klicke auf den »Folgen«-Button.

Smartphone und Tablet:

1) Suche auf Amazon.de oder in der Amazon App nach dem Namen der Autorin.

2) Klicke auf einen Titel der Autorin.

3) Klicke auf den Namen der Autorin, um auf die Autorenseite zu gelangen.

4) Klicke auf den »Folgen«-Button.

Kindle eReader und Kindle App:

Wenn du dieses Buch auf einem Kindle eReader oder in der Kindle App liest, wird dir automatisch angeboten, der Autorin zu folgen, nachdem du die letzte Seite des Buches gelesen hast.

Zeitfracht Medien GmbH
Ferdinand-Jühlke-Straße 7
99095 Erfurt, Deutschland
produktsicherheit@kolibri360.de

Druck:
CPI Druckdienstleistungen GmbH
im Auftrag der
Zeitfracht Medien GmbH
Ein Unternehmen der Zeitfracht - Gruppe
Ferdinand-Jühlke-Str. 7
99095 Erfurt